HET HELSE RAD

Preston & Child

HET HELSE RAD

UITGEVERIJ LUITINGH

© 2007 by Splendide Mendax, Inc. and Lincoln Child
This edition published by arrangement with Grand Central Publishing,
New York, New York, USA.
All rights reserved.
© 2008 Nederlandse vertaling
Uitgeverij Luitingh ~ Sijthoff B.V., Amsterdam
Alle rechten voorbehouden
Oorspronkelijke titel: *The Wheel of Darkness*
Vertaling: Marjolein van Velzen
Omslagontwerp: Pete Teboskins
Omslagillustratie: Stanislaw Fernandes © 2006

ISBN 978 90 245 2667 3
NUR 332

www.boekenwereld.com

Lincoln Child draagt dit boek op aan zijn dochter, Veronica

Douglas Preston draagt dit boek op aan
Nat en Ravida,
Emily, Andrew en Sarah

I

Niets bewoog er in de uitgestrekte Llölungvallei, niets, op twee zwarte stipjes na, niet veel groter dan de stukgevroren rotsblokken die de valleibodem bedekten. Ze schoven voort over een amper zichtbaar pad. Het was een troosteloos landschap, zonder bomen; de wind gniffelde en fluisterde tussen de rotsen door, de kreten van roofvogels echoden tussen de kale bergwanden. De figuurtjes, ruiters te paard, reden op een immense muur van graniet af, honderden meters hoog, waaruit een trage waterpluim opsteeg, de bron van de Tsangpo, de heilige rivier. Het pad verdween in de mond van een ravijn dat de helling doorkliefde en verscheen een stuk hoger weer, als tegen de steile rotswand aan gekleefd, om tot slot uit te komen op een lange richel voordat het de scherpe pieken en spleten daaronder in dook. Als omkadering van het beeld, als achtergrond met een adembenemende kracht en majesteit, stond de verstarde immensiteit van drie bergen in de Himalaya, de Dhaulagiri, de Annapurna en de Manaslu, elk met een uitwaaierend sneeuwdak. Daarachter rees een kolkende zee van onweerswolken op, loodgrijs van kleur.

De twee gestalten reden de vallei in, kappen diep over hun gezicht getrokken tegen de kille wind. Dit was het laatste deel van een lange reis, en ondanks de aanwakkerende storm reden ze traag verder, hun paarden vrijwel uitgeput. Toen ze de opening van het ravijn bereikten, staken ze eenmaal, en nogmaals, een wild stromende beek over. Langzaam reden ze de kloof binnen en verdwenen uit het zicht.

In het ravijn bleven ze het bijna onzichtbare pad volgen en klommen boven de bulderende beek uit. Grote plakkaten blauw ijs lagen in de schaduwen waar de bergwand de met rotsblokken bezaaide bodem raakte. Er schoven donkere wolken langs de hemel, voortgedreven door een opstekende storm die boven in het ravijn al begon te kreunen.

Plotseling liep het pad dood onder aan een hoge, angstaanjagend steile granietwand. Van een oud bergwachtershutje, op een uitstekende rotspunt gebouwd, restte niet meer dan vier gehavende natuurstenen wanden waarop alleen nog een rij kraaien zich veilig kon verschansen. Aan de voet van de wand stond een reusachtige *mani*-steen met een Tibetaans gebed erin uitgehouwen, glad en glanzend gewreven door de duizenden handen van pelgrims die om een zegen smeekten voordat ze de gevaarlijke klim omhoog begonnen.

Bij het hutje stegen de reizigers af. Van hier af moesten ze verder te voet, hun paarden aan de leidsels meevoerend over het smalle pad, want de overhangende rots was zo laag dat er geen ruiter onderdoor paste. Hier en daar was bij aardverschuivingen de rotswand afgekalfd zodat ook het pad verdwenen was; die spleten waren overbrugd met ruwe planken en palen die in de rots waren geboord, die samen een reeks smalle, krakende bruggen zonder reling vormden. Elders was het pad zo steil dat de reizigers en hun rijdieren omhoog moesten klauteren via in de rotswand uitgehakte treden, glad en ongelijkmatig uitgesleten door de talloze pelgrims en hun dieren.

De wind draaide iets en blies nu met een daverend gebulder door het ravijn, sneeuwvlokken met zich meevoerend. De schaduw van de wolken viel over de bergspleet en dompelde alles in een inktzwarte duisternis. Maar de twee gestalten klommen verder het duizelingwekkende pad op, langs de ijzige stenen trappen en de steile rotsen. Naarmate ze hoger kwamen, klonk de echo van de waterval steeds vreemder tussen de bergwanden, vermengd met het huilen van de aanwakkerende wind, als mysterieuze stemmen die een onbekende taal spraken.

Toen de reizigers eindelijk de bergrug over waren, wachtte hun zo'n felle wind dat ze bijna geen stap vooruit konden zetten: hun pijen klapperden om hun lijf, hun onbedekte huid werd gegeseld door de kou. Ze doken ineen, trokken hun onwillige paarden mee en liepen verder langs de richel tot ze bij de overblijfselen van een tot puin vergaan dorp kwamen. Een onherbergzame plek, de huizen in een ver verleden omvergesmeten tijdens een natuurramp, de dakbalken verbrijzeld en verspreid, de lemen brokken alweer half opgenomen in de aarde waaruit ze ooit gevormd waren.

Midden in het dorp rees een stapel gebedsstenen op, met daarbovenop een paal waaraan tientallen aan flarden gescheurde gebedsvlaggen wapperden. Aan de ene kant lag een eeuwenoude begraafplaats waarvan de ommuring was ingestort. Door erosie waren de graven opengespleten zodat botten en schedels langs de puinhelling waren gerold. Toen het tweetal naderde, vloog een stel raven onder luidruchtig protest op van het puin. Hun gekras steeg op naar de loodgrijze hemel.

Bij de stapel stenen hield een van de reizigers halt en steeg af. Hij gebaarde dat de ander moest wachten. Hij bukte zich, raapte een oude steen op en legde die op de stapel. Toen bleef hij even in zwijgende meditatie staan, zijn pij klapperend in de wind, voordat hij zijn paard weer bij de teugels pakte. Ze trokken verder.

Voorbij het verlaten dorp versmalde het pad plotseling tot een messcherp spoor over de bergkam. Stukje bij beetje vorderden de twee gestalten; tegen de hevige wind optornend rondden ze een bergpunt – en toen zagen ze dan eindelijk de eerste torens en kantelen van een enorme burcht liggen, mat afgetekend tegen de donkere hemel.

Dit was het klooster Gsalrig Chongg, een naam die ruwweg vertaald kan worden als 'Het juweel van het besef van leegte'. Het pad liep verder rond de bergwand tot het klooster uiteindelijk helemaal zichtbaar werd: enorme, roodgekalkte muren en steunberen langs de flanken van het kale graniet, uitlopend in een complex van steile daken en torens die hier en daar glansden van stukken bladgoud.

Gsalrig Chongg was een van de weinige kloosters in Tibet die waren ontkomen aan de verwoestingen van de Chinese invasie waarbij het leger de dalai lama had verdreven, duizenden monniken had vermoord en talloze kloosters en religieuze gebouwen had vernield. Gsalrig Chongg was deels gespaard gebleven vanwege zijn bijzonder afgelegen ligging en de nabijheid van de omstreden grens met Nepal, maar ook voor een groot deel dankzij een bureaucratische blunder: op de een of andere manier was het simpelweg aan de Chinese aandacht ontsnapt. Tot op de dag van vandaag staat dit klooster niet op de kaart van de zogeheten 'Autonome Regio Tibet', en de monniken doen er alles aan om dat zo te houden.

Het spoor liep langs een steile puinhelling waar een stel gieren

het laatste vlees van een reeks botten zat te pikken. 'Er moet kortgeleden iemand gestorven zijn,' prevelde de man, met een hoofd-
gebaar in de richting van de grote vogels die volkomen onbevreesd
bleven rondhopsen.

'Hoezo?' vroeg zijn reisgenoot.

'Wanneer er een monnik doodgaat, wordt zijn lichaam in stukken gehakt en voor de wilde dieren gegooid. Het wordt beschouwd als de hoogste eer als je sterfelijke resten andere levende wezens voeden en in leven houden.'

'Eigenaardig gebruik.'

'Integendeel, er valt niets tegen in te brengen. Onze gebruiken
zijn juist eigenaardig.'

Het spoor eindigde bij een poortje in de metershoge kloostermuur. De poort was open en er stond een boeddhistische monnik in een pij van scharlakenrood en saffraangeel, met een brandende toorts in zijn hand, alsof hij hen verwachtte.

De twee ineengedoken reizigers liepen de poort door, nog steeds
met hun paarden aan de leidsels. Er verscheen een tweede monnik, die de dieren zwijgend overnam en naar de stallen binnen de
veilige kloostermuur bracht.

In de invallende duisternis bleven de twee reizigers voor de eerste monnik staan. Deze zei niets; hij bleef zwijgend staan wachten.

De eerste reiziger schoof zijn kap van zijn hoofd, en onthulde
daarmee het lange, bleke gezicht, het witblonde haar, de hoekige
gelaatstrekken en de zilvergrijze ogen van special agent Aloysius
Pendergast van het Federal Bureau of Investigation.

De monnik keek naar de tweede gestalte. Die trok met een aarzelend gebaar haar kap naar achteren. Bruin haar woei op en ving
de ronddwarrelende sneeuwvlokken. Met iets gebogen hoofd
bleef ze staan, een jonge vrouw, zo te zien begin twintig, met een
teer gezichtje, fraai gevormde lippen en hoge jukbeenderen: Constance Greene, Pendergasts pleegdochter. Haar doordringende
groenbruine ogen flitsten even rond en namen de omgeving snel
op voordat ze haar blik weer op de grond richtte.

De monnik bleef maar heel even naar haar kijken. Zonder een
woord draaide hij zich om en gebaarde dat ze hem volgen moesten, een stenen trap af naar het hoofdgebouw.

Zwijgend liepen Pendergast en zijn pleegdochter achter de monnik aan, een tweede poort door, de donkere gangen van het klooster zelf in, waar de lucht verzadigd was van de geur van sandelhout en was. De hoge deuren met ijzerbeslag sloegen dreunend achter hen dicht en dempten het gehuil van de wind tot niet meer dan een fluistering. Ze liepen verder, een lange gang door, waarvan een hele wand in beslag werd genomen door gebedsmolens die knersend almaar ronddraaiden, aangedreven door een onzichtbaar mechanisme. De gang maakte een bocht, splitste zich en maakte een tweede bocht, dieper de kloosterkrochten in. Er dook een andere monnik voor hen op, met grote kaarsen in messing houders. Bij het flakkerende licht daarvan was op beide wanden een reeks eeuwenoude fresco's te zien.

Na een eindeloze reeks bochten kwamen ze uiteindelijk in een groot vertrek. Aan een eind torende een gouden standbeeld van Padmasambhava, de tantristische boeddha, badend in het licht van honderden flakkerende kaarsen. In tegenstelling tot de meditatieve, halfgesloten ogen van de meeste Boeddhabeelden waren die van de tantristische boeddha wijd open, wakker en dansend van leven, een symbool van het hogere niveau van bewustzijn dat hij had bereikt dankzij zijn studie van de geheime leer van Dzogchen en de nog esoterischer Chongg Ran.

Het klooster Gsalrig Chongg was een van de twee plekken ter wereld waar de discipline van Chongg Ran nog werd beoefend, de raadselachtige leer die door de weinigen die haar kenden, het 'Juweel van de Onbestendigheid der Geest' werd genoemd.

Op de drempel van dit heiligste der heiligen bleven de twee reizigers staan. Aan de andere kant van het vertrek zaten de monniken zwijgend op een amfitheater van stenen banken alsof ze iemand verwachtten.

Op de bovenste rij troonde de abt van het klooster. Een man met een eigenaardig uiterlijk, een eeuwenoud gezicht dat door de vele rimpels een uitdrukking van permanente geamuseerdheid, van pret zelfs, had. Zijn pij hing aan zijn graatmagere lijf als wasgoed aan een rek. Naast hem zat een wat jongere monnik, die Pendergast ook kende: Tsering, een van de weinige monniken die Engels spraken, en die dienstdeed als 'manager' van het klooster. Tsering was uitzonderlijk goed geconserveerd: hij moest een jaar of zestig zijn. Onder hem zaten zo'n twintig monniken op een rij, van alle leeftijden: adolescenten, maar ook diep gerimpelde oude mannen.

Tsering stond op en zei in het Engels, met de eigenaardige, muzikale cadans van het Tibetaans: 'Vriend Pendergast, welkom terug in het klooster Gsalrig Chongg, en ook uw gast heten we welkom. Ga zitten, drink thee met ons.'

Hij gebaarde naar een stenen bank met twee geborduurde zijden kussens, de enige kussens in het vertrek. De twee namen plaats, en even later verschenen er monniken met messing dienbladen waarop kopjes boterthee en *tsampa* stonden. In stilte dronken ze de zoete thee met boter, en pas toen ze hun kop leeg hadden, sprak Tsering verder.

'Wat brengt vriend Pendergast terug naar Gsalrig Chongg?' vroeg hij.

Pendergast stond op. 'Dank u, Tsering, voor uw welkom,' zei hij. 'Het doet me genoegen terug te zijn. Ik sta hier weer voor u om mijn reis van meditatie en verlichting voort te zetten. En ik wil u graag mevrouw Constance Greene voorstellen. Ook zij komt in de hoop op studie.' Hij pakte haar hand, en ze stond op.

Er volgde een lange stilte. Na verloop van tijd stond Tsering op. Hij liep naar Constance toe, bleef voor haar staan, keek haar rustig aan, stak zijn hand uit en voelde voorzichtig aan haar haar. Daarna streek zijn hand even langs de zwelling van haar borsten, eerst de ene, toen de andere. Met een onbewogen gezicht onderging ze de aanrakingen.

'Bent u een vrouw?' vroeg hij.

'Ik mag toch aannemen dat u wel vaker een vrouw hebt gezien,' antwoordde Constance droog.

'Nee,' zei Tsering. 'Ik heb geen vrouw meer gezien sinds ik hier kwam, en toen was ik twee.'

Constance bloosde. 'Mijn excuses. Ja, ik ben een vrouw.'

Tsering richtte zich tot Pendergast. 'Dit is de eerste vrouw die ooit naar Gsalrig Chongg is gekomen. Wij hebben nog nooit een vrouw als student geaccepteerd. Het spijt me, maar dit kunnen we niet toestaan. Vooral nu niet, nu de begrafenisceremoniën voor de eerbiedwaardige Rinpoche Ralang in volle gang zijn.'

'Is de Rinpoche overleden?' vroeg Pendergast.

Tsering neeg het hoofd.

'Het spijt me te horen dat de Allerhoogste Lama overleden is.'

Bij die woorden glimlachte Tsering. 'Het is geen verlies. We gaan op zoek naar zijn reïncarnatie – de negentiende Rinpoche – en dan is hij weer onder ons. Mij spijt het dat ik uw verzoek moet afwijzen.'

'Ze heeft uw hulp nodig. Ik heb uw hulp nodig. We zijn allebei... we zijn de wereld moe. We hebben een lange reis gemaakt om vrede te vinden. Vrede en genezing.'

'Ik weet hoe zwaar de reis is die u gemaakt hebt. Ik weet hoezeer u hoopt. Maar Gsalrig Chongg heeft duizend jaar bestaan zonder vrouw, en dat mag niet anders worden. De vrouw moet weg.'

Er volgde een lange stilte. Uiteindelijk verhief Pendergast zijn blik naar de oeroude gestalte die roerloos op de hoogste zitplaats troonde. 'Is dit ook de beslissing van de abt?'

Het duurde even eer deze in beweging kwam. Een bezoeker had het gerimpelde gelaat kunnen aanzien voor dat van een opgewekte, seniele bejaarde die hoog boven de anderen verheven zat te grijnzen. Na verloop van tijd stak hij een van zijn uitgemergelde vingers in de lucht, en een van de jongere monniken klom naar hem toe en boog zich naar hem over. Hij hield zijn oor vlak voor de tandeloze mond van de oude man, rechtte even later zijn rug en zei in het Tibetaans iets tegen Tsering.

Tsering vertaalde: 'De abt vraagt of de vrouw haar naam nog eens wil noemen.'

'Ik ben Constance Greene,' klonk de enigszins timide, maar vastberaden stem.

Tsering vertaalde dat in het Tibetaans. De naam was niet eenvoudig te vertalen.

Weer volgde er een stilte, die ditmaal minutenlang aanhield.

Weer bewoog de vinger heel even en weer prevelde de abt iets in het oor van de jongere monnik, die de woorden op luidere toon herhaalde.

Tsering zei: 'De abt vraagt of dit haar echte naam is.'

Ze knikte. 'Ja, dat is mijn echte naam.'

Langzaam hief de oude lama een staakdunne arm en wees naar

een onverlichte wand, met een vinger waaraan een centimeterslange nagel groeide. Alle ogen richtten zich op een tempelschildering onder een gedrapeerde doek, een van de vele kleden aan de wand.

Tsering liep erheen, tilde de doek op en hield er een kaars bij. Bij het schijnsel daarvan werd een verbijsterend rijk en complex beeld zichtbaar: een heldergroene godin met acht armen, gezeten op een witte maanschijf, met goden, demonen, wolken, bergen en gouden filigrein in een kring om haar heen, alsof ze het oog van een wervelstorm vormde.

De oude lama prevelde een lang verhaal in het oor van de jonge monnik. Zijn tandeloze mond bewoog geanimeerd, tot hij uiteindelijk achteroverleunde en glimlachend bleef zitten terwijl Tsering opnieuw vertaalde.

'Zijne heiligheid verzoekt om de aandacht te richten op de *t'angka*-schildering van de Groene Tara.'

Mompelend kwamen de monniken overeind om naar de schildering te schuifelen. Daar bleven ze respectvol in een halve kring staan kijken, als studenten in afwachting van hun college.

De oude lama gebaarde met zijn magere arm dat Constance zich in de kring moest voegen. Haastig gehoorzaamde ze, en de monniken schuifelden opzij om plaats voor haar te maken.

'Dit is een afbeelding van Groene Tara,' begon Tsering, nog steeds als indirecte vertaling van de geprevelde zinnen van de oude monnik. 'De oermoeder van de boeddha's. Bestendigheid is haar kenmerk. En wijsheid, geestesactiviteit, snel denken, generositeit, magische perfectie en onbevreesdheid. Zijne heiligheid nodigt de vrouw uit om dichterbij te gaan en de mandala van Groene Tara te bestuderen.'

Aarzelend deed Constance een stap naar voren.

'Zijne heiligheid vraagt waarom de student dezelfde naam heeft als Groene Tara.'

Constance keek over haar schouder. 'Ik weet niet wat u bedoelt.'

'Constance Greene. Die naam bevat twee belangrijke kenmerken van Groene Tara. Zijne heiligheid wil weten hoe u aan die naam gekomen bent.'

'Greene is mijn achternaam. Dat is een heel gewone achternaam in het Engels, maar ik heb geen idee van de oorsprong. En mijn voornaam, Constance, heb ik van mijn moeder. Het was een gebruikelijke naam in... in de tijd waarin ik geboren ben. Als mijn naam op die van de Groene Tara lijkt, moet dat zuiver toeval zijn.'

Nu begon de oude lama bevend te lachen en, geholpen door twee monniken, deed hij zijn best overeind te komen. Even later stond hij op zijn benen, amper in evenwicht, alsof hij bij het kleinste duwtje in een hoop losse lichaamsdelen uiteen zou vallen. Hij bleef lachen en verhief zijn stem: een zacht, ademloos geluid. Zijn roze tandvlees was zichtbaar, zijn botten rammelden bijna van plezier.

'Toeval? Toeval bestaat niet. Dat was een goede grap van de student,' vertaalde Tsering. 'De abt houdt van een goede grap.'

Constance keek van Tsering naar de abt en terug. 'Betekent dat dat ik hier mag studeren?'

'Het betekent dat je studie al begonnen is,' zei Tsering, nu zelf ook met een glimlach.

2

In een van de afgelegen paviljoens van het klooster Gsalrig Chongg lag Aloysius Pendergast op een bank naast Constance Greene. Een rij stenen vensters gaf uitzicht op de kloof van de Llölung tot aan de hoge toppen van de Himalaya daarachter, badend in een teerroze gloed van de ondergaande zon. Vanuit de diepte klonk gedempt het brullen van een waterval aan het begin van de Llölungvallei. Toen de zon achter de horizon verdween, klonk er een diepe, lang aangehouden toon van een *dzung*-trompet, eindeloos weerkaatst door de bergen en ravijnen.

Er waren bijna twee maanden verstreken. Juli was gekomen, en daarmee het voorjaar in de heuvels aan de voet van de Himalaya. De valleibodem kleurde geleidelijk aan groen, bespikkeld met wilde bloemen, en op de heuvels bloeide een waas van roze egelantier.

De twee zwegen. Nog twee weken, dan was hun verblijf ten einde.

Weer klonk de dzung, en het rode licht stierf weg op het driemanschap van bergpieken: de Dhaulagiri, de Annapurna en de Manaslu, drie van de hoogste bergen ter wereld. Snel viel de schemering in, als een donkere watervloed door de valleien trekkend.

Pendergasts gedachten keerden terug naar het hier en nu. 'Je studie vordert goed. Bijzonder goed. De abt is erg tevreden.'

'Ja.' Haar stem klonk zacht, bijna afwezig.

Hij legde een hand over de hare, zijn aanraking licht en luchtig als die van een blad. 'We hebben het er niet eerder over gehad, maar ik wilde je vragen of... of het allemaal gelukt is in de Feversham-kliniek. Of er geen complicaties waren bij de, eh... de procedure.' Pendergast leek ongewoon schutterig en om woorden verlegen.

Constance wendde haar blik niet af van de koude, besneeuwde bergen in de verte.

Pendergast aarzelde. 'Ik wou dat ik bij je had kunnen zijn. Maar dat wilde je niet.'

Ze neeg het hoofd, maar bleef zwijgen.

'Constance, ik ben heel erg op je gesteld. Misschien heb ik dat in het verleden niet duidelijk genoeg gemaakt. Als dat zo is, dan bied ik je mijn verontschuldigingen aan.'

Blozend boog Constance haar hoofd nog verder. 'Dank je.' De afwezige blik verdween van haar gezicht en maakte plaats voor een lichte beving van emotie. Plotseling stond ze met afgewend gezicht op.

Ook Pendergast kwam overeind.

'Het spijt me, Aloysius, maar ik moet even alleen zijn.'

'Natuurlijk.' Als een geestverschijning verdween ze de stenen gangen van het klooster in, en hij keek haar ranke gestalte na tot ze niet meer te zien was. Toen richtte hij zijn blik op het berglandschap en verzonk weer in gedachten.

Toen het paviljoen volledig in duisternis was gehuld, hield het geluid van de dzung op. De laatste noot echode nog seconden lang tussen de bergen eer hij wegstierf. Alles viel stil, alsof het invallen van de nacht een soort stagnatie met zich had meegebracht. En toen dook er in de inktzwarte schaduwen bij het paviljoen een ge-

stalte op: een oude monnik in een saffraangele pij. Met een verschrompelde hand gebaarde hij naar Pendergast; hij maakte dat eigenaardige, typisch Tibetaanse polsgebaar dat 'Kom!' betekent.

Langzaam stond Pendergast op en hij liep naar hem toe. De
man draaide zich om en schuifelde de duisternis in.

Pendergast volgde hem, geïntrigeerd. Hij vroeg zich af of er een
soort afscheidsceremonie kwam, of een gebed. Maar de monnik
nam Pendergast mee in een onverwachte richting: niet naar de
vergaderzaal, maar schemerige gangen door, in de richting van de
eigenaardige cellenrij waar de befaamde muurheilige huisde: een
monnik die zich vrijwillig had laten inmetselen in een cel die net
groot genoeg was om te kunnen zitten mediteren. Daar zat hij
voor de rest van zijn leven vast. Eenmaal per dag kreeg hij, via
een losse baksteen in de wand, een portie water en brood over-
handigd.

Voor de cel bleef de oude monnik staan. Er was niets meer te
zien dan een vlakke, donkere muur. De oude stenen van de muur
waren gepolijst door vele duizenden handen: mensen die deze
muurheilige om wijsheid waren komen vragen. Er werd gezegd
dat hij op twaalfjarige leeftijd in zijn cel verdwenen was. Nu was
hij bijna honderd jaar oud, een orakel, beroemd om zijn unieke
voorspellende gaven.

De monnik tikte tweemaal met zijn vingernagel op de steen. Ze
wachtten. Na een minuut werd de losse steen in de gevel verschoven, een centimeter maar. Er klonk een zacht geschraap over
de voeg. Er verscheen een verschrompelde hand, sneeuwwit, met
doorschijnende blauwe aderen. Deze draaide de steen opzij, zodat er een kleine opening vrijkwam.

De monnik bukte zich naar de opening en mompelde iets. Daarna hield hij zijn oor voor de opening om te luisteren. Er verstreken minuten, en Pendergast hoorde een vaag gefluister vanuit de
cel. Na een tijd rechtte de monnik zijn rug; hij had kennelijk genoeg gehoord, en hij wenkte Pendergast naderbij. Pendergast deed
wat hem gevraagd werd en zag de steen terugschuiven, geleid door
een onzichtbare hand.

Plotseling leek er een diep, schrapend geluid uit de rots naast
de stenen cel te klinken en er opende zich een naad. Die verbreedde
zich tot een stenen deur die via een ongezien mechanisme kner-

send opendraaide. De eigenaardige geur van een onbekend soort wierook dreef hem tegemoet. De monnik stak zijn hand uit om Pendergast naar binnen te gebaren, en toen de agent de drempel over was, schoof de deur dicht. De monnik was niet meegekomen: Pendergast was alleen.

Vanuit de duisternis verscheen een andere monnik met een sputterende kaars in zijn handen. Na bijna twee maanden in Gsalrig Chongg kende Pendergast, net als bij zijn vorige bezoeken, alle monniken van gezicht. Maar deze monnik kwam hem niet bekend voor. Hij besefte dat hij zojuist het binnenklooster had betreden: iets waarover werd gefluisterd maar waarvan het bestaan nooit bevestigd was. Het heiligste der heiligen. Zo'n ingang – die, naar hij begrepen had, toegang gaf tot streng verboden terrein – werd kennelijk bewaakt door de ingemetselde kluizenaar. Dit was een klooster in een klooster, met een handvol monniken die hun hele leven in afzondering doorbrachten in de diepste meditatie en onophoudelijke mentale studie. Nooit zagen ze de buitenwereld of kwamen zelfs maar in rechtstreeks contact met de monniken van het buitenste klooster; ze werden bewaakt door de ongeziene muurheilige. Ze stonden zo ver van de wereld af, had Pendergast zich ooit laten vertellen, dat ze meteen zouden sterven als er ooit zonlicht op hun huid zou vallen.

Hij volgde de vreemde monnik een smalle gang door die naar de diepste delen van het kloostercomplex leidde. De passages werden ruwer, en hij zag dat het in feite tunnels waren, zó uit de rots gehouwen: tunnels die duizend jaar geleden waren gepleisterd en voorzien van wandschilderingen die in de loop der tijd bijna weggesleten waren door rook en vocht. De gang maakte een bocht, en nog een, en kwam langs een paar kleine stenen nissen met Boeddhabeelden of t'angka-schilderingen, verlicht door kaarsen en rokerig van de wierookwalmen. Ze passeerden niemand, zagen niemand; de doolhof van vensterloze kamers en tunnels voelde hol, vochtig en verlaten aan.

Een hele tijd later, na wat een eindeloze reis had geleken, stonden ze voor een zoveelste deur, ditmaal beslagen met banden van geolied ijzer, vastgenageld in dikke platen. Er kwam een sleutel tevoorschijn, en met enige moeite werd de deur van het slot gehaald en geopend.

De kamer daarachter was klein en schemerig, verlicht door één enkele boterlamp. De wanden waren ingelegd met eeuwenoud, gepolitoerd en fijn bewerkt hout. Er dreef geurige rook door de lucht, scherp en harsachtig. Het duurde even voordat Pendergasts ogen gewend waren aan de ongewone aanblik: de hele ruimte lag volgestapeld met schatten. Tegen de achterwand stonden tientallen gesloten kisten van zwaar, bewerkt goud, daarnaast lagen bergen leren zakken, sommige doorgerot en uiteengevallen, waardoor de zware gouden munten naar buiten waren gerold: van oude Engelse sovereigns en Griekse staters tot zware gouden mughals. Daaromheen waren kleine houten vaten opgestapeld waarvan de duigen waren gezwollen en doorgerot, waaruit ruwe en geslepen robijnen, smaragden, saffieren en diamanten naar buiten puilden, samen met turkoois, toermalijn en peridot. Andere leken gevuld met kleine goudstaven en ovale Japanse *kobans*.

De muur rechts van hem bevatte een ander soort schatten: schalmeien en kanglinghoorns van ebbenhout, ivoor en goud, bezet met edelstenen; tempelbellen van zilver en elektrum; menselijke schedelkapjes van edelmetaal en glanzend van de ingezette turkooizen en koralen. Een eind verderop stond een leger standbeelden van goud en zilver, een helemaal versierd met honderden stersaffieren. Niet ver van waar hij stond, zag hij doorschijnende kommen, beeldjes en amuletten van het fijnste jade, opgeborgen in stro en houten kratten.

En meteen links naast zich zag hij de grootste schat van alles: honderden vakjes met stoffige boekrollen, opgerolde t'ankga's en bundels perkament en velijn, omwikkeld met zijden koorden.

Zo verbijsterend was de aanblik van al deze schatten dat het even duurde voordat Pendergast zag dat er een menselijk wezen in kleermakerszit op een kussen in de hoek zat.

De monnik die hem gebracht had, maakte met tegen elkaar gedrukte handen een buiging en trok zich terug. Dreunend sloeg de ijzeren deur achter hem dicht; de sleutel werd in het slot omgedraaid. De monnik in kleermakerszit gebaarde naar een kussen naast hem. 'Gaat u zitten,' zei hij in het Engels.

Pendergast maakte een kleine buiging en nam plaats. 'Een hoogst ongebruikelijke kamer,' merkte hij op. Hij zweeg even. 'En een hoogst ongebruikelijke wierook.'

'Wij zijn de hoeders van de kloosterschatten, van het goud en zilver en alle andere vergankelijke zaken die de wereld als rijkdom beschouwt.' De man sprak in een afgemeten en elegant Engels met een voornaam accent. 'En ook zijn wij de beheerders van de bibliotheek en de religieuze schilderingen. De "wierook" die u ruikt, is de hars van een plant, de *dorzhan-qing*, die de wormen op afstand houdt: hoog in de Himalaya komt een bijzonder vraatzuchtige houtworm voor die alles in deze kamer zou kunnen verslinden: hout, papier en zijde.'

Pendergast knikte en nam de gelegenheid te baat om de monnik nauwkeuriger op te nemen. Hij was oud maar pezig en zag er verbluffend fit uit. Zijn rood-met-gele pij was strak om zijn lichaam gewikkeld, en zijn hoofd was kaalgeschoren. Hij had blote voeten, bijna zwart van het stof en zand. Zijn ogen glansden in een ongerimpeld, leeftijdloos gezicht dat intelligentie, bezorgdheid en een zekere angst uitstraalde.

'U vraagt zich ongetwijfeld af wie ik ben en waarom ik u heb gevraagd hier te komen,' zei de monnik. 'Ik ben Thubten. Welkom, meneer Pendergast.'

'Lama Thubten?'

'Hier in de binnentempel kennen we geen rangen en standen.' De monnik leunde voorover en keek hem van dichtbij aan. 'Ik heb me laten vertellen dat het uw taak in het leven is om – ik weet niet goed hoe ik het zeggen moet – om u te bemoeien met andermans zaken, om recht te zetten wat scheef gegaan is. Om raadsels op te lossen, licht te laten schijnen in mysteriën en duisternis.'

'Zo heb ik het nog nooit iemand horen formuleren. Maar inderdaad, u hebt gelijk.'

De monnik leunde weer terug, met zichtbare opluchting op zijn gezicht. 'Dat is mooi. Ik was bang dat ik me misschien vergist had.' Zijn stem daalde tot amper meer dan een fluistering. 'Er is hier een raadsel.'

Een hele tijd bleef het stil. Toen zei Pendergast: 'Gaat u verder.'

'De abt kan hier niet rechtstreeks over spreken. Daarom hebben ze mij gevraagd het onderwerp aan te snijden. Hoewel de situatie uiterst nijpend is, valt het me... zwaar om erover te praten. Maar nu u weggaat, kan ik het niet langer uitstellen.'

'U bent allen bijzonder vriendelijk geweest voor mij en mijn pleegdochter,' zei Pendergast. 'Ik verwelkom de gelegenheid om op mijn beurt iets voor u te doen... als ik dat kan.'

'Dank u. Ik kan het verhaal alleen vertellen als ik enkele details van vertrouwelijke aard onthul.'

'U kunt rekenen op mijn discretie.'

'Eerst zal ik u iets over mijzelf vertellen. Ik ben geboren in het afgelegen heuvellandschap van het Manosawarmeer in westelijk Tibet. Ik was enig kind, en mijn ouders zijn al voor mijn eerste verjaardag omgekomen bij een lawine. Een echtpaar, twee Engelse botanisten – man en vrouw die samen een uitgebreid onderzoek deden in Mantsjoerije, Nepal en Tibet – kreeg medelijden met zo'n klein weesje. Informeel adopteerden ze me. Tien jaar lang trok ik met hen mee, terwijl zij door de wildernis reisden, observeerden, schetsten, aantekeningen maakten. Maar op een nacht werd onze tent overvallen door een rondtrekkende bende Chinese soldaten. Ze schoten de man en de vrouw dood en verbrandden hen met al hun bezittingen. Ik ontsnapte als enige.

Twee stel ouders verliezen... u kunt zich voorstellen hoe ik me voelde. Mijn eenzame dooltocht bracht me hierheen, naar Gsalrig Chongg. Na verloop van tijd legde ik een gelofte af en trad ik in het binnenklooster in. Wij wijden ons leven aan extreme mentale en fysieke training. We houden ons bezig met de diepste, meest verborgen en mysterieuze aspecten van het bestaan. In uw studie van Chongg Ran hebt u een eerste glimp opgevangen van enkele van de waarheden die wij hier tot op veel grotere diepte uitzoeken.'

Pendergast neeg zijn hoofd.

'Hier in het binnenklooster zijn we volledig van het bestaan afgesloten. We mogen niet naar de buitenwereld kijken, de hemel niet zien, geen frisse lucht inademen. Alles is gericht op het innerlijk. Dat is een enorme opoffering, zelfs voor een Tibetaanse monnik. Daarom zijn we ook maar met ons zessen. We worden bewaakt door de muurheilige, we mogen niet met mensen van buiten spreken, en ik heb die heilige eed nu geschonden om met u te kunnen praten. Dat zou op zich al moeten helpen om u te overtuigen van de grote ernst van de situatie.'

'Ik begrijp het,' zei Pendergast.

'Als monniken van de binnentempel hebben wij bepaalde plichten. We zijn niet alleen hoeders van de bibliotheek van het klooster, van de relieken en schatten, maar ook van de... de Agozyen.'

'De Agozyen?'

'Het belangrijkste voorwerp in het klooster, misschien in heel Tibet. Het wordt bewaard in een gesloten kluis, in die hoek daar.' Hij wees naar een nis in de stenen wand, achter een zware ijzeren deur die momenteel op een kier stond. 'Alle zes monniken komen hier eens per jaar bijeen voor bepaalde... rituelen die te maken hebben met het bewaken van de kluis van de Agozyen. Toen we afgelopen mei deze plicht vervulden, een paar dagen voor uw komst, merkten we dat de Agozyen niet op zijn plek lag.'

'Gestolen?'

De monnik knikte.

'Wie heeft de sleutel?'

'Ik. De enige.'

'En de kluis zat op slot?'

'Ja. Ik kan u verzekeren, meneer Pendergast, dat deze misdaad onmogelijk begaan kan zijn door een van onze monniken.'

'Vergeef me, ik ben van nature een scepticus.'

'Scepticisme is goed.' Hij sprak met buitengewone kracht, en Pendergast reageerde niet. 'De Agozyen is niet langer in het klooster. Als hij hier was... dan wisten we dat.'

'Hoe kan dat?'

'Daarover mag niet gesproken worden. Maar gelooft u me, meneer Pendergast: als hij hier was, dan wisten wij dat. Geen van de monniken hier heeft het voorwerp in zijn bezit.'

'Mag ik eens kijken?'

De monnik knikte.

Pendergast stond op, nam een kleine zaklantaarn uit zijn zak, liep naar de kluis en tuurde naar het ronde sleutelgat. Even later bestudeerde hij het met een vergrootglas.

'Het slot is opengebroken,' zei hij, terwijl hij zijn rug rechtte.

'Opengebroken?'

'Ja, zonder sleutel opengemaakt.' Hij keek de monnik aan. 'Het lijkt zelfs wel of het met geweld geforceerd is. U zegt dat geen van de monniken het gestolen kan hebben. Zijn er verder nog bezoekers in het klooster geweest?'

'Ja,' zei de monnik met een vage suggestie van een glimlach. 'We weten zelfs wie het gedaan heeft.'

'Ah,' zei Pendergast. 'Dat maakt de zaken een stuk eenvoudiger. Vertelt u daar eens meer over.'

'Begin mei kwam er een jonge man op bezoek, een bergbeklimmer. Een vreemde geschiedenis. Hij kwam uit het oosten, uit de bergen langs de grens met Nepal. Hij was halfdood, mentaal en fysiek uitgeput. Hij was professioneel bergbeklimmer, de enige overlevende van een expeditie naar de nog nooit beklommen westwand van de Dhaulagiri. Bij een lawine werd de hele expeditie weggevaagd, behalve hij. Hij had langs de noordwand moeten afdalen en vandaar was hij illegaal, zij het onschuldig, de grens met Tibet overgestoken. Drie weken lang had hij gelopen, en uiteindelijk gekropen, om ons via gletsjers en valleien te bereiken. Hij had zich in leven gehouden door ratten te eten. Die zijn heel voedzaam als je er een met een buik vol bessen te pakken krijgt. Hij was op sterven na dood. We verzorgden hem en brachten hem weer tot leven. Een Amerikaan, hij heet Jordan Ambrose.'

'Heeft hij bij u gestudeerd?'

'Hij had weinig belangstelling voor Chongg Ran. Het was vreemd, hij had beslist de wilskracht en de geestesactiviteit om te slagen, hij was misschien wel beter dan enige westerling die we ooit gezien hebben... behalve de vrouw, moet ik daaraan toevoegen. Constance.'

Pendergast knikte. 'Hoe weet u dat hij het was?'

De monnik gaf niet direct antwoord. 'We willen graag dat u hem opspoort en dat u de Agozyen te pakken krijgt en terugbrengt naar het klooster.'

Pendergast knikte. 'Die Jordan Ambrose, hoe zag hij eruit?'

De monnik stak een hand in zijn pij en haalde een klein, opgerold stuk perkament tevoorschijn. Hij maakte het lint eromheen los en rolde het open. 'Onze t'angka-schilder heeft op mijn verzoek een portret geschilderd.'

Pendergast pakte de rol aan en keek ernaar. Hij zag een jonge, fitte, knappe man van achter in de twintig, met lang blond haar en blauwe ogen. Zijn blik straalde vastberadenheid en intelligentie uit en tegelijkertijd iets brutaals. Het was een opmerkelijk portret, dat zowel de innerlijke als de uiterlijke mens leek weer te geven.

'Dit is bijzonder nuttig,' zei Pendergast. Hij rolde het op en stak het in zijn zak.

'Hebt u verder nog informatie nodig om de Agozyen te vinden?' vroeg de monnik.

'Ja. Vertelt u me wat de Agozyen precies is.'

Meteen kwam er een verbijsterende verandering over de monnik. Zijn gezicht betrok, hij keek bijna bang. 'Dat kan ik niet,' zei hij met bevende stem en zo zacht dat hij bijna onhoorbaar was.

'Het zal toch echt moeten. Als ik hem terug moet vinden, dan moet ik weten wat het is.'

'U begrijpt me verkeerd. Ik kan u niet vertellen wat de Agozyen is omdat we dat zelf niet weten.'

Pendergast fronste zijn voorhoofd. 'Hoe kan dat?'

'De Agozyen heeft in een houten kist gezeten vanaf het moment dat ons klooster hem duizend jaar geleden in ontvangst nam om te bewaren. We hebben hem nooit opengemaakt, dat was strikt verboden. Hij is van Rinpoche op Rinpoche doorgegeven, maar altijd verzegeld.'

'Wat voor kist?'

Met zijn handen gaf de monnik de afmetingen aan: zowat twaalf bij twaalf centimeter bij ruim een meter.

'Een ongebruikelijke vorm. Wat kan er volgens u in een kist met zo'n vorm gezeten hebben?'

'Het kan alles zijn wat lang en dun is. Een staf, een zwaard. Een boekrol of een opgerold schilderij. Een set zegels misschien, of touwen met heilige knopen.'

'Wat betekent de naam Agozyen?'

De monnik aarzelde. 'Duisternis.'

'Waarom was het verboden om hem te openen?'

'De stichter van het klooster, de eerste Rinpoche Ralang, had hem gekregen van een heilige man in het oosten, iemand uit India. De heilige man had op de zijkant van de kist een tekst uitgesneden met daarin de waarschuwing. Ik heb hier een kopie van de tekst, die ik zal vertalen.' Hij pakte een klein rolletje, beschreven met Tibetaanse lettertekens, hield het met licht trillende handen op een armlengte van zich af en las op:

Ontketen niet in heel uw dharma
Dat wat u zeker had verdroten
Met duisternis als wereldkarma:
Agozyen is en blijft gesloten.

'Dat "dharma" verwijst, neem ik aan,' zei Pendergast, 'naar de leer van de Boeddha?'

'In deze context betekent het nog iets groters: de hele wereld.'

'Obscuur en verontrustend.'

'In het Tibetaans is het al even raadselachtig. Maar het zijn krachtige woorden. Dit is een krachtige waarschuwing, meneer Pendergast, bijzonder krachtig.'

Daar dacht Pendergast even over na. 'Hoe kan een buitenstaander genoeg van deze kist weten om hem te stelen? Ik heb hier een tijd geleden een heel jaar doorgebracht en ik had er nooit van gehoord.'

'Dat is ons een raadsel. Onze monniken kunnen er onmogelijk over gesproken hebben. We zijn zeer beducht voor het voorwerp en we praten er nooit over, ook niet onder elkaar.'

'Die Ambrose had dus met één hand juwelen ter waarde van miljoenen kunnen opscheppen. De eerste de beste dief had eerst het goud en de edelstenen gepakt.'

'Misschien,' zei de monnik na een tijdje, 'is Ambrose niet zomaar de eerste de beste dief. Goud, edelstenen... u hebt het over aardse schatten. Vluchtige schatten. De Agozyen...'

'Ja?' drong Pendergast aan.

Maar de oude monnik spreidde zwijgend zijn handen en keek Pendergast met gepijnigde blik aan.

3

Het zwarte kleed van de nacht was net aan het optrekken toen Pendergast terugliep door de met ijzer beslagen deuren van de binnenpoort van het klooster. Voor hem, aan de andere kant van de kloostermuur, doemde de enorme Annapurna op, onverzettelijk: een purperen silhouet afgetekend tegen de oplossende duisternis. Op de keien van de binnenhof bleef hij staan wachten tot een monnik hem zwijgend zijn paard gaf. De kilte vlak voor zonsopgang was zwaar van de dauw en de geur van egelantier. Hij gooide zijn zadeltassen over de schoft van het paard, controleerde het zadel en maakte de stijgbeugels op lengte.

Woordeloos stond Constance Greene te kijken terwijl de FBI-agent de laatste voorbereidingen trof. Ze was gehuld in een pij van verschoten saffraan, en afgezien van haar fijne trekken en haar lange, bruine haar had ze bijna zelf voor een monnik aangezien kunnen worden.

'Sorry dat ik nu al weg moet, Constance. Ik moet onze man op het spoor zien te komen voordat het koud wordt.'

'Hebben ze echt geen idee wat het is?'

Pendergast schudde zijn hoofd. 'Ze kennen de vorm en de naam maar verder hebben ze geen idee.'

'Duisternis,' mompelde ze. Ze keek hem bezorgd aan. 'Hoe lang blijf je weg?'

'Het moeilijkste is al achter de rug. Ik weet hoe de dief heet en hoe hij eruitziet. Nu moet ik hem alleen nog inhalen. Het zal een week werk zijn om het ding terug te halen, hoogstens twee. Een simpele opdracht. Over twee weken ben jij klaar met je studie en kun je naar me toe komen, zodat we onze reis door Europa kunnen afmaken.'

'Doe voorzichtig, Aloysius.'

Pendergast glimlachte even. 'Het mag dan iemand met dubieuze normen en waarden zijn, maar het lijkt me geen moordenaar. Het risico zou normaal gesproken minimaal moeten zijn. Een simpele misdaad met maar één verbazend aspect: waarom nam hij de Agozyen mee en liet hij al dat waardevols liggen? Hij schijnt niet eerder belangstelling te hebben gehad voor Tibetaanse cultuur. Je zou bijna denken dat de Agozyen iets heel kostbaars en waardevols is, of dat het op de een of andere manier echt iets heel bijzonders is.'

Constance knikte. 'Heb je nog instructies voor mij?'

'Rust. Mediteer. Maak het eerste deel van je studie af.' Hij zweeg even. 'Het lijkt me sterk dat niemand hier weet wat de

Agozyen is, er móét iemand gekeken hebben. Zo zit de mens nu eenmaal in elkaar, zelfs hier, zelfs deze monniken. Het zou mij enorm helpen als ik wist wat het was.'

'Ik zal mijn best doen.'

'Uitstekend. Ik weet dat ik op je discretie kan rekenen.' Hij aarzelde, keek haar toen aan. 'Constance, ik moet je iets vragen.'

Toen ze zijn uitdrukking zag, werden haar ogen groot. Maar ze antwoordde beheerst: 'Ja?'

'Je hebt het nooit gehad over... je reis naar Feversham. Maar ooit zul je erover moeten praten. Wanneer we elkaar weer zien... als je dan zover bent...' Weer stierf zijn stem weg in die ongewone verwarring en besluiteloosheid.

Constance wendde haar blik af.

'Het is nu al weken geleden,' ging hij verder, 'en we hebben het er niet eenmaal over gehad. Maar vroeg of laat...'

Abrupt antwoordde ze hem. 'Néé!' zei ze razend. 'Nee.' Ze zweeg even tot ze zich weer in de hand had. 'Je moet me één ding beloven. Je mag het nooit meer over hem... of over Feversham... hebben waar ik bij ben.'

Pendergast nam haar even vorsend op en uiteindelijk knikte hij bijna onmerkbaar. 'Dat beloof ik.'

Toen kuste hij haar op beide wangen. Hij nam de teugels in zijn hand, hees zich omhoog in het zadel, gaf zijn paard de sporen en reed onder de buitenpoort door, het slingerende pad op.

4

In een kale cel diep in het Gsalrig Chongg-klooster zat Constance Greene in lotushouding, met gesloten ogen, en probeerde de uitzonderlijk complexe knoop te visualiseren in het zijden koord dat voor haar lag. Achter haar in het vage licht zat Tsering. Ze was zich alleen bewust van hem door het bijna onhoorbare geprevel van zijn stem, die in het Tibetaans mompelde. Ze had de taal bijna acht weken lang intensief bestudeerd en sprak het Tibetaans intussen redelijk, met een bescheiden vocabulaire, enkele zinnen en wat idiomatische uitdrukkingen.

'Visualiseer de knoop,' kwam de zachte, hypnotiserende stem van haar leraar.

De opgeroepen knoop begon vorm te krijgen in haar geest, ruim een meter voor haar gesloten ogen. Hij straalde een vaag licht uit. Het feit dat ze hier op de kale, stenen vloer van een kloostercel met zoutkorsten aan de wanden zat, begon langzaam uit haar bewustzijn weg te zakken.

'Helder maken. En laten stilstaan.'

De knoop werd scherpgesteld, wankelde een beetje of werd wazig als haar aandacht verslapte, maar bleef nooit lang vaag.

'Je geest is een meer bij schemerlicht,' zei de leraar. 'Stil, kalm, helder.'

Een eigenaardig gevoel van daar-zijn en tegelijkertijd niet-daar-zijn maakte zich van Constance meester. De knoop die ze voor haar visualisatie had uitgekozen, bleef voor haar zweven. Het was een matig complexe knoop, driehonderd jaar geleden door een groot leraar ontworpen. Hij stond bekend als de Dubbele Roos.

'Vergroot het beeld van de knoop in je geest.'

Het was een precair evenwicht van inspanning en loslaten. Als ze zich te zeer concentreerde op helderheid en stabiliteit, begon het beeld uiteen te vallen en kwamen er andere gedachten doorheen; als ze te veel losliet, vervaagde het beeld in de mist van haar innerlijk leven. Er was ergens een perfect evenwichtspunt. En langzamerhand, heel langzaam, was ze dat aan het vinden.

'Richt nu je blik op het beeld van de knoop zoals je dat in gedachten hebt opgebouwd. Observeer het van alle kanten: van boven, van opzij.'

De zacht glanzende zijden lussen bleven solide voor haar geestesoog en brachten een kalme vreugde, een concentratie, die ze nog nooit beleefd had. En toen verdween de stem van haar leraar geheel en al, en restte alleen de knoop nog. Er was geen tijd. Er was geen ruimte. Er was alleen de knoop.

'Maak de knoop los.'

Dit was het moeilijkste deel, waarvoor immense concentratie nodig was: de wikkelingen van de knoop traceren en dan in gedachten ontwarren.

De tijd verstreek; het konden tien seconden geweest zijn of tien uur.

Een hand raakte zacht haar schouder aan, en haar ogen gingen open. Tsering stond voor haar, met het uiteinde van zijn pij over een arm geslagen.

'Hoe lang?' vroeg ze in het Engels.

'Vijf uur.'

Ze stond op en merkte dat haar benen zo onvast waren dat ze amper lopen kon. Hij greep haar arm en hielp haar overeind te blijven.

'Je leert snel,' zei hij. 'Waak ervoor dat je niet hovaardig wordt.'

Ze knikte. 'Dank u.'

Langzaam liepen ze een oude gang door, een bocht om. Een eind verderop hoorde ze het zwakke geluid van de gebedsmolens door de stenen gang echoën.

Weer een bocht. Ze voelde zich verfrist, helder, alert. 'Waar worden al die gebedsmolens door aangedreven?' vroeg ze. 'Ze staan geen moment stil.'

'Onder het klooster ligt een waterbron, de bron van de Tsang-po. Het water loopt over een rad en dat drijft het mechanisme aan.'

'Ingenieus.'

Ze liepen langs de muur vol knersende, ratelende koperen molens, eruitziend als een volslagen onmogelijke fantasiemachine. Achter de molens zag Constance een woud van bewegende messing staven en houten tandraderen.

Ze lieten de molens achter zich en kwamen in een van de buitenste gangen. Voor hen doemde een van de meest afgelegen paviljoens van het klooster op. De vierkante zuilen vormden een kader rond de drie hoge bergen. Ze liepen het paviljoen binnen. Constance dronk de zuivere berglucht in. Tsering wees een zitplek aan en Constance nam plaats. Hij ging naast haar zitten. Een paar minuten lang zaten ze zwijgend naar de donker wordende bergen te kijken.

'De meditatie die je aan het leren bent, is iets heel krachtigs. Op een dag zul je misschien uit je meditatie komen en merken dat de knoop... ontward is.'

Constance zei niets.

'Sommigen kunnen zuiver met hun gedachten invloed uitoefenen op de fysieke wereld, dingen maken van gedachten. Er is een verhaal van een monnik die zo lang over een roos mediteerde, dat er toen hij zijn ogen opende, een roos op de vloer lag. Dat is heel gevaarlijk. Het is niet iets om te wensen en het is een ernstige afwijking van de boeddhistische leer.'

Ze knikte dat ze het begreep. Ze geloofde er geen woord van.

Tserings lippen verbreedden zich tot een glimlach. 'Je bent sceptisch. Dat is heel goed. Of je het gelooft of niet, kies met zorg het beeld waarover je mediteert.'

'Dat zal ik doen,' zei Constance.

'Denk eraan: hoewel we vele "demonen" hebben, zijn de meeste niet kwaadaardig. Het zijn banden die je moet afwerpen om verlichting te bereiken.'

Weer een lange stilte.

'Vragen?'

Ze bleef even zwijgen en dacht terug aan Pendergasts verzoek bij zijn vertrek. 'Ja, één. Waarom is er een binnenklooster?'

Het duurde even voordat Tsering antwoord gaf. 'Het binnenklooster is het oudste in heel Tibet, gebouwd in het afgelegen gebergte door een groep nomadische monniken uit India.'

'Is het gebouwd om de Agozyen te beschermen?'

Tsering keek haar strak aan. 'Daar mag niet over gesproken worden.'

'Mijn voogd is vertrokken op zoek naar de Agozyen. Op verzoek van dit klooster. Misschien kan ik ook een bijdrage leveren.'

De oude man wendde zijn blik af en dat hij zo ver weg keek, had niets te maken met het landschap dat voor hen lag. 'De Agozyen is vanuit India hierheen gebracht. En heel ver weg gebracht, de bergen in, waar hij geen kwaad kon. Ze hebben het binnenklooster gebouwd om de Agozyen te beschermen. En later is toen het buitenklooster om het binnenklooster heen gebouwd.'

'Maar één ding begrijp ik niet. Als die Agozyen zo ontzettend gevaarlijk is, waarom is hij dan niet gewoon vernietigd?'

De monnik bleef een hele tijd zwijgen. Toen zei hij, bijna onhoorbaar zacht: 'Omdat hij in de toekomst een belangrijk doel zal dienen.'

'Wat voor doel?'

Maar haar leraar bleef zwijgen.

5

De jeep kwam hotsend de hoek om zetten, hobbelde spetterend door een reeks enorme gaten in de heuvelweg en kwam toen op een brede zandweg naar de stad Qiang, niet ver van de grens tussen Tibet en China. Vanuit de hemel viel een grijze motregen in een waas van bruine rook die over de stad hing, afkomstig uit een stel hoge fabrieksschoorstenen aan de overkant van een smerige rivier met huisvuil dat opgehoopt lag langs beide oevers.

Claxonnerend als een razende haalde de chauffeur van de jeep een zwaar overbeladen vrachtwagen in. In een bocht zonder enig zicht zwenkte hij langs een tweede vrachtwagen, slipte tot op een meter van de afgrond en begon aan de afdaling naar de stad.

'Naar het station, graag,' zei Pendergast in het Mandarijn.

'*Wei wei, xian sheng!*'

De jeep laveerde tussen voetgangers, fietsers en een man met een span ossen door. Bij een rotonde kwam hij met gierende banden tot stilstand en daarna reed de chauffeur centimeter voor centimeter verder, zwaar op de claxon leunend. Uitlaatgassen en een ware symfonie van toeters hingen zwaar in de lucht. De ruitenwissers klapten heen en weer en smeerden de modder die de hele auto bedekte over het glas uit, waarbij de bloedeloze regenval meehielp om een gelijkmatig laagje te creëren.

Voorbij de rotonde eindigde de brede avenue bij een laag, grijs bouwsel van cement. De chauffeur gaf nog eenmaal flink gas en kwam toen knersend tot stilstand. 'We zijn er,' zei hij.

Pendergast stapte uit en opende zijn paraplu. De lucht rook naar zwavel- en petroleumwalm. Hij liep het station binnen en baande zich een weg tussen de mensenmassa's door. De medepassagiers krioelden om hem heen en duwden elkaar opzij, ze gilden en krijsten, en sleepten enorme zakken en manden met zich mee. Hier en daar werden levende kippen en eenden vervoerd, de vleugels tegen het lichaam gebonden, en er was zelfs iemand die een deerniswekkend krijsend varken in een aftands boodschappenkarretje voortduwde.

Aan de achterzijde van het station werd de menigte iets minder groot en vond Pendergast wat hij zocht: een schemerige gang naar de burelen van het kader. Hij liep langs een half in slaap gesukkelde bewaker, liep snel de lange gang door en keek in het voorbijgaan naar de namen op de deuren. Uiteindelijk bleef hij voor een wel heel verveloze deur staan. Hij voelde aan de deurklink, merkte dat de deur niet op slot zat en liep zonder kloppen naar binnen.

Daar zat een kleine, kogelronde Chinese beambte achter een bureau met hoge stapels papieren. Aan een kant van het bureau stond een theeservies met smerige kopjes met scherven eraf. Het rook er naar frituurvet en *hoisin*-saus.

Razend over de onaangekondigde binnenkomst sprong de ambtenaar overeind. 'Wie bent u?' brulde hij in het Engels met een zwaar accent.

Pendergast bleef met over elkaar geslagen armen staan, een superieur glimlachje op zijn gezicht.

'Wat wilt u? Ik bel bewaking!' Hij stak zijn hand uit om de telefoon te pakken, maar Pendergast leunde even naar hem over en drukte de hoorn terug op het toestel.

'*Ba*,' zei Pendergast op gedempte toon in het Mandarijn. 'Stop.'

Bij die nieuwe belediging kleurde het gezicht van de man nog roder.

'Ik heb een paar vragen en die wil ik graag beantwoord zien,' zei Pendergast, nog steeds op gedempte toon in kil-formeel Mandarijn.

Zijn woorden hadden een uitgesproken effect op de beambte: zijn gezicht weerspiegelde verontwaardiging, verwarring en angst. 'U beledigt me,' brulde hij na enige tijd. 'Dat marcheert hier maar naar binnen, dat zit aan mijn telefoon, dat stelt eisen! Wie denkt u wel dat u bent, dat u hier zomaar binnen komt lopen, met uw barbaarse gedrag?'

'U gaat nú zitten, meneer, u houdt uw gemak en u luistert. En anders...' – nu ging Pendergast over in beledigend, want informeel taalgebruik – 'zit je binnen de kortste keren op de volgende trein, op weg naar een nieuwe werkplek ergens diep in het Kunlungebergte.'

Het gezicht van de man begon intussen paars aan te lopen, maar hij hield zijn mond. Even later ging hij stijfjes zitten, vouwde zijn handen op het bureau en wachtte.

Pendergast ging ook zitten. Hij pakte de perkamentrol die lama Thubten hem had gegeven en hield die de beambte voor. Na een korte aarzeling nam die hem onwillig aan.

'Deze man is hier twee maanden geleden langsgekomen. Jordan Ambrose heet hij. Hij had een houten kist bij zich, heel oud. Hij heeft u geld gegeven, en in ruil daarvoor hebt u hem een exportvergunning gegeven voor de kist. Ik wil graag een kopie zien van die exportvergunning.'

Lange tijd bleef het stil. Toen legde de spoorwegbeambte het portret op tafel. 'Ik weet niet waar u het over hebt,' zei hij mokkend. 'Ik neem geen smeergeld aan. En hoe dan ook, er komen zoveel mensen op het station dat ik dat echt niet meer zou weten.'

Pendergast haalde een plat bamboe doosje uit zijn zak, opende het, keerde het ondersteboven en legde een keurig stapeltje biljetten van 100 yuan renminbi op tafel. De man keek ernaar. Zijn adamsappel bewoog even, krampachtig.

'Deze man herinnert u zich vast wel,' zei Pendergast. 'Het was een grote kist, bijna anderhalve meter lang. En zichtbaar oud. Meneer Ambrose kan die kist onmogelijk door het station of het land uit gekregen hebben zonder vergunning. Aan u, meneer, de keuze: u zet uw principes even opzij en u neemt het geld aan, of u blijft op uw principes staan en u belandt uiteindelijk in het Kunlungebergte. Zoals u misschien al bent gaan vermoeden door mijn accent en het feit dat ik als buitenlander uw taal redelijk vloeiend spreek, heb ik belangrijke connecties in China.'

De beambte veegde met een zakdoek zijn handen af. Toen stak hij een hand uit en legde die over het geld heen. Hij schoof het naar zich toe en met een snel gebaar verdween het in een la. Toen stond hij op. Ook Pendergast kwam overeind, ze schudden elkaar de hand en wisselden een beleefde, formele groet uit alsof ze elkaar voor het eerst troffen.

De man ging zitten. 'Wil de bezoeker soms een kopje thee nuttigen?' vroeg hij.

Pendergast keek naar de smerige, gevlekte theekoppen en glimlachte. 'Ik zou vereerd zijn, meneer.'

De man gaf een schreeuw in de richting van een achterkamer. Een bediende holde naar binnen en pakte de theepot. Vijf minuten later kwam hij terug met een dampende pot. De bureaucraat schonk in.

'Ik herinner me de man over wie u zojuist sprak,' zei hij. 'Hij had geen visum voor een verblijf in China. Hij had een lange kist bij zich. Hij wilde zowel een uitreisvisum – zonder zo'n visum kon hij het land niet uit – als een exportvergunning. Ik heb hem beide gegeven. Dat liep nogal... in de papieren voor hem.'

In de kop zat verse, groene thee; Pendergast was verbaasd over de kwaliteit.

'Hij sprak uiteraard Chinees. Hij vertelde me een ongelooflijk verhaal over hoe hij van Nepal naar Tibet was gekomen.'

'En de kist? Zei hij daar iets over?'

'Hij zei dat het een stuk antiek was dat hij in Tibet had gekocht, u weet, die smerige Tibetanen zouden hun bloedeigen kinderen verkopen als ze daar een paar yuan mee konden verdienen. In de Autonome Regio Tibet wemelt het van de ouwe troep.'

'Hebt u gevraagd wat erin zat?'

'Een rituele *phur-bu*-dolk, zei hij.' Hij rommelde in een la, bladerde door wat papieren en haalde een vergunning tevoorschijn. Hij schoof het document naar Pendergast, die er even naar keek.

'Maar de kist zat op slot en hij wilde hem beslist niet openmaken,' vervolgde de ambtenaar. 'Dat kostte hem behoorlijk wat extra: een vergunning zonder inspectie van de inhoud.' De man glimlachte een rij tanden vol theevlekken bloot.

'Wat kan erin gezeten hebben, denkt u?'

'Geen idee. Heroïne, geld, edelstenen?' Hij spreidde zijn handen.

Pendergast wees naar de vergunning. 'Hier staat dat hij de trein naar Chengdu nam en daarna een China Airvlucht naar Peking. Vandaar zou hij overstappen op een vlucht naar Rome. Klopt dat?'

'Ja. Hij moest me zijn ticket laten zien. Als hij een andere route zou volgen om China uit te komen, kon hij worden aangehouden. De vergunning geldt alleen voor de route Qiang-Chengdu-Peking-Rome. Zo weet ik hoe hij gereisd is. Maar ja, toen hij eenmaal in Rome zat...' Weer spreidde hij zijn handen.

Pendergast schreef de reisgegevens over. 'Hoe gedroeg hij zich? Was hij nerveus?'

De bureaucraat dacht even na. 'Nee. Heel eigenaardig. Hij leek wel... uitgelaten. Breedsprakig. Stralend bijna.'

Pendergast stond op. 'Ik dank u vriendelijk voor de thee, *xian sheng*.'

'En ik dank u, meneer.'

Een uur later zat Pendergast in een eersteklascoupé van de Glorious Trans-China Express op weg naar Chengdu.

6

Constance Greene wist dat de monniken van het Gsalrig Chongg-klooster leefden volgens een streng regime van meditatie, studie en slaap, met twee onderbrekingen voor maaltijden en thee. De slaapperiode was altijd hetzelfde: van acht uur 's avonds tot één uur 's nachts. Van die routine werd nooit afgeweken, en waarschijnlijk volgden de monniken dit schema al duizend jaar. Ze was er dan ook van overtuigd dat ze om middernacht niemand tegen het lijf zou lopen in het enorme klooster.

Om klokslag twaalf sloeg ze dus – zoals ze de afgelopen drie nachten eerder gedaan had – de ruwe jakhuid op die dienstdeed als deken en ging rechtop in bed zitten. Het enige geluid was het kreunen van de wind in de verte, tussen de buitenste paviljoens van het klooster. Ze stond op en trok haar pij aan. Het was bitter koud in de cel. Ze liep naar het raampje en opende het houten luik. Er zat geen glas in de raamopening en de kille nachtlucht stroomde naar binnen. Toen ze over de duisternis uitkeek, zag ze één enkele ster die hoog in het fluweelzwart stond te huiveren.

Ze sloot het luik en liep naar de deur, waar ze even bleef staan wachten. Het was doodstil. Even later opende ze de deur, glipte de gang in en liep naar de lange buitengang. Langs de gebedsmolens, die eindeloos knersend hun zegen naar de hemel zonden, en door een gang die diep de doolhof van vertrekken in voerde, op zoek naar de ingemetselde muurheilige die het binnenklooster bewaakte. Pendergast had weliswaar beschreven waar die ongeveer huisde, maar het complex was zo uitgestrekt en de gangen vormden zo'n ondoorzichtig labyrint dat de kluizenaar bijna onmogelijk te vinden was.

Maar vanavond kwam ze dan eindelijk na veel omzwervingen bij de gepolijste stenen muur waaraan te zien was dat zijn cel erachter lag. De losse steen lag op zijn plek, afgesleten en beschadigd doordat hij zo vaak verschoven was. Ze tikte er een paar maal tegen en wachtte. Het duurde minuten, maar toen bewoog de steen dan eindelijk, een heel klein beetje: er klonk een zacht geschraap en daarmee begon de steen te draaien. Benige vingers verschenen als lange, witte wormen in de duisternis, grepen de steen en duwden die weg, zodat er een kleine opening verscheen in de duisternis.

Van tevoren had Constance zorgvuldig bedacht wat ze in het Tibetaans wilde zeggen. Nu bukte ze zich naar de opening en fluisterde: 'Laat mij in het binnenklooster binnen.'

Ze draaide haar hoofd om en legde haar oor tegen de opening. Een zwakke, fluisterzachte stem, die haar aan het geluid van een insect deed denken, antwoordde in het Tibetaans. Ze moest zich tot het uiterste inspannen om de monnik te horen en te verstaan.

'U weet dat dat verboden is?'

'Ja, maar...'

Voordat ze goed en wel uitgesproken was, hoorde ze een schrapend geluid en kwam er een stuk van de muur naast de cel in beweging: een naad in de stenen opende zich en onthulde een donkere gang. Verbluft constateerde ze dat de muurheilige haar zorgvuldig verzonnen uitleg niet eens had afgewacht.

Ze knielde, stak een wierookstokje aan en ging naar binnen. Achter haar ging de deur weer dicht. Voor haar lag een schemerige gang met een uitwaseming van vochtige steen en kleverige hars. De lucht was nevelig van de wierook.

Ze deed een stap naar voren en hield haar wierookstok in de lucht. De vlam flakkerde als in protest. Ze liep de lange gang in, waar half zichtbare fresco's verontrustende beelden schetsten van eigenaardige godheden en dansende demonen.

Het binnenklooster, besefte ze, moest ooit veel meer monniken hebben geherbergd dan nu het geval was. Het was uitgestrekt, kil en verlaten. Ze wist niet waar ze heen moest; het was haar zelf niet eens echt duidelijk wat ze aan het doen was. Ze wist alleen dat ze de monnik wilde vinden die Pendergast had gesproken en dat ze hem aan de tand wilde voelen. De gang maakte een paar bochten, en ze kwam door enorme, verlaten vertrekken, met muren waarop ze hier en daar een glimp opving van t'angka's en mandala's, bijna weggesleten van ouderdom. In één kamer stond een eenzame, vergeten kaars te sputteren voor een oud bronzen Boeddhabeeld, half opgegeten door kopergroen. De wierook die ze als toorts gebruikte, begon op te branden. Ze haalde een nieuw stokje uit haar zak en stak het aan. De geur van sandelhoutrook vulde de gang.

Ze liep nog een bocht om en bleef toen als aan de grond genageld staan. Daar stond een monnik, lang en mager, in een rafelige pij, met holle ogen starend, met een eigenaardige, bijna woeste blik. Ze keek hem aan. Hij zei niets. Geen van beiden verroerde zich.

Na enige tijd strekte Constance haar hand uit naar de capuchon van haar pij, trok die van haar hoofd en liet haar bruine haar over haar schouders vallen. De ogen van de monnik verwijdden zich even, maar niet veel. Hij bleef zwijgen.

'Gegroet,' zei Constance in het Tibetaans.

De monnik neeg even het hoofd. Hij bleef haar met zijn grote ogen aankijken.

'Agozyen,' zei ze.

Weer geen reactie.

'Ik ben gekomen om te vragen wat Agozyen is,' sprak ze haperend, in haar gebroken Tibetaans.

'Waarom ben je hier, kleine monnik?' vroeg hij bijna fluisterend.

Constance deed een stap in zijn richting. 'Wat is Agozyen?' herhaalde ze, bijna driftig.

Hij sloot zijn ogen. 'Je geest verkeert in staat van hevige opwinding, kleintje.'

'Ik moet het weten.'

'Moet,' herhaalde hij.

'Wat doet Agozyen?'

Zijn ogen gingen open. Hij draaide zich om en liep weg. Constance ging achter hem aan.

De monnik koos een pad door een groot aantal smalle gangen,

sloeg vele bochten om, liep trappen op en af, door ruw uitgehouwen tunnels en lange zalen vol fresco's. Eindelijk bleef hij
staan voor een stenen deuropening met een rafelige voorhang van
oranje zijde. Hij trok het gordijn opzij. Tot haar verbazing zag
Constance drie monniken op stenen banken zitten, alsof ze in con-
claaf waren, met een stel brandende kaarsen opgesteld voor een
verguld beeld van een zittende boeddha.

Een van de monniken stond op. 'Kom binnen,' zei hij in ver-
rassend vloeiend Engels.

Constance maakte een buiging. Hadden ze haar verwacht? Dat
leek haast onmogelijk. Maar een andere logische verklaring was
er niet.

'Ik ben een leerling van lama Tsering,' zei ze, dankbaar dat ze
op het Engels kon overschakelen.

De man knikte.

'Ik wil weten wat de Agozyen is en doet.'

Hij keek naar de anderen en begon in het Tibetaans te overleggen. Constance probeerde op te vangen wat hij zei, maar de
stemmen klonken te gedempt. Uiteindelijk richtte de monnik het
woord weer tot haar.

'Lama Thubten heeft de detective alles verteld wat wij weten,'
zei hij.

'Het spijt me, maar dat geloof ik niet.'

De monnik leek verbluft over haar directheid, maar herstelde
zich snel. 'Waarom zeg je dat, kind?'

Het was ijskoud in het vertrek, en Constance begon te huiveren. Ze trok haar pij dicht om zich heen. 'U weet dan misschien
niet precies wat de Agozyen is, maar u weet wel waar hij toe dient.
Waarvoor hij in de toekomst gebruikt zal worden.'

'Het is nog geen tijd om dat te onthullen. De Agozyen is ons
ontstolen.'

'Te vroeg ontstolen, bedoelt u?'

De monnik schudde zijn hoofd. 'Wij waren zijn hoeders. Het
is van het grootste belang dat hij bij ons terugkomt, voordat...'
Hij zweeg abrupt.

'Voordat... wát?'

De monnik schudde zijn hoofd; zijn magere gezicht stond strak
en bezorgd in het vage licht.

'U móét het me vertellen. Dat helpt Pendergast, óns, om het voorwerp terug te vinden. Ik zal het tegen niemand zeggen, alleen tegen hem.'

'Laten we onze ogen sluiten en mediteren,' zei de monnik. 'Laat ons mediteren en onze gebeden opsturen voor een snelle en veilige terugkeer.'

Ze slikte en probeerde te kalmeren. Het was zo, ze handelde impulsief. Haar gedrag moest ongetwijfeld schokkend overkomen op de monniken. Maar ze had Aloysius iets beloofd, en die belofte zou ze houden.

De monnik zette een monotoon gezang in en de anderen volgden hem. De eigenaardige, gonzende, steeds herhaalde klanken vulden haar geest, en haar woede, haar wanhopige verlangen om meer te weten te komen, stroomde uit haar weg als water uit een lekke emmer. De sterke behoefte om aan Pendergasts verzoek te voldoen nam iets af. Haar geest werd alert, bijna kalm.

Het gezang hield op. Langzaam opende ze haar ogen.

'Ben je nog steeds hartstochtelijk op zoek naar het antwoord op je vraag?'

Lange tijd bleef het stil. Constance dacht terug aan een van haar lessen, een les over begeren. Ze boog haar hoofd. 'Nee,' loog ze. Ze begeerde de informatie meer dan ooit.

De monnik glimlachte. 'Je hebt nog veel te leren, kleine monnik. We weten heel goed dat je de informatie nodig hebt, dat je die begeert, en dat deze je van nut zal zijn. Voor jou persoonlijk is het niet goed dat je haar zoekt. Het is uitermate gevaarlijke informatie. Ze kan je leven verwoesten, en meer dan dat: je ziel. Nooit zul je dan nog verlichting bereiken.'

'Ik wil het weten.'

Ze keek op.

'We weten niet wat de Agozyen is. We weten niet waar uit India hij vandaan komt. We weten niet wie hem geschapen heeft. Maar we weten wel waarom hij geschapen is.'

Constance wachtte.

'Hij is geschapen om een vreselijke wraak uit te oefenen op de wereld.'

'Wraak? Wat voor wraak?'

'Om de aarde te zuiveren.'

Om redenen die ze zelf niet goed verklaren kon, wist Constance plotseling niet meer zeker of ze wel meer wilde horen. Ze moest zich dwingen om te zeggen: 'Zuiveren, hoe dan?'

De bezorgde uitdrukking van de man werd nu bijna bedroefd. 'Het spijt me vreselijk dat ik je met deze zware kennis moet belasten. Wanneer de aarde verdrinkt in zelfzuchtigheid, hebzucht, geweld en kwaad, dan zal de Agozyen de aarde zuiveren van haar menselijke last.'

Constance slikte moeizaam. 'Ik geloof niet dat ik dat helemaal begrijp.'

'De aarde zal gehéél gezuiverd worden van haar menselijke last,' zei de monnik amper hoorbaar. 'Zodat alles opnieuw kan beginnen.'

7

Aloysius Pendergast stapte aan de Ca' d'Oro uit de *vaporetto* en bleef met zijn leren aktetas in de hand even staan. Het was een warme zomerdag in Venetië, en het zonlicht glinsterde op het water van het Canal Grande en gloeide op de rijkversierde marmeren gevels van de palazzi.

Hij keek even op een papiertje en beende toen de kade af, in de richting van een wirwar aan straatjes die in noordoostelijke richting liepen, naar de Chiesa dei Gesuiti. Algauw had hij de mensenmenigte en het rumoer achter zich gelaten en bevond hij zich diep in de overschaduwde koelte van de zijstraatjes achter de paleizen aan het Canal Grande. Vanuit een restaurant klonk muziek, een motorbootje pufte door een smaller kanaal en liet een kielzog achter van water dat tegen de marmeren en travertijnen bruggen klotste. Ergens leunde een man uit een raam om iets tegen een vrouw aan de overkant van het water te roepen, en zij lachte.

Na nog een paar bochten stond Pendergast voor een deur met een versleten bronzen knop en het simpele opschrift *dottore Adriano Morin*. Hij drukte eenmaal op de bel en wachtte. Even later hoorde hij boven zijn hoofd een raam openknersen, en hij keek op. Er keek een vrouw naar buiten.

'Wat wilt u?' vroeg ze in het Italiaans.

'Ik heb een afspraak met *il dottore*. Mijn naam is Pendergast.'

Het hoofd schoot weer naar binnen en even later ging de deur open. 'Komt u binnen,' zei ze.

Pendergast stapte een kleine zitkamer in, met wanden van rood-zijden brokaat en een vloer van zwarte en witte marmeren tegels. Er stonden diverse schitterende Aziatische kunstwerken: een antieke Khmerbuste uit Cambodja, een Tibetaanse *dorje* van zuiver goud, bezet met turkooizen; oude t'angka's; een verlicht mughal-manuscript in een glazen vitrine; een ivoren Boeddhakop.

'Gaat u zitten,' zei de vrouw, terwijl ze zelf achter een klein bureautje plaatsnam.

Pendergast ging zitten, zette zijn aktetas op zijn knieën en wachtte. Hij wist dat Morin een van de bekendste handelaren was in antiek 'van onbekende herkomst' in heel Europa. Hij was in wezen een chic soort heler, een van de velen die geplunderde schatten uit diverse corrupte landen in Azië accepteerde, van vervalste papieren voorzag en doorverkocht op de legitieme kunstmarkt, aan musea en verzamelaars die wel beter wisten dan vragen te stellen.

Even later verscheen Morin in de deuropening, een verzorgde, elegant geklede man met schitterend gemanicuurde vingernagels, kleine voeten in prachtige Italiaanse schoenen en een keurig verzorgd baardje.

'Meneer Pendergast? Het is me een groot genoegen.'

Ze schudden elkaar de hand. 'Komt u mee,' zei de man.

Pendergast volgde hem een lange *salone* in, met een wand van gotische ramen die uitkeken over het Canal Grande. Net als het zitkamertje was ook dit vertrek ruim voorzien van buitengewoon fraaie Aziatische kunstvoorwerpen. Morin wees een stoel aan en ze namen plaats. De man haalde een gouden sigarettenkoker uit zijn zak, klapte hem open en hield hem Pendergast voor.

'Nee, dank u.'

'Bezwaar als ik er een opsteek?'

'Natuurlijk niet.'

Morin viste een sigaret uit de koker en sloeg met een elegant gebaar zijn benen over elkaar. 'Welnu, meneer Pendergast. Waarmee kan ik u van dienst zijn?'

'U hebt een schitterende collectie, dottore Morin.'

Morin glimlachte en gebaarde om zich heen. 'Ik verkoop alleen via particuliere plaatsingen. Wij zijn uiteraard niet open voor het publiek. Hoe lang verzamelt u al? Ik ben uw naam nog nooit tegengekomen en ik stel er een eer in om bijna alle verzamelaars te kennen.'

'Ik ben geen verzamelaar.'

Morins hand bleef op weg naar zijn lippen in de lucht hangen. 'Geen verzamelaar? Dan moet ik u verkeerd begrepen hebben toen u me belde.'

'Nee, u hebt me niet verkeerd begrepen. Dat was een leugen.'

Nu hing de hand werkelijk roerloos in de lucht. De rook kringelde omhoog. 'Pardon?'

'Ik ben detective. Ik werk voor particulieren en ik ben op zoek naar een gestolen voorwerp.'

De lucht in het vertrek leek te bevriezen.

Rustig zei Morin: 'Aangezien u zelf zegt dat u hier niet in enige officiële hoedanigheid bent, en omdat u onder valse voorwendselen bent binnengedrongen, vrees ik dat dit gesprek nú afgelopen is.' Hij stond op. 'Goedemiddag, meneer Pendergast. Lavinia zal u uitlaten.'

Toen hij zich omdraaide en weg wilde lopen, zei Pendergast tegen zijn rug: 'Dat Khmerbeeld in de hoek komt trouwens uit Banteay Chhmar in Cambodja. Het is pas twee maanden geleden gestolen.'

Halverwege de deur bleef Morin staan. 'U vergist zich. Dat komt uit een oude Zwitserse collectie. Ik heb de documenten, ik kan het bewijzen. Zoals ik dat voor alle voorwerpen in mijn collectie kan.'

'Ik heb een foto van datzelfde voorwerp, in situ, in de tempelmuur.'

Morin riep: 'Lavinia? Bel jij de politie? Zeg maar dat ik een ongewenste gast in huis heb die weigert te vertrekken.'

'En die zestiende-eeuwse Sri Chakrasamvara en Vajravarahi uit Nepal is geëxporteerd met een vervalste vergunning. Zoiets kan nooit op legale wijze uit Nepal worden uitgevoerd.'

'Zullen we op de politie wachten, of bent u al op weg naar buiten?'

Pendergast keek op zijn horloge. 'O, ik wacht wel.' Hij klopte op zijn aktetas. 'Ik heb hier genoeg documentatie om interpol járen bezig te houden.'

'U hebt helemaal niets. Al mijn stukken zijn legaal en van officiële herkomst.'

'Zoals die *kapala*-schedelkap van zilver met goud? Die is legaal, ja, omdat het een moderne kopie is. Of probeert u hem als een oorspronkelijk stuk aan de man te brengen?'

Het werd stil. Het magische Venetiaanse licht filterde door de ramen naar binnen en vervulde het schitterende vertrek van een gouden glans.

'Als de politie komt, laat ik u arresteren,' zei Morin uiteindelijk.

'Ja, en dan zullen ze ongetwijfeld de inhoud van mijn aktetas in beslag nemen. En die zullen ze bijzonder interessant vinden.'

'Dat is chantage.'

'Chantage? Ik vraag u niets, ik constateer enkel een paar feiten. Die twaalfde-eeuwse Visjnoe met consorten, naar verluidt afkomstig uit de Paladynastie, is ook vals. Als hij echt was, zou hij een fortuin opbrengen. Jammer dat u hem niet kunt verkopen.'

'Wat wilt u, verdomme?'

'Helemaal niets.'

'U komt hier, u liegt me voor, u bedreigt me in mijn eigen huis, en dan wilt u niets? Kom op, Pendergast. Denkt u dat een van die voorwerpen gestolen is? Als dat zo is, zullen we dat dan gewoon, als heren onder elkaar, bespreken?'

'Ik denk niet dat het gestolen voorwerp in uw bezit is.'

Met een zijden zakdoek bette de man zijn voorhoofd. 'Maar u zult toch wel íéts in gedachten gehad hebben toen u hierheen kwam, een verzoek, wat dan ook!'

'Bijvoorbeeld...?'

'Dat weet ík toch niet!' barstte de man razend uit. 'Wat wilt u? Geld? Een geschenk? Iedereen wil iets! Voor de draad ermee!'

'Tja,' zei Pendergast timide. 'Als u er dan echt op staat... ik heb een Tibetaans portretje en ik zou graag willen dat u daar eens naar keek.'

Morin draaide zich als gestoken om. De as viel van zijn sigaret af. 'In godsnaam, is dat alles? Geef hier, dat verdomde portret. Die dreigementen zijn nergens voor nodig.'

'Dat doet me genoegen. Ik was bang dat u misschien niet zou willen helpen.'

'Ik zég toch dat ik u help!'

'Uitstekend.' Pendergast pakte het portret dat hij van de monnik had gekregen en gaf het aan Morin. Die rolde het open, pakte een bril, zette die op en bestudeerde het portret. Even later zette hij de bril weer af en gaf de rol terug aan Pendergast. 'Modern. Geen cent waard.'

'Ik kom niet voor een taxatie. Kijk eens naar het gezicht op dat portret. Heeft die man u een bezoek gebracht?'

Morin aarzelde, pakte de schildering weer aan en bestudeerde hem nauwkeuriger. Er streek een blik van verbazing over zijn gezicht. 'Ja, inderdaad, ik herken hem. Wie heeft dit portret gemaakt? Het is in perfecte t'angka-stijl uitgevoerd.'

'Had de man iets te verkopen?'

Morin aarzelde. 'U werkt niet samen met deze... persoon, neem ik aan?'

'Nee, ik ben naar hem op zoek. En naar het voorwerp dat hij gestolen heeft.'

'Ik heb hem en zijn voorwerp de deur gewezen.'

'Wanneer was hij hier?'

Morin stond op en bladerde in een grote agenda. 'Eergisteren, om twee uur. Hij had een kist bij zich. Hij zei dat hij gehoord had dat ik in Tibetaans antiek handelde.'

'Probeerde hij die kist te verkopen?'

'Nee. Heel eigenaardig. Hij wilde de kist niet eens openmaken. Hij zei dat er een Agozyen in zat, een term die ik nog nooit gehoord heb, en ik weet meer van Tibetaanse kunst dan wie ook. Ik had hem er bijna meteen uitgegooid, maar die kist was echt, en heel, héél oud. Die was op zich al een vermogen waard, overdekt met een archaïsch Tibetaans schrift dat aangaf dat het hier om een voorwerp uit de tiende eeuw of eerder ging. Die kist had ik graag willen hebben en ik was nieuwsgierig naar wat erin zat. Maar hij verkocht hem niet. Hij wilde een soort compagnonschap met me aangaan. Hij had geld nodig, zei hij. Om een of andere bizarre reizende tentoonstelling op te zetten met het voorwerp in die kist. Volgens hem zou de wereld daar verbijsterd over zijn. Als ik me goed herinner, gebruikte hij het woord transfiguratie. Maar hij weigerde pertinent om me het voorwerp te laten zien tot ik aan zijn voorwaarden had voldaan. Ik vond het hele voorstel uiteraard absurd.'

'Hoe hebt u gereageerd?'

'Ik probeerde hem over te halen de kist open te maken. U had hem moeten zien. Ik werd echt bang voor hem, meneer Pendergast. Die man was niet normaal.'

Pendergast knikte. 'Hoezo?'

'Hij barstte in maniakaal gelach uit en zei dat ik de kans van mijn leven misliep. Hij zei dat hij ermee naar Londen zou gaan, dat hij daar een verzamelaar kende.'

'De kans van uw leven? Weet u wat hij daarmee bedoelde?'

'Hij had het erover dat hij de wereld zou veranderen. *Pazzesco.*'

'Weet u naar welke verzamelaar in Londen hij toe wilde?'

'Hij noemde geen namen. Maar ik ken de meesten.' Hij krabbelde wat op een stukje papier en gaf dat aan Pendergast. 'Hier zijn om te beginnen een paar namen.'

'Waarom was hij naar u toe gekomen?' vroeg Pendergast.

Morin spreidde zijn handen. 'Waarom bent ú naar mij toe gekomen, meneer Pendergast? Ik ben de belangrijkste handelaar in Aziatisch antiek in heel Italië.'

'Ja, dat is zo, niemand heeft betere stukken dan u, maar dat komt doordat niemand zo weinig scrupuleus is.'

'Daar hebt u uw antwoord,' zei Morin, niet zonder iets van trots in zijn stem.

Er werd herhaalde malen aan de deur gebeld en er klonk een luid gebons. *'Polizía!'* kwam een gedempte stem.

'Lavinia?' riep Morin. 'Wil je de politie bedanken? De toestand met de ongewenste gast is opgelost.' Hij wendde zich weer tot Pendergast. 'Heb ik uw vragen afdoende beantwoord?'

'Ja, dank u.'

'Ik vertrouw erop dat die documenten in uw aktetas niet in verkeerde handen zullen vallen.'

Pendergast knipte de sloten van zijn aktetas open. Er puilde een stapel oude kranten naar buiten.

Met een rood aanlopend gezicht keek Morin hem aan, tot er

plotseling een glimlach op zijn gezicht doorbrak. 'U bent al even gewetenloos als ik.'

'Vuur bestrijd je met vuur.'

'U had die hele toestand verzonnen, neem ik aan?'

Pendergast knipte de aktetas weer dicht. 'Ja, behalve mijn opmerking over die Visjnoe met consorten. Maar ik weet zeker dat u een of andere rijke zakenman zult vinden die hem zal kopen en ervan zal genieten zonder dat er een haan naar kraait.'

'Dank u. Dat was ik wel van plan.' En met die woorden stond hij op om Pendergast naar de deur te begeleiden.

8

De regen van een paar uur geleden glinsterde nog na op het asfalt van Croydon, een naargeestige, industriële voorstad aan de zuidgrens van Londen. Het was twee uur in de ochtend, en Aloysius Pendergast stond op de hoek van Cairo New Road en Tamworth Road. Over de A23 daverde het verkeer, en over de spoorbaan flitste een trein voorbij op weg naar Southampton. Een lelijk gebouw, typisch product van de jaren zeventig-architectuur, stond op de hoek van de straat. De gevel van betonplaat zat onder de strepen van vocht en uitlaatgassen. Pendergast drukte zijn hoed steviger op zijn hoofd en zette de kraag van zijn Burberry overeind. Hij klemde de weitas van het merk Chapman onder zijn arm en liep naar de glazen entreedeuren van het hotel. Die zaten op slot, en hij drukte op een zoemer. Even later sprong de deur gonzend van slot.

Hij kwam een helder verlichte lobby binnen, waar het naar uien en sigaretten rook. Op de vloer lag vlekkerige polyester vloerbedekking in blauw met goudgeel, en de muren waren behangen met watervast afgewerkt structuurbehang, ook in goudgeel. Een muzakversie van 'Strawberry Fields Forever' klonk naargeestig door de ruimte. Een eindje verderop stond een receptionist met lang haar, aan één kant een beetje platgedrukt tegen zijn hoofd, met zichtbare tegenzin op hem te wachten.

'Ik wil graag een kamer.' Pendergast hield de kraag van zijn jas opgeslagen, en stond zo dat het grootste gedeelte van zijn gezicht verborgen was. Hij sprak op een wat schorre toon met een plat Engels accent.

'Naam?'

'Crowther.'

De receptionist schoof een kaart naar hem toe en Pendergast vulde een valse naam en adres in.

'Betaling?'

Pendergast haalde een stapel bankbiljetten uit zijn zak en betaalde contant.

De man nam hem snel op. 'Bagage?'

'Die zijn ze op de luchthaven kwijtgeraakt. Stelletje idioten.'

De receptionist gaf Pendergast een sleutel in de vorm van een creditcard en verdween naar achteren, ongetwijfeld terug naar bed. Pendergast pakte zijn sleutel en liep naar de liften.

Hij nam de lift naar zijn verdieping, de vierde, maar stapte niet uit. Toen de deur weer dichtging, bleef hij in de lift staan terwijl die op de vierde bleef hangen. Hij opende zijn tas, pakte er een klein apparaatje uit dat magneetkaarten kon lezen, haalde er zijn kaart doorheen en bestudeerde de gegevens die op de lcd-display verschenen. Even later toetste hij een paar cijfers in, haalde de kaart nogmaals langzaam door de lezer en borg het apparaatje weer in zijn tas. Toen drukte hij op de knop voor de zevende verdieping en wachtte terwijl de lift omhoogging.

De deuren schoven open: een gang, hel verlicht met tl-balken. Er was niemand te zien, en datzelfde blauw met gouden tapijt strekte zich over de lengte van het gebouw uit. Aan weerszijden van de gang waren deuren. Pendergast stapte de lift uit, liep snel naar kamer 714 en bleef staan om te luisteren. Het was stil en het licht was uit.

Hij stak zijn magneetkaart in het slot, en met een klikje sprong er een groen lichtje aan en kierde de deur open. Langzaam duwde hij de deur verder open en stapte naar binnen, waarna hij hem snel dichtdeed.

Als het even meezat, zou hij de kist meteen zien en ermee vandoor gaan zonder dat de hotelgast wakker werd. Maar hij was niet op zijn gemak. Hij had Jordan Ambrose nagetrokken. Ambrose kwam uit een gezin uit de hogere middenklasse in Boulder, Colorado; hij was expert op het gebied van snowboarden, bergbeklimmen en mountainbiken. Hij was opgehouden met zijn studie om de Seven Summits te beklimmen. Dat was iets wat slechts tweehonderd mensen ter wereld ooit gepresteerd hadden: de hoogste piek op elk van de zeven continenten beklimmen. Hij had er vier jaar over gedaan. Daarna was hij een goedbetaalde professionele bergbeklimmer geworden. Hij had expedities geleid naar de Mount Everest, de K-2 en de Drie Gezusters. In de winter kluste hij bij met extreme snowboardingstunts voor video's en hij kreeg allerhande steun en financiering. De expeditie naar Dhaulagiri was een goed georganiseerde en gefinancierde poging geweest om de tot dan toe onbeklommen westflank van de berg te beklimmen, een van de laatste echte expedities ter wereld, meer dan vierduizend adembenemende meters kale, steile rotswand met ijsvlakten, gegeseld door lawines, rukwinden en temperatuurschommelingen – tussen dag en nacht – van zo'n vijftig, zestig graden. Er waren al tweeëndertig klimmers omgekomen bij klimpogingen, en Ambroses groep zou vijf slachtoffers aan die lijst toevoegen. Ze waren niet eens tot halverwege gekomen.

Dat Ambrose het avontuur had overleefd, was opzienbarend. Dat hij naar het klooster had zien te komen was niet minder dan een wonder.

Maar sinds het bezoek aan dat klooster had hij eigenlijk alleen maar dingen gedaan die recht tegen zijn karakter indruisten. Om te beginnen de diefstal. Jordan Ambrose had geen geld nodig en had er tot dan toe maar weinig belangstelling voor getoond. Hij was geen verzamelaar. Hij had geen belangstelling voor boeddhisme of andere spirituele zoektochten. Hij was eerlijk en zeer intelligent. Hij was altijd volkomen gericht geweest op – je kon haast zeggen, geobsedeerd door – klimmen.

Waarom had hij de Agozyen gestolen? Waarom had hij het ding heel Europa door gezeuld, waarom had hij geprobeerd een soort compagnonschap aan te gaan in plaats van hem te verkopen? Wat was het doel van dat compagnonschap? Waarom had hij de Agozyen aan niemand willen laten zien? En waarom had hij geen enkele poging gedaan om contact op te nemen met de families van de vijf omgekomen klimmers, allemaal goede vrienden van hem? Dat strookte absoluut niet met de klimmersethiek.

Niets van wat Jordan Ambrose had gedaan sinds zijn verblijf in het klooster was te verwachten geweest van iemand met zijn karakter. En dat baarde Pendergast grote zorgen.

Hij liep de entree door, een hoek om, en kwam de donkere slaapkamer binnen. Meteen rook hij de geur van bloed, als roestig ijzer, en zag hij in het schelle licht van de snelweg dat tussen de gordijnen door filterde, een lichaam op de grond liggen.

Pendergast voelde een mengeling van ontzetting en irritatie opkomen. De simpele oplossing waar hij op gehoopt had, zou er niet komen.

Hij trok zijn regenjas strak om zijn lichaam en hield zijn hoed op. Met een gehandschoende hand knipte hij het licht aan.

Het was Jordan Ambrose.

Pendergasts onzetting nam toe toen hij zag hoe het lichaam toegetakeld was. Ambrose lag op zijn rug, met gespreide armen en open, blauwe ogen naar het plafond te kijken. Een klein kogelgaatje in zijn voorhoofd, met kruitsporen en vlekken, gaf aan dat hij van heel dichtbij met een .22 was doodgeschoten. Er was geen uittredewond: de kogel was in zijn brein blijven steken en moest hem op slag gedood hebben. Maar zo te zien was het de moordenaar niet genoeg geweest om te doden – hij was zich te buiten gegaan aan een zinloze orgie van messteken: hij had gesneden, gehakt, gestoken. Dit was niet het werk van een normale geest of van een 'gewone' moordenaar.

Snel doorzocht Pendergast de kamer: de Agozyen was verdwenen.

Hij keerde terug naar het lijk. De kleren waren aan flarden gescheurd bij het brute steekwerk na de moord, maar het was nog te zien dat enkele zakken deels binnenstebuiten gekeerd waren. Kennelijk had de moordenaar het lijk gefouilleerd voordat hij zijn bloedbad aanrichtte. Voorzichtig, om het lijk zo weinig mogelijk aan te raken, viste Pendergast de portemonnee van de man uit zijn achterzak en keek wat erin zat. Een boel geld – Ambrose was niet om zijn geld vermoord. Nee, dacht Pendergast, de man was gefouilleerd omdat de moordenaar zich ervan wilde vergewissen dat er niets op papier stond over de fatale afspraak.

Hij stak de portemonnee in zijn weitas. Daarna deed hij een stap achteruit en keek nogmaals de kamer rond, alles goed opnemend. Hij zag de bloedvlekken die op de vloerbedekking, het bed, en over de koffer waren gespat.

Ambrose was keurig gekleed, in pak en met een das alsof hij belangrijk bezoek verwachtte. De kamer zag er netjes uit, het bed was met zorg opgemaakt, de toiletartikelen op een rijtje in de badkamer. Er stonden een nieuwe fles whisky en twee bijna volle glazen op een tafeltje. Pendergast bekeek de condensdruppeltjes op de zijkant van de glazen, doopte een vinger in de vloeistof en proefde, om te schatten hoeveel ijs erin had gezeten en hoeveel er dus sindsdien gesmolten was. Gezien de verdunning van de whisky en de temperatuur van de glazen schatte hij dat de drank een uur of vier, vijf geleden ingeschonken was. De glazen waren schoongeveegd: geen vingerafdrukken.

Opnieuw werd hij getroffen door de bizarre onvoorspelbaarheid in de handelingen van de moordenaar.

Hij zette zijn tas op het bed, haalde wat testbuisjes en een pincet tevoorschijn, knielde en nam monsters van bloed, vezels en haar. Datzelfde deed hij in de badkamer; tenslotte bestond de kans natuurlijk dat de moordenaar die gebruikt had. Maar de bezoeker leek voorzichtig geweest te zijn, en een oppervlakkig gereinigde badkamer in een goedkoop hotel was een van de minst geschikte plekken om forensisch bewijsmateriaal te verzamelen. Toch maakte hij er grondig werk van. Hij zocht naar sporen op de deurknoppen en andere oppervlakken – zelfs aan de onderkant van de formica tafel – en zag dat alles minutieus schoongeveegd was. Een vochtige plek in de hoek bij de deur gaf aan dat iemand daar een paraplu had neergezet die een tijdje had staan druipen voordat hij weer werd meegenomen.

Het was om negen uur gaan regenen, en om elf uur opgehouden.

Weer knielde Pendergast bij het lijk. Hij stak zijn hand onder het pak en voelde hoe warm de huid was. Te oordelen naar de lichaamstemperatuur, de temperatuur van de whisky en de duur van de regenbui moest het slachtoffer rond tien uur overleden zijn.

Voorzichtig rolde Pendergast het lijk om. De vloerbedekking

onder het lichaam zat onder de messteken, waar het wapen dwars door het lichaam heen in de vloer gedrongen was. Met zijn eigen mes sneed hij een stuk uit het tapijt, trok het omhoog en bekeek de beschadigingen in de multiplex ondervloer. Hij priemde er de punt van zijn mes in: ze waren opmerkelijk diep.

Pendergast liep naar de deur en keek nog eenmaal de kamer rond. Er was niets meer te zien. Wat er in grote lijnen was gebeurd, was duidelijk: de moordenaar had een afspraak gehad en was rond tien uur gearriveerd; hij had zijn natte paraplu in de hoek gezet en had zijn natte regenjas over een stoel gehangen. Ambrose had twee glazen whisky ingeschonken uit een fles die hij voor de gelegenheid had gekocht; de man had een .22 magnum gepakt, tegen Ambroses hoofd gedrukt en een kogel in zijn brein geschoten. Daarna had hij het lichaam gefouilleerd en de kamer doorzocht; vervolgens had hij het lijk woest en zinloos verminkt met messteken. En daarna had hij, blijkbaar op zijn gemak, de kamer schoongeveegd en de Agozyen gepakt en was ervandoor gegaan.

Gedrag dat bepaald niet overeenkwam met dat van de meeste moordenaars.

Het hotel zou het lijk pas ontdekken tegen de tijd dat Ambrose geacht werd te vertrekken, of later. Pendergast had meer dan genoeg tijd om ver weg te komen.

Hij deed het licht uit, liep de kamer uit en nam de lift naar de gang. Hij haastte zich naar de balie en drukte een paar maal energiek op de bel. Na geruime tijd kwam de receptionist aanslenteren, zijn haar nog platter gedrukt dan voorheen.

'Problemen?' vroeg hij.

'Ik ben een vriend van Jordan Ambrose, in kamer 714.'

De man krabde door zijn overhemd heen aan zijn magere ribben. 'Ja...?'

'Ambrose heeft vanavond rond tienen bezoek gehad. Weet u nog van wie?'

'Nou, díé zal ik niet licht vergeten,' zei de receptionist. 'Kwam om een uur of tien binnen en zei dat hij een afspraak had met de gast in 714.'

'Hoe zag hij eruit?'

'Hij had een bloederige lap voor zijn ene oog, en verband. Hij had een pet op en een regenjas aan. Het hoosde. Ik heb niet goed gekeken, en daar had ik ook geen zin in.'

'Lengte?'

'O, zo'n beetje normaal.'

'Stem?'

De man haalde zijn schouders op. 'Amerikaan, leek me. Aan de hoge kant. Zacht. Maar hij heeft niet veel gezegd.'

'Hoe laat is hij weggegaan?'

'Ik heb hem niet zien vertrekken. Ik was achter bezig met de administratie.'

'Hij heeft u niet gevraagd om een taxi te bellen?'

'Nee.'

'Vertel eens wat hij aanhad.'

'Een regenjas, net zoiets als u. Ik heb niet gezien wat voor schoenen hij aanhad.'

'Was hij per auto of per taxi gearriveerd?'

De receptionist haalde opnieuw zijn schouders op en krabde aan zijn ribben.

'Dank u,' zei Pendergast. 'Ik moet een paar uur weg. Kunt u een van uw vaste taxi's bellen?'

De receptionist belde. 'U drukt maar op de zoemer als u terug bent,' zei hij over zijn schouder, terwijl hij weer naar zijn 'administratie' verdween.

Pendergast ging buiten staan. Na een minuut of vijf arriveerde er een taxi. Pendergast stapte in.

'Waarheen?' vroeg de chauffeur.

Pendergast pakte een biljet van honderd pond. 'Voorlopig nog even nergens heen. Mag ik u een paar vragen stellen?'

'Bent u van de politie?'

'Nee. Privédetective.'

'O, een soort Sherlock Holmes dus?' De chauffeur draaide zich om, en zijn rode, bloeddoorlopen gezicht lichtte op van opwinding en vreugde. Hij pakte het biljet aan. 'Bedankt.'

'Er is hier iemand rond kwart over tien, halfelf vanavond vertrokken, waarschijnlijk in een taxi van uw bedrijf. Ik heb de chauffeur van die taxi nodig.'

'Geen probleem.' Hij pakte zijn microfoon van het dashboard en sprak erin. Het gesprek duurde enige minuten, en daarna drukte hij op een knop en gaf de microfoon aan Pendergast. 'Uw mannetje aan de lijn.'

Pendergast pakte de microfoon aan. 'Bent u degene die vanavond rond tien voor half elf iemand hebt opgepikt bij het Buckinghamshire Gardens Hotel?'

'Zeker weten,' klonk het schorre antwoord in bijna onverstaanbaar plat Engels.

'Waar zit u momenteel? Kan ik u spreken?'

'Ik zit op de M3, op weg terug van Southampton.'

'Aha. Kunt u de passagier beschrijven?'

'Om u de waarheid te zeggen, hij zag er niet best uit. Een lap voor zijn oog, helemaal onder het bloed, volgens mij een kleine aanvaring gehad met een slager, of zo.'

'Had hij iets bij zich?'

'Een grote, lange kartonnen doos.'

'Accent?'

'Amerikaans, iets uit het zuiden volgens mij.'

'Kan het een vermomde vrouw zijn geweest?'

Er volgde een schorre lach. 'Nou, met al die homo's van tegenwoordig kan dat maar zo.'

'Heeft hij zijn naam genoemd of met een creditcard betaald?'

'Contant betaald en de hele weg geen woord gezegd, niet nadat hij had gezegd waar hij heen wilde.'

'Waar hebt u hem afgezet?'

'In Southampton. Op de kade.'

'Op de kade?'

'Precies. Bij de *Britannia*.'

'Dat nieuwe passagiersschip van North Star?'

'Precies.'

'Was hij passagier?'

'Volgens mij wel. Ik moest hem afzetten bij het douanekantoor, en hij had iets in zijn hand wat volgens mij een ticket was.'

'Kan hij bij het personeel gehoord hebben?'

Weer een schorre lach. 'Geen schijn van kans. Het was een rit van tweehonderd pond.'

'En afgezien van die doos had hij geen bagage?'

'Nee.'

'Verder nog iets ongebruikelijks?'

De chauffeur dacht even na. 'Hij rook vreemd.'

'Hoezo?'

'Hij rook alsof hij in een tabakswinkel werkte, of zo.'

Pendergast zweeg even om na te denken. 'Weet u toevallig wanneer de *Britannia* afvaart?'

'Vanmiddag om twaalf uur, zeiden ze. Als het hoogtij is.'

Pendergast gaf de microfoon aan de taxichauffeur terug en dacht even na. En op dat moment rinkelde zijn telefoon.

Hij klapte hem open. 'Ja?'

'Met Constance.'

Pendergast ging verbaasd rechtop zitten. 'Waar ben jij?'

'In Brussel, op de luchthaven. Ik kom net met een rechtstreekse vlucht uit Hongkong. Aloysius, ik moet je spreken. Ik heb belangrijke informatie.'

'Constance, je komt als geroepen. Luister goed. Als je in vier uur of minder naar Heathrow kunt komen, dan haal ik je daar op. Lukt je dat, vier uur en geen minuut meer? Anders moet ik zonder jou op reis.'

'Ik doe m'n best. Maar hoezo, op reis? Wat is er aan de hand, Aloysius?'

'We gaan een vaartocht maken.'

9

De zwarte, ouderwetse Londense taxi scheurde met een snelheid van honderdveertig kilometer per uur over de M3. In de verte was de gedrongen, roomwitte toren van Winchester Cathedral zichtbaar te midden van een wirwar van grauwe stadslandschappen.

Op de achterbank gezeten, naast Constance, wierp Pendergast een blik op zijn horloge. 'Over een kwartier moeten we in de haven van Southampton zijn,' zei hij tegen de chauffeur.

'Onmogelijk.'

'Voor vijftig pond extra?'

'Geld geeft me geen vleugels, meneer,' zei de chauffeur.

Maar hij gaf nog meer gas en reed met krijsende banden rond de rotonde naar de A33. De buitenwijken van Winchester maakten plaats voor groen. In enkele hartslagen schoten Compton, Shawford en Otterbourne voorbij.

'Zelfs áls we op tijd zijn voor de afvaart,' zei Constance na een tijdje, 'hoe komen we dan aan boord? In *Le Monde* van vanochtend stond dat alle luxehutten al maanden van tevoren geboekt waren. Dit wordt wel de populairste maidentrip genoemd sinds de *Titanic*.'

Pendergast huiverde even. 'Een ietwat ongelukkige vergelijking. Maar het toeval wil dat ik al voor acceptabele accommodatie aan boord heb gezorgd. De Tudor Suite, bij de achtersteven. Er hoort een derde kamer bij die we als kantoor kunnen gebruiken.'

'Hoe heb je dat voor elkaar gekregen?'

'De suite was geboekt door een zekere heer en mevrouw Prothero uit Perth, Australië. Die waren meer dan bereid om hun tickets om te ruilen voor die voor een nóg grotere suite bij de wereldcruise van de *Britannia* komend najaar, aangevuld met een bescheiden geldbedrag.' Pendergast permitteerde zich een kort glimlachje.

De taxi schoot over de ongelijkvloerse kruising met de M27 en moest vaart minderen toen het dichter bij Southampton drukker begon te worden. Ze reden langs een naargeestig industriegebied, daarna langs eindeloze rijtjeswoningen. Ze naderden het labyrint van straatjes in het oude stadscentrum, sloegen links af Marsh Lane op en daarna meteen rechts af Terminus Terrace op. De grote auto manoeuvreerde zich behendig tussen het verkeer door. De trottoirs zagen zwart van de mensen, de meesten met een camera in de hand. Een eind verderop klonk gejuich en geschreeuw.

'Vertel eens, Constance, wat heb je ontdekt waardoor je het klooster zo haastig hebt verlaten?'

'Dat is snel gezegd.' Ze dempte haar stem. 'Ik heb jouw verzoek bij je vertrek serieus opgenomen. Ik heb wat rondgevraagd.'

Ook Pendergast dempte op zijn beurt zijn stem. 'En hoe pak je het aan om "wat rond te vragen" in een Tibetaans klooster?'

Constance onderdrukte een grimmige glimlach. 'Brutaal.'

'En dat betekent...?'

'Ik ben naar het binnenklooster gegaan en heb het de monniken op de man af gevraagd.'

'Aha.'

'Ik had geen andere keuze. Maar... vreemd genoeg leek het wel of ze me verwachtten.'

'Ga door.'

'Ze waren bijzonder hulpvaardig.'

'O?'

'Ja, maar ik weet niet waarom. De monniken in het binnenklooster weten echt niet wat het voorwerp is, in dat opzicht was lama Thubten eerlijk. En ze weten ook niet wie het gemaakt heeft. Een heilige man heeft het vanuit India daarheen gebracht, zodat het veilig weggeborgen kon worden in de hoge bergen van de Himalaya.'

'En?'

Constance aarzelde. 'Wat de monniken jou niet hebben verteld, is dat ze weten waar de Agozyen toe dient.'

'En dat is?'

'Kennelijk is het een instrument voor wraak op de wereld. Om de wereld te "zuiveren", zeiden ze.'

'En hebben ze ook op enigerlei wijze aangegeven welke vorm die "wraak", die "zuivering", zou aannemen?'

'Daar hadden ze geen idee van.'

'En wanneer gaat dat gebeuren?'

'Wanneer de aarde ten onder gaat in zelfzuchtigheid, hebzucht en kwaad.'

'O, mooi, dan hebben we voorlopig niets te vrezen,' zei Pendergast, met een stem die droop van ironie.

'Precies. De monnik die voor het merendeel het woord deed, zei dat het niet hun bedoeling was geweest om het wapen te gebruiken. Zij waren de hoeders, ze moesten ervoor waken dat het voortijdig zou ontsnappen.'

Pendergast dacht even na. 'Kennelijk was een van de broeders het daar niet mee eens.'

'Hoe bedoel je?'

Pendergast keek haar met glanzende grijze ogen aan. 'Volgens mij vond één bepaalde monnik dat de tijd rijp was voor een zui-

vering. En volgens mij heeft die monnik Jordan Ambrose over-
gehaald om de Agozyen te stelen, en uiteindelijk los te laten op
de wereld.'

'Hoe kom je daarbij?'

'Dat is duidelijk. De Agozyen was uitzonderlijk goed beveiligd.
Ik heb meer dan een jaar doorgebracht in dat klooster en ik had
er geen idee van dat er zoiets bestond. Hoe komt het dan dat een
toevallige bezoeker, een bergbeklimmer die niet eens voor studie
kwam, kans zag het ding te vinden en te stelen? Dat kan alleen
als een of meer monniken wílden dat hij gestolen werd. Lama
Thubten zei dat hij zeker wist dat geen van de monniken het voorwerp in zijn bezit had. Maar dan nog is het heel goed mogelijk
dat een monnik een buitenstaander heeft geholpen om de Agozy-
en in bezit te krijgen.'

'Maar als het echt zoiets vreselijks is als ze zeggen, wat voor
iemand zou hem dan welbewust op de wereld willen loslaten?'

'Interessante vraag. Wanneer we de Agozyen terugbrengen naar
het klooster, moeten we erachter komen wie de schuldige is en
hem dat rechtstreeks vragen.' Pendergast dacht even na. 'Vreemd
dat de monniken hem niet eenvoudigweg vernield hebben. Ver-
brand.'

'Dat was mijn laatste vraag. Maar toen ik dat opperde, schrok-
ken ze vreselijk en zeiden dat ze dat onmogelijk hadden kunnen
doen.'

'Interessant.' Pendergast zweeg even. 'Maar goed, ter zake. Onze eerste taak is een passagierslijst in handen krijgen. Met gegevens over wanneer ze aan boord gekomen zijn.'

'Denk jij dat de moordenaar een van de passagiers is?'

'Dat weet ik wel zeker. De hele bemanning en al het overige
personeel moest al ruim voor het moment van Ambroses overlijden aan boord zijn. Ik vind het veelzeggend dat hij zich met zo'n
bloederig verband vermomde vóórdat hij bij Ambrose op bezoek
ging.'

'Waarom? Hij vermomde zich zodat hij niet in verband kon
worden gebracht met de misdaad.'

'Ik vraag me af of hij van plan was een misdaad te begaan toen
hij het hotel binnenging. Nee, Constance, de moordenaar had zich
al vermomd voordat hij wist wat Ambrose te bieden had. En dat

suggereert dat het een bekende, herkenbare figuur is, die incognito wil blijven.' Hun gesprek werd afgebroken toen de taxi stopte op Queen Dock. Met Constance op zijn hielen sprong Pendergast de auto uit. Links was het douane- en vertrekgebouw, rechts een chaotische menigte van publiek en thuisblijvers, cameraploegen en persfiguren. De mensen stonden uitbundig met Engelse vlaggetjes te zwaaien, confetti te gooien en te juichen. Een eind verderop stond, ter verhoging van de feestvreugde en de herrie, een fanfareorkest te spelen.

En boven alles uit torende de *Britannia*. Niet alleen de kade verdween erbij in het niets, maar de hele stad. De zwarte romp rees op naar een glinsterend sneeuwwitte bovenbouw van meer dan tien dekken hoog, een en al glaswerk en balkons en mahoniehouten afwerking. Het schip was groter en grootser dan alles wat Constance zich ooit had kunnen indenken; zo enorm dat een hele wijk – Platform Road, het Banana Wharfgebouw en de jachthaven Ocean Village – in de schaduw ervan lag.

Maar de schaduw was in beweging. De hoorns bliezen. De dokwerkers hadden de trossen losgegooid en de loopplank ingetrokken. Hoog boven hun hoofd stonden honderden mensen aan de reling of op de talloze balkons. Ze maakten foto's, gooiden linten uit, wuifden naar de menigte op de kade. Met een laatste, adembenemende stoot van haar hoorn begon de *Britannia* zich traag, loom, onverbiddelijk van de kade los te maken.

'Spijt me nou echt, meneer,' zei de chauffeur. 'Ik heb mijn best gedaan, maar...'

'Pak de bagage,' onderbrak Pendergast hem. En hij sprintte tussen de menigte door naar het controlepunt van de beveiliging. Voor Constances ogen bleef hij lang genoeg staan om de politieman zijn penning voor te houden en daarna was hij meteen weer in de benen, langs het orkest en de cameraploegen naar een gepavoiseerde steiger vol hoogwaardigheidsbekleders en, nam Constance aan, hoge omes van North Star. De groep begon al uiteen te vallen; mannen in donkere pakken schudden elkaar de hand voordat ze de steiger af stapten.

Pendergast sprintte tussen een zee van lagere functionarissen rond de steiger door en koos één man in het midden van de groep uit: een gezette heer met een ebbenhouten wandelstok en een witte anjer in zijn duifgrijze vest. Hij liet zich door de omstanders gelukwensen en was zichtbaar onaangenaam verrast toen Pendergast zich ongenood in het groepje binnendrong. De man luisterde even naar hem, met op zijn gezicht een mengeling van ongeduld en irritatie. Toen fronste hij zijn voorhoofd en begon razend nee te schudden. Toen Pendergast dringend op hem in bleef praten, richtte de man zich in zijn volle lengte op en begon te gesticuleren: eerst priemde hij met zijn vinger in de richting van het schip, daarna naar Pendergast. Zijn gezicht liep rood aan. Er kwam een stel beveiligingsmensen aanlopen, en even later was het tweetal niet meer te zien.

Constance was bij de taxi blijven staan, met de chauffeur aan haar zijde. Hij had niet de moeite genomen om de bagage uit de kofferbak te halen, en dat verbaasde haar niets: het enorme gevaarte de *Britannia* gleed langs de kade, langzaam, maar wel vaart meerderend. Er zou niet meer gestopt worden voordat het schip na een overtocht van zeven dagen en zes nachten in New York aankwam.

Terwijl ze stond te kijken, klonk opnieuw de scheepshoorn. Plotseling begonnen er enorme fonteinen rond de boeg te kolken. Constance fronste haar voorhoofd: het leek wel of het schip vaart minderde. Ze keek weer naar de plek waar Pendergast stond. Die was weer zichtbaar. Hij stond naast de man met de anjer, die in een mobiele telefoon stond te praten. Het gezicht van de man was van rood naar purper verschoten.

Constance richtte haar aandacht weer op het schip. Het was geen illusie: de boegschroeven draaiden in omgekeerde richting en de *Britannia* kroop terug naar de kade. Het oorverdovende gejuich rondom haar leek te aarzelen toen de menigte steeds perplexer toekeek.

'Krijg nou wat...' mompelde de chauffeur. Toen liep hij om de taxi heen, opende de kofferbak en begon hun bagage eruit te halen.

Pendergast gebaarde naar Constance dat ze hem bij de controlepost moest treffen. Ze baande zich een weg door de gonzende menigte, op de voet gevolgd door de chauffeur. Op de kade zelf waren mensen bezig om haastig de loopplank weer in positie te brengen. Het orkest aarzelde en begon toen dapper opnieuw.

De hoorn blies nog eenmaal en de loopplank werd neergelegd. Pendergast leidde haar langs de controle en samen liepen ze snel de kade af naar het schip.

'We hoeven ons niet te haasten, Constance,' zei hij, terwijl hij met een licht gebaar haar arm pakte en haar passen vertraagde tot een ontspannen wandeling. 'Laten we maar genieten van het moment: tenslotte ligt momenteel het allergrootste passagiersschip ter wereld op ons te wachten. Om nog maar te zwijgen van de vierduizend passagiers en de bemanning.'

'Hoe heb je dat voor elkaar gekregen?' vroeg ze, terwijl ze de loopplank op liepen.

'De heer Elliott, algemeen directeur van de North Star Line, is een goede kennis van me.'

'O?' vroeg ze ongelovig.

'Althans, tien minuten geleden was hij het misschien nog niet, maar nú is hij het beslist. Hij en ik hebben nog maar kortgeleden kennisgemaakt, maar nu zijn we goed bevriend, érg goed.'

'Maar... de afvaart uitstellen? Het schip terughalen naar de kade?'

'Ik heb hem verteld hoe voordelig het voor hem zou zijn om ons ter wille te zijn, en hoe bijzonder ongunstig om dat niet te doen. En toen wilde de heer Elliott maar al te graag helpen.' Pendergast keek op naar het schip en glimlachte nogmaals. 'Ik zal je wat zeggen, Constance: de omstandigheden in aanmerking nemende geloof ik dat ik dit een alleszins draaglijke reis ga vinden, wie weet, misschien zelfs aangenaam.'

10

Voor Roger Mayles, cruisedirecteur van de *Britannia*, was een van de eerste en belangrijkste beslissingen van de reis geweest aan welke tafel hij de eerste avond zou dineren. Dat was altijd een netelige kwestie, bijzonder netelig, temeer daar dit de eerste avond was van de allereerste zeereis van het grootste cruiseschip ter wereld.

Ja, het was een gewichtige beslissing.

Als cruisedirecteur was het niet alleen zijn taak om de namen en behoeften van alle passagiers te kennen, maar ook om met hen om te gaan. Te allen tijde. Als hij tijdens het diner verdween, zou dat voor zijn passagiers zoveel betekenen als dat ze hem niet interesseerden, dat dit voor hem slechts een betaalde baan was.

En het was meer dan dat, het was een roeping.

Maar wat moest je met een passagierslijst met bijna drieduizend namen, verspreid over acht eetzalen en drie lichtingen?

Slapeloze nachten had Mayles ervan gehad. Eerst had hij besloten welk restaurant het moest worden: de Oscar, de eetzaal met het filmthema. Dat was een spectaculaire art-decozaal: een van de wanden bestond uit één enkel gordijn van Venetiaans kristal, met een waterval erachter, en daar weer achter verlichting. Het gefluister van het water was bedoeld om het niveau van het omgevingsgeluid te verhogen, wat het eigenaardige effect had dat het léék alsof het stiller was in de zaal. De twee andere wanden waren bekleed met echt bladgoud, en de laatste wand was van glas en bood uitzicht op de duisternis van de oceaan. Het was niet het grootste restaurant aan boord – dat was de King's Arms, met drie verdiepingen – maar het had wel de fraaiste inrichting.

Ja, de Oscar moest het worden. Tweede lichting, uiteraard. De eerste eters moesten koste wat kost worden vermeden: dat waren over het algemeen minkukels die, al zwommen ze in het geld, nog steeds de barbaarse gewoonte aanhielden om vóór zevenen aan tafel te gaan.

En dan de kwestie van de tafel zelf. Dat moest uiteraard een van de 'formele' tafels worden, de grote tafels waar gasten op verzoek nog een tafelschikking konden krijgen, zodat ze tussen onbekenden kwamen te zitten, net als in de glorietijd van de oceaanstomers. Formele kleding, uiteraard. Voor de meesten betekende dat een zwarte smoking, maar Mayles was heel precies in dat soort dingen en trok altijd een witte smoking aan.

Daarna moest hij kiezen welke gasten aan zijn tafel zouden zitten. Roger Mayles was niet gemakkelijk en moest rekening houden met een aantal persoonlijke, zij het valse, vooroordelen. Hij had een lange lijst met gasten die hij meed: bovenaan stonden Duitsers, directeuren van grote bedrijven, iedereen die iets met aandelenmarkten te maken had, Texanen, dikke mensen, tandartsen en chirurgen. Zijn voorkeurslijst bevatte actrices, de adel, Italianen en Argentijnen, rijke erfgenamen, tv-persoonlijkheden, pursers, rappers, mafiosi en wat hij 'raadselen' noemde, mensen die hij niet plaatsen kon. Zolang ze maar intrigerend, steenrijk en ongewoon waren.

Nadat hij urenlang de gastenlijst had bestudeerd, had hij uiteindelijk een, naar hij meende, briljant gezelschap samengesteld voor de eerste avond. Hij zou natuurlijk de volgende avonden van de reis tafelschikkingen voor zichzelf maken, maar dit eerste diner was iets bijzonders. Dit moest een gedenkwaardig avondmaal worden. Het zou zeker bijzonder onderhoudend worden. En Mayles had op zee altijd afleiding nodig, want – hij had vele geheimen, maar dit was zijn allergrootste – hij had nooit leren zwemmen en was als de dood voor de open oceaan.

En dus arriveerde hij met bonzend hart en licht knikkende knieën bij de bladgouden entree van de Oscar, gehuld in een Hickey Freeman-smoking die hij speciaal voor deze reis had aangeschaft en die hem duizend dollar had gekost. Op de drempel bleef hij even staan, zodat alle ogen zich op zijn onberispelijke gestalte konden richten. Hij schonk de zaal een stralende glimlach en ging op weg naar de formele hoofdtafel.

De gasten arriveerden, en hij begeleidde hen met een handschudden, warme woorden en diverse gebaren naar hun plek. Als laatsten kwamen de twee 'raadselen' binnen: ene Aloysius Pendergast en zijn 'pleegdochter', een benaming die in Mayles' gedachten allerhande prettig-pikante associaties opriep. Pendergasts dossier had hem geïntrigeerd omdat het vrijwel geen informatie bevatte, terwijl de vent toch echt kans gezien had een van de duurste suites te bemachtigen – de Tudor Suite, à raison van vijftigduizend pond. En dat op het allerlaatste moment, terwijl het hele schip maanden geleden al volgeboekt was. Verder had hij de afvaart met bijna een halfuur vertraagd. Hoe had hij dat voor elkaar gekregen?

Bijzonder intrigerend.

Terwijl Pendergast op hem af kwam, keek Roger Mayles hem opnieuw onderzoekend aan. Wat hij zag, beviel hem: een verfijnd, aristocratisch en opvallend knap uiterlijk, gekleed in een schitterend rokkostuum met een orchidee in zijn knoopsgat. Zijn gezicht was schrikbarend bleek, alsof hij aan het herstellen was van een dodelijke ziekte, en toch had zijn slanke gestalte iets hards, lag er in die grijze ogen een vitaliteit die op alles behalve fysieke zwakte duidde. Zijn gezicht was geciseleerd als een beeld van Praxiteles. Hij bewoog zich tussen de menigte door als een kat die zijn weg zoekt over een volle eettafel.

Maar nog opvallender dan Pendergast zelf was zijn zogeheten pleegdochter. Een schoonheid, maar absoluut niet doorsnee of modern, nee, zij had een prerafaëlitische schoonheid, het sprekende evenbeeld van Proserpina in het beroemde schilderij van Rossetti, maar dan met haar steile haar in een jaren twintigbob. Ze droeg een formele avondjurk van Zac Posen, die Mayles in een van de boutiques aan St. James Street op het zesde dek had zien hangen, de allerduurste. Interessant dat ze haar jurk voor de eerste avond aan boord had gekocht in plaats van iets uit haar eigen garderobe te kiezen.

Snel veranderde hij de tafelschikking: hij plaatste Pendergast naast zich en Constance tegenover zich. Mevrouw Dahlberg kwam aan de andere kant van Pendergast te zitten; Mayles had haar op de lijst gezet omdat ze van twee Britse Lords achter elkaar was gescheiden en vervolgens was getrouwd met een steenrijke Amerikaanse vleesverpakker die een paar maanden na de bruiloft was overleden en haar honderd miljoen dollar had nagelaten. Mayles' koortsige verbeeldingskracht was meteen met die gedachte aan de haal gegaan. Maar toen hij haar met eigen ogen aanschouwde, bleek ze tot zijn teleurstelling niet de ordinaire fortuinzoekster te zijn die hij zich voorgesteld had.

De anderen deelde hij met losse hand in: een knappe Engelsman van lagere adel en zijn Franse echtgenote, een handelaar in impressionistische kunst, de zangeres van de Suburban Lawnmowers en haar vriend, de auteur en bon vivant Victor Delacroix, en een paar anderen die naar Mayles hoopte een briljante, amusante tafel zouden vormen. Hij had Braddock Wiley willen uitnodigen, de filmacteur die aan boord was in verband met de première van zijn nieuwe film halverwege de oceaan, maar zijn ster was aan het verbleken en Mayles had uiteindelijk besloten dat hij Wiley voor de tweede avond kon uitnodigen.

Terwijl hij de mensen hun plek wees, stelde hij ze kort aan elkaar voor, zodat er geen behoefte zou zijn aan zo'n vulgaire kennismakingsronde als iedereen eenmaal zat. Even later had iedereen zijn of haar plaats ingenomen, en arriveerde het eerste gerecht: crêpes Romanoff. Even werd er wat over koetjes en kalfjes gepraat terwijl de kelners de borden neerzetten en de eerste wijn van de avond schonken.

Mayles brak het ijs. 'Hoor ik daar een vleugje New Orleans, meneer Pendergast?' Hij ging er prat op ook de meest onwillige gesprekspartner aan het praten te krijgen.

'Knap van u,' reageerde Pendergast. 'En bespeur ik bij u, achter uw Britse accent, een vleugje Far Rockaway, Queens?'

Mayles voelde de glimlach bevriezen op zijn gezicht. Hoe ter wereld was die vent dáárachter gekomen?

'Maakt u zich geen zorgen, meneer Mayles, ik heb onder andere een studie gemaakt van accenten. In mijn werk is dat bijzonder nuttig.'

'Aha.' Mayles nam een slokje Vernaccia om zijn verbazing te verbergen, en ging snel over op een ander gespreksonderwerp. 'Bent u taalkundige?'

De blik in de grijze ogen was licht geamuseerd. 'Beslist niet. Ik ben speurder.'

Voor de tweede keer tijdens dit diner stond Mayles verbaasd. 'Interessant. Zoiets als Sherlock Holmes, bedoelt u?'

'Zoiets, ja.'

Even schoot er een tamelijk onplezierige gedachte door Mayles' hoofd. 'En bent u... momenteel aan het speuren?'

'Bravo, meneer Mayles.'

Sommige anderen luisterden nu ook, en Mayles wist niet goed wat hij zeggen moest. 'Tja,' zei hij met een lachje, 'ik weet al wie het gedaan heeft: de butler, in de provisiekamer. Met de kandelaar.'

Terwijl de anderen beleefd lachten, leidde hij het gesprek weg van dit mogelijk gevaarlijke onderwerp. 'Mevrouw Greene, hebt u ooit de *Proserpina* van Rossetti gezien?'

De vrouw richtte haar blik op hem en hij voelde een korte huivering van onbehagen. Er lag iets bijzonder eigenaardigs in die ogen. 'Jazeker.'

'Volgens mij lijkt u sprekend op de vrouw in dat schilderij.'

Ze bleef hem aankijken. 'Moet ik me nu gevleid voelen, bij die vergelijking met de maîtresse van de heerser der onderwereld?'

Dit bizarre antwoord, en de intensiteit ervan, gecombineerd met die heldere, ouderwetse stem, bracht Mayles even van zijn stuk. Maar hij was doorkneed in de kunst van de conversatie, en hij had zijn antwoord al klaar: 'Pluto werd verliefd op haar omdat ze zo mooi en zo vitaal was, net als u.'

'En daarom ontvoerde hij haar en sleepte haar de hel in om haar tot zijn minnares te maken.'

'Tja, sommige mensen hebben nu eenmaal het geluk aan hun zijde!' Mayles keek om zich heen en zag zich beloond met een waarderend gelach voor dit bon mot; zelfs mevrouw Greene glimlachte, constateerde hij tot zijn opluchting.

De kunsthandelaar, Lionel Brock, zei: 'Ja, dat schilderij ken ik heel goed. Hangt in de Tate Gallery, als ik me niet vergis.'

Mayles keek hem dankbaar aan. 'Inderdaad.'

'Een ietwat vulgair werk, net als alle prerafaëlieten. Het model was Jane Morris, de vrouw van Rossetti's beste vriend. Eerst heeft hij haar geschilderd, en daarna heeft hij haar verleid.'

'Verleiding,' zei mevrouw Greene. Ze richtte haar eigenaardige blik op Mayles. 'Hebt u ooit iemand verleid, meneer Mayles? Als cruisedirecteur op een luxe lijnschip moet u in een uitstekende positie verkeren daarvoor.'

'Ik heb zo mijn geheimpjes,' zei hij, nogmaals met een lachje. De vraag kwam dichter bij de waarheid dan hij normaal meemaakte. Hij bedacht dat hij mevrouw Greene niet nogmaals aan zijn tafel zou noden.

'Ver van mijzelf kom ik me voor, op wieken van vreemde gedachten; ik luister en wacht op een teken,' citeerde Constance.

Hierop volgde een stilte.

'Schitterend,' zei de vleesverpakkingserfgename, mevrouw Emily Dahlberg, die voor het eerst haar mond opende. Ze was een door en door aristocratische verschijning in een japon behangen met antieke juwelen, slank, goed geconserveerd voor haar leeftijd, en, dacht Mayles, ze leek sprekend op barones Schräder in *The Sound of Music*. 'Wie heeft dat geschreven, lieve kind?'

'Rossetti,' antwoordde Constance. 'Het gedicht dat hij over Proserpina schreef.'

Brock richtte zijn grijze ogen op haar. 'Bent u kunsthistorica?'

'Nee,' antwoordde zij met een glimlach. 'Ik ben een pedante obscurantist.'

Brock lachte. 'Dat zijn charmante mensen, pedante obscurantisten,' zei hij met een glimlach, terwijl hij naar Constance overleunde.

'Bent u zelf pedant, dr. Brock?'

'Tja, ik...' Met een lachje maakte hij zich van de vraag af. 'Ik neem aan dat sommigen dat wel zouden zeggen. Ik heb een paar exemplaren meegebracht van mijn laatste artikel, over Caravaggio. Ik zal er een naar uw suite laten brengen, dan kunt u zelf beslissen.'

Even werd het stil aan tafel toen een gedistingeerde heer met zilvergrijs haar, in uniform, naar hen toe kwam lopen. Een slanke, atletische gestalte, met blauwe ogen die sprankelden onder zijn pet. 'Welkom,' zei hij.

De disgenoten begroetten hem.

'Hoe gaat het hier, Roger?'

'Pico bello, Gordon. Dank je.'

'Mag ik me even voorstellen,' zei de nieuwkomer tegen de aanwezigen, en hij schonk hun een charmante glimlach. 'Mijn naam is Gordon LeSeur en ik ben de eerste stuurman van de *Britannia*.' Hij had een charmant accent dat zo te horen uit Liverpool afkomstig moest zijn.

De anderen prevelden hun naam.

'Als u vragen hebt over het schip, ben ik er om die te beantwoorden.' Hij glimlachte nogmaals. 'Hoe bevalt het eten?'

Ze verzekerden hem dat het uitstekend was.

'Mooi! We zullen goed voor u zorgen, dat beloof ik u.'

'Ik heb me zitten afvragen,' vroeg mevrouw Dahlberg. 'Ze zeggen dat de *Britannia* het grootste cruiseschip ter wereld is. Hoeveel groter is het dan de *Queen Mary 2*?'

'Wij zijn vijftienduizend ton zwaarder, tien meter langer, tien procent sneller en tweemaal zo mooi. Maar, mevrouw Dahlberg, op één punt moet ik u corrigeren: wij zijn geen cruiseschip. Wij zijn een lijnschip.'

'Ik wist niet dat er verschil tussen was.'

'Een wereld van verschil! Waar het bij een cruiseschip om gaat, dat is de cruise zelf. Maar een lijnschip heeft tot taak om mensen volgens een schema te vervoeren. De 'B' heeft een diepere kiel en een puntiger romp dan een cruiseschip, en kan behoorlijk vaart maken: meer dan dertig knopen, dat wil zeggen meer dan vijftig kilometer per uur. De romp moet veel sterker zijn dan die van een cruiseschip en moet goed stabiel zijn, zodat we bij alle soorten weer de oceaan op kunnen. Een cruiseschip slaat op de vlucht bij storm, wij blijven op koers, we ploegen er gewoon dwars doorheen.'

'O ja?' informeerde mevrouw Dahlberg. 'Zouden we in een storm terecht kunnen komen?'

'Als de weerberichten kloppen, dan gebeurt dat zeker. Ergens voor de Grand Banks van Newfoundland.' Hij glimlachte geruststellend. 'Niets om u zorgen over te maken. Het wordt leuk.'

De stuurman nam afscheid van de tafel en liep naar de volgende, waar een stel internetmiljardairs zat te tetteren. Mayles was dankbaar voor de korte stilte die de balkende ezels in acht namen terwijl de stuurman zijn verhaal deed.

'De beste stuurman die we hebben,' zei Mayles. 'Een hele bof dat hij aan boord is.' Dat was zijn standaardopmerking: en Le-Seur was dan ook een fatsoenlijke kerel. Niet zo'n doorsneestuurman, arrogant, eigenwijs, zwaar gefrustreerd omdat ze geen kapitein waren.

'Sprekend een Paul McCartney met grijzende slapen,' merkte Lionel Brock op. 'Geen familie, neem ik aan?'

'Dat komt door het accent,' zei Mayles. 'U bent niet de eerste die die opmerking maakt.' Hij knipoogde. 'Maar dat kan hem maar beter niet ter ore komen: onze eerste stuurman is, vrees ik, geen Beatlesfan.'

Het hoofdgerecht werd gebracht, samen met een andere wijn, en het volume van de vele tafelgesprekken nam toe. Mayles' radar werkte op volle toeren. Ook terwijl hij zelf aan het woord was, kon hij naar verschillende andere gesprekken tegelijk luisteren. Een uitermate bruikbaar talent.

Mevrouw Dahlberg had zich tot Pendergast gewend. 'Een opmerkelijke jonge vrouw, uw pleegdochter.'

'Dat is ze, ja.'

'Wat is haar achtergrond?'

'Zelfstudie.'

Een luid gehinnik van de buurtafel trof Mayles' oor. Het was Scott Blackburn, het internetwonderkind, met zijn twee onderdanige vriendjes en aanhang, allen in hawaïshirts, katoenen broek en sandalen, volslagen in strijd met de regels aan boord en de kledingvoorschriften voor de eerste avond. Mayles huiverde. Bij iedere oversteek had je minstens één stel rijke, luidruchtige zakenlui. Daar had je je handen vol aan. Volgens hun dossiers hadden Blackburn en zijn groep een wijnreis door de Bordeauxstreek gemaakt, waar ze miljoenen dollars hadden besteed aan de aanleg van instantwijnkelders. En, zoals zo vaak het geval was met miljardairs, waren ook zij veeleisend en excentriek: Blackburn had erop gestaan zijn enorme suite in te richten met zijn eigen kunst, antiek en meubilair voor de zeereis van zeven dagen.

Mevrouw Dahlberg was nog in gesprek met Pendergast. 'En hoe is zij uw pleegdochter geworden?'

Mevrouw Greene gaf antwoord: 'Mijn eerste voogd, dr. Leng, had me gevonden toen ik eenzaam en verlaten, als weeskind, door de straten van New York liep te dwalen.'

'Hemel, ik wist niet dat zulke dingen tegenwoordig nog voorkomen.'

'Maar dr. Leng is vermoord, en daarna heeft Aloysius, die familie van hem was, mij in huis genomen.'

Het woord 'vermoord' bleef even zwaar in de lucht hangen.

'Wat een tragisch verhaal,' zei Mayles. 'Erg akelig allemaal.'

'Ja, het is een tragisch verhaal, vind je ook niet, Aloysius?'

Mayles hoorde iets scherps in haar stem. Hier was iets aan de hand. Mensen waren net ijsbergen, het meeste van wat er echt aan de hand was, met name de akelige dingen, lagen onder water.

Mevrouw Dahlberg schonk Pendergast een warme glimlach. 'Hoorde ik u daarnet zeggen dat u privédetective ben?'

O nee, dacht Mayles. *Niet dat weer.*

'Momenteel wel, ja.'

'En wat zei u ook weer dat u aan het onderzoeken bent?'

'Dat had ik niet gezegd, vrees ik.'

'Onderzoeken?' kwam Brock, met een geschrokken blik tussenbeide. Kennelijk had hij het eerste deel van het gesprek gemist.

'Wat een zálig mysterie.' Met een glimlach legde mevrouw Dahlberg haar hand op die van Pendergast. 'Ik ben dól op mysteries. Leest u detectiveboeken, meneer Pendergast?'

'Ik lees nooit fictie. Dat vind ik baarlijke nonsens.'

Dahlberg lachte. 'Ik ben er dól op. En wat mij nou opvalt, meneer Pendergast, is dat de *Britannia* een schitterend decor zou vormen voor een moord.' Ze richtte zich tot Mayles. 'Wat vindt u, meneer Mayles?'

'Een moord lijkt me prima, zolang er geen gewonden bij vallen.' Met deze grap bracht Mayles een homerisch gelach teweeg, en opnieuw was hij trots op zijn vermogen om het gesprek op een vriendelijk, oppervlakkig niveau te houden, waar het volgens de sociale etiquette moest blijven.

Pendergast leunde voorover. 'Een moord onderweg kan ik niet beloven,' zei hij, met een stem als honing. 'Maar één ding kan ik u wel vertellen: er is inderdaad een moordenaar aan boord.'

11

Pendergast lag ontspannen op een sofa, in de salon van hun suite, en bladerde door de enorme wijnkaart van de *Britannia*. Niet ver van hem vandaan was een flatscreentelevisie afgestemd op de informatiezender van het schip; een gedempte stem prees de lof van het lijnschip terwijl een reeks beelden voorbijrolde.

'De *Britannia* is een groots schip, gebouwd in de klassieke traditie,' klonk de chique Britse stem. 'Met sierlijke trappen, enorme publieke ruimtes, twee balzalen, acht restaurants, drie casino's en vijf zwembaden. Ze heeft een accommodatie voor zevenentwintighonderd passagiers plus een zestienhonderdkoppige bemanning. Haar tonnage bedraagt 165.000. Ze is het ruimst bemeten schip op de oceaan, en de verhouding tussen passagiers en bemanning is ongeëvenaard. De *Britannia* beschikt over enkele unieke voorzieningen, zoals het acht verdiepingen hoge Grand Atrium, de Sedona SunSpa, de gedistingeerde winkels van Regent Street en St. James Street, het Belgravia Theatre met duizend zitplaatsen en het verwarmde zwembad naar model van een Romeins badhuis, opgegraven te Pompeji. Verder noemen we hier de kristal-met-gouden balzaal King George II: de grootste balzaal ter zee. Het schip is even lang als het Empire State Building hoog is en de scheepshoorn is ruim twintig kilometer verderop hoorbaar. Volgens de traditie van de *Titanic* en de grote zeeschepen uit het verleden onderscheidt ook de *Britannia* zich door de buitengewone hoeveelheden hout die erin verwerkt zijn, zowel aan de binnen- als de buitenzijde: meer dan een miljoen strekkende meter teak, mahonie, Port Orfordceder, eucalyptushout, iroko en beuk...'

Op de verdieping van de suite ging een deur open. Constance kwam haar kamer uit en liep de trap af.

Pendergast zette de televisie uit en legde de wijnkaart weg. 'Ik had geen idee dat er zo'n uitgebreide wijnkelder aan boord was,' zei hij. 'Honderdvijftigduizend flessen! Met name de selectie van Pauillacs van vóór 1960 is indrukwekkend.'

Hij keek op terwijl ze naar hem toe liep. Ze had haar formele avondkleding uitgetrokken en droeg nu een lichtgele jurk. 'Die nieuwe kleren staan je goed, Constance,' merkte hij op.

'Je hebt zelf geholpen alles uit te zoeken,' antwoordde ze, terwijl ze tegenover hem ging zitten.

'Je was behoorlijk op dreef, vanavond,' zei hij.

'Jij ook.'

'Ik probeer een moordenaar uit te roken. Waar was jij mee bezig?'

Constance slaakte een zucht. 'Sorry als ik moeilijk deed. Na het klooster vind ik al die weelde... deprimerend.'

'Sta in de wereld, maar houd je er verre van,' citeerde Pendergast een eeuwenoude boeddhistische waarheid.

'Ik zat liever thuis, met een boek bij de haard. Dit...' ze gebaarde om zich heen, 'dit is grotesk.'

'Hou wel in gedachten dat we aan het werk zijn.'

Rusteloos ging ze verzitten, zonder te reageren.

Zwijgend bedacht Pendergast dat zijn pleegdochter de afgelopen paar weken veranderd was. Haar tijd in het klooster had wonderen verricht. Tot zijn vreugde zag hij dat ze in de suite verder was gegaan met haar Chongg Ran-oefeningen: iedere ochtend stond ze om vier uur op, ze mediteerde 's ochtends en 's middags een uur en ze ging zich niet te buiten aan eten en drinken. En het belangrijkste: ze was niet meer zo lusteloos, zo onzeker. Ze leek doelbewuster, ontspannener, geïnteresseerder in de wereld om zich heen dan ze sinds de dood van zijn broer was geweest. Die onderneming van hen, dat onopgeloste mysterie, had haar een nieuw doel in het leven gegeven. Pendergast hoopte vanuit de grond van zijn hart dat ze op weg was naar herstel van de afgrijselijke gebeurtenissen van maart en de ingreep in de Feversham Clinic. Ze had geen bescherming meer nodig. Na haar scherpe woorden aan tafel vroeg Pendergast zich zelfs af of het niet eerder andersom was.

'Wat vond je van onze tafelgenoten?' vroeg hij.

'Eerlijk gezegd niets. Behalve dan die mevrouw Dahlberg, die heeft iets echts, vind ik. Verfrissend. Ze lijkt in jou geïnteresseerd.'

Pendergast neeg het hoofd. 'Ik ben niet de enige die indruk heeft gemaakt.' Hij knikte naar het manuscript op een bijzettafeltje, met de titel *Caravaggio, het raadsel van het chiaroscuro*. 'Ik zie dat dr. Brock er geen gras over heeft laten groeien, hij heeft je meteen zijn artikel gestuurd.'

Met gefronste wenkbrauwen keek Constance naar het manuscript.

'Ondanks hun tekortkomingen zou een aantal van onze disgenoten wel eens van nut kunnen blijken,' ging hij verder. 'De heer Mayles, bijvoorbeeld. Dat is iemand die niets ontgaat.'

Constance knikte en even bleven ze zwijgend zitten.

Na een tijdje begon ze over iets anders: 'De dief en moordenaar heeft Jordan Ambrose dus vermoord met een klein kaliber pistool. En daarna heeft hij zonder aantoonbare reden het lichaam verminkt.'

'Precies.'

'Maar de rest van de modus operandi die je beschreef – de zakken zorgvuldig doorzocht, alle oppervlakken keurig schoongeveegd – sluit daar niet bij aan.'

'Inderdaad.'

'Ik kan me niet herinneren dat ik ooit zoiets heb gelezen in een casuslijst.'

'Ik ook niet. Behalve dan misschien een bepaalde zaak in Kansas die ik niet lang geleden onder ogen kreeg.'

Er werd aan de deur geklopt. Pendergast stond op en deed open. Het kamermeisje stond op de drempel.

'Kom binnen,' zei Pendergast met een handgebaar.

De vrouw maakte een kleine reverence en stapte de hut in. Ze was mager, van middelbare leeftijd en had zwart haar en diepliggende zwarte ogen. 'Pardon, meneer,' zei ze met een Oost-Europees accent, 'maar ik vroeg me af of ik u ergens mee van dienst kan zijn.'

'Voorlopig niet, dank u.'

'Uitstekend, meneer. Dan kom ik straks terug om de bedden open te slaan.' En met nog een knikje verdween ze de gang weer op.

Pendergast sloot de deur en liep terug naar de sofa.

'Tja, wat zullen we vanavond eens doen?' vroeg Constance.

'Keus te over wat entertainment betreft. Ben jij in de stemming voor iets bepaalds?'

'Die oefening met de reddingsvesten, misschien?'

'Leuk, hoor. Maar voordat we ergens aan beginnen moeten we één ding doen.' Pendergast gebaarde naar een lange computerprintout die naast de wijnkaart lag. 'Er zijn zevenentwintighonderd passagiers aan boord, en we hebben maar zeven dagen om de moordenaar en de Agozyen te vinden.'

'Is dat de passagierslijst?'

Pendergast knikte. 'Rechtstreeks uit de database van het schip. Inclusief beroep, leeftijd, geslacht en het tijdstip van inscheping. Zoals ik je al eerder gezegd heb, ik heb de bemanning al nagetrokken.'

'Hoe ben je daaraan gekomen?'

'Geen probleem. Ik heb een simpele onderhoudstechnicus van de computerafdeling opgespoord en gezegd dat ik een inspecteur van North Star was en wilde controleren hoe de bemanning functioneert. Hij wist niet hoe snel hij me die lijst moest bezorgen. Ik ben al heel behoorlijk gevorderd met het uitdunnen van de lijst met verdachten.' En hij haalde een vel papier uit de zak van zijn jasje.

'Ga verder.'

Een lange, bleke vinger tikte op het papier. 'De moord is gepleegd om tien uur, de taxi arriveerde om halfeen bij de kade en de moordenaar moet dus ná die tijd aan boord gekomen zijn. Daarmee kunnen we meteen 1476 namen schrappen.'

Weer streek de vinger over het papier.

'De moordenaar is een man.'

'Hoe kun je dat nou weten?' vroeg Constance, op een toon alsof die veronderstelling een belediging voor alle vrouwen ter wereld was.

'Die fles whisky. Iemand als Ambrose zou echt geen whisky gekozen hebben als zijn bezoeker een vrouw was. En dan dat mes, dwars door het hele lichaam plus een centimeter vloerbedekking en ruim twee centimeter houten vloer heen. Daar is veel kracht voor nodig. En tot slot: Ambrose was bergbeklimmer, iemand met een uitstekende conditie, niet makkelijk te doden. Dat houdt in dat onze moordenaar sterk, fit en snel is, en een man.'

'Oké.'

De vinger gleed omlaag. 'Om diezelfde reden kunnen we een leeftijdsgroep afbakenen: boven de twintig, onder de vijfenzestig. Dat laatste is bijzonder handig op dit soort schepen. Verder reist hij niet met een echtgenote: een bloedige moord, een taxirit, een vermomming, dan aan boord gaan met de Agozyen... dat zijn stuk voor stuk handelingen van een man die niet in zijn bewegingen wordt gehinderd door een vrouw. De psychopathologie van de moordenaar, het ongeveinsde plezier in geweld, duidt ook op een man. Een vrijgezelle man van een zekere leeftijd: nog eens duizendtwaalf namen van de lijst. En dan zijn er tweehonderdtwaalf over.'

De vinger kwam weer in beweging. 'Alle bewijzen duiden erop dat Ambrose contact heeft gelegd met een bekende verzamelaar, misschien niet van Aziatisch antiek als zodanig, maar wel een verzamelaar. En iemand wiens gezicht herkenbaar kan zijn voor het grote publiek. Daarmee hebben we er dan nog zesentwintig over.'

Hij keek op naar Constance. 'De moordenaar is niet achterlijk. Verplaats je eens in zijn positie. Hij moet een onhandelbare kist aan boord krijgen zonder op te vallen. Hij kan niet meteen, met die kist onder zijn arm, aan boord gegaan zijn, dat zouden mensen zich later herinneren. En bovendien zat hij onder het bloed van de moord: hij moest zich ergens wassen en verkleden, op een veilige plek. Dus wat kon hij doen?'

'Naar een hotelkamer gaan, de Agozyen in een grote scheeps-
kist overpakken en op het allerdrukste moment aan boord gaan.'
'Precies. En dat moet rond negen uur vanochtend geweest zijn.'
Constance glimlachte wrang.

De vinger verliet het papier. 'En daarmee zitten we dan op nog
maar acht verdachten; kijk, hier staan ze. En het eigenaardige toeval wil dat twee daarvan bij ons aan tafel zaten.' Hij schoof het
papier naar haar toe. Ze las de namen en de aantekeningen die
Pendergast erbij had gemaakt:

> Lionel Brock. Eigenaar van Brock Galleries, West 57th
> Street, New York City. Leeftijd: 52. Vooraanstaand
> handelaar in impressionistische en
> postimpressionistische schilderkunst.

> Scott Blackburn, voormalig algemeen directeur,
> Gramnet, Inc. Leeftijd: 41. Miljardair uit Silicon
> Valley. Verzamelt Aziatische kunst en twintigste-
> eeuwse schilderkunst.

> Jason Lambe, algemeen directeur, Agamemnon.com.
> Leeftijd: 42. Grote jongen in de technologie, met
> Blackburn als belangrijke investeerder in zijn bedrijf.
> Verzamelt Chinees porselein en Japanse houtsnedes en
> schilderijen.

> Terrence Calderón, algemeen directeur van
> TeleMobileX Solutions. Leeftijd: 34. Grote jongen in
> de technologie, vriend van Blackburn, verzamelt Frans
> antiek.

> Edward Smecker, Lord Cliveburgh, naar verluidt
> inbreker. Leeftijd: 24. Verzamelt antieke juwelen,
> zilver en goud, religieuze relieken en
> kunstvoorwerpen.

> Claude Dallas, filmster. Leeftijd: 31. Verzamelt
> popart.

Felix Strage, hoofd van de afdeling Griekse en Romeinse kunst, Metropolitan Museum of Art, New York City. Verzamelt Grieks en Romeins antiek.

Victor Delacroix, auteur en bon vivant. Leeftijd: 36. Verzamelt van alles en nog wat.

Pendergast pakte een pen en trok een streep door de laatste naam. 'Deze kunnen we meteen wegstrepen.'

'Hoezo?'

'Aan tafel zag ik dat hij linkshandig is. De moordenaar is rechtshandig.'

Ze keek hem aan. 'Je hebt 2693 verdachten geëlimineerd, en dat zonder een beroep te doen op slimmigheden.'

'Die laatste zeven konden wel eens een groter probleem blijken. En hier moeten we de taken verdelen, willen we overwinnen.' Hij keek even naar Constance. 'Ik doe het onderzoek bovendeks, onder de passagiers en de officieren. Ik zou graag willen dat jij het benedendekse deel van het onderzoek voor je rekening neemt.'

'Benedendeks? Als het geen bemanningslid is, dan kunnen we ons die moeite toch besparen?'

'De beste plek om roddels en geruchten over de passagiers op te vangen is benedendeks.'

'Maar waarom moet ik dat doen?'

'Jij maakt veel meer kans om de bemanningsleden aan het praten te krijgen dan ik.'

'En waar ben ik dan precies naar op zoek?'

'In het algemeen: alles wat volgens je instinct nuttig aandoet. Specifieker: een kist. Een lange, onhandelbare kist.'

Ze zweeg even. 'En hoe kom ik benedendeks?'

'Je verzint wel iets.' Hij legde een waarschuwende hand op haar elleboog. 'Maar ik moet je waarschuwen, Constance, ik begrijp deze moordenaar niet. En dat baart me zorgen. En ook jij mag daar niet te lichtvaardig over denken.'

Ze knikte.

'Doe niets zonder overleg. Observeer en kom dan naar mij toe. Afgesproken?'

'Ja, Aloysius.'

'In dat geval is de jacht geopend. Zullen we op ons succes drinken met een mooie, oude port?' Pendergast pakte de wijnkaart weer op. 'De Taylor '55 is momenteel uitstekend op dronk, lijkt me.'

Ze maakte een handgebaar. 'Ik ben niet in de stemming voor port, dank je, maar ga je gang.'

12

Kamermeisje Juanita Santamaría duwde haar wagentje over de schitterende, goudgele vloerbedekking van dek 12. Haar lippen waren peinzend getuit, haar ogen keken strak vooruit. Het karretje, hoog beladen met fris linnengoed en geparfumeerde zeep, piepte over het dure tapijt.

Toen ze om een bocht in de gang kwam, naderde er een passagier: een goed geconserveerde vrouw van een jaar of zestig, met een violette spoeling in haar haar. 'Mag ik u wat vragen?' begon de vrouw. 'Kom ik zo bij de SunSpa?'

'Ja,' antwoordde het kamermeisje.

'O, en nog iets. Ik wil de kapitein graag een bedankbriefje sturen. Hoe heet hij ook weer?'

'Ja,' zei Juanita, zonder te stoppen.

Iets verderop lag het einde van de gang: een simpele, bruine deur. Juanita duwde haar wagentje naar binnen en kwam in een schoonmaakruimte terecht. Aan één kant lagen enorme canvas zakken met wasgoed, samen met stapels bakken van grijs plastic vol gebruikte borden en bestek van roomservice, allemaal in afwachting van transport naar de diepste krochten van het schip. Rechts was een rij goederenliften. Juanita reed haar karretje naar de dichtstbijzijnde lift, stak haar arm uit en drukte op de liftknop OMLAAG.

Daarbij beefde haar vinger heel even.

De liftdeuren schoven open. Juanita duwde de kar naar binnen en draaide zich om naar de bedieningsknoppen in de lift. Weer stak ze haar hand uit naar een knop. Maar ditmaal aarzelde ze en bleef ze met een uitdrukkingsloos gezicht even naar het bedieningspaneel staan kijken. Dat duurde zo lang dat de deuren weer dichtschoven en de lift roerloos, afwachtend, in de schacht bleef hangen. Uiteindelijk, traag als een zombie, drukte ze op de knop voor dek c. Gonzend zette de lift zich in beweging.

De hoofdgang aan stuurboord van dek c was smal, met een laag plafond, en benauwd. Zo verlaten als dek 12 was geweest, zo druk was het hier: obers, kamermeisjes, croupiers, hostesses, monteurs, stewards, schoonheidsspecialistes, elektriciens en een heleboel anderen holden voorbij, druk bezig met de talloze opdrachten en klussen die nodig waren om een groot lijnschip varende te houden. Juanita schoof haar karretje de mierenhoop in en bleef staan. Ze keek om zich heen alsof ze verdwaald was. Hier en daar werd in het voorbijgaan naar haar gekeken: het was geen brede gang, en het wagentje, pal in het midden geparkeerd, zorgde al snel voor een file.

'Hé!' Een gezette vrouw met het uniform van een supervisor kwam haastig aanlopen. 'Hier mogen helemaal geen karretjes komen, ga daar meteen mee naar de huishoudelijke dienst.'

Juanita stond met haar rug naar de vrouw toe en reageerde niet. De supervisor greep haar bij de schouder en draaide haar om. 'Ik zei, uit de weg met dat...' Toen ze Juanita herkende, zweeg ze.

'Santamaría?' vroeg ze. 'Wat doe jíj hier? Jouw dienst is pas over vijf uur afgelopen. Maak dat je terugkomt op dek 12!'

Juanita zei niets, maakte geen oogcontact.

'Hoor je me? Ga naar boven, voordat ik een aantekening maak en een dag van je loon inhoud. Je...'

De supervisor zweeg. Iets in Juanita's blik maakte dat ze niet verder sprak.

Juanita liet haar wagentje midden in de gang staan, liep de vrouw voorbij en begaf zich wankelend de menigte in. Met een onbehaaglijk gevoel keek de supervisor haar na.

Juanita's hut lag in een benauwd, opeengeperst complex van hutten bij de achtersteven. Hoewel de turbine en het dieselaggregaat drie dekken lager lagen, zweefden de trillingen en de geur van olie als een miasma door de lucht. Naarmate ze de hut naderde, vertraagde ze haar pas nog meer. Diverse bemanningsleden die haar voorbijliepen, keken naar haar om, geschokt door de wazige blik op haar geschrokken, onwezenlijke gelaat.

Voor haar deur bleef ze aarzelend staan. Er verstreek een minuut, twee minuten. Plotseling werd de deur van de andere kant geopend en stapte er een donkere vrouw met zwart haar naar buiten. Ze droeg het uniform van Hyde Park, het informele restaurant op dek 7. Toen ze Juanita zag, bleef ze plotseling staan.

'Juanita, meisje!' zei ze met een Haïtiaans accent. 'Ik schrik van je!'

Weer zei Juanita niets. Ze keek niets ziend door de vrouw heen, alsof die er niet was.

'Juanita, wat is er? Je kijkt alsof je een spook hebt gezien.'

Er klonk een gespetter toen Juanita's blaas het niet meer hield. Een stroom urine kronkelde langs haar benen en vormde een plas op het linoleum van de gang.

De vrouw in het dienstersuniform sprong achteruit. 'Hé!' riep ze.

De luide stem leek Juanita wakker te schudden. Haar glazige blik werd gerichter. Haar ogen dwaalden naar de vrouw in de deuropening. En daarna, heel langzaam, zakten ze af naar haar gezicht, haar hals, waar een gouden medaillon aan een simpele ketting hing. Daarop stond een veelkoppige slang afgebeeld, badend in de stralen van een gestileerde zon.

Plotseling sperde ze haar ogen open. Ze stak haar handen uit alsof ze iets wilde afweren en wankelde de gang weer in. Haar mond ging wijd open en vormde een angstwekkende grot van roze vlees.

En toen begon het gekrijs.

13

Roger Mayles liep over de zachte vloerbedekking van het Mayfair Casino, naar de gasten om zich heen knikkend en glimlachend. De *Britannia* bevond zich nog maar vijf uur in de internationale wateren, maar in het casino gonsde het al van de drukte: gokmachines, blackjack- en roulettecroupiers en spelers klonken boven het lawaai van de show in het Royal Court Theatre uit, iets verderop aan de boegzijde van dek 4. Bijna iedereen was in smoking of zwarte avondjurk: de meeste mensen hadden zich hierheen gehaast na het openingsdiner zonder de moeite te nemen zich om te kleden.

Een cocktaildienster met een blad vol champagne hield hem staande. 'Dag, meneer Mayles,' zei ze boven het geluid uit. 'Wilt u een glaasje?'

'Nee, dankjewel.'

Bijna binnen handbereik jammerde een dixielandbandje, als extra toevoeging aan de sensatie van koortsachtig amusement. Mayfair was het rumoerigste van de drie casino's aan boord en, vond Mayles, een duizelingwekkend eerbetoon aan hebzucht en de mammon. De eerste nacht op zee was altijd de vrolijkste en meest chaotische: dan was nog niemand gedeprimeerd door grote verliezen bij het gokken. Mayles knipoogde naar het meisje en liep verder, waarbij hij zijn blik van de ene naar de andere tafel liet glijden. In het plafond boven iedere tafel was een onopvallende koepel van rookglas ingebouwd, bijna onzichtbaar tussen de glinsterende kristallen kroonluchters. Het decor was fin de siècle Londens, een en al fluweel met glanzend, donker hout en antiek koper. Midden in de enorme zaal stond een enorme sculptuur van bleekroze ijs: Lord Nelson, ietwat eigenaardig gehuld in een toga.

Toen Mayles bij de bar van het casino aankwam, sloeg hij rechts af en bleef staan voor een deur zonder opschrift. Hij haalde een pasje uit zijn zak, haalde dat door een lezer aan de muur, en het slot sprong open. Hij keek van links naar rechts en glipte toen snel naar binnen, weg van de herrie en het gedoe.

Hij kwam in een kamer zonder plafondverlichting, maar met het schijnsel van wel honderd kleine schermpjes van bewakingscamera's die elk een ander beeld van het casino gaven: de speeltafels, van bovenaf; rijen gokmachines, de kassa's. Dit was het 'hart' van het Mayfair Casino, waar het bewakingspersoneel de gokkers, croupiers, delers en geldlopers scherp in de gaten hield.

Twee technici in bureaustoelen hielden de schermen in het oog, hun gezichten spookachtig verlicht in de blauwe gloed. Victor Hentoff, de manager van het casino, stond achter hen met gefronste wenkbrauwen naar de schermen te kijken. De komende zes dagen zou hij voornamelijk doorbrengen in de diverse casino's, en hij had zoveel jaren naar dit soort schermen staan turen dat zijn ogen wel permanent half dichtgeknepen leken. Toen hij Mayles hoorde binnenkomen, draaide hij zich om.

'Roger,' zei hij met zijn hese stem, en hij stak zijn hand uit.

Mayles stak een hand in zijn zak en haalde er een verzegelde envelop uit.

'Bedankt,' zei Hentoff. Met een dikke vinger ritste hij de envelop open en trok er een paar bladen papier uit. 'Mijn god,' zei hij, terwijl hij erdoorheen bladerde.

'Ze hangen er weer fraai bij,' zei Mayes. 'Klaar voor de pluk.'

'Kun je me iets meer vertellen?'

'Jazeker.' Naast Mayles' andere taken verwachtte het casinopersoneel dat hij hen, discreet, van een lijst met mogelijke grote spelers voorzag, gemakkelijke prooien, bij wie het de moeite waard was om met wat pluimstrijkerij aan te komen. 'De hertogin van Westleigh is weer behoorlijk goed bij kas. Weet je nog hoe dat op de maidentrip van de *Oceania* ging?'

Hentoff rolde met zijn ogen. 'Ongelooflijk dat ze nog teruggekomen is.'

'Ze heeft een zwak voor maidentrips. En voor baccaratgevers. En dan hebben we...'

Plotseling keek Hentoff niet meer naar Mayles, maar over de schouder van de cruisedirecteur. Tegelijkertijd merkte Mayles dat het geluidsniveau in de zaal aanzienlijk gestegen was. Hij draaide zich om en volgde Hentoffs blik. Met een rilling van ontzetting zag hij dat zijn tafelgenoot, Pendergast, op de een of andere manier kans had gezien de controlekamer binnen te komen en net de deur achter zich dichtdeed.

'Ah, meneer Mayles,' zei Pendergast. 'Hier zit u dus.'

Het gevoel van ontzetting nam toe. De cruisedirecteur vergiste zich maar zelden bij de keuze van zijn tafelgenoten, maar Pendergast en diens 'pleegdochter' waren een fout die hij niet nog eens zou maken.

Pendergasts blik streek langs de wanden vol beeldschermen. 'Charmant uitzicht hebt u hier.'

'Hoe bent u hier binnengekomen?' wilde Hentoff weten.

'O, daar heb ik gewoon een trucje voor.' Pendergast maakte een luchtig handgebaar.

'Tja, u zult toch echt weg moeten. Het is hier verboden voor passagiers.'

'Ik heb een of twee verzoekjes aan de heer Mayles, en dan ga ik ervandoor.'

De casinomanager wendde zich tot Mayles. 'Roger, ken jij deze passagier?'

'We hebben net samen gedineerd. Wat kan ik voor u doen, meneer Pendergast?' vroeg Mayles met een minzame glimlach.

'Ik wil u iets vertellen, maar dat is vertrouwelijk,' zei Pendergast.

O, *nee*, dacht Mayles, en hij voelde hoe zijn toch al zo gevoelige zenuwen straktrokken. Hij hoopte dat dit geen voortzetting zou worden van Pendergasts morbide tafelgesprekken.

'Ik ben niet alleen aan boord om tot rust te komen in de frisse lucht.'

'O?'

'Ik ben hier om een vriend een plezier te doen. Want ziet u, heren, er is iets van mijn vriend gestolen, iets van grote waarde. Dat voorwerp is momenteel in bezit van een passagier van dit schip. Het is mijn bedoeling het voorwerp op te sporen en terug te geven aan de rechtmatige eigenaar.'

'Bent u privédetective?' vroeg Hentoff.

Daar dacht Pendergast even over na; zijn bleke ogen weerspiegelden het licht van de beeldschermen. 'Je zou inderdaad kunnen zeggen dat mijn detectivewerk privé is.'

'U bent dus freelancer,' zei Hentoff. De casinomanager zag geen kans de toon van minachting uit zijn stem te weren. 'Meneer, ik verzoek u nogmaals: gaat u alstublieft weg.'

Pendergast keek even naar de schermen en richtte daarna zijn aandacht weer op Mayles. 'Het is uw taak, nietwaar, meneer Mayles, om iets te weten van de afzonderlijke passagiers?'

'Dat genoegen heb ik, ja,' antwoordde Mayles.

'Uitstekend. Dan ben ik bij u aan het juiste adres: u kunt mij de informatie geven aan de hand waarvan ik de dief kan opsporen.'

'Ik vrees dat wij geen informatie over passagiers kunnen vrijgeven,' zei Mayles, met een ijzige klank in zijn stem.

'Maar deze man kon wel eens gevaarlijk zijn. Hij heeft een moord gepleegd om het voorwerp in handen te krijgen.'

'Dan zal onze beveiligingsdienst die zaak afhandelen,' zei Hentoff. 'Ik kan u met alle genoegen doorverwijzen naar een beveiligingsbeambte die een aantekening kan maken van uw informatie om in het dossier op te slaan.'

Pendergast schudde zijn hoofd. 'Ik kan helaas geen personeel van lagere rangen in mijn onderzoek betrekken. Discretie is van het allergrootste belang.'

'Wat ís het voor voorwerp?' informeerde Hentoff.

'Daar kan ik helaas niets specifieks over zeggen. Een stuk Aziatisch antiek van grote waarde.'

'En hoe weet u dat dit stuk aan boord is?'

Als reactie bewogen Pendergasts lippen even in iets wat een vage glimlach geweest kon zijn.

'Meneer Pendergast,' zei Mayles op de toon die hij voorbehield aan de lastigste passagiers. 'U wilt ons niet vertellen waarnaar u op zoek bent. U wilt ons niet vertellen waarom u zo zeker bent dat het voorwerp aan boord is. U bent hier niet officieel in functie, en sowieso bevinden we ons momenteel in internationale wateren. Onze eigen beveiligingsploeg ís de wet, Amerikaanse en Britse wetten zijn hier niet van toepassing. Het spijt me, maar we kunnen geen toestemming geven voor uw onderzoek, en we kunnen u onmogelijk helpen. Integendeel, we zullen het heel ernstig opvatten als onze gasten last krijgen van uw onderzoek.' Om zijn woorden wat minder scherp te laten lijken schonk hij Pendergast zijn innemendste glimlach. 'Dat begrijpt u vast wel.'

Pendergast knikte traag. 'Ja, dat begrijp ik.' Hij maakte een korte buiging en draaide zich om. Vlak voordat hij wegliep, legde hij zijn hand op de deurpost en bleef staan.

'U weet natuurlijk,' zei hij nonchalant, 'dat er een groep kaartentellers actief is?' En hij knikte vaag in de richting van een stel schermen.

Mayles volgde zijn blik, maar hij was niet getraind in observatie en zag alleen een zwerm mannen en vrouwen bij de blackjacktafels.

'Waar hebt u het over?' vroeg Hentoff op scherpe toon.

'Kaartentellers. Bijzonder professioneel en goed georganiseerd, te zien aan hun onopvallende manier van werken.'

'Nonsens,' zei Hentoff. 'Daar hebben wij niets van gezien. Wat is dit, een soort spel?'

'Voor henzelf is het geen spel,' zei Pendergast. 'Althans, niet in de zin die u het liefst ziet.'

Even keken Pendergast en de casinomanager elkaar aan. Toen wendde Hentoff zich met geërgerde stem tot een van zijn technici: 'Wat is momenteel de stand?'

De technicus pakte de telefoon en voerde een kort gesprek. Daarna keek hij op naar Hentoff. 'Mayfair staat op tweehonderdduizend pond verlies, meneer.'

'Waar, over de hele linie?'

'Bij de blackjacktafels, meneer.'

Even keek Hentoff weer naar de schermen, voordat hij zich omdraaide naar Pendergast. 'Wie zijn het?'

Pendergast glimlachte. 'Ach, nou zijn ze net vertrokken.'

'Is dat even toevallig? En hoe deden ze dat precies, dat kaartentellen?' vroeg Hentoff.

'Zo te zien gebruikten ze een variant van de "Red-7" of de "K-O". Dat valt moeilijk te zeggen, zeker omdat ik niet echt naar de schermen keek. En ze doen het wel zo goed dat ze kennelijk nog nooit gepakt zijn: anders had u hun foto's wel in uw database en dan hadden uw gezichtsscanners gereageerd.'

Tijdens het luisteren liep Hentoffs gezicht steeds roder aan. 'Hoe weet u dat nou?'

'Zoals u al zei, meneer... Hentoff, geloof ik? Ik ben freelancer.'

Even bleef het stil. De twee technici zaten als aan de grond genageld en durfden niet van hun schermen op te kijken.

'Het is duidelijk dat u enige hulp kunt gebruiken, meneer Hentoff. Ik zal die met alle genoegen leveren.'

'In ruil voor onze hulp bij uw probleempje, zeker,' zei Hentoff sarcastisch.

'Precies.'

Weer heerste er even een gespannen stilte. Na een tijdje zuchtte Hentoff. 'Jezus. Wat wilt u precies?'

'Ik heb groot vertrouwen in de capaciteiten van de heer Mayles. Hij heeft toegang tot alle passagiersdossiers. Het is zijn taak om met iedereen aan boord een praatje te maken, vragen te stellen, informatie uit te lokken. Hij verkeert in een uitstekende positie om mij te helpen. Maakt u zich geen zorgen dat de passagiers er last van zullen hebben, meneer Mayles. Ik heb voor slechts een handjevol mensen belangstelling. Zo zou ik graag willen weten of een van deze personen misschien voorwerpen in de centrale kluis heeft ondergebracht, en of hun hutten op de lijst "verboden terrein" staan voor de huishoudelijke dienst... dat soort dingen.' Daarna wendde hij zich tot Hentoff. 'En misschien zal ik ook uw hulp nodig hebben, meneer Hentoff.'

'Waarmee dan?'

'Met het... hoe heet dat ook weer... het smeren van de wielen.'

Hentoff keek van Pendergast naar Mayles.

'Ik zal erover nadenken,' prevelde Mayles.

'Dan hoop ik voor uw eigen bestwil,' zei Pendergast, 'dat u daar niet te lang over doet. Twee ton verlies in vijf uur tijd, dat belooft niet veel goeds.' Met een glimlach stond hij op en verdween zonder nog iets te zeggen de hut uit.

14

Constance Greene dwaalde over de brede promenade vol boetieks en dure winkeltjes op dek 6, ook wel bekend als St. James Street. Hoewel het al na middernacht was, viel nog aan niets te merken dat de *Britannia* zich opmaakte voor de nacht: schitterend geklede paartjes slenterden langs de etalages en bewonderden die, of waren zacht aan het praten. Langs de wandelgangen stonden grote vazen met verse bloemen, en boven het gepraat en gelach uit waren de virtuoze klanken van een strijkkwartet te horen. Er hing een geur van seringen, lavendel en champagne in de lucht.

Langzaam doolde ze verder, langs een wijnbar, een juwelier en een kunstgalerie, die laatste met originele, gesigneerde prenten van Miró, Klee en Dalí tegen astronomische prijzen. In de deuropening schold een oude vrouw in een rolstoel de jonge, blonde vrouw uit die haar voortduwde. De jonge vrouw had iets waardoor Constance even opmerkzaam naar haar keek: de neergeslagen ogen en de ingekeerde blik, als aanduiding van onuitgesproken verdriet, hadden de hare kunnen zijn.

Voorbij de overdekte arcade van St. James Street leidde een

rijkbewerkte, dubbele deur naar het Grand Atrium: een enorme ruimte in het hart van het schip, acht verdiepingen hoog. Constance liep naar de reling en keek eerst omhoog, toen omlaag. Het was een opmerkelijk panorama van rijen balkons, fonkelende kroonluchters en talloze verticale rijen lichtjes en liften met open schacht, uitgevoerd met glas-in-loodruitjes en kristal. In de diepte, in restaurant de King's Arms op dek 2, zaten mensen in groepjes op roodleren bankjes met borden vol tongfilet, oesters en tournedos. Kelners en sommeliers liepen tussen de tafeltjes door: de een zette een schotel boordevol delicatessen neer, de ander boog zich beleefd naar een gast over om diens verzoek te horen. Op de rijen balkons van de dekken 3 en 4 met uitzicht op het Atrium stonden nog meer tafeltjes. Het gekletter van bestek, het geroezemoes van de gesprekken, de eb en vloed van de muziek, alles dreef omhoog en bereikte Constances oren.

Het was een broeikas van luxe en privilege, een enorme, drijvende paleisstad, de grootste ooit. Maar het deed Constance allemaal niets. Ze vond dat die hele wanhopige, dure jacht naar plezier iets afstotends had. Wat een verschil tussen deze koortsachtige activiteit, dit grove consumptiegedrag en de paniekerige hang naar wereldse zaken, en haar leven in het klooster. Was ze daar maar weer terug.

Sta in de wereld, maar houd je er verre van.

Ze liep weg van de reling, naar de liften, en steeg naar dek 12. Dit dek was bijna geheel gereserveerd voor passagiersaccomodatie: het was weliswaar ook hier een plaatje van élégance, met dikke oosterse tapijten en landschappen in vergulde lijsten, maar de sfeer was bedaagder. Iets verderop lag het eind van de gang, met een haakse bocht naar links. En vlak voor haar lag de deur naar haar hut, de Tudor Suite, aan bakboord achter in het schip. Constance tastte naar haar pasje, en verstarde.

De deur naar de suite stond op een kier.

Meteen begon haar hart razend te bonken, alsof het de hele tijd al gewacht had op zo'n soort gebeurtenis. Zo onachtzaam was haar voogd niet. Het moest iemand anders zijn. *Het kan hem niet zijn*, dacht ze. *Het kan niet. Ik heb hem zíén vallen. Ik heb hem zien doodgaan.* Een deel van haar wist dat haar angst onredelijk was. Maar ze zag geen kans het bonzen tot bedaren te brengen.

Ze stak haar hand in haar tas, haalde een smal doosje tevoorschijn, klapte dat open en haalde een glanzende scalpel uit zijn donzige nestje. De scalpel die ze van hém gekregen had.

Met het mes voor zich uit gestoken sloop ze onhoorbaar de suite in. De salon was ruwweg ovaal van vorm en eindigde in een twee verdiepingen hoog venster met uitzicht op de Atlantische Oceaan, die in de diepte lag te kolken. Een deur links leidde naar een klein keukentje, en rechts lag de kamer die zij en Aloysius als studeerkamer gebruikten. Het vertrek was verlicht met een klein nachtlampje. Daarachter zag ze het maanlicht, dat een glinsterend spoor trok over de zwalpende oceaan, en een baan vol fonkelende juwelen strooide in het kielzog van het schip. De maan scheen op een sofa, twee fauteuils, een zithoek en een kleine vleugel. Twee trappen liepen met een bocht naar links en rechts. De linkertrap leidde naar Pendergasts slaapkamer, de rechter naar die van Constance. Ze deed nog een stap naar voren, draaide haar hoofd en tuurde omhoog.

De deur van haar kamer stond op een kier. Bleekgeel licht stroomde naar buiten.

Ze greep haar mes steviger beet, liep langzaam en volslagen onhoorbaar de kamer door en de trap op.

In de loop van de avond was de deining toegenomen. Het trage rollen van het schip, eerder nog amper merkbaar, was nu duidelijk te voelen. Van boven en een heel eind naar voren kwam de lange, sombere kreet van de scheepshoorn. Met een hand op de trapleuning liep Constance langzaam en voorzichtig de trap op.

Ze kwam op de overloop aan en deed een stap naar de deur. Daarachter was het doodstil. Constance bleef staan. Toen trapte ze plotseling de deur open en sprong naar binnen.

Er klonk een kreet van schrik. Met uitgestoken mes wervelde Constance om haar as, naar het geluid toe.

Het was het kamermeisje, de donkerharige vrouw die zich eerder die avond had voorgesteld. Ze had bij de boekenkast gestaan, kennelijk verdiept in het boek dat ze zojuist van schrik had laten vallen. Ze keek Constance aan met een mengeling van shock, ontzetting en angst op haar gezicht. Haar blik gleed naar de glanzende scalpel.

'Wat heb jij hier te zoeken?' vroeg Constance op hoge toon.

De vrouw bleef haar met een geschrokken gezicht staan aankijken. 'Het spijt me, mevrouw, ik kwam alleen maar de bedden openslaan...' begon ze met een zwaar Oost-Europees accent. Haar blik, vol afgrijzen, bleef op de scalpel gericht.

Constance borg het mes weer in zijn hoes en stopte die in haar tas. Toen stak ze haar hand uit naar de telefoon naast het bed om de Beveiliging te bellen.

'Nééé,' smeekte de vrouw. 'Alstublieft. Dan zetten ze me bij de volgende haven van boord en dan zit ik in New York zonder daar ooit nog weg te kunnen.'

Met haar hand op de telefoon aarzelde Constance. Ze keek de vrouw argwanend aan.

'Het spijt me verschrikkelijk,' ging de vrouw verder. 'Ik wilde net uw bed openslaan, een chocolaatje op uw kussen leggen. En toen zag ik... toen zag ik...' ze wees naar het boek dat ze daarnet had laten vallen.

Constance keek ernaar. Tot haar verbazing zag ze dat het het dunne bundeltje met de titel *Gedichten van Akhmatova* was.

Constance wist zelf niet goed waarom ze dit boekje had meegebracht. Het had een pijnlijke geschiedenis en was een pijnlijke erfenis. Alleen al ernaar kijken viel haar zwaar. Misschien had ze het meegenomen zoals een flagellant de zweep meedraagt, in de hoop door pijniging boete te doen voor haar vergissing.

'Hou je van Akhmatova?' vroeg ze.

De vrouw knikte. 'Toen ik hierheen kwam, kon ik geen boeken meenemen. Ik heb ze gemist. En toen ik uw bed opensloeg, zag ik... zag ik uw bundel staan.' Ze slikte.

Constance keek haar vorsend aan. 'Ik heb mijn geliefde kaarsen aangestoken,' citeerde ze Akhmatova. 'Een voor een, om deze nacht te heiligen.'

Zonder haar blik van Constance af te wenden antwoordde de vrouw: 'Met jou, die niet komt, wacht ik op de geboorte van het jaar.'

Constance liep weg van de telefoon.

'Thuis, in Belarus, doceerde ik de poëzie van Akhmatova,' zei de vrouw.

'Op een middelbare school?'

De vrouw schudde haar hoofd. 'Universiteit. En Russisch, uiteraard.'

'Ben jij professor?' vroeg Constance verbaasd.

'Dat wás ik. Ik ben mijn baan kwijtgeraakt, zoals zovelen.'

Constance fronste haar voorhoofd. 'En nu werk je hier aan boord als... als kamermeisje?'

De vrouw glimlachte triest. 'Zo vergaat het een heleboel van ons hier. We raken onze baan kwijt. In ons eigen land heerst werkloosheid. Alles is corrupt.'

'En je familie dan?'

'Mijn ouders hadden een boerderij, maar die is door de overheid in beslag genomen vanwege de fall-out. Van Tsjernobyl. De rook was namelijk naar het westen gewaaid. Ik heb tien jaar Russische literatuur gedoceerd aan de universiteit. Maar toen raakte ik mijn baan kwijt omdat mijn familie het niet eens was met de nieuwe regering. Later hoorde ik dat er werk was aan boord van de grote schepen. Dus ben ik hierheen gekomen om te werken, zodat ik geld naar huis kan sturen.' Bitter kijkend schudde ze haar hoofd.

Constance ging op een stoel bij het bed zitten. 'Hoe heet je?'

'Marya Kazulin.'

'Marya, ik ben bereid deze inbreuk op mijn privacy door de vingers te zien. Maar in ruil daarvoor wil ik graag dat je me helpt.'

De vrouw kreeg een gereserveerde blik in haar ogen. 'Hoe kan ik u nu helpen?'

'Ik wil graag van tijd tot tijd benedendeks gaan, praten met de mensen die hier werken, de stewards, de diverse bemanningsleden. Een paar vragen stellen. Jij kunt me introduceren, zeggen dat ik betrouwbaar ben.'

'Vragen?' reageerde de vrouw angstig. 'Wat voor vragen? Werkt u soms voor de rederij?'

Constance schudde haar hoofd. 'Nee. Ik heb mijn redenen, persoonlijke redenen. Niets dat te maken heeft met de rederij of het schip. Sorry, maar ik kan momenteel niet meer zeggen.'

Marya Kazulin leek ietwat opgelucht, maar ze zei niets. 'Daar kan ik problemen mee krijgen.'

'Ik zal heel discreet zijn. Ik wil gewoon de mensen spreken, een paar vragen stellen.'

'Wat voor vragen?'

'Over het leven aan boord, of er nog vreemde dingen gebeurd zijn, roddels over de passagiers. En of er iemand is die een specifiek voorwerp in zijn hut heeft.'

'Passagiers? Dat lijkt me geen goed idee.'

Constance aarzelde. 'Mevrouw Kazulin, ik zal u vertellen wat er aan de hand is, als u me belooft er tegen niemand iets over te zeggen.'

Na een korte aarzeling knikte de vrouw.

'Ik ben op zoek naar iets wat hier aan boord verborgen is. Een voorwerp, iets religieus en heel zeldzaams, gestolen uit een klooster in Tibet. Ik hoopte dat ik af en toe eens met mensen van de huishoudelijke dienst kon praten, om te zien of iemand zoiets in een hut heeft zien staan.'

'En dat voorwerp waar u het over heeft. Wat is dat?'

Constance zweeg even. 'Een lange, smalle kist, van hout, eeuwenoud, met vreemde schrifttekens erop.'

Marya dacht even na. Toen klaarde haar gezicht op. 'Goed, ik help u.' Ze glimlachte, en op haar gezicht stond een zekere opwinding te lezen. 'Het is afgrijselijk om op zo'n cruiseschip te werken. Dit maakt het interessanter. En het is voor een goed doel.'

Constance stak haar hand uit en de twee vrouwen schudden elkaar de hand.

Marya nam haar op. 'Ik zal u net zo'n uniform bezorgen.' Ze gebaarde met een hand naar haar voorkant. 'U mag niet beneden de waterlijn gezien worden in passagierskleding.'

'Dank je. En hoe kan ik met jou in contact komen?'

'Ik neem wel contact op,' zei Marya. Ze bukte zich, raapte het boekje op en gaf het aan Constance. 'Welterusten, mevrouw.'

Constance hield even haar hand vast en legde het dichtbundeltje erin. 'Neem dat alsjeblieft aan. En noem me geen "mevrouw". Ik heet Constance.'

Met een zweem van een glimlach liep Marya naar de deur en liet zichzelf uit.

15

Eerste stuurman Gordon LeSeur had in zijn loopbaan op zee op tientallen bruggen gestaan, van kotters tot torpedojagers tot cruiseschepen. De brug van de *Britannia* leek op geen daarvan. Het was er veel rustiger, ultramodern, ruim... en de hele ruimte deed eigenaardig onnautisch aan, met de vele computerschermen, bedieningspanelen, digitale displays en printers. De hele brug was een toonbeeld van meer dan gloednieuwe technologie. Waar het nog het meest van weghad, peinsde hij, was het gestroomlijnde commandocentrum van een Franse kerncentrale die hij het vorige jaar had bezocht. Het roer heette nu een 'geïntegreerd brugsysteemwerkstation' en de kaartentafel heette de 'centrale navigatieconsole'. Het roer zelf was een schitterende constructie van mahonie en blinkend koper, maar dat stond er alleen omdat de passagiers, als die al eens langskwamen, zoiets wilden zien. De stuurman kwam er niet aan; LeSeur vroeg zich af of het hele roer wel ergens op aangesloten was. De stuurman voerde zijn manoeuvres uit met vier joysticks op een rij, een voor elk van de scheepsturbines, plus een stel voor de schroeven in de boeg en midscheeps. Het leek eerder op een bijzonder geavanceerd computerspel dan op een traditionele brug.

Onder de enorme rij ramen die van bakboord naar stuurboord liepen, waren tientallen computers aangebracht waarmee informatie over alle aspecten van het schip en zijn omgeving werd bekeken en doorgestuurd: motoren, brandbeveiligingssystemen, waterdichtheidsbewaking, communicatie, weerkaarten, satellietdisplays en talloze andere systemen. Er waren twee kaartentafels met keurige stapels nautische kaarten waar niemand gebruik van leek te maken.

Behalve hijzelf dan.

LeSeur keek op zijn horloge: het was al na middernacht, tien voor halfeen. Hij keek door de ramen aan de voorkant van de brug. De enorme lichtbak die het schip was, verlichtte de zwarte oceaan honderden meters in het rond, maar de zee zelf lag zo ver beneden hem – veertien dekken – dat hij net zo goed op een wolkenkrabber had kunnen staan, afgezien dan van het trage, diepe rollen van het schip. Al tijden geleden waren ze langs de trage puls van de vuurtoren van Falmouth gekomen, en kort daarna waren ze die van Penzance gepasseerd. Nu was het open oceaan tot ze in New York kwamen.

De brug was volledig bemand geweest sinds de loods uit Southampton, die het schip het kanaal uit geleid had, was vertrokken.

Overbemand, zelfs. Alle dekofficieren wilden deel uitmaken van het eerste deel van de maidentrip van de *Britannia*, het grootste koopvaardijschip dat ooit de zeven zeeën had bevaren.

Carol Mason, de stafkapitein, sprak tegen de officier van de wacht met een stem die al even rustig was als de brug zelf. 'Huidige status, meneer Vigo?' Het was een pro-formavraag: de nieuwe elektronica gaf de informatie op doorlopende displays, zodat iedereen alles kon zien. Maar Mason was een traditioneel, en bovenal nauwgezet, kapitein.

'Zevenentwintig knopen op een koers van pal twee-vijf-twee, licht verkeer, golfslag drie, wind is licht en schuin bakboord. Er staat een getijdestroom van iets meer dan één knoop uit het noordoosten.'

Een van de uitkijken op de brug zei tegen de officier van de wacht: 'Een schip circa vier streken aan de stuurboordboeg, sir.'

LeSeur keek naar de ECDIS en zag de echo.

'Hebt u die, meneer Vigo?' informeerde Mason.

'Ik volg hem al een tijdje, sir. Zo te zien een supertanker, een ULCC, met een snelheid van twintig knopen, op twaalf mijl afstand. Op kruisende koers.'

Er was geen teken van paniek. LeSeur wist dat zij het schip met voorrang waren, en er was nog meer dan genoeg tijd voor het andere schip om de koers te wijzigen.

'Laat me weten wanneer ze van koers verandert, meneer Vigo.'

'Goed, sir.'

Het klonk LeSeur nog steeds vreemd in de oren om een vrouwelijke kapitein aan te horen spreken met 'sir', hoewel hij wist dat het standaardprocedure was bij de Engelse marine en koopvaardij. Er waren maar weinig vrouwelijke kapiteins.

'Barometer nog steeds aan het dalen?' vroeg Mason.

'Het afgelopen halfuur een halve streep.'

'Uitstekend. Blijf op de huidige koers.'

LeSeur wierp de stafkapitein een zijdelingse blik toe. Mason sprak nooit over haar leeftijd, maar hij nam aan dat ze een jaar of veertig moest zijn: soms viel het moeilijk te zeggen bij mensen die hun hele leven op zee doorbrachten. Ze was lang en had iets statigs, en ze was aantrekkelijk op een competente no-nonsense manier. Ze had een lichte blos, misschien vanwege de stress van haar eerste reis als kapitein. Ze had kort, bruin haar, dat onder haar kapiteinspet uit kwam. Hij keek hoe ze over de brug liep, hier naar een paar schermen keek en daar wat zei tegen een lid van de bemanning. In vele opzichten was ze de ideale officier: kalm, zonder stemverheffing, nooit dictatoriaal of kleinzielig; veeleisend, maar zonder bazig te zijn. Ze verwachtte veel van mensen die onder haar werkten, maar ze werkte zelf harder dan wie dan ook. En ze straalde een soort magnetisme van betrouwbaarheid en professionalisme uit, iets wat je alleen bij de allerbesten aantrof. De bemanning was op haar gesteld, en terecht.

Ze hoefde niet op de brug te zijn, en hij ook niet. Maar allemaal wilden ze de eerste nacht van de maidentrip meebeleven, en kijken hoe Mason het bevel voerde. Normaal gesproken had ze gezagvoerder van de *Britannia* moeten zijn. Wat haar was overkomen was een schande, echt een schande.

Alsof het afgesproken werk was, ging de deur naar de brug open en kwam commodore Cutter binnen. Meteen sloeg de sfeer in het vertrek om. Schouders verstrakten, gezichten verloren hun uitdrukking. De officier van de wacht toverde een peinzende uitdrukking op zijn gelaat. Alleen Mason leek onaangedaan. Ze liep terug naar het scherm van de navigatiecomputer, keek door de ramen van de brug naar buiten en sprak even met de roerganger.

Cutters rol was, althans in theorie, voornamelijk ceremonieel. Hij was het 'gezicht' van het schip, de man naar wie de passagiers opkeken. Officieel voerde hij het gezag, maar op de meeste lijnschepen zag je de gezagvoerder maar zelden op de brug. De dagelijkse gang van zaken werd overgelaten aan de stafkapitein.

Het begon ernaar uit te zien dat deze reis anders zou verlopen.

Commodore Cutter liep verder naar binnen. Hij draaide zich op één voet om en, met zijn handen achter zijn rug ineengeklemd, beende hij de brug over, heen en vervolgens terug, terwijl hij met scherpe blik de beeldschermen observeerde. Cutter was klein van stuk maar had een indrukwekkende lichaamsbouw, met staalgrijs haar en een vlezig gezicht, zelfs in het matte licht van de brug donkerroze van kleur. Zijn uniform was als altijd smetteloos.

'Hij blijft op koers,' zei de officier van de wacht tegen Mason. 'CPA negen minuten. Zijn koers is constant en hij nadert.'

Er begon een lichte spanning te ontstaan.

Mason kwam aanlopen en bestudeerde de ECDIS. 'Radio, roep hem op via kanaal 16.'

'Schip aan stuurboord voor mijn boeg,' zei de radio-officier, 'schip aan stuurboord voor mijn boeg, dit is de *Britannia*, hoort u mij?'

Niets anders dan een statische ruis.

'Schip aan stuurboord voor mijn boeg, ontvangt u mij?'

Er verstreek een minuut in stilte. Cutter bleef staan alsof hij wortel geschoten had, zijn handen achter zijn rug: zwijgend, kijkend.

'Hij doet nog steeds niets,' zei de officier van de wacht tegen Mason. 'CPA acht minuten, en hij zit op een ramkoers.'

LeSeur was zich er onbehaaglijk van bewust dat de twee schepen elkaar naderden met een gecombineerde snelheid van vierenveertig knopen, zowat vijfenzeventig kilometer per uur. Als de ULCC niet heel snel van koers veranderde, zag het er lelijk uit.

Mason boog zich over de ECDIS en tuurde naar het scherm. Plotseling voer er een gevoel van paniek door de brug. Het deed LeSeur denken aan wat een van zijn superieuren bij de marine ooit gezegd had: varen is negentig procent verveling en tien procent doodsangst. Daartussenin lag niets. Hij wierp een blik op Cutter, wiens gezicht ondoorgrondelijk stond, en keek daarna naar Mason, die er rustig onder bleef.

'Wat zijn ze daar in godsnaam aan het doen?' merkte de officier van de wacht op.

'Niets,' antwoordde Mason droog. 'Dat is nu net het probleem.' Ze deed een stap naar voren. 'Meneer Vigo, ik neem het roer over voor de uitwijkmanoeuvre.'

Zichtbaar opgelucht deed Vigo een stap opzij.

Ze wendde zich tot de roerganger. 'Roer twintig graden stuurboord.'

'Aye, roer twintig...'

Plotseling onderbrak Cutter de roerganger. 'Kapitein Mason, zíj zijn uitwijkplichtig.'

Mason keek op van de ECDIS. 'Dat is zo, maar die ULCC kan bijna niet manoeuvreren en is misschien al voorbij het punt waarop...'

'Kapitein Mason, ik herhaal: zij zijn uitwijkplichtig.'

Er viel een gespannen stilte op de brug. Cutter wendde zich tot de roerganger. 'Twee-vijf-twee aanhouden.'

'Aye, sir, twee-vijf-twee aanhouden.'

LeSeur zag de verlichting van de tanker voor de stuurboordboeg steeds groter en feller worden. Het zweet brak hem uit. De tanker was inderdaad uitwijkplichtig, geen twijfel mogelijk, maar soms liepen de zaken nu eenmaal niet volgens het boekje. Waarschijnlijk voeren ze op de automaat en waren ze bezig met andere dingen. Misschien zaten ze wel porno te kijken of lagen ze buiten westen van de drank op de vloer.

'Laat de fluit horen,' zei Cutter.

De enorme scheepshoorn van de *Britannia*, hoorbaar op meer dan twintig kilometer, sneed als een mes door de nachtzee. Vijf stoten, het signaal voor gevaar. Beide uitkijken op de brug stonden met kijkers door de duisternis te turen. De spanning was te snijden.

Cutter leunde over naar de radiomicrofoon. 'Schip voor mijn boeg aan stuurboord, dit is de *Britannia*. U bent uitwijkplichtig, u moet koers wijzigen. Is dat duidelijk?'

Het gesis van een lege frequentie.

Weer klonk de fluit. De lichten aan boord van de tanker waren nu te zien als afzonderlijke puntjes. LeSeur zag zelfs de vage lichtstreep van de brug van de tanker.

'Kapitein,' zei Mason, 'ik weet niet of ze nu nog...'

'CPA vier minuten,' zei de officier van de wacht.

Met verbijsterd ongeloof dacht LeSeur: *god nog aan toe, hij gaat ons rammen.*

Er heerste een stilte vol afgrijzen op de brug. Weer liet de *Britannia* het signaal voor gevaar horen.

'Hij wijzigt koers naar stuurboord,' zei de uitkijk. 'Hij wijzigt koers, sir!'

De fluit van de ULCC klonk over het water, drie korte stoten om aan te geven dat hij bezig was met een noodmanoeuvre. *En geen seconde te vroeg*, dacht LeSeur.

'Recht zo!' zei Cutter.

LeSeur keek naar de ECDIS. Gekmakend traag was de computer bezig de koers van de tanker opnieuw te berekenen. Met een diepe zucht besefte hij dat ze niet langer in gevaar verkeerden: de ander zou hen aan stuurboord passeren. De opluchting op de brug was bijna tastbaar: er werd gemompeld en hier en daar klonk een onderdrukte vloek.

Schijnbaar onaangedaan wendde Cutter zich tot de stafkapitein. 'Kapitein Mason, mag ik vragen waarom u de snelheid hebt teruggebracht tot vierentwintig knopen?'

'Er komt zwaar weer aan, sir,' antwoordde Mason. 'De rederij wil dat we op onze eerste nacht de passagiers laten wennen aan de open zee door...'

'Ik weet wat de rederij wil,' onderbrak Cutter haar. Hij had een trage, zachte stem die op de een of andere manier intimiderender klonk dan een bulderstem. Tegen de roerganger zei hij: 'Verhoog de snelheid tot dertig knopen.'

'Aye-aye, sir,' antwoordde de roerganger met volkomen neutrale stem. 'Snelheid verhogen tot dertig knopen.'

'Meneer Vigo, neemt u het weer over.'

'Aye, sir.'

Cutter bleef naar Mason staan kijken. 'En over orders gesproken, het is me ter ore gekomen dat een van de officieren van dit schip eerder vanavond uit een van de suites kwam lopen.'

Hij zweeg en liet de spanning stijgen.

'Of er hier al dan niet sprake was van een romantische liaison doet niet ter zake. We zijn allemaal op de hoogte van de voorschriften betreffende vriendschappelijke omgang met de passagiers.'

Met zijn handen op zijn rug draaide hij langzaam in het rond, waarbij hij de officieren een voor een aankeek voordat hij weer bij Mason uitkwam.

'Mag ik u eraan herinneren dat het hier geen *Love Boat* is. Dit soort gedrag wordt niet getolereerd. Laat de passagiers zelf verantwoordelijk zijn voor hun indiscreties, maar mijn bemanning mag zich hier niet schuldig aan maken.'

Tot zijn verbazing zag LeSeur dat Mason hevig bloosde.

Zij kan het niet zijn, dacht hij. *Zij is wel de laatste die de regels zou overtreden.*

De deur van de brug ging open en Patrick Kemper, hoofd Beveiliging, kwam naar binnen. Zodra hij Cutter zag, liep hij op hem af. 'Sir, ik heb...'

'Niet nu,' zei Cutter. Kemper bleef staan en zweeg.

Op ieder groot cruiseschip waarop LeSeur had gediend, waren de voornaamste plichten van de kapitein om te smoezen met de passagiers, aan te zitten aan eindeloze, gezellige diners aan de kapiteinstafel, en het 'gezicht' van het schip te vormen. De stafkapitein, weliswaar in naam lager in rang dan de gezagvoerder, vervulde de eigenlijke kapiteinsrol. Maar Cutter had de reputatie lak te hebben aan alle sociale verplichtingen, en zo te zien zou hij die hebbelijkheid doorvoeren bij zijn eerste reis als gezagvoerder. Hij was een officier van de oude school, een voormalig marineofficier, telg uit een adellijk geslacht; en volgens LeSeur moest hij ietwat boven zijn competentie zijn bevorderd. Een paar jaar geleden was de kapiteinsfunctie van de *Olympia* naar Cutters bitterste rivaal gegaan en dat had hem sindsdien dwarsgezeten. Hij had hoge connecties gebruikt om het commando over de *Britannia* te krijgen – normaal gesproken zou Mason gezagvoerder zijn geworden – en nu maakte hij zijn bedoeling kenbaar. Hij zou alles doen wat in zijn vermogen lag om ervoor te zorgen dat deze maidentrip de oversteek van zijn carrière zou worden: hij zou het snelheidsrecord van de *Olympia*, van afgelopen jaar nog maar, breken. Zwaar weer had geen effect op hem, dacht LeSeur grimmig: het zou hem slechts sterken in zijn voornemen. Cruiseschepen gingen op de vlucht voor zwaar weer, maar een lijnschip, een écht lijnschip, weerstond de storm.

LeSeur keek even naar Mason. Zij stond voor zich uit naar buiten te kijken, rustig en beheerst; de enige aanwijzing dat er misschien iets niet in orde was, was de snel wegtrekkende blos. Tot nu toe, tijdens de oefenvaart en de afvaart van vandaag, had ze gelijkmatig en vriendelijk gereageerd op de weinig subtiele manier van doen en de ondermijning van haar gezag door de gezagvoerder. Zelfs het feit dat ze gepasseerd was bij de kapiteinsbenoeming van de *Britannia* leek haar niet uit het lood geslagen te hebben. Misschien was ze gewend geraakt aan het machogedoe op volle zee en had ze een olifantshuid ontwikkeld. De kapiteinsrol van grote schepen leek een van de laatste bolwerken van antifeminisme ter wereld. Ze was zich ongetwijfeld bewust van de ongeschreven regel: op passagiersschepen bestond nog steeds het zogenoemde 'teakhouten plafond': hoe competent ze ook was, een vrouw zou nooit kapitein kunnen worden van een van de grote schepen.

'Snelheid onder de kiel dertig knopen, sir,' zei de roerganger.

Cutter knikte en richtte zich tot de beveiligingsman. 'Oké, meneer Kemper, wat is er?'

De kleine, kogelvormige man gaf antwoord. Ondanks zijn zware Bostonse accent en zijn uitgesproken Amerikaanse uitstraling zag LeSeur Kemper als een verwante ziel. Misschien omdat ze beiden uit een eenvoudige buurt in een havenstad aan de Atlantische Oceaan kwamen. Kemper was ooit bij de politie geweest, had een drugsdealer neergeschoten die zijn partner op de korrel had, en was tot held gebombardeerd. En toch was hij er weggegaan. Kennelijk kon hij het niet aan. Hij was bijzonder goed als beveiligingsman, ook al ontbrak het hem aan zelfvertrouwen. LeSeur nam aan dat dat een van de neveneffecten was als je iemand doodgeschoten had.

'Kapitein, we hebben een probleem in het casino.'

Cutter wendde zich van Kemper af en antwoordde alsof die er niet was. 'Meneer Kemper, de casino's zijn niet essentieel voor de werking van het schip. Dit is een kwestie voor de eerste officier.' Zonder LeSeur ook maar een blik waardig te keuren richtte Cutter zich tot de officier van de wacht. 'Roep me op als u me nodig hebt, meneer Vigo.' En met stevige tred liep hij de brug over en de deur uit.

'"Het is hier geen *Love Boat*,"' mompelde LeSeur. 'Wat een eikel, zeg.'

Vermanend, maar niet onvriendelijk, zei Mason: 'Commodore Cutter had gelijk met zijn opmerking.'

'Ja, sir.' Met een vriendelijke glimlach draaide LeSeur zich om naar Kemper. 'Oké, meneer Kemper, wat is er aan de hand in het casino?'

'Het schijnt dat we een stel kaartentellers bij de blackjacktafels hebben.'

'O, nee.'

'Eerst stond Mayfair op twee ton verlies, en toen ging Covent Garden er voor een ton aan.'

LeSeur voelde even iets prikken: dit was exact het soort gebeurtenis dat de rederij hevig zou storen. 'Heb je ontdekt wie het zijn?'

'We weten natuurlijk wie er gewonnen heeft, maar we weten niet wie stomweg geluk heeft en wie er telt. Het is een team: spelers en tellers. De tellers spelen niet, die kijken alleen maar, en seinen naar de spelers. U weet, de tellers zijn het brein.'

'Eerlijk gezegd wist ik dat niet. Geen toeval?'

'Lijkt me niet. Hentoff maakt zich zorgen dat het net zoiets wordt als dat stel MIT-studenten een paar jaar geleden, die in Vegas drie miljoen buit maakten.'

Het stekende gevoel in LeSeurs maag werd erger. De *Britannia*, wist hij, was niet Las Vegas, waar je iemand gewoon buiten de deur kon zetten als je hem betrapte. Dit waren passagiers, ze hadden betaald. En passagiersschepen moesten het hebben van de winst in de casino's: als daar ruzie ontstond, verloren de andere passagiers misschien de lust tot gokken. Maar er moest iets gebeuren. Een geslaagde maidentrip naar New York met een fanfare aan jubelende kritieken zou de rederij geen fluit uitmaken als de casino's zware verliezen leden. Uiteindelijk ging het om geld en om niets anders.

'Wat moeten we hieraan doen, denk jij?' vroeg hij aan Kemper.

'Tja. Er is een...' Kemper aarzelde. 'Een ongewoon soort passagier. Een rijke vent die zich voordoet als privédetective. En dat was de eerste die de toestand in de gaten had. Hij zegt dat hij wel wil helpen om de betrokkenen aan te wijzen.'

'In ruil waarvoor?'

'Eh, nou...' Kemper stotterde even. 'Het schijnt dat hij aan boord is om een kunstvoorwerp op te zoeken dat volgens hem is gestolen van een klant van hem. Als wij hem wat informatie geven over degene die hij verdenkt, dan helpt hij ons met die kaartentellers...' Zijn stem viel weg.

'Maar misschien,' zei LeSeur opgewekt, 'is dit toeval en hebben we tegen het eind van de nacht tonnen winst geboekt in Mayfair. Laten we nog een paar uur wachten, kijken of de verliezen aanhouden. En wat je ook doet, doe het onopvallend. Geen melodrama.'

'Prima.'

LeSeur keek Kemper na. Hij had medelijden met die vent, en met zichzelf. Jezus, zat hij maar weer bij de marine. Daar hadden ze geen casino's, geen bedriegers en geen neurotische passagiers.

16

'Het badwater was alweer te heet,' zei de oude vrouw, haar schelle stem te luid voor de hut. 'En er zat niet genoeg badolie in.'

Inge Larssen was net ingespannen bezig de oude vrouw, tweemaal zo zwaar als zijzelf, in haar nachtpon te helpen. 'Mijn excuses, mevrouw,' prevelde ze.

'En hoe vaak moet ik het nou nog zeggen?' De vermanende stem sprak verder terwijl het oude vel, rimpelig en kwabbig, langzaam maar zeker verdween onder lagen zijde en katoen. 'Toen we vanavond van tafel gingen, heb je mijn handtas aan de rechterkant van de rolstoel gezet. Maar hij moet links! Línks!'

'Goed, mevrouw.' Met een vertrokken gezicht voelde Inge de strakke greep van de bejaarde klauw op haar schouder. Ze gaf de oude vrouw haar wandelstok aan en kreeg meteen een tik op haar vingers. 'Rechtop staan, mens. Wou je soms dat ik viel?'

'Nee, mevrouw,' zei Inge met afgewend gezicht. Als ze haar werkgeefster aankeek, kreeg ze misschien nog meer kritiek over zich heen.

'Ik moet zeggen, jij bent echt de slechtste gezelschapsdame die ik ooit gehad heb, en ik heb er heel wat versleten, kan ik je zeggen. Als het niet heel binnenkort beter gaat, kan ik je niet langer aanhouden.'

'Het spijt me als u niet tevreden over me bent, mevrouw,' antwoordde Inge.

Het was een halfuur werk om de vrouw in bed te krijgen, haar voeten goed te leggen en in te stoppen, lotion in haar handen te masseren en haar gezicht te voorzien van nachtcrème, haar haar te kammen en vast te zetten met haarspelden en de kussens op de juiste manier op te schudden.

'En nu wil ik niets meer van je horen,' kwam de schorre stem. 'Je weet hoe moeilijk ik in slaap val.'

'Goed, mevrouw.'

'En laat de deur open. Ik slaap licht, en misschien heb ik je nog nodig.'

'Goed.' Zo zachtjes en langzaam als ze kon, sloop Inge de kamer uit en ging in een stoel vlak bij de deur zitten, in de woonkamer. Daar sliep zij zelf, op de bank. De oude vrouw stond erop dat haar beddengoed 's ochtends vroeg meteen weggeborgen werd en pas 's avonds laat weer tevoorschijn kwam. Het leek haar te storen dat ook Inge slaap nodig had.

Ze wachtte, amper ademend, terwijl de oude vrouw onrustig mompelde en zuchtte. Langzaamaan stierven de geluiden weg en klonk de ademhaling gelijkmatiger. Inge bleef zitten luisteren tot het luide snurken begon, zoals het altijd deed: ondanks haar beweringen sliep het oude mens als een blok en werd ze nooit midden in de nacht wakker.

Nu stond Inge heel voorzichtig van haar stoel op en sloop langs de open slaapkamerdeur. Het snurken ging onverminderd door. Ze liep naar de entree, langs een spiegel, en bleef heel even staan om te kijken of ze ermee door kon. Een serieuze jonge vrouw, met steil blond haar en trieste, bijna bange ogen, keek haar aan. Snel haalde ze een hand door haar haar. Toen liep ze naar de voordeur van de suite, opende die voorzichtig en stapte de gang in.

Toen ze eenmaal over de fraaie vloerbedekking van de gang liep, voelde ze zich meteen een stuk beter. Het leek wel of er een donkere mist optrok in de warmte van de zon. Toen ze bij het centrale trappenhuis aankwam, liep ze omlaag naar de publieke ruimtes van het schip. Hier was de sfeer een heel stuk vrolijker: mensen lachten, kletsten. Meer dan één man glimlachte naar haar terwijl ze langs de winkels, cafés en wijnbars liep: ze was verlegen en wat onhandig, maar wel aantrekkelijk, en ze had iets onmiskenbaar Zweeds.

Ze werkte nu twee maanden voor de oude vrouw, en het werk was volledig anders dan ze verwacht had. Ze was al vroeg wees geworden en ze had een beschermde jeugd gehad op nonnenscholen. Toen ze oud genoeg was om een baantje te zoeken, had ze via een bureau dat banden had met het klooster, een aanstelling gekregen als gezelschapsdame. Ze sprak vlekkeloos Engels en ze kreeg van school uitstekende referenties mee. Ze had geen dak boven haar hoofd, en als gezelschapsdame kreeg ze kost en inwoning. En bovendien zou ze op reis met een rijke mevrouw dan eindelijk de buitenwereld te zien krijgen waarover ze zo vaak had zitten dagdromen.

Maar de werkelijkheid had niet anders kunnen uitpakken. Haar werkgeefster leverde kritiek op alles wat ze deed; Inge herinnerde zich niet één lovend woord in al die tijd. Ieder wakker moment van de dag eiste de oude vrouw aandacht, en aan iedere gril moest meteen worden voldaan. Inge mocht niet van haar zijde wijken. Het leek wel een gevangenis, met een straf van twee jaar, gezien het contract dat ze had ondertekend. Haar enige vrijheid was 's avonds laat, als het mens sliep. En ze sliep maar bar weinig, werd met het krieken van de dag wakker, kribbig en dwars.

Inge dwaalde door de schitterende ruimtes en dronk de muziek in, de gesprekken, de beelden en de geuren. Ze had een rijke fantasie – haar dagdromen waren haar enige ontsnapping – maar de *Britannia* had dan tenminste voldaan aan al haar verwachtingen. Ze had nog nooit zoiets moois gezien. Bij de ingang van een chic casino bleef ze staan, en ze keek naar de machtigen en rijken der aarde die daar aan het gokken waren en rondparadeerden in hun schitterende uitdossing. Bij die aanblik vergat ze de hel waarin ze overdag moest leven.

Nog even bleef ze in de deuropening staan. Toen schudde ze even haar hoofd en liep verder. Het was al laat, heel laat, en ze moest zelf wat zien te slapen; de oude vrouw stond geen dutjes of pauzes toe. Maar morgenavond zou ze hier terugkomen en de beelden indrinken: beelden die de brandstof vormden voor de dromen en fantasieën die haar zouden helpen om de komende dagen te doorstaan. Dromen over de dag dat ook zij in zulke luxe en rijkdom kon reizen, ongehinderd door armoede of wreedheden, als ze een man zou hebben en een kast vol prachtige kleren. En hoe rijk ze ook zou worden, ze zou altijd aardig tegen haar bedienden zijn en vriendelijk tegen ze spreken, zonder te vergeten dat ook zij mensen waren.

17

Onhoorbaar gleed special agent Pendergast door de duur ingerichte openbare ruimtes van de *Britannia*. Zijn zilvergrijze ogen
namen ieder detail op en graveerden de indeling van het schip in
zijn geheugen. Al bijna drie uur liep hij intussen rond, door salons, spa's, restaurants, kroegen, casino's, winkelgalerijen en
enorme, galmende theaters. Gehuld in een schitterend vervaar-
digd zwart pak ging hij op in de menigte in smoking, en de voornaamste reden waarom hij opviel, waren zijn witblonde haar en
zijn bleke gelaatskleur.

Hij wist dat zijn doelwit wakker en op was. Om vier uur die
ochtend vond hij hem dan eindelijk, doelloos over dek 7 dolend,
het hoogste publieke dek. Hij slenterde door een doolhof van
lounges en gaanderijen op weg naar het middenschip. Vlak boven zijn hoofd lagen bijna elfhonderd passagiersvertrekken. Om
de gigantische kosten van de bouw van zo'n enorm en sterk schip
te dekken had North Star het aantal eenpersoonshutten tot een
minimum beperkt en had alle passagiersaccommodaties aange-
legd als ruime en dure suites met privébalkon. Vanwege die balkons moesten de suites zo hoog mogelijk in de bovenbouw van
het schip worden aangebracht, hoog boven de waterlijn. Daardoor waren de openbare ruimtes noodgedwongen op de lagere
dekken geplaatst.

Het was niet zo druk meer. Het schip rolde zwaar, maakte diepe, trage bewegingen die ettelijke minuten duurden. De oorzaak
was een storm, ver naar het oosten. Het was goed denkbaar dat
een groot deel van de passagiers intussen spijt had van het uitgebreide diner eerder die avond. Zijn doelwit leek daar een van te
zijn.

Pendergast bleef staan om een uitvouwbare kaart van het schip
te raadplegen, die intussen was overdekt met aantekeningen in
zijn keurige handschrift. Hij keek om zich heen en zag waarnaar
hij op zoek was: een luik dat toegang gaf tot het promenadedek. Hoewel andere verdiepingen van de *Britannia* externe pa-
tio's hadden, openbare balkons en terrassen, had alleen dek 7
een promenade rond het hele schip. En inderdaad, daarheen was

zijn doelwit op weg: hij opende het luik en stapte de openlucht in.

Bij de deur nam Pendergast een ferme slok bourbon uit een zilveren heupflacon, liet die even door zijn mond spoelen, slikte hem door, opende het luik en stapte naar buiten. Meteen bevond hij zich in een vliegende storm. De wind blies hem recht in het gezicht, trok zijn das onder zijn jasje vandaan en liet die achter zijn rug klapperen. Hoewel hij acht verdiepingen boven het zeeoppervlak stond, hing er een dichte waterdamp in de lucht. Het duurde even voordat hij doorkreeg dat die niet alleen het gevolg was van de aanzwellende storm: het schip voer meer dan dertig mijl per uur, en zelfs op een windstille zee kreeg je bij zo'n snelheid een storm aan dek. Zoals de eerste stuurman, LeSeur, had gezegd: Een cruiseschip slaat op de vlucht bij storm, wij blijven op koers, we ploegen er gewoon dwars doorheen.

Hij zag zijn doelwit een meter of vijftig verderop, in de luwte, bij de reling staan. Pendergast liep op hem af, zijn hand geheven in een joviale begroeting.

'Jason? Jason Lámbe?'

De man draaide zich om. 'Wat?' Zijn gezicht zag groen.

Pendergast dook naar voren en greep zijn hand. 'Mijn god, je bent het inderdaad! Ik dacht al dat ik je bij het eten herkend had! Hoe gaat het met jou?'

Pendergast pompte de hand van de man op en neer, greep ook zijn linkerhand in een enthousiaste begroeting, trok hem naar zich toe.

'Eh, prima.' Hij zag er allesbehalve prima uit. 'Maar, eh... pardon, kén ik u?'

'Pendergast! Aloysius Pendergast! Examenjaar '84, Riverdale!' Pendergast sloeg een arm om de schouders van de man en kneep er even vriendschappelijk in, terwijl hij zwaar in zijn gezicht ademde om hem op een stevige dosis bourbonadem te vergasten. De man leek te verstarren: hij vertrok zijn gezicht en probeerde zich los te wurmen uit de hinderlijke, klamme omhelzing.

'Ik herinner me geen Pendergast,' zei hij weifelend.

'Kom op! Jason, denk eens aan die goeie ouwe tijd! De vereniging, de basketbalclub!' Weer kneep hij in 's mans schouders, harder ditmaal.

Lambe had er genoeg van. Met moeite probeerde hij zich los te trekken uit de bloedzuigerachtige greep van de agent.

'Je bent toch hoop ik niet seniel aan het worden op je oude dag, Jason?' Hij gaf een vriendschappelijke stomp tegen Lambes bovenarm.

Eindelijk zag Lambe kans zich los te rukken. Hij schudde Pendergasts hand af en deed een stap achteruit. 'Luister, Pendergast, als jij nou eens gewoon teruggging naar je hut om nuchter te worden? Ik heb geen idee wie jij bent.'

'Dat is toch geen manier van doen tegenover een oude makker!' zeurde Pendergast.

'Ik zal nog duidelijker zijn. Rot op, man.' Lambe liep hem voorbij en ging weer naar binnen, nog steeds met een zeezieke blik in zijn ogen.

Pendergast leunde op de reling en schudde even stilzwijgend van het lachen. Na een tijdje kwam hij overeind, schraapte zijn keel, trok zijn pak en das recht, veegde zijn handen af met een zijden zakdoek en stofte zichzelf af met een paar bewegingen van zijn gemanicuurde vingers, met een laatdunkende frons op zijn voorhoofd. Toen begon hij over het dek te slenteren. De rollende bewegingen van het schip werden steeds uitgesprokener, en Pendergast liep kromgebogen tegen de wind in, één hand aan de reling.

Hij keek omhoog naar de rijen balkons, allemaal verlaten. Het leek hem het toppunt van ironie: de meeste passagiers van de *Britannia* betaalden een behoorlijke toeslag voor een suite met balkon, maar vanwege de hoge snelheid van het schip waren die balkons vrijwel niet te gebruiken.

De wandeling over de hele lengte van het schip kostte hem bijna tien minuten. Bij de achtersteven bleef hij even staan in de relatieve luwte. Hij liep naar de reling en keek uit over het kolkende kielzog: vier strepen wit schuim te midden van de zwalpende oceaan. De waterdamp en het schuim van de wind en de zee verenigden zich tot een lichte nevel die het schip in een ijle, vochtige sluier hulden.

De scheepshoorn klonk nogmaals, weemoedig, en Pendergast draaide zich om en leunde peinzend over de reling. Op de dekken boven hem bivakkeerden zevenentwintighonderd passagiers in luxe en weelde. En ver onder zijn voeten, in de diepten van het schip onder de waterlijn, lagen de vertrekken van de zestienhonderd mannen en vrouwen wier taak het was om de passagiers op hun wenken te bedienen.

Meer dan vierduizend mensen, en onder hen bevond zich iemand die een bizarre moord had gepleegd, met in zijn bezit het mysterieuze voorwerp waarvoor hij dat had gedaan.

In de luwte haalde Pendergast de lijst uit zijn zak, pakte zijn vulpen en trok langzaam een streep door de naam 'Jason Lambe'. Te zien aan Lambes lichamelijke conditie, die hij behoorlijk had getest tijdens de zogenaamde dronken hereniging, kon Jason met zijn graatmagere armen en lijf Ambrose onmogelijk overweldigd hebben, laat staan dat hij zo'n verschrikkelijke gewelddaad had kunnen plegen.

Nog zes te gaan.

Weer klonk de scheepshoorn. En Pendergast spitste zijn oren, rechtte zijn rug en luisterde ingespannen. Even meende hij een andere kreet gehoord te hebben, boven het janken van de hoorn uit. Hij bleef een paar minuten staan wachten en luisteren. Maar afgezien van het gieren van de wind was er niets meer te horen. Hij trok zijn smokingjasje dicht om zich heen en baande zich een weg terug naar het luik en de verwelkomende warmte van het schip. Tijd om zich terug te trekken voor de nacht.

18

Een vaal zonnetje worstelde zich door de mist aan de oostelijke horizon heen, waar de waterige stralen van de dageraad het schip in een gelig schijnsel hulden. Eerste stuurman Gordon LeSeur stapte de Admiral's Club uit en liep over de hoogpolige vloerbedekking van de stuurboordgang op dek 10. Er stonden een paar passagiers bij de liften, die hij met een vrolijk 'hallo!' begroette. Ze knikten terug, met ietwat bedrukte gezichten. LeSeur, die al in geen twintig jaar zeeziek was geweest, probeerde medeleven te tonen, maar dat viel hem niet mee. Zeezieke passagiers gingen altijd moeilijk doen. En vanochtend waren ze behoorlijk lastig.

Even wentelde hij zich in heimwee naar de marine. LeSeur, normaal gesproken een opgewekte, relaxte vent, begon wat moe te worden van de flitsende lifestyle aan boord van cruiseschepen, en dan met name van de nukken en grillen van verwende passagiers die vastbesloten waren om 'er het geld uit te halen', en zich dus te buiten gingen aan een orgie van eten, drinken, gokken en overspelige relaties. En die Amerikaanse passagiers maakten steevast dezelfde stompzinnige opmerkingen over zijn gelijkenis met Paul McCartney. Wilden weten of hij familie van hem was. Hij was evenzeer familie van McCartney als koningin Elizabeth familie was van haar corgi's. Misschien had hij in zijn vaders voetstappen moeten treden en bij de vrachtvaart moeten gaan. Dan zat hij nu op een lekker rustige, en passagiersvrije, tanker.

Hij glimlachte ietwat spijtig. Wat was er met hem aan de hand? Het was veel te vroeg tijdens de oversteek om dit soort gedachten te koesteren.

Hij liep verder naar de achtersteven, haalde een walkietalkie uit de holster aan zijn riem, ingesteld op de scheepsfrequentie, en drukte op de zendknop. 'Suite 1046, als ik me goed herinner?'

'Inderdaad,' raspte Kempers Bostonse accent door de luidspreker. 'Ene meneer Evered. Gerald Evered.'

'Uitstekend.' LeSeur borg het toestel weer weg. Voor de deur van de hut bleef hij even staan. Hij schraapte zijn keel, trok zijn uniform recht, hief zijn hand en klopte eenmaal aan.

Meteen werd de deur geopend door een man van eind veertig. Onwillekeurig nam LeSeur meteen de details in zich op: buikje, kalend, duur pak, cowboylaarzen. Hij zag er niet zeeziek of lastig uit. Hij zag er bang uit.

'Meneer Evered?' vroeg hij. 'Ik ben de eerste stuurman. Ik hoor dat u graag iemand van de leiding wilde spreken?'

'Komt u binnen.' Evered liet hem binnenkomen en deed de deur dicht. LeSeur keek om zich heen in de hut. De kastdeur stond open en hij zag pakken en jurken hangen. De badkamervloer lag bezaaid met handdoeken: de hut was dus nog niet schoongemaakt. Vreemd genoeg was het bed echter keurig opgemaakt. Dat betekende dat niemand daar de afgelopen nacht had geslapen. Op het kussen lag een cowboyhoed.

'Ik kan mijn vrouw niet vinden,' zei Evered. Hij had een zwaar Texaans accent, en dat verbaasde LeSeur niet.

'Hoe lang mist u haar al?'

'Ze is gisteravond niet naar de hut gekomen. Ik wil dat u het schip laat doorzoeken.'

Snel trok LeSeur zijn gezicht in een meelevende plooi. 'Dat vind ik naar om te horen, meneer Evered. We zullen er alles aan doen wat we maar kunnen. Mag ik u een paar vragen stellen?'

Evered schudde zijn hoofd. 'Geen tijd voor vragen. Ik heb toch al te lang gewacht. U moet een zoekactie op touw zetten!'

'Meneer Evered, het gaat allemaal stukken vlotter als u me een paar dingen kunt vertellen. Gaat u alstublieft zitten.'

Evered aarzelde even. Toen liet hij zich op de rand van het bed zakken en ging daar met zijn vingers op zijn knieën zitten trommelen.

LeSeur ging in een stoel bij het bed zitten en pakte een notitieboekje. Aantekeningen werkten altijd goed, daar leken mensen van te kalmeren. 'Hoe heet uw vrouw?'

'Charlene.'

'Wanneer hebt u haar voor het laatst gezien?'

'Rond halfelf gisteravond. Iets later, misschien.'

'Waar?'

'Hier, in de hut.'

'Ging ze uit?'

'Ja.' Een korte aarzeling.

'Waar wilde ze naartoe?'

'Dat kan ik u niet zeggen.'

'Ze zei niet dat ze wilde winkelen, of naar het casino, iets van die strekking?'

Weer een aarzeling. 'Nou, ziet u, we hadden een beetje ruzie gehad.'

LeSeur knikte. Zo zat de vork dus in de steel. 'Is zoiets wel eens eerder gebeurd, meneer Evered?'

'Is wát ooit eerder gebeurd?'

'Dat uw vrouw er na een ruzie vandoor ging?'

De man lachte bitter. 'Ja, natuurlijk. Dat heeft iedereen toch zeker?'

LeSeur was zoiets nog nooit overkomen, maar hij verkoos het

daarover te zwijgen. 'Is ze wel eens de hele nacht weggebleven?'

'Nee, nog nooit. Uiteindelijk komt ze altijd met de staart tussen de benen terug. Daarom heb ik ook gebeld.' Met een zakdoek veegde hij zijn voorhoofd af. 'En volgens mij moest u nu dan maar eens op zoek gaan.'

LeSeur wist dat hij de gedachten van de passagier op tactvolle wijze moest afleiden van een zoektocht. De *Britannia* was veel te groot om te doorzoeken. En al hadden ze het gewild, ze hadden er de menskracht niet voor: passagiers hadden geen idee hoe weinig beveiligingspersoneel er aan boord van een oceaanstomer meevoer.

'Sorry dat ik het vraag, meneer Evered,' zei hij zo vriendelijk mogelijk, 'maar verkeren u en uw vrouw... normaal gesproken op goede voet?'

'Wat heeft dat nou te maken met de vermissing van mijn vrouw?' stoof de man op, en hij veerde bijna van het bed overeind.

'We moeten alle mogelijkheden overwegen, meneer Evered. Misschien zit ze ergens in een lounge te mokken.'

'Dat bedoel ik, dan moet u haar gaan zoeken!'

'Dat doen we. Om te beginnen zullen we haar omroepen via het systeem.' LeSeur had al behoorlijk door hoe de vork in de steel zat. Man en vrouw, middelbare leeftijd, problemen in het huwelijk, en nu dan een cruise om te proberen de romantiek van vroeger terug te vinden. Misschien had zij haar man betrapt terwijl hij zich aan iemand van kantoor vergreep, of misschien had ze zich zelf laten verleiden door een uitspatting met een buurman. Dus gingen ze op een romantische zeereis om de zaken te lijmen, en in plaats van romantische avondjes ruzieden ze zich een weg over de oceaan.

Evered fronste zijn wenkbrauwen weer. 'Het was gewoon een ruzietje, niets ernstigs. Ze is nog nooit de hele nacht weggebleven. Verdomme, u moet aan de slag, uw mensen bijeenroepen, beginnen met een...'

'Meneer Evered,' onderbrak LeSeur hem, 'zou u het erg vinden als ik iets zei? Ter geruststelling?'

'Wat dan?'

'Ik werk al jaren aan boord van passagiersschepen. Ik zie dit soort dingen aan de lopende band. Man en vrouw maken ruzie, en een gaat ervandoor. Het is heel wat anders dan wanneer uw vrouw van huis weggelopen was, meneer Evered. Dit is de *Britannia*, het grootste passagiersschip ter zee. Er zijn honderden dingen aan boord, misschien wel duizenden, waardoor uw vrouw kan zijn afgeleid. Misschien zit ze in een van de casino's, die zijn de hele nacht open, weet u. Misschien zit ze in de sauna. Of is ze aan het winkelen. Misschien is ze ergens gaan zitten uitrusten en is ze in slaap gevallen, er zijn meer dan twintig lounges aan boord. Of misschien is ze een kennis tegengekomen, een vrouw, misschien, of...'

LeSeur liet zijn stem discreet wegsterven, maar hij wist dat zijn bedoeling duidelijk was.

'Of wát? Wou u soms beweren dat mijn vrouw een ander kan hebben?' Evered kwam overeind, zijn middelbare lijf bevend van woede.

Ook LeSeur stond op, met een ontwapenende glimlach. 'Meneer Evered, u begrijpt me verkeerd. Zoiets zou ik beslist niet willen beweren. Ik wil alleen maar zeggen dat ik dit soort situaties wel honderd keer heb meegemaakt, en het loopt uiteindelijk altijd goed af. Altijd. Uw vrouw is zich gewoon aan het vermaken. We roepen haar een paar keer om via het omroepsysteem en we vragen haar om contact op te nemen met u of met ons. Ik garandeer u dat ze terugkomt. Weet u wat? Als u nou eens een ontbijt voor twee personen bestelde, hier in de suite. Ik wil wedden dat uw vrouw terug is voordat het geserveerd wordt. En dan laat ik een fles Veuve Clicquot bezorgen, van het huis.'

Evered stond zwaar te ademen en probeerde zich te beheersen.

'Hebt u intussen een foto van uw vrouw die ik kan lenen? We hebben natuurlijk uw paspoortfoto's op de documentatie staan, maar het kan nooit kwaad om meerdere afbeeldingen te hebben. Dan laat ik die rondgaan onder het beveiligingspersoneel, zodat ze naar haar kunnen uitkijken.'

Evered draaide zich om en liep de badkamer in. LeSeur hoorde een rits opengaan, gevolgd door enig gerommel en gestommel. Even later kwam Evered weer tevoorschijn met een foto in zijn hand.

'Maakt u zich geen zorgen, meneer Evered. De *Britannia* is waarschijnlijk een van de veiligste plekken ter wereld.'

Evered keek met gefronste wenkbrauwen naar hem. 'Dan hopen we maar dat dat waar is.'

LeSeur glimlachte gedwongen. 'Bestelt u dan nu maar dat ontbijt voor twee. En nog een prettige dag.' Hij verliet de suite.

In de gang bleef hij even staan om naar de foto te kijken. Tot zijn verbazing zag hij dat mevrouw Evered er zijn mocht. Niet beeld- en beeldschoon, natuurlijk, maar hij zou haar niet uit bed zetten: een jaar of tien jonger dan haar man, slank en blond, fraai gebouwd en met een bikini aan. Nu wist hij nog zekerder wat er gebeurd was: de dame was boos weggelopen, was iemand tegengekomen en was met hem meegegaan. Hij schudde zijn hoofd. Die luxeschepen waren werkelijk één grote, drijvende orgie. Er gebeurde iets met mensen zodra ze geen vaste grond meer onder de voeten hadden, dan begonnen ze zich te gedragen als een stel wellustelingen. Als de heer Evered enig verstand had, deed hij hetzelfde: er waren meer dan genoeg rijke weduwen aan boord...

LeSeur grinnikte even bij de gedachte. Toen stak hij de foto in zijn zak. Hij zou hem inderdaad naar Beveiliging sturen: tenslotte waren Kemper en zijn jongens kenners op het gebied van mooie vrouwen, en ongetwijfeld zouden ze de aanblik van de bevallige mevrouw Evered kunnen waarderen.

19

Het kantoor van het hoofd Beveiliging lag in het centrale beveiligingscomplex, een wirwar van hutten met lage plafonds op dek A, ter hoogte van de waterlijn. Pendergast moest een paar maal de weg vragen en passeerde een bemand checkpoint, daarna een stel arrestantencellen, een bergruimte en douches, en tot slot een grote, ronde kamer met tientallen schermen van bewakingscamera's die beelden gaven van de honderden, misschien zelfs duizenden camera's over het hele schip. Drie lusteloze beveiligingsmensen hielden de wanden vol plasmaschermen in de gaten. Achter in het vertrek was een dichte deur van namaakhout, met het opschrift KEMPER. Het legendarische koperbeslag, zag Pendergast, strekte zich niet uit tot benedendeks.

Hij klopte aan.

'Binnen,' klonk een stem.

Pendergast stapte naar binnen en sloot de deur achter zich. Patrick Kemper zat achter zijn bureau, met de telefoon aan zijn oor: een kleine, stevige man met een groot, zwaar hoofd, vlezige bloemkooloren, een bruin haarstukje en een continu overwerkte uitdrukking op zijn gezicht. Zijn kantoor was opmerkelijk kaal: afgezien van een ingelijste foto van de *Britannia* en een stel reclameposters van rederij North Star viel er amper meubilair of decoratie te bespeuren. De klok aan de wand achter Kemper stond op exact twaalf uur.

Kemper hing de telefoon op. 'Gaat u zitten.'

'Dank u.' Pendergast nam plaats op een van de twee harde stoelen tegenover het bureau. 'U wilde mij spreken?'

Kempers overwerkte uitdrukking verdiepte zich. 'Niet direct. Het was een verzoek van Hentoff.'

Even vertrok Pendergasts gezicht toen hij het accent van de man hoorde. 'De casinomanager gaat dus akkoord met mijn voorstelletje. Uitstekend. Ik zal met alle genoegen vanavond al de wederdienst bewijzen, wanneer de kaartentellers komen opdraven.'

'De details werkt u maar uit met Hentoff.'

'Vriendelijk van u.'

Kemper zuchtte. 'Ik heb het momenteel nogal druk. Ik hoop dus dat we dit kort kunnen houden. Wat hebt u precies nodig?'

'Toegang tot de centrale scheepskluis.'

Abrupt veranderde de uitgeputte houding van de beveiligingsman. 'Geen denken aan.'

'Ach... en ik dacht nog zo dat u en ik een afspraak hadden.'

Kempers blik veranderde in ongeloof. 'Passagiers mogen de kluis niet in, laat staan erin rondneuzen.'

Pendergasts antwoord was mild. 'Het is niet moeilijk je in te denken wat er gebeuren kan met een hoofd Beveiliging dat tijdens een cruise van maar zeven dagen een casinoverlies van een miljoen pond heeft laten gebeuren. Hentoff mag dan de leiding hebben over de casino's, maar voor de beveiliging is hij toch echt afhankelijk van u.'

Even zaten de twee mannen elkaar zwijgend aan te kijken. Toen likte Kemper aan zijn lippen. 'Alleen de eerste stuurman, de stafkapitein en de commodore zelf hebben toegang tot de kluis,' zei hij op gedempte toon.

'Dan stel ik voor dat u een van die drie belt.'

Kemper bleef nog even naar Pendergast zitten kijken. Uiteindelijk pakte hij, zonder zijn blik van Pendergast af te wenden, de telefoon en koos een nummer. Er volgde een kort, mompelend gesprek. Toen Kemper ophing, was zijn gezicht niet helemaal opgeklaard. 'De eerste stuurman wacht ons daar op.'

Binnen enkele minuten stonden ze bij de kluis, één verdieping onder dek c, in een zwaar versterkt deel van het schip, waar ook het centrale besturingssysteem en de servers stonden die het interne netwerk van de *Britannia* bedienden. Hier, onder de waterlijn, was de trilling van de dieselmotoren duidelijker voelbaar. De eerste stuurman stond al te wachten: het toonbeeld van een scheepsofficier met zijn zilveren haar en zijn fraaie uniform.

'Dit is de heer Pendergast,' zei Kemper met een opmerkelijk gebrek aan enthousiasme in zijn stem.

LeSeur knikte. 'We hebben elkaar gisteravond al even gesproken. Aan Roger Mayles' tafel.'

Pendergast glimlachte zuinigjes. 'Mijn reputatie snelt me vooruit, dankzij de heer Mayles. Dit is de situatie, heren: een van mijn opdrachtgevers heeft me verzocht een voorwerp terug te vinden dat van hem gestolen is. Ik weet drie dingen over het voorwerp: het is een uniek, Tibetaans kunstvoorwerp; het bevindt zich hier ergens aan boord; en de huidige eigenaar, die overigens ook aan boord is, heeft een moord gepleegd om het in handen te krijgen.'

Hij klopte even op de borstzak van zijn colbert. 'Ik heb een lijst met verdachten, en daarop staan de namen van drie passagiers die volgens de heer Mayles voorwerpen hebben ondergebracht in de kluis. Ik zou die voorwerpen graag even bekijken als u het niet erg vindt.'

'Waarom?' vroeg Kemper. 'Iedere suite is voorzien van een eigen safe. Als wat u zegt werkelijk waar is, zou de dief het ding niet hier opbergen.'

'Het gaat om iets van meer dan een meter lang. Te groot dus

voor de kluisjes in de hutten, afgezien dan van die in uw allergrootste suites.'

LeSeur fronste zijn wenkbrauwen. 'Laten we het kort houden, meneer Pendergast: u mag kijken, maar u mag nergens aankomen. Meneer Kemper, haal er een van uw mannen bij, graag: ik wil hier drie paar ogen bij als getuige.'

Ze liepen voorbij de bewaking en een korte gang door die uitkwam op een neutraal ogende deur. De eerste stuurman stak zijn hand in zijn zak en haalde er een sleutel aan een stalen ketting uit. Hij opende het slot en Kemper trok de deur open. Ze gingen naar binnen.

Ze stonden in een klein voorportaal waarvan de hele achterwand bestond uit een enorme, ronde deur van blinkend staal. LeSeur wachtte terwijl een van de bewakers van het beveiligingsstation naar binnen liep. Toen haalde hij een tweede sleutel uit zijn zak en stak die in het slot van de kluisdeur. Daarna moest er een identiteitskaart door een lezer naast de kluis worden gehaald. Tot slot drukte LeSeur zijn hand tegen een scanner naast de kaartsleuf. Er klonk een metalige dreun en er ging een rood licht boven de deur branden.

LeSeur liep naar een groot combinatieslot aan de andere kant van de kluisdeur. Hij ging zo staan dat de andere aanwezigen niets konden zien, en draaide het slot een paar maal naar links en rechts. Het licht boven de deur sprong op groen; de eerste stuurman draaide aan een wiel in het midden, trok het naar zich toe, en de zware deur zwenkte open.

Het interieur baadde in een waterig, groen licht. Voorbij de deur lag een vertrek van zo'n vier bij vier meter. Het achterste deel van de kluis was afgeschermd met een stalen gordijn waarachter een groot aantal metalen kisten lag, ondergebracht in een ladesysteem, schouderhoog. De twee wanden zaten vol kluisdeuren, sommige behoorlijk groot, de gladde frontpanelen matglanzend in het bleke licht. Elke deur had een sleuf in het midden en een getal dat in het staal vlak daarboven geëtst was.

'Een safe vol safes,' zei Pendergast. 'Indrukwekkend.'

'Oké,' zei LeSeur. 'Wie zoeken we?'

Pendergast haalde het papier uit zijn zak. 'De eerste is Edward Robert Smecker, Lord Cliveburgh.' Hij zweeg even terwijl hij verder las. 'Het schijnt dat hij toen het fortuin van zijn voorouders op was, creatieve manieren heeft gevonden om de eindjes aan elkaar te knopen. Hij gaat om met de jetset en is regelmatig te vinden in Monaco, Saint-Tropez, Capri en de Costa Smeralda. Wanneer hij in de buurt is, willen er nogal eens sieraden verdwijnen. Niets van wat hij gestolen zou hebben is ooit teruggevonden, en ze hebben hem nooit kunnen betrappen. Er wordt aangenomen dat hij de stenen opnieuw slijpt en het metaal omsmelt.'

De eerste stuurman liep naar een terminal in de muur en tikte wat gegevens in het toetsenbord. 'Dat is dan nummer 236.' Hij liep naar een kleine safe. 'Deze hier is niet groot genoeg voor het voorwerp waar u het over hebt.'

'Misschien kan het profiel ervan kleiner worden gemaakt door omslijpen of buigen. Als u zo goed zou willen zijn...?'

Met een bijna onmerkbare verstrakking van zijn lippen stak LeSeur een sleutel in het slot en draaide die om. De deur zwenkte open en er werd een grote aluminium koffer met een cijferslot zichtbaar.

'Interessant,' zei Pendergast. Even sloop hij als een kat rond de open deur. Toen stak hij een hand uit en draaide met een lange, insectachtige vinger een voor een de wijzers om.

'Wacht eens even!' riep Kemper uit. 'Ik zei toch: nergens aankomen...'

'Ah!' Pendergast tilde het deksel van de koffer op. Daarbinnen lag een groot aantal blokken in aluminium- en plasticfolie gehuld, elk verzegeld met een dikke laag was.

'O, jee,' zei Kemper. 'Ik hoop dat dit niet is wat het lijkt.' Hij haalde een mesje uit zijn zak, priemde daarmee door de lagen van was en folie heen en maakte een snede. Er werd een korrelig wit poeder zichtbaar. Kemper stak zijn hand uit, doopte een vingertop in het poeder en proefde.

'Cocaïne,' zei hij.

'Zo te zien,' prevelde Pendergast, 'heeft die brave Lord Cliveburgh een nieuwe, nog lucratievere onderneming opgezet.'

'Wat nu?' vroeg LeSeur, die met grote ogen naar het witte poeder stond te staren.

'Voorlopig niets,' zei Kemper. Hij klapte de koffer dicht en draaide aan de wijzers. 'Geloof me, dit leidt tot niets. We seinen het door naar de Amerikaanse douane. Zodra we de haven binnenlopen, komt Cliveburgh zijn koffer ophalen, en dan vatten zij hem op de kade in de kraag, maar niet aan boord.'

'Uitstekend,' zei LeSeur. 'Maar hoe verklaren we dat wij zijn koffer...'

'Dat hoeven we niet te verklaren,' zei Kemper grimmig. 'Laat de details maar aan mij over.'

'Wat een geluk,' zei Pendergast opgewekt, terwijl de sfeer in de kluis voelbaar somberder werd, 'dat ik aan boord ben!'

Niemand leek zijn mening in dit opzicht te delen.

'De volgende op mijn lijst is die filmster, Claude Dallas.'

LeSeur merkte dat Kemper het zweet was uitgebroken. Als dit ooit naar buiten kwam... Hij ging naar de terminal zonder zijn gedachte af te maken. 'Nummer 822.'

Ze zagen een grotere kluis. 'Ziet er goed uit,' prevelde Pendergast. LeSeur opende de kluis met zijn sleutel. Daarin bevond zich een aantal oude scheepskisten, overdekt met stickers van bestemmingen als Rio de Janeiro, Phuket en Goa. De hengsels werden beschermd door hangsloten ter grootte van een vuist.

'Hmm,' zei Pendergast. Hij boog zich over naar de kist en wreef nadenkend over zijn kin.

'Meneer Pendergast,' zei het hoofd Beveiliging op waarschuwende toon.

Pendergast stak twee ranke handen uit, met in één daarvan een klein, glanzend stukje gereedschap. Hij streek over het slot en draaide het om tussen zijn vingers. Met een klik sprong het open.

'Meneer Dallas moest eens naar dat slot laten kijken,' merkte hij op. En voordat Kemper of LeSeur bezwaar kon maken, griste hij het slot weg, opende het hengsel en tilde het deksel omhoog.

Bovenop lag een rubberen pak, samen met een stel gesels van gevlochten paardenhaar, kettingen, handboeien, touwen en diverse leren en ijzeren voorwerpen van dubieuze aard.

'Eigenaardig,' zei Pendergast, en hij stak zijn hand uit. Ditmaal zei LeSeur niets toen Pendergast een lycra Superman-cape met bijbehorend pak zonder kruis tevoorschijn haalde. Hij bestudeerde de outfit zorgvuldig, plukte iets van de schouder en deed dat in een testbuisje dat uit het niets leek te komen en in het niets verdween, en daarna legde hij het kledingstuk weer keurig terug. 'Ik weet niet of het nodig is om de andere bagage van de heer Dallas te inspecteren.'

'Ik weet wel zeker dat dat níét nodig is,' zei LeSeur droog.

'En de laatste,' zei Pendergast, 'is Felix Strage, hoofd van de afdeling Grieks en Romeins van het Metropolitan Museum. Die is op de terugweg na een behoorlijk onplezierige reis naar Italië, waar hij door de Italiaanse justitie is ondervraagd over een stel aankopen door zijn museum van illegaal geëxporteerd antiek, ergens in de jaren tachtig.'

LeSeur wierp Pendergast een lange en onvriendelijke blik toe voordat hij zich weer naar zijn toetsenbord omdraaide. 'Nummer 597,' zei hij. 'Maar voordat ik de kluis opendoe, wil ik één ding duidelijk maken. U blijft er met uw handen af. Als er iemand aan moet komen, is dat de heer Wadle hier.' Hij knikte naar de bewaker. 'Als u ook maar één vinger uitsteekt naar de inhoud van deze kluis, komt er meteen een voortijdig einde aan deze zoektocht van u. Is dat duidelijk?'

'Glashelder,' antwoordde de agent vriendelijk.

LeSeur liep naar een kluis in de onderste rij van de rechterwand, een van de grootste. Hij bleef even staan en diepte een andere sleutel op. Toen knielde hij, haalde de stalen deur van het slot en trok hem open. In de kluis lagen drie enorme, vierkante houten kratten. Het was een diepe kluis, en het licht was te vaag om duidelijk te kunnen zien wat er in de kratten zat.

Even bleef Pendergast roerloos naar de kratten staan kijken. Toen draaide hij zich om en haalde een schroevendraaier uit zijn zak. 'Meneer Wadle?'

De bewaker keek onzeker naar Kemper, die even knikte.

Wadle nam de schroevendraaier en schroefde de zijkant van de krat open – acht schroeven in totaal – en haalde het paneel weg. Binnenin zagen ze bubbeltjesplastic en schuimrubber. Hij schoof het plastic weg en verwijderde twee blokken schuimrubber: daar werd een stuk van een Griekse amfoor zichtbaar.

Pendergast haalde een lantaarn uit zijn zak en scheen ermee in de open kist. 'Hm. Ongetwijfeld echt. Kennelijk is dr. Strage zijn streken nog niet verleerd en smokkelt hij nog meer oudheden voor zijn museum.' Hij rechtte zijn rug en stak de lantaarn weer in zijn zak. Hij deed een stap achteruit. 'Dank u voor uw tijd en uw geduld, heren.'

LeSeur knikte. Kemper bleef zwijgen.

'En dan hoop ik dat u het niet erg vindt, maar ik moet er snel vandoor.' En met die woorden neeg hij even zijn hoofd, draaide zich om en liep de kluis uit.

In de lift op weg naar dek 12 haalde Pendergast de lijst uit zijn zak. Lord Cliveburgh werd doorgestreept, en Dallas ook. Maar Strage bleef staan.

20

Met Marya Kazulin aan haar zijde liep Constance Greene door de gang. Ze had een heel ongewoon gevoel: de zindering van mysterie, bedrog en speurwerk.

'Dat uniform is precies de goede maat,' fluisterde Kazulin met haar zware accent.

'Dank je dat je het naar de suite hebt gebracht.'

'Geen dank. Uniformen zijn het enige waaraan we geen enkel gebrek hebben. Hoewel... wasgoed. Daar hebben we ook meer dan genoeg van.'

'Ik heb nog nooit dit soort schoenen gedragen.'

'Werkschoenen. Verpleegkundigen dragen ze ook. Met een zachte zool, net sneakers.'

'Sneakers?'

'Is dat niet het juiste woord?' Marya fronste haar wenkbrauwen. 'En vergeet niet, als kamermeisje mag je nooit een passagier aanspreken, behalve wanneer je in hun hut aan het werk bent. Geen oogcontact maken als je iemand tegenkomt. Een stap opzij doen en naar de grond kijken.'

'Begrepen.'

Marya ging voor, een hoek om en een lage deur zonder opschrift door. Daarachter lagen een linnenkamer en een dubbele dienstliftschacht. Marya liep naar een van de liften toe en drukte op de knop OMLAAG. 'Wie wil je spreken?'

'De mensen die de grote suites schoonmaken, de dubbele en driedubbele.'

'Dat zijn degenen die beter Engels spreken. Zoals ik.'

De liftdeuren gingen open, en ze stapten naar binnen. 'Spreekt dan niet iedereen Engels?' vroeg Constance.

Marya drukte op de knop voor dek C en de lift begon te dalen. 'Het merendeel van de bemanning spreekt geen Engels. Dat heeft de rederij liever.'

'Goedkopere werkkrachten?'

'Ja. En bovendien: als we niet met elkaar kunnen praten, kunnen we geen ondernemingsraad oprichten. Om tegen de werkomstandigheden te protesteren.'

'Wat is daar dan mis mee?'

'Dat ziet u straks met eigen ogen, mevrouw Greene. Maar u moet heel voorzichtig doen. Als ze u betrappen, vlieg ik eruit en word ik in New York van boord gezet. U moet doen alsof u buitenlandse bent, u moet gebrekkig Engels spreken. We moeten een taal voor u vinden die niemand spreekt, zodat niemand u aan de tand kan voelen. Spreekt u verder nog iets behalve Engels?'

'Ja. Italiaans, Frans, Latijn, Grieks, Duits...'

Marya lachte, en ditmaal was het een oprechte lach. 'Hou maar op. Volgens mij zijn er geen Duitsers bij de bemanning. U wordt Duits.'

De deuren gleden open. Ze stapten naar buiten en bevonden zich op dek C. Het verschil tussen de passagiersdekken en de servicedekken was meteen zichtbaar. Hier lag geen vloerbedekking, er hing geen kunst aan de muren, niets was afgewerkt met glanzend hout en koperwerk. Het zag er meer uit als een ziekenhuisgang, een claustrofobisch landschap van metaal en linoleum. TL-balken, onzichtbaar weggewerkt achter plafondpanelen, wierpen een schel licht. De lucht was bedompt en onaangenaam warm, verzadigd van talrijke geuren: gekookte vis, wasverzachter, machineolie. De diepe dreun van de dieselmotoren was hier veel uitgesprokener. Bemanningsleden, sommigen in uniform, anderen in T-shirt of smerige trui, beenden met serieuze gezichten voorbij.

Marya ging Constance voor, de smalle gang in. Langs beide zijden waren genummerde, vensterloze deuren in imitatiehoutnerf zichtbaar. 'Dit is het slaapdek,' legde Marya op gedempte toon uit. 'De vrouwen in mijn hut doen een aantal grote suites, dus je kunt met ze praten. We zeggen gewoon dat jij mijn vriendin bent en dat ik je in de waskamer ben tegengekomen. Niet vergeten: jij bent Duits en je spreekt niet goed Engels.'

'Ik zal eraan denken.'

'We moeten een reden hebben waarom je al die vragen stelt.'

Constance dacht even na. 'Als ik nou eens zeg dat ik de kleinere hutten doe en op zoek ben naar een betere baan?'

'Oké. Maar niet al te enthousiast doen; je kunt hier een mes in je rug verwachten voor een baan met grotere fooien.'

'Duidelijk.'

Marya liep nog een gang door en bleef toen staan voor een deur. 'Hier slaap ik,' zei ze. 'Ben je zover?'

Constance knikte. Marya haalde diep adem en opende de deur.

De kamer was niet groter dan een gevangeniscel, misschien ruim vier meter bij drie. In de achterwand waren drie smalle kasten aangebracht. Er waren geen stoelen of tafels, geen aangrenzende badkamer. De muren links en rechts werden geheel in beslag genomen door spartaanse kooien, drie boven elkaar. Aan het hoofdeinde van iedere kooi was een plankje aangebracht, met daarop een lamp. Toen Constance om zich heen keek, zag ze dat al die planken vol stonden met boeken, persoonlijke foto's, droogbloemen, tijdschriften, een klein, triest teken van degene die in dat bed sliep.

'Slapen jullie hier met z'n zessen?' vroeg ze ongelovig.

Marya knikte.

'Ik had geen idee dat het hier zo benauwd was.'

'Dit is nog niets. Dan moet je dek E zien, waar de mensen van NPC slapen.

'NPC?'

'*No Passenger Contact*. De mensen die de was doen, de machinekamers schoonmaken, het eten bereiden.' Marya schudde haar hoofd. 'Net een gevangenis. Die mensen zien geen daglicht, krijgen geen frisse lucht, voor wel drie of soms vier maanden aan één stuk. Ze werken zes dagen per week, tien uur per dag. En daarvoor krijgen ze twintig tot veertig dollar per dag.'

'Maar dat is nog niet eens het minimumloon!'

'Minimumloon wáár? We zitten hier midden op zee, hier gelden geen cao's. En het schip staat geregistreerd in Liberia.' Ze keek om zich heen. 'Mijn kamergenoten zitten al in de kantine. Laten we daar maar heen gaan.'

Ze ging op weg door de slingerende, smalle, naar zweet stinkende gangen, Constance op haar hielen. De personeelskantine lag midscheeps, een groot vertrek met een laag plafond. Bemanningsleden, allen in uniform, zaten aan lange tafels in cafetariastijl over hun borden heen gebogen. Marya en Constance gingen in de rij staan en Constance keek om zich heen, geschokt over de kaalheid van het vertrek, zo volslagen anders dan de rijkversierde eetzalen en salons waar de passagiers de maaltijd genoten.

'Wat is het hier stil,' zei ze. 'Waarom wordt er niet gepraat?'

'Iedereen moe. En bovendien iedereen overstuur door Juanita. Kamermeisje, is doorgedraaid.'

'Doorgedraaid? Wat is er dan gebeurd?'

Ze schudde haar hoofd. 'Komt wel vaker voor, maar meestal pas aan het eind van een lange reis. Juanita is doorgedraaid, ze heeft haar eigen ogen uitgestoken.'

'God nog aan toe. Kende jij haar?'

'Een beetje.'

'Had jij enig idee dat ze met problemen zat?'

'We hebben allemaal problemen,' zei Marya ernstig. 'Anders zaten we hier niet.'

Ze maakten een keuze uit het onappetijtelijke aanbod: vettige plakken gekookte cornedbeef, waterige kool, stukgekookte rijst, plakkerige jachtschotel, oudbakken ogende plakken gele hotelcake; en daarna ging Marya haar voor naar een tafel niet ver van de balie, waar twee van haar kamergenoten lusteloos met hun eten zaten te schuiven. Marya stelde haar nieuwe vriendin voor aan een jonge, donkerharige Griekse met de naam Nika, en Lourdes, een Filippijnse vrouw van middelbare leeftijd.

'Ik heb jou nog nooit gezien,' zei Nika met een zwaar accent.

'Ik doe de hutten op dek 8,' antwoordde Constance, met een zorgvuldig Duits accent.

De vrouw knikte. 'Doe maar voorzichtig. Dit is niet jouw kantine. Laat zíj je maar niet zien.' Ze knikte in de richting van een kleine, gezette vrouw met pluizig geblondeerd haar die met een laatdunkende grijns op haar gezicht in een hoek van de kantine de zaak in de gaten stond te houden.

De vrouwen praatten wat onder elkaar in een vreemd mengelmoes van talen, doorspekt met een groot aantal Engelse woorden, kennelijk de lingua franca op de servicedekken van de *Britannia*. De meeste verhalen gingen over het kamermeisje dat doorgedraaid was en zichzelf de ogen had uitgestoken.

'Waar is ze nu?' vroeg Constance. 'Hebben ze haar met een helikopter van boord gehaald?'

'Te ver van land voor een helikopter,' antwoordde Nika. 'Ze hebben haar in de ziekenboeg opgesloten. En nu moet ik haar hutten doen.' Ze vertrok haar gezicht. 'Juanita... die vróég gewoon om ellende, dat voelde ik aankomen. Ze had het altijd maar over wat ze in de kamers van de passagiers had gezien, ze stak haar neus overal in. Een goed kamermeisje ziet niets, herinnert zich niets, doet gewoon haar werk en houdt haar mond.'

Constance vroeg zich af of Nika ooit haar eigen advies wat betreft dat laatste punt opvolgde.

Nika ging verder: 'Gistermiddag had ze weer eindeloze verhalen aan tafel! Eindeloos over die suite met die leren banden aan het bed, en een vibrator in de la. Wat moet ze dan ook in die la? Dat mens is veel te nieuwsgierig. En nu moet ik de helft van haar hutten doen. Dit ongeluksschip.'

Met haar lippen vol afkeuring opeengeklemd leunde ze achterover en sloeg haar armen over elkaar: zo dacht zij erover!

Er werd instemmend gemompeld en geknikt.

Nika voelde zich gesterkt, legde haar armen weer op tafel en opende haar mond: 'En er is ook nog een passagier verdwenen. Hadden jullie dat al gehoord? Misschien wel overboord gesprongen. Dit ongeluksschip, dat deugt niet!'

Om de woordenstroom te stillen zei Constance snel: 'Marya zegt dat jij in de grote hutten werkt. Wat een bof, ik heb gewoon de standaardsuites.'

'Bof?' Nika keek haar ongelovig aan. 'Tweemaal zoveel werk!'

'Maar de fooien zijn beter, nietwaar?'

Nika meesmuilde. 'De rijke stinkerds geven de kleinste tips. En ze hebben altijd wat te zeuren, het moet altijd nét even anders. Die *blakas* in de driedubbele suite... daar moest ik vandaag tot driemaal toe terugkomen om zijn bed op te maken.'

Dat was boffen: een van de mensen op Pendergasts lijst – Scott

Blackburn, de internetmiljonair – had een van de driedubbele suites, en daarvan waren er maar twee. 'O, meneer Blackburn, bedoel je?'

Nika schudde haar hoofd. 'Nee. Die Blackburn is nog veel erger! Die heeft zijn eigen dienstmeisje mee, en die maakt het bed op. Dat mens behandelt mij als een stuk vuil, alsof ik háár dienstmeid ben. En die driedubbele suite moet ik nu ook nog eens doen, dankzij Juanita.'

'Heeft hij een eigen dienstmeisje meegenomen?' vroeg Constance. 'Waarom?'

'Die vent heeft álles meegebracht! Eigen bed, eigen vloerkleden, eigen schilderijen, eigen piano nota bene!' Nika schudde haar hoofd. 'Bah! En het is nog lelijk spul ook: lelijk en *ruparos*.'

'Sorry?' Constance veinsde het woord niet te kennen.

'Die rijke stinkerds zijn gestoord.' Nika vloekte nogmaals in het Grieks.

'En die vriend van hem dan, Terrence Calderón, in de hut daarnaast?'

'O, die! Die deugt. Die geeft tenminste een fooi.'

'Doe je zijn hut dan ook? Heeft hij zijn eigen spullen meegebracht?'

Ze knikte. 'Een paar. Veel antiek. Frans. Heel mooi.'

'Hoe rijker, des te gestoorder,' zei Lourdes. Zij sprak uitstekend Engels, met slechts een licht accent. 'Gisteravond was ik in de suite van...'

'Hé!' bulderde een stem vlak achter hen. Constance draaide zich om en zag de supervisor achter haar staan, met de handen op de ruim bemeten heupen en een woedende blik op haar gezicht.

'Overeind!' zei de vrouw.

'Had u het tegen mij?' informeerde Constance.

'Ik zei, overéínd!'

Rustig stond Constance op.

'Jou heb ik hier nog niet eerder gezien,' zei de vrouw bits. 'Hoe heet jij?'

'Rülke,' antwoordde Constance. 'Leni Rülke.'

'En waar werk jij?'

'Ik maak de hutten aan dek 8 schoon.'

Er gleed een blik van bittere triomf over de vadsige gelaatstrekken van de vrouw. 'Als ik het niet dacht! Jij weet donders goed dat je hier niet mag eten. Ga terug naar de cafetaria van dek D, daar hoor je thuis.'

'Wat maakt dat nou uit?' vroeg Constance vriendelijk. 'Het eten is hier echt niet beter, hoor.'

De triomf op het gezicht van de supervisor maakte plaats voor ongeloof. 'Wat, jij brutaal kreng...' En ze gaf Constance een venijnige klap op haar rechterwang.

Constance had nog nooit van haar leven een oorveeg gekregen. Even verstijfde ze, ongelovig. Toen deed ze instinctief een stap naar voren, terwijl haar hand zich strak rond de vork sloot. Haar beweging had iets waardoor de supervisor haar ogen opensperde. Ze deed een stap achteruit.

Langzaam legde Constance de vork weer op tafel. Ze dacht aan Marya en aan de belofte van geheimhouding. Ze keek omlaag. Marya zat hen met een wit gezichtje aan te staren. De twee andere vrouwen keken vol belangstelling naar hun bord.

Om hen heen werd het trage geprevel van apathische gesprekken, dat even was gestopt vanwege de ruzie, hervat. Ze keek nogmaals naar de supervisor en prentte zich haar gezicht in. Toen liep ze met een brandende wang weg, de cafetaria uit.

2 1

Met een stijgend gevoel van onbehagen ging eerste stuurman Gordon LeSeur het spartaans ingerichte kantoor van beveiligingsman Kemper binnen. De ontbrekende passagier was nog steeds niet terug, en de echtgenoot stond erop een vergadering te beleggen met alle hoge officieren aan boord. Commodore Cutter zat de afgelopen acht uur al afgezonderd in zijn eigen hut, ten prooi aan een van zijn sombere buien, en LeSeur was niet van plan hem te storen voor Evered of voor wie dan ook. In plaats daarvan had hij de wacht overgedragen aan de tweede stuurman en had stafkapitein Carol Mason opgetrommeld voor de bespreking.

Met rood aangelopen gezicht en bevende stem ijsbeerde Eve-red in het hok heen en weer. Zo te zien zat hij dicht tegen een aanval van hysterie aan. 'Het is na vieren,' zei hij tegen Kemper. 'Het is verdomme al acht uur geleden sinds ik alarm heb geslagen dat mijn vrouw verdwenen was.'

'Meneer Evered,' begon Kemper. 'Dit is een groot schip, en ze kan op een heleboel...'

'Dat hebt u al gezegd,' onderbrak Evered hem met stemverheffing. 'Maar ze is nog niet terug! Ik heb gehoord dat u haar liet omroepen, net als iedereen aan boord. Ik heb dat fotootje van haar op tv gezien. Dit is niets voor haar, ze blijft nooit zolang weg zonder een teken van leven te geven. Ik wil dat het schip doorzocht wordt!'

'Ik kan u verzeker...'

'U kunt me wat met uw verzekeringen! Ze kan wel ergens gevallen zijn, ze kan gewond geraakt zijn, misschien kan ze niet roepen, misschien kan ze niet bij een telefoon. Ze kan wel...' Hij zweeg, en veegde zwaar ademend een traan van zijn wang. 'U moet de kustwacht bellen, en de politie, ze moeten hierheen komen.'

'Meneer Evered,' zei stafkapitein Mason, de zaak tot LeSeurs grote opluchting rustig overnemend. 'We zitten hier midden op de Atlantische Oceaan. Zelfs als de politie of de kustwacht hier enig gezag had – en dat is niet het geval – dan konden ze ons niet bereiken. Geloof me, we hebben beproefde procedures voor dit soort situaties. De kans is bijna honderd procent dat uw vrouw om wat voor reden dan ook niet gevonden wil worden. We moeten de mogelijkheid overwegen dat ze in gezelschap verkeert.'

Evered priemde een bevende vinger in LeSeurs richting. 'Ik heb hém vanochtend al gezegd: zo ís mijn vrouw niet. En op dat soort insinuaties zit ik niet te wachten, van u niet en van niemand niet.'

'Ik insinueer niets, meneer Evered,' zei Mason, haar stem vastbesloten en beheerst. 'Ik zeg alleen dat er geen reden is om overstuur te raken. Gelooft u me, statistisch gezien zit u hier aan boord veiliger dan thuis op de bank. Desondanks nemen we de beveiliging hier heel serieus op, en gezien de aard van het probleem zullen we inderdaad het schip doorzoeken. En wel nu meteen. Ik zal er hoogstpersoonlijk toezicht op houden.'

De zachte, competente stem van de stafkapitein en haar kalmerende woorden, hadden de bedoelde uitwerking. Evered zag nog steeds rood en hij stond te hijgen, maar even later slikte hij en knikte. 'Dat vraag ik nu al de hele tijd.'

Toen Evered weg was, bleef het drietal zwijgend staan. Na een tijdje slaakte het hoofd Beveiliging een diepe zucht en wendde zich tot Mason. 'Wat nu, kapitein?'

De stafkapitein stond peinzend naar de lege deuropening te kijken. 'Is er een manier denkbaar om aan een psychiatrisch achtergrondrapport van mevrouw Evered te komen?'

Stilte. 'U denkt toch niet...' begon Kemper.

'Het is altijd mogelijk.'

'Juridisch gezien moeten we dat via haar echtgenoot doen,' zei Kemper. 'Maar dat is een stap die ik pas wil zetten als we zeker weten dat ze... niet langer aan boord is. Verdomme nog aan toe. We zitten al met een probleem wat betreft het moreel van de bemanning vanwege die doorgedraaide schoonmaakster... ik hoop bij god dat we haar vinden.'

Mason knikte. 'Ik ook. Meneer Kemper, stel een zoekactie niveau 2 in.' Ze keek naar LeSeur. 'Gordon, ik zou graag willen dat jij de heer Kemper persoonlijk bijstaat.'

'Jazeker, sir,' zei LeSeur. Inwendig kromp hij ineen. Een zoekactie niveau 2 hield in dat iedere openbare ruimte, alle vertrekken van de bemanning en het hele benedendekse deel van het schip moesten worden doorzocht, alles in feite, behalve de suites. Zelfs als hij de complete beveiligingsploeg mobiliseerde zou zoiets minimaal een hele dag kosten. En diep in de krochten van het schip lagen ruimtes die nu eenmaal niet goed te doorzoeken waren.

'Het spijt me, Gordon,' zei ze, toen ze de blik op zijn gezicht zag. 'Maar we kunnen niet anders. Dit zijn onze orders.'

Orders, dacht hij somber. En meer was het dan ook niet: een oefening in formaliteit. De hutten van de passagiers konden alleen met een niveau 3 doorzocht worden, en zoiets moest commodore Cutter persoonlijk goedkeuren. Zo'n zoekactie was nog nooit uitgevoerd aan boord van een schip waarop LeSeur werkte, zelfs niet toen er een keer iemand overboord gesprongen was. En diep in zijn hart dacht LeSeur dat dat gebeurd was: mevrouw

Evered was overboord gesprongen. Zelfmoord op zee kwam veel vaker voor dan de passagiers zich ooit realiseerden. Met name op de eerste reis van een beroemd schip waren er mensen aan boord die er in stijl een einde aan wilden maken. Dat was de ironie ten top, want de rederij stopte zoiets steevast in de doofpot en deed er alles aan om te voorkomen dat de rest van de passagiers er iets van merkte. De kans was dus groot dat mevrouw Evered niet in stijl aan haar einde was gekomen, maar dat ze vijfhonderd mijl terug duizend vadem diep lag...

LeSeurs gedachten werden onderbroken toen er iemand op de deur klopte. Hij draaide zich om en zag een beveiligingsbeambte in de deuropening staan. 'Meneer Kemper?'

'Ja?' vroeg Kemper.

'Meneer,' zei de man nerveus, 'twee dingen.' Hij ging van het ene been op het andere staan en wachtte.

'Nou?' beet Kemper hem toe. 'Zie je niet dat ik in vergadering zit?'

'Die schoonmaakster die doorgedraaid was... die, eh... heeft zojuist zelfmoord gepleegd.'

'Hoe?'

'Ze heeft kans gezien zich te bevrijden van haar boeien, en...' Zijn stem viel weg.

'En wat?'

'Ze heeft een grote splinter losgewerkt uit haar bedombouw en die in haar oogkas gestoken. Recht haar hersens in.'

Even bleef het stil terwijl dit stukje informatie werd verwerkt. Kemper schudde zijn hoofd en mompelde: 'Jezus nog aan toe.'

'Meneer Kemper, misschien kunt u even praten met de passagier in de laatste suite die ze heeft schoongemaakt voordat ze zelfmoord pleegde. Misschien is er iets gebeurd, harde woorden, een ongeluk misschien... Ik heb ooit op een cruiseschip gewerkt waar een passagier op een dag botweg het meisje heeft verkracht dat zijn kamer kwam schoonmaken.'

'Dat zal ik doen.'

'Maar in bedekte termen.'

'Uiteraard.'

Het bleef stil, tot Kemper opnieuw naar de nerveuze beveiligingsman keek. 'En er was nog iets, zei je?'

'Inderdaad, ja.' Hij was gespannen als een veer.

'Nou? Wat dan?' vroeg Kemper bruusk.

'U moet even komen kijken.'

'Waarnaar?'

De man aarzelde. 'Ik heb liever dat u het met eigen ogen ziet. Misschien heeft het iets te maken met de vermiste passagier.'

'Waar is het?' kwam Mason met scherpe stem tussenbeide.

'Op het weerdek, niet ver van de winkels van St. James Street.'

'Na u,' zei Mason energiek. 'We gaan allemaal samen.'

Kemper liep naar de deur en keek daar om naar LeSeur. 'Komt u mee?'

'Ja,' zei LeSeur onwillig, met een zwaar gevoel in zijn maag.

Aan dek was het nat en schraal. Er waren geen passagiers; de paar geharde zielen die zich in de openlucht waagden, gaven meestal de voorkeur aan de ononderbroken beschutting van de promenade op dek 7, recht boven hen. Er stond een beukende wind die schuim opjoeg van de boeg van het schip tot hoog in de lucht, en binnen de kortste keren was LeSeurs uniformjasje doorweekt.

De beveiligingsman ging voor naar de reling. 'Kijk, daar beneden,' zei hij, en hij wees.

LeSeur kwam samen met Kemper en Carol Mason bij de reling staan. Hij keek uit over het water, zeven dekken beneden zijn voeten. Dat kolkte razend langs de gladde flank van het schip.

'Wat moeten we zien?' informeerde Kemper.

'Precies hieronder, meneer. Ik zag het bij een inspectie van de romp. Ziet u dat het teakhouten beslag daar vlak onder de onderreling beschadigd is, net links van dat spuigat?'

LeSeur greep de reling stevig beet en leunde naar voren om beter te kunnen kijken. En toen zag hij het: een kras van een centimeter of vijftien over het teakhout waarmee een van de deknaden was afgewerkt.

'Meneer, als die kras er gisteren voor de afvaart al had gezeten, dan had ik hem gezien. Ik weet het zeker.'

'Dat is zo,' zei de stafkapitein. 'Dit schip is veel te nieuw om al zo beschadigd te zijn.' Ze keek nog eens. 'En als ik me niet vergis, zit er iets vast in dat gesplinterde deel, van bijna dezelfde kleur als het hout.'

LeSeur kneep zijn ogen samen. De romp aan stuurboord lag in

de diepe schaduw van de middagzon, maar ook hij meende iets te zien.

Mason wendde zich tot de beveiligingsman. 'Kijk eens of je het te pakken kunt krijgen.'

De man knikte en ging plat op het dek liggen. LeSeur en Kemper hielden zijn voeten vast, en hij stak zijn hoofd onder de reling door en stak zijn hand uit. Steunend van de inspanning viste hij rond en net toen LeSeur dacht dat hij niet erger doorweekt kon raken, riep de man: 'Hebbes!'

Ze hesen hem weer aan dek en hij krabbelde overeind, met zijn hand beschermend gebald rond iets wat hij had opgevist. De drie anderen dromden om hem heen, en langzaam vouwde hij zijn vuist open.

In zijn palm lag een kluwentje fijne draadjes, aaneengekoekt en doorweekt met opgespat zeewater. LeSeur hoorde Mason haar adem inhouden. En daarbij besefte hij dat alle draadjes aan één kant vast leken te zitten aan wat wel een stukje huid leek. Met een huivering van afgrijzen realiseerde hij zich dat het helemaal geen draadjes waren, maar haar, mensenhaar, zo te zien, en platinablond.

'Meneer Kemper,' zei Mason op zachte, vlakke toon. 'Hebt u de foto van die vermiste vrouw bij u?'

Hij haalde een kleine portefeuille uit zijn zak, opende die, haalde het fotootje eruit en gaf het aan de stafkapitein. Ze hield het in het licht, bestudeerde het zorgvuldig en keek van de foto naar het haar in de opgeheven hand van de officier.

'O, shit,' mompelde ze.

22

Special agent Pendergast stapte zijn suite uit, trok de deur achter zich dicht en liep de gang in. Hij zag er tot in de puntjes verzorgd uit in een zwarte smoking, en dat, gecombineerd met zijn doelbewuste tred en het feit dat het acht uur was, wekte sterk de indruk dat hij op weg was naar het diner.

Maar Pendergast zou die avond niet dineren. Hij zou het uur van het avondmaal gebruiken om enkele privézaken te regelen.

Hij kwam bij een stel liften aan en drukte op de knop OMHOOG. Toen de deuren opengleden, stapte hij naar binnen en drukte op de knop voor dek 13. Nog geen halve minuut later liep hij energiek een andere gang door, in de richting van de boeg.

De meeste passagiers zaten aan tafel of in het casino, of bij een voorstelling. Pendergast kwam maar twee mensen tegen, een kamermeisje en een steward. Uiteindelijk maakte de gang een haakse bocht naar rechts, meteen gevolgd door een bocht naar links, en kwam uit in de voorste dwarsgang. Deze was korter, en er leidden maar twee deuren naar links: elk liep naar een van de koninklijke suites aan boord.

Pendergast liep naar de eerste deur, met het opschrift RICHARD II-suite, en klopte aan. Toen er geen antwoord kwam, haalde hij een elektromagnetisch kaartje uit zijn tas. Dat zat via een krulsnoer vast aan een palmtopcomputer, ook in de tas. Hij stak de kaart in het kaartslot van de deur, keek even naar de reeks cijfers op het miniatuurscherm van het computertje en toetste een reeks getallen in het toetsenblok van het deurslot. Er klonk een elektronische tsjilp en de led bij het slot sprong van rood op groen. Na een blik om zich heen glipte hij naar binnen, sloot de deur en bleef gespannen staan luisteren. Hij wist al dat Lionel Brock aan tafel zat; de suite lag er leeg, stil en donker bij.

Hij haalde een kleine zaklantaarn uit zijn zak en liep de hut in. De vier koninklijke suites waren niet zo groot als de dubbele- of driedubbele suites, maar wel breed: ze namen de helft van de voorste opbouw van dek 12 of 13 in beslag, en gaven uitzicht op de toren. Volgens de plattegrond die Pendergast had bestudeerd, bestonden de suites uit een grote woonkamer, kitchenette, een toilet en twee slaapkamers met daartussen een gezamenlijke badkamer.

Hij liep door de woonkamer en scheen met zijn lantaarn rond. De kamer zag er amper bewoond uit: het kamermeisje was net geweest. De prullenbak was leeg. Het enige wat enigszins eigenaardig was, was dat er een kussen met een frisgestreken sloop aan één kant van de leren bank lag. Volgens de passagierslijst was

Brock de enige bewoner van de hut. Misschien had hij last van aambeien.

Het enige teken van bewoning was een ongeopende fles Taittinger in een koeler op een standaard, het ijs half gesmolten.

Hij trok een paar latex handschoenen aan en doorzocht de laden van de bijzettafeltjes en het bureau, maar vond daar niets anders dan de brochures van het schip en de afstandsbedieningen voor tv en dvd-speler. Hij tilde de schilderijen van de muur en keek daarachter zonder iets te vinden. Hij liep naar het grote raam en trok onhoorbaar het gordijn open. Diep beneden hem sneed de boeg van de *Britannia* door de schuimkoppen. Het weer was steeds slechter geworden, en het langzame rollen van het schip was geleidelijk aan toegenomen.

Pendergast liep weg van het raam en ging de kitchenette in. Ook die lag er ongebruikt bij: Brock nuttigde kennelijk zijn maaltijden in een van de vele restaurants van het schip. In de koelkast lagen nog maar twee flessen champagne. Snel doorzocht Pendergast de laden van het keukenblokje, maar ook daar trof hij niets aan, afgezien van bestek en glazen. Hij liep naar het toilet en keek daar even rond. De garderobekast. Ook daar niets belangwekkends.

Hij liep de woonkamer weer in en bleef even staan luisteren. Niets te horen. Hij keek op zijn horloge: kwart over acht. Brock had een tafel geboekt bij de lichting van acht uur in de King's Arms, en zou nog minstens anderhalf uur wegblijven.

De slaapkamers lagen aan stuurboord. Eén deur zat dicht, de andere stond open. Pendergast liep naar de open deur, luisterde even en stapte toen naar binnen. De slaapkamer hier leek nogal op de zijne: een groot tweepersoonshemelbed in extravagante stijl, twee nachtkastjes, een ladekast, een schrijftafeltje en een stoel, een kledingkast en een deur die hoogstwaarschijnlijk naar de aangrenzende badkamer liep. Dit was zonder enige twijfel Brocks kamer.

Binnen vijftien minuten had hij de kamer grondig doorzocht. Sneller nu liep hij naar de gedeelde badkamer en inspecteerde de toiletartikelen. Ook hier ontdekte hij weinig meer dan een bevestiging van wat hij al vermoed had: Brock gebruikte Floris Elite eau de toilette.

Aangrenzend aan de badkamer lag een kleine kleedkamer met

een deur die toegang gaf tot de tweede slaapkamer. Pendergast stak zijn hand uit naar de deurknop om die kamer aan een vluchtige inspectie te onderwerpen; het leek steeds waarschijnlijker dat mocht Brock al ergens schuldig aan zijn, het bewijs niet op de *Britannia* te vinden zou zijn.

De deur zat op slot.

Pendergast fronste zijn wenkbrauwen. Hij keerde terug naar de woonkamer en voelde aan de andere deur naar de tweede slaapkamer. Ook die zat op slot.

Bijzonder intrigerend.

Pendergast knielde en bestudeerde het mechanisme bij het licht van zijn lantaarn. Het was een eenvoudig tuimelslot dat weinig problemen zou opleveren. Hij stak zijn hand in zijn zak en haalde er een instrumentje uit dat nog het meest weghad van een kleine tandenborstel van metaaldraad. Dat stak hij in het slot, en even later hoorde hij het openklikken. Hij greep de deurkruk en opende langzaam en voorzichtig de deur van de donkere kamer.

'Nog één stap en je bent er geweest,' kwam een schorre stem uit de duisternis.

Pendergast verstijfde.

Van achter de deur stapte een man naar voren, met een pistool in zijn hand. In de slaapkamer klonk een slaperige vrouwenstem: 'Wat is er, Curt?'

In plaats van te antwoorden gebaarde de man naar Pendergast met het pistool, stapte naar buiten, trok de deur dicht en draaide de sleutel om. Het was een man met donker haar en een pokdalig, olijfbruin gezicht, knap als in een gangsterfilm en bijzonder gespierd. Hij had de houding van een bokser, maar voor zo'n lange, brede man kon hij verbazingwekkend onhoorbaar lopen. Het was geen steward: hij droeg geen uniform maar een donker pak, en de stof lag gespannen rond zijn brede schouders.

'Oké, maat, wie ben jij en wat heb je hier te zoeken?' wilde Curt weten.

Pendergast wees met een glimlach naar een van de fauteuils. 'Mag ik? Ik ben al de hele dag in de weer.'

De man bleef met een onvriendelijk gezicht staan kijken terwijl Pendergast zich installeerde en met een elegant gebaar het ene been over het andere sloeg.

'Ik had je wat gevraagd, klojo.'

Pendergast haalde de fles champagne uit het smeltende ijs, liet hem even uitdruipen en draaide behendig de kurk uit de hals. Naast de koeler stonden twee lege flûtes. Hij schonk ze beide tot de rand toe vol.

'Doe je mee?' vroeg hij.

De man hief het pistool. 'Mijn geduld is bijna op. Jij hebt een probleem, en je maakt het er niet beter op.'

Pendergast nam een slokje. 'Maar ik ben niet de enige met een probleem. Als je eens even ging zitten? Dan kunnen we het er in alle rust over hebben.'

'Ik heb geen probleem. Jij hebt een probleem. Jij hebt een mega-probleem.'

'Ik ben me terdege bewust van mijn probleem. Jíj bent mijn probleem. Je staat pal voor mijn neus met een pistool te zwaaien en zo te zien begin je je geduld te verliezen. Dat zie ik inderdaad als een probleem.' Pendergast nam nog een slokje en slaakte een zucht. 'Uitstekend.'

'Je krijgt nog één kans om te zeggen wie je bent, voordat ik je brein tegen het behang knal.'

'Voor die tijd wil ik je er even op wijzen dat jij een veel groter probleem hebt dan ik.'

'O ja? En waarom mag dat dan wel zijn?'

Pendergast knikte naar de slaapkamerdeur. 'Weet meneer Brock dat jij een dame in zijn suite hebt?'

Er volgde een onbehaaglijke aarzeling. 'Meneer Brock vindt het geen enkel probleem als ik een dame uitnodig.'

Pendergast trok zijn wenkbrauwen op. 'Misschien niet. Misschien ook wel. Maar bovendien: als je probeert wat dan ook tegen de muur te knallen, dan trek je onnodige aandacht. Als het meezit, kom je ervan af met moord. Zo niet, dan zitten straks jóúw hersenen op het behang. Ik ben namelijk ook gewapend, zie je.'

Weer een aarzeling. 'Ik bel de beveiliging.'

Pendergast nam weer een slok. 'Je denkt niet goed door, meneer Curt.'

De man priemde het wapen in zijn richting. 'Johnson. Curtis Johnson. Niet "meneer Curt".'

'Mijn excuses, meneer Johnson. Maar ook als meneer Brock

geen bezwaar heeft tegen damesbezoek tijdens diensturen: als jij nu Beveiliging belt, komen er allerlei vragen over de ongebruikelijke bagage die de heer Brock in dat liefdesnest van jou bewaart. Bovendien weet jij niet wie ik ben of waarom ik hier zit. Misschien bén ik Beveiliging wel, weet jij veel? En dus, mister Johnson, zitten we allebei met een probleem, zoals ik al zei. Nu hoop ik dus maar dat we een intelligente manier kunnen vinden om onze respectievelijke problemen op te lossen, een manier waar we allebei beter van worden.' Langzaam stak Pendergast twee vingers in de zak van zijn smokingjasje.

'Handen waar ik ze zien kan.'

Pendergast trok zijn vingers weer uit zijn zak; er zat nu een dun stapeltje knisperende biljetten van honderd dollar tussen.

Met het pistool in zijn vlezige hand geklemd, zijn gezicht rood aangelopen, bleef de man niet-begrijpend staan kijken.

Pendergast hield hem het geld voor. 'Laat dat pistool zakken.'

De man gehoorzaamde.

'Ga je gang, pak aan.'

De man stak een hand uit, griste het geld weg en propte het in zijn zak.

'We moeten snel zijn, meneer Johnson, zodat ik weg ben tegen de tijd dat je baas terugkomt.'

'Jij maakt dat je wegkomt. Nú.'

'Dus jij neemt mijn geld aan en dan schop je me eruit? Dat is niet sportief.'

Met een luide zucht stond Pendergast op, draaide zich om alsof hij wegging, maar smeet halverwege die beweging met kwikzilverachtige snelheid zijn glas champagne in Johnsons gezicht terwijl hij met een bijna onzichtbaar snelle beweging zijn linkervuist liet neerkomen op Johnsons vuist. Het pistool stuiterde op het kleed en gleed tot halverwege de kamer. Terwijl Johnson daar met een kreet op af dook, stak Pendergast een voet uit en liet hem struikelen, waarna hij zijn eigen Les Baer 1911 in het oor van de man stak en een knie onder op zijn ruggengraat zette.

'*Doucement*, meneer Johnson. Doucement.'

Even later kwam Pendergast overeind. 'Sta maar op.'

De man ging rechtop zitten, wreef over zijn oor, en stond op. Zijn gezicht was een donkere massa.

Pendergast stak zijn eigen wapen weer in zijn jasje, liep naar de andere kant van de kamer, raapte het pistool van de man op en woog het even in zijn handen.

'Een Walther PPK. Jij bent zeker James Bondfan? Misschien hebben we dan toch minder gemeen dan ik had gedacht.' Hij gooide het wapen terug naar de man, die het verbaasd opving. Hij stond ermee in zijn handen, zonder te weten wat hij ermee aanmoest.

'Doe slim en steek dat ding weg.'

De man borg het wapen in zijn holster.

'Welnu,' zei Pendergast vriendelijk, 'u kunt zelf kiezen, meneer Johnson. U kunt mijn vriend zijn, mij een kleine gunst bewijzen en nog eens duizend dollar verdienen. Of u kunt doorgaan met uw misplaatste loyaliteit aan een verachtelijke klootzak van een vent die u onderbetaalt en u zonder enige wroeging ontslaat zodra hij achter uw kleine indiscretie komt. Dus... wat wordt het, meneer Johnson?'

De man keek Pendergast een tijdlang aan en knikte toen even.

'Schitterend. Open die achterste slaapkamer, mijn nieuwe vriend. We hebben geen tijd te verliezen.'

Johnson draaide zich om en liep naar de slaapkamerdeur, die hij opende. Pendergast volgde hem naar binnen.

'Curt, wat is er toch allemaal?' In het bed lag een vrouw met een enorme bos haar, de lakens tot aan haar kin opgetrokken.

'Aankleden en wegwezen.'

'Maar mijn kleren liggen aan de andere kant van de kamer,' zei ze. 'Ik heb niets aan.'

'Dat maakt niemand een flikker uit,' zei Johnson bruusk. 'Maak dat je wegkomt.'

'Jij bent een klootzak, wist je dat?'

Hij trok het pistool weer en zwaaide ermee. 'Wegwezen!'

Met bungelende borsten sprong de vrouw uit bed, griste haar kleren van de grond en trok zich terug in de badkamer. 'Klootzak!' kwam het scheldwoord nogmaals, gedempt nu.

Pendergast keek om zich heen. De slaapkamer was, zoals hij al eerder had gezien, bestemd voor opslag: er stonden zes grote, houten kratten, alle met het opschrift BREEKBAAR, die een groot deel van de ruimte in beslag namen.

'Weet jij wat er in die kratten zit?'

'Geen idee,' antwoordde Johnson.

'Maar je bent aangenomen om daar een oogje op te houden?'

'Precies.'

Pendergast ijsbeerde even voor de kratten heen en weer. Toen knielde hij voor de dichtstbijzijnde en haalde een schroevendraaier uit zijn zak.

'Hé, wat doe jij nou?'

'Gewoon even kijken. We laten alles precies zo achter als we het gevonden hebben. Daar komt niemand achter.' Even later had hij het einde van de krat eraf, zodat er groen vilt en vulmateriaal zichtbaar werden. Met een mes maakte hij een keurige snede door meerdere lagen vulmateriaal, vilt en op maat gesneden stukken piepschuim heen, waardoor er een rek met olieverfschilderijen zichtbaar werd. Te oordelen naar het feit dat de andere vijf kratten precies even groot waren concludeerde Pendergast dat ook die vol schilderijen moesten zitten.

Hij stak zijn lantaarn in de snede in het vulmateriaal en scheen ermee heen en weer. Er waren al met al acht schilderijen, zonder lijst. Voor zover hij kon zien waren het allemaal werken van tweederangs impressionistische schilders: Charles Théophile Angrand, Gustave Caillebotte. Hij zag ook twee Duitse impressionistische werken, zo te zien van Jawlensky en het andere, gokte hij, van Pechstein. Het leed geen twijfel dat de schilderijen bestemd waren voor Brocks galerie aan 57th Street.

Hoewel Pendergast de stijlen van de diverse schilders meteen herkende, kwam geen van de werken zelf hem bekend voor, althans voor zover hij zien kon. Het waren in het beste geval obscure voorbeelden van het werk van de artiesten.

Hij stak opnieuw zijn hand in zijn tas en haalde een leren foedraaltje tevoorschijn, dat hij openritste en plat op de grond legde. Hij haalde er een paar stuks gereedschap uit: een juweliersloep, een tangetje, een scalpel, en legde die op de dichtstbijzijnde krat. Daarna volgde een reeks met kurk afgesloten testbuisjes.

Johnson wipte ongemakkelijk van de ene op de andere voet. 'Ik weet niet waar je mee bezig bent, man, maar schiet alsjeblieft op.'

'Rustig maar, meneer Johnson. Het duurt nog wel even voordat uw werkgever terugkomt van het diner. Ik ben bijna klaar.'

Op zijn knieën voor de dichtstbijzijnde krat gezeten richtte Pendergast zijn aandacht op het schilderij van Jawlensky. Hij pakte de pincet, plukte een paar vezeltjes canvas van de achterkant van het doek, waar het afgeknipte canvas op het raamwerk was gespijkerd. Daarna schaafde hij met de tang en het scalpel een klein kloddertje gele verf van de rand van het schilderij af en stopte dat in een testbuisje. Daarna deed hij hetzelfde bij de Pechstein en nog een paar andere.

Hij keek op zijn horloge. Kwart voor negen.

Hij legde het vulmateriaal zo terug dat de snede die hij gemaakt had niet meer te zien was, schroefde de zijkant van de krat op zijn plek en stond met een glimlach op. 'Meneer Johnson,' zei hij, 'mijn verontschuldigingen voor de onderbreking.'

'Ja, maar je hebt me nog steeds niet verteld wie je bent of wat je aan het doen bent.'

'En dat was ik ook niet van plan, meneer Johnson.'

Ze liepen de woonkamer in, en daar draaide Pendergast zich om naar zijn gastheer. 'We hebben nog net tijd voor een tweede glas,' zei hij. Hij schonk de glazen bij. Johnson leegde het zijne in één teug en zette het neer. Pendergast nipte wat langzamer aan het zijne en haalde nog een stapeltje bankbiljetten uit zijn zak.

'Volgens afspraak,' zei hij.

Zwijgend nam Johnson het geld aan.

'Goed gedaan.' Pendergast glimlachte, maakte een halve buiging en maakte zich snel uit de voeten.

23

In de suite trof Constance Pendergast over een stel scheikundige instrumenten gebogen aan. Ze zag hem een wattenstaafje in een flesje kleurloze vloeistof dopen en tegen een verfschilfertje in een glazen buisje houden. Meteen kleurde het fragmentje zwart.

Pendergast ging verder met een volgend buisje en paste dezelfde test toe. Uiteindelijk keek hij op. 'Dag, Constance.'

'Enig resultaat?'

Hij knikte in de richting van de buisjes. 'Jazeker. Al deze verfmonsters bevatten onaanvaardbare loodgehaltes. De heer Lionel Brock heeft zes kratten met impressionistische schilderijen in zijn logeerkamer, en als de rest net zo is, zijn die allemaal vals. Waarschijnlijk heeft hij een Europese vervalser in de arm genomen – iemand met een aanzienlijk talent – om het werk van kleinere kunstenaars te imiteren. En ongetwijfeld verspreidt hij die onder zijn echte doeken van grote kunstenaars. Een slimme opzet, moet ik zeggen: niemand twijfelt aan de authenticiteit van de tweederangs schilderijen van een handelaar die erom bekendstaat de beste werken met de meest serieus nagezochte herkomst van eersterangs kunstenaars te verkopen.'

'Inderdaad, ja,' zei Constance. 'Maar volgens mij zou zo iemand niet alles riskeren voor een Tibetaans kunstvoorwerp.'

'Precies. Hem kunnen we wegstrepen.' Met een geritsel van papier haalde Pendergast zijn lijst tevoorschijn. 'En Lambe heb ik ook verwijderd, die vent is slap als een washandje.'

'Hoe heb je dat voor elkaar gekregen? Heb je je voorgedaan als arts?'

'Bah. Laten we het daar maar niet over hebben. Claude Dallas heb ik ook doorgestreept, net als Lord Cliveburgh, want die is bezig met het smokkelen van cocaïne. Strage houdt zich bezig met de illegale export van een stel uitzonderlijk waardevolle en authentieke Griekse amfora's, en natuurlijk verkleint dat de kans dat hij óók de Agozyen aan boord heeft, maar we moeten toch rekening met hem houden. Dus hebben we er nog drie over: Blackburn, Calderón en Strage.' Hij richtte zijn zilvergrijze blik op haar. 'En hoe is het jou benedendeks vergaan?'

'Ik heb de vrouw gesproken die Blackburns suite moet schoonmaken. Gelukkig – voor ons, althans – heeft zij het werk overgenomen van een collega die kort na de afvaart psychotisch werd en zich van kant heeft gemaakt.'

'O?' vroeg Pendergast met plotselinge belangstelling. 'Heeft er iemand aan boord zelfmoord gepleegd?'

'Dat zeggen ze, ja. Midden in haar dienst is ze opgehouden met

werken, teruggegaan naar haar hut, en heeft een inzinking gekregen. Later heeft ze een stuk hout in haar oog gestoken en zelfmoord gepleegd.'

'Eigenaardig. En de vrouw die nu Blackburns suite schoon-
maakt, wat heeft die te zeggen?'

'Blackburn heeft zijn eigen kamermeisje meegebracht, en dat
mens is het scheepspersoneel aan het commanderen. En verder
heeft Blackburn voor de oversteek zijn suite laten inrichten met
zijn eigen kunst en antiek.'

'Dus ook zijn Aziatische kunstcollectie.'

'Ja. Dezelfde huishoudster die ik heb gesproken, werkt ook in
Calderóns hut, naast Blackburn. Het schijnt dat hij een massa
Frans antiek heeft gekocht. En zo vervelend als Blackburn is, zo
aardig is Calderón: hij heeft haar een riante fooi gegeven.'

'Uitstekend.' Even keek Pendergast bijna afwezig in de verte,
maar langzaam keerde hij terug in het hier en nu.

'Blackburn is een sterke nummer één op onze lijst.' Hij stak zijn
hand in zijn zak en haalde er nog een stapeltje knisperende bankbiljetten uit. 'Jij gaat tijdelijk van plek ruilen met het kamermeisje
in de hutten van Blackburn en Calderón. Zorg dat je naar binnen komt als er niemand thuis is.'

'Maar Blackburn laat het scheepspersoneel niet binnen als zijn
eigen dienstmeisje er niet is.'

'Maakt niet uit, als je betrapt wordt, kun je het altijd op een
bureaucratische fout schuiven. Je weet waarnaar je op zoek bent.
Ik zou zeggen, ga vanavond laat; Blackburn houdt nogal van bac-
carat, heb ik gezien, dus hij zal waarschijnlijk in het casino zitten.'

'Uitstekend, Aloysius.'

'En breng de inhoud van zijn prullenbak mee, wil je.'

Even trok Constance haar wenkbrauwen op. Toen knikte ze
voordat ze naar de trap liep om zich te gaan kleden voor het diner.

'Constance?'

Ze draaide zich om.

'Doe alsjeblieft voorzichtig. Blackburn is een van onze eerste
verdachten, en dat betekent dat hij wel eens een genadeloze, misschien zelfs psychopathische moordenaar zou kunnen zijn.'

24

Scott Blackburn bleef bij de ingang van de Oscar staan om zijn handgemaakte Gieves & Hawkes-pak dicht te knopen, zijn mauve das recht te trekken en de zaal in zich op te nemen. Het was kwart voor negen en de tweede lichting van het diner was serieus begonnen: een horde slanke, elegante, buitenlandse kelners liep haastig naar binnen met het hoofdgerecht onder zilverkleurige cloches die ze naar de tafels brachten, en neerzetten om ze dan – allemaal tegelijk, met een kelner achter iedere gast staand – op te tillen zodat het gerecht daaronder zichtbaar werd.

Met een mondhoek sardonisch opgekruld slenterde Blackburn naar zijn tafel. Zijn twee tafelgenoten zaten al en stonden pluimstrijkerig op toen hij aankwam. En terecht: Blackburn had honderden miljoenen dollars in hun bedrijven geïnvesteerd en maakte deel uit van de raad van bestuur van beide bedrijven. Er stonden al twee lege wijnflessen op tafel, te midden van de resten van hors d'oeuvres, antipasti en een voorgerecht dat bij leven een middelgrote vogel was geweest, een patrijs misschien, of een fazant. Hij ging zitten, pakte een van de flessen en bestudeerde het etiket.

'Richebourg Domaine de la Romanée-Conti '78,' las hij. 'Jullie nemen het er wel van.' Hij keerde de fles om en schonk het laatste restje rond de ziel van de fles in zijn eigen glas. 'En voor mij laat je alleen het depot over!'

Lambe en Calderón lachten waarderend, en Lambe wenkte een kelner. 'Nog zo eentje uit onze eigen kelder,' zei hij. 'Een van de flessen die al geopend zijn.'

'Komt eraan, meneer.' De kelner verdween, onhoorbaar als een vleermuis.

'Wat vieren we vanavond?' wilde Blackburn weten.

'We vonden gewoon dat we onszelf maar eens moesten trakteren,' zei Lambe, en hij rolde met zijn zachte, afhangende schouders. Blackburn zag dat hij niet meer zo groen in het gezicht was. Kennelijk was de sukkel zeebenen aan het krijgen.

'En waarom ook niet?' zei hij. 'Deze reis lijkt nog interessanter te worden dan ik gedacht had. Zo ben ik gisteravond een ex van me tegen het lijf gelopen, en die was heel tegemoetkomend, bijzónder tegemoetkomend, kan ik wel zeggen. Althans, in het begin.'

Dit leidde tot een homerisch gelach onder zijn tweekoppig gehoor.

'En toen?' vroeg Lambe, nieuwsgierig voorover geleund.

Lachend schudde Blackburn zijn hand. 'Ik weet niet wat er spannender was, de neukpartij of de ruzie daarna. Jemig, wat een boskat.'

Meer temend gelach.

De kelner kwam weer aanglijden met de fles en een nieuw glas, en Lambe gebaarde dat hij Blackburn moest laten proeven. Blackburn liet de vloeistof even in het glas walsen, snoof, walste nogmaals en stak toen zijn neus in het glas om het bouquet te inhaleren. Daarna leunde hij met halfgesloten ogen achterover, genietend van het aroma. Na een tijdje bracht hij het glas naar zijn lippen, nam een klein slokje, rolde dat over zijn tong, zoog door getuite lippen wat lucht naar binnen, liet die door de wijn borrelen en slikte uiteindelijk. Toen het ritueel voltooid was, zette hij het glas neer en wuifde de kelner weg.

'En...?' vroeg Lambe gespannen.

'Schitterend.'

Ze ontspanden zich.

Blackburn hief zijn glas weer. 'Het toeval wil dat ikzelf nieuws heb.'

Beide vrienden keken hem vragend aan.

'Schenk jullie glazen bij.'

Ze gehoorzaamden gretig.

'Zoals jullie weten heb ik Gramnet voor twee miljard verkocht, en sinds die tijd ben ik op zoek naar een nieuw speeltje. En volgens mij heb ik dat nu gevonden.'

'Kun je er iets over zeggen?' vroeg Calderón.

Blackburn bouwde de spanning op door te zwijgen.

'Het heeft te maken met scannen, en met zoeken in visuele databases op het web.' Hij glimlachte. 'Toen ik Gramnet verkocht, heb ik de rechten behouden op mijn eigen algoritmen voor beeldcompressie. Ik ga beelden op iedereens computer zetten, en het worden beelden die er honderd keer beter uitzien dan ooit tevoren.'

'Maar Google is al jaren bezig met beeldtechnologie,' zei Lambe. 'En ze hebben het schijnbaar nog steeds niet voor elkaar.'

'Ik ga een heel ander soort technologie gebruiken: ouderwetse mankracht. Ik heb duizenden programmeurs en onderzoekers die ik dag en nacht aan het werk kan zetten. Ik ga de grootste visuele database op het web bouwen.'

'Maar hoe wil je dat aanpakken?'

'Beelden kun je linken, net als websites. Mensen die op zoek zijn naar afbeeldingen, gaan van de ene afbeelding naar de andere. Je moet niet de afbeeldingen analyseren, maar de links. Zodra ze in je eigen database staan, kun je gebruikmaken van miljarden, triljarden door de gebruikers gegenereerde links. En daarna pak ik de beelden zelf, met superresolutie, om die vervolgens te comprimeren met mijn eigen algoritmen. Ik heb een stuk of tien serverfarms klaarstaan, in afwachting van dit soort gegevens.'

'Maar het auteursrecht op die afbeeldingen dan, wat wou je daarmee doen?'

'Niks auteursrecht. Auteursrecht bestaat niet meer. Dit is het web. Informatie moet gratis verkrijgbaar zijn. Iedereen doet het, dus waarom zou ik niet?'

Er viel een eerbiedige stilte.

'En om te beginnen heb ik een geweldige troef in handen.' Hij hief zijn glas en grinnikte. 'Daar zullen ze van opkijken.'

En met die woorden nam hij een slok wijn ter waarde van driehonderd dollar en sloot zijn ogen van bijna seksueel plezier.

'Meneer Blackburn?' Bij zijn elleboog klonk een zachte, eerbiedige stem.

Geïrriteerd over de onderbreking van zijn genotsmoment draaide Blackburn zich om. Daar stond een man met een onopvallend pak aan: kort, lelijk en met een accent alsof hij uit Boston kwam.

Blackburn fronste zijn wenkbrauwen. 'Wie bent u?'

'Mijn naam is Pat Kemper. Ik ben hoofd van de afdeling Beveiliging aan boord. Mag ik u even onder vier ogen spreken?'

'Beveiliging? Waar gaat dit over?'

'Niets aan de hand, dit is gewoon routine.'

'Mijn vrienden mogen alles horen wat u me te zeggen hebt.'

Kemper aarzelde even. 'Uitstekend. Mag ik gaan zitten?' En

met een snelle blik door de eetzaal pakte hij een stoel rechts naast Blackburn.

'Mijn oprechte verontschuldigingen voor de onderbreking van uw diner vanwege zo'n onaangename kwestie,' begon Kemper, en zijn accent werkte Blackburn meteen al op de zenuwen. Die vent zag eruit en praatte als een smeris. 'Maar het protocol vereist dat ik u een paar vragen stel. Het gaat over het personeelslid dat in eerste instantie was aangewezen om uw suite schoon te maken, Juanita Santamaría.'

'Het kamermeisje?' Blackburn trok zijn wenkbrauwen op. 'Ik heb zelf een dienstmeisje, en die wordt geacht toezicht te houden op uw mensen.'

'Santamaría heeft tweemaal uw kamer gedaan. De tweede maal was op de eerste avond van de reis, rond halfnegen 's avonds, toen ze uw bedden heeft opengeslagen. Herinnert u zich dat ze naar uw suite kwam?'

'Om halfnegen gisteravond?' Blackburn leunde achterover in zijn stoel en nam nog een slok wijn. 'Toen was er niemand. Mijn eigen dienstmeisje was in de ziekenboeg, zeeziek, die lag alleen maar te kotsen. Ik zat aan tafel. En bovendien heb ik strikte instructies gegeven dat niemand zonder toezicht mijn suite binnen mocht.'

'Daarvoor bied ik u dan mijn excuses aan, meneer. Maar weet u iets dat die avond in uw suite kan zijn voorgevallen? Iets gebeurd, iemand gezien? Of heeft ze misschien iets gebroken of... gestolen, zelfs?'

'Hoezo? Is er dan naderhand iets met haar gebeurd?'

De beveiligingsman aarzelde. 'Eerlijk gezegd: ja. Mevrouw Santamaría heeft kort nadat ze uw suite had verlaten een zenuwtoeval gekregen. En daarna heeft ze zich van het leven beroofd. Maar niemand van haar kennissen, haar kamergenoten en zo, had wat voor problemen dan ook maar zien aankomen. Ze was, volgens hen, een evenwichtig, gelovig iemand.'

'Dat zeggen ze altijd over massamoordenaars of zelfmoordenaars,' zei Blackburn laatdunkend.

'Ze zeiden ook dat mevrouw Santamaría, toen ze die dag aan het werk ging, in een goed humeur was.'

'Ik kan u niet helpen,' zei Blackburn. Hij liet de wijn door zijn glas walsen en bracht het weer snuivend naar zijn neus. 'Er was niemand aanwezig. Niets gebroken of gestolen. Geloof me, dat had ik geweten. Ik houd mijn spullen goed in de gaten.'

'Kan ze iets gezien of aangeraakt hebben? Iets waarvan ze geschrokken kan zijn?'

Plotseling verstarde Blackburn midden in zijn wijnkennersritueel, het glas halverwege zijn lippen. Na enkele seconden zette hij het glas neer zonder een slok te hebben genomen.

'Meneer Blackburn?' drong Kemper aan.

Blackburn keek hem aan. 'Beslist niet,' zei hij met ijle, wezenloze stem. 'Niets. Zoals ik al zei, er was niemand aanwezig. Mijn dienstmeisje lag in de ziekenboeg. Ikzelf zat aan tafel. Wat er met die vrouw is gebeurd, heeft niets te maken met mijzelf of mijn suite. Ze had er niet eens moeten zijn.'

'Uitstekend,' zei Kemper, en hij stond op. 'Dat dacht ik al, maar u weet: protocollen en zo... North Star vilt me levend als ik niet volgens het boekje te werk ga.' Hij glimlachte. 'Heren, we hebben het er niet meer over. Dank u voor uw geduld, en nog een prettige avond.' Hij knikte naar elk van hen en liep toen snel weg, tussen de tafeltjes door.

Lambe keek hem even na, en vroeg toen aan Blackburn: 'Wat zeg je me daarvan, Scott? Eigenaardige voorvallen benedendeks!' En hij nam een melodramatische pose aan.

Blackburn gaf geen antwoord.

De kelner gleed naar hun tafeltje toe. 'Mag ik u het menu van de chef voor vanavond vertellen, heren?'

'Graag. Ik heb twee dagen eten in te halen.' En Lambe wreef zich in de handen.

Plotseling stond Blackburn op. Met een ruk kantelde zijn stoel achterover.

'Scott?' vroeg Calderón, met een bezorgde blik op Blackburn.

'Geen trek,' zei Blackburn. Zijn gezicht was bleek weggetrokken.

'Hé, Scotty...' begon Lambe. 'Wacht even. Waar ga je heen?'

'Mijn hut.' En zonder nog een woord te zeggen draaide Blackburn zich om en liep het restaurant uit.

25

'Dat klinkt verschrikkelijk,' zei de vriendelijke, knappe onbekende. 'Zou het helpen als ik eens met haar praatte?'

'O, nee,' antwoordde Inge, vol afgrijzen bij het idee alleen al. 'Nee, doet u dat alstublieft niet. Zo erg is het nu ook weer niet. Ik ben er al aan gewend.'

'Je moet het zelf weten. Mocht je nog van gedachten veranderen, dan zeg je het maar.'

'Dat is heel vriendelijk van u. En het helpt op zich al om met iemand te kunnen praten.' En meteen zweeg ze, hevig blozend.

Zoiets was Inge Larssen nog nooit overkomen. Ze had altijd een geïsoleerd bestaan geleid, was pijnlijk verlegen. En nu zat ze hier haar hart uit te storten tegenover iemand die ze net een halfuur geleden had ontmoet.

De grote, vergulde klok op het behang van de Chatsworth Salon stond op vijf voor tien. In een verre hoek speelde een rustig strijkkwartet, en af en toe kwam er een stelletje voorbij, de armen om elkaar heen of hand in hand. De lounge werd verlicht door duizend kaarsen die de avondlucht vulden met een zachte, gouden gloed. Inge vond het de mooiste plek waar ze ooit geweest was.

Misschien was het de magische sfeer van de plek en van de avond waardoor ze zo open was geweest. Of misschien kwam het gewoon door het karakter van haar nieuwe vriend: lang, zelfverzekerd, hij straalde vertrouwen uit.

Aan de andere kant van de sofa sloeg de onbekende met een loom gebaar zijn ene been over het andere. 'Dus jij hebt je hele leven in een klooster gewoond?'

'Bijna. Sinds mijn zesde. Toen zijn mijn ouders omgekomen bij een auto-ongeluk.'

'En je hebt geen andere familie? Geen broers of zusters?'

Inge schudde haar hoofd. 'Niemand. Afgezien van mijn oudoom, degene die me naar de kloosterschool van Evedal heeft gestuurd, in plaats van een openbare school. Maar die is intussen ook overleden. Ik heb wat vriendinnen van school. In zeker opzicht is dat bijna familie. En dan heb ik natuurlijk mijn werkgeefster.' *Mijn werkgeefster*, dacht ze. *Waarom kan ik niet werken voor iemand als deze man hier?* Ze opende haar mond om iets te zeggen, maar bedacht zich. Weer kwam er een blos op.

'Je wilde iets zeggen.'

Inge lachte verlegen. 'Nee, laat maar.'

'Zeg het maar. Ik wil het graag horen.'

'Het was gewoon...' Weer aarzelde ze. 'Nou, u bent zo'n belangrijk iemand. Ze succesvol, zo... U weet intussen alles over mij; ik hoopte dat ik nu uw verhaal mocht horen.'

'Dat is niets bijzonders,' kwam het ietwat bitse antwoord.

'Nee, echt. Ik zou heel graag horen hoe u het onmogelijke hebt bereikt en hoe u zo ver gekomen bent. Want... nou, op een dag wil ik zelf...' Haar stem stierf weg toen ze niet wist hoe ze verder moest.

Even bleef het stil.

'Sorry,' zei Inge haastig. 'Dat had ik niet moeten vragen. Het spijt me.' Plotseling voelde ze zich onbeholpen. 'Het is al laat. Ik moet naar bed. Als de oude mevrouw voor wie ik werk wakker wordt en ik ben er niet, dan wordt ze bang.'

'Nonsens,' zei de onbekende, zijn stem plotseling weer warm. 'Ik zal je met alle genoegen mijn levensverhaal vertellen. Laten we een stukje gaan wandelen, het is hier benauwd.'

Zo benauwd vond Inge het niet, maar ze zweeg, en samen liepen ze naar de lift en stapten vier verdiepingen hoger uit, op dek 7. 'Ik zal je iets laten zien wat je waarschijnlijk nog nooit gezien hebt,' zei haar nieuwe vriend, en hij ging haar voor door de gang, langs restaurant Hyde Park, waar het op dit late uur rustig was, naar een zwaar luik. 'Hier kunnen we naar buiten.'

Het was voor het eerst dat Inge aan dek kwam. Het was er behoorlijk fris, en de wind blies kreunend rond het schip terwijl de waterdamp van de golven haar haar en schouders omhulde. Het beeld had niet dramatischer kunnen zijn: er schoven donkere wolken voor de bleekgele maan langs, en het enorme schip ploegde zich een weg door de zware golven heen. Boven en onder hen scheen het licht uit talloze ramen en patrijspoorten en kleurde het opspattende zeeschuim goudgeel. Het was allemaal onvoorstelbaar romantisch.

'Waar zijn we?' vroeg ze ademloos.

'Het promenadedek. Hier, ik wil je iets laten zien.' En haar metgezel ging haar voor naar de achtersteven van het schip, waar hij bij de reling bleef staan. 'Op dit soort donkere nachten kun je het plankton zien gloeien in het kielzog. Kijk maar eens, ongelooflijk mooi.'

Inge klemde zich vast aan de reling en leunde voorover. De kolkende en ziedende zee lag recht onder haar. En inderdaad: in het schuimige kielzog gloeiden miljarden lichtpuntjes, de hele oceaan glinsterend van fosforescentie, een afzonderlijk, parelend universum dat even tot leven werd gewekt door de stuwing van het schip.

'Schitterend,' fluisterde ze, huiverend in de kille lucht.

Meteen werd er een vriendelijke hand rond haar schouder gelegd, die haar dichterbij trok.

Slechts even bood Inge weerstand. Toen liet ze zich dichterbij trekken, dankbaar voor de warmte. Terwijl ze naar de onwerkelijke gloed in het kielzog van het schip stond te kijken, voelde ze een tweede hand omhoogkomen en naar haar andere schouder grijpen, en die steviger vastpakken.

En toen – met één enkele, brute ruk – voelde ze zich opgetild worden en ging ze de reling over.

Een lange, verwarrende vlaag wind, en toen, plotseling, een afgrijselijke schok toen ze het ijzige water raakte.

Ze tuimelde en viel, ieder gevoel voor richting kwijt onder water en verdoofd door de klap. Na een tijdje wist ze zich naar de oppervlakte te werken, haar kleren en schoenen als een dood gewicht, en hapte ze naar lucht, sputterend en in de lucht klauwend alsof ze probeerde de hemel in te klimmen.

Even vroeg ze zich verward af hoe ze zo had kunnen vallen, of de reling het misschien begeven had, maar toen wist ze het.

Ik ben niet gevallen. Hij heeft me gegooid.

Ze was volledig verbijsterd. Dit kon niet waar zijn. Verwilderd keek ze om zich heen, instinctief watertrappend. De enorme achtersteven van het schip, een lichtgevende toren, was al bezig in de nacht te verdwijnen. Ze opende haar mond om te schreeuwen, maar die stroomde meteen vol water in het kolkende kielzog. Ze sloeg wild om zich heen, probeerde aan de oppervlakte te blijven, hoestte. Het water was verlammend koud.

'Help!' riep ze, haar stem zo zwak en verstikt dat ze zichzelf amper horen kon te midden van het huilen van de wind, het stampen van de turbines en het rumoerige sissen van de opstijgende luchtbellen in het water. Boven haar hoofd hoorde ze de zwakke kreten van de zeemeeuwen die dag en nacht met het schip meevlogen.

Het was een droom. Dat kon niet anders. Maar het water was zo koud, zo verschrikkelijk koud. Ze sloeg om zich heen, maar haar ledematen veranderden in lood.

Ze was overboord gesmeten.

Vol afgrijzen keek ze naar de steeds kleinere tros lichtpuntjes. Ze zag zelfs, door de vensters in de achtersteven van de reusachtige balzaal King George II, zwarte stippen bewegen tegen de achtergrond van het stralende licht: mensen!

'Help!' Ze probeerde te zwaaien en ging kopje-onder. Klauwend kwam ze weer boven.

Schop je schoenen uit. Zwemmen.

Het duurde even voordat ze haar schoenen uit had, die stomme, laaggehakte pumps die ze van haar werkgeefster moest dragen. Maar het haalde niets uit. Ze voelde haar voeten niet eens meer. Ze zwom een paar slagen, maar het was hopeloos: intussen had ze al haar kracht nodig om alleen al haar hoofd boven water te houden.

De *Britannia* begon te vervagen in de nachtmist die laag op het water lag. De lichtjes werden kleiner. De meeuwen waren niet meer te horen. De sissende luchtbellen en de groene kleur van het kielzog waren langzaam aan het oplossen. Het water kleurde zwart, even zwart als diep.

De lichten waren weg. Even later was ook het dreunen van de scheepsmotoren niet meer te horen.

Vol afgrijzen keek ze naar de plek waar zo-even nog licht en geluid waren geweest. Alles was zwart. Ze hield haar ogen strak op de plek gericht, doodsbang om haar blik af te wenden en de plek kwijt te raken, alsof dat op de een of andere manier haar laatste hoop was. Rondom haar deinde de donkere zee. De maan keek heel even achter een rij donkere, voortjagende wolken uit. De mist lag zwaar over de zee, heel even zilverig verlicht door de maan, maar daarna weer donker toen er een nieuwe wolk verscheen. Ze voelde zich opgetild worden op de top van een golf, wegzakken, opnieuw opgetild.

Terwijl ze haar best deed om de mistige duisternis in te kijken, sloeg met een luid gesis een breker over haar heen, zodat ze de diepte in gedrukt werd. Hulpeloos mepte ze om zich heen. Ze was omringd door leegte; er was helemaal niets, behalve pikzwarte duisternis en een vreselijke, onverzoenlijke koude.

Maar nog voordat ze haar verzet had opgegeven, leek de kou iets af te nemen en voelde ze een onverklaarbare warmte. Haar ledematen verdwenen. De seconden verstreken, en haar bewegingen werden steeds trager, tot ze zich slechts met uiterste wilsinspanning nog kon bewegen. Ze deed wanhopig haar best om te blijven drijven, maar haar hele lichaam was veranderd in een zak onbruikbare ballast. Langzaam drong tot haar door dat ze helemaal niet in zee lag, maar gewoon in bed. Het was allemaal een nachtmerrie geweest. Ze voelde zich overmand door opluchting en dankbaarheid. Haar bed was warm, zacht, donzig, en ze draaide zich om en voelde zich wegzakken in de zwarte warmte. Ze zuchtte, en daarbij voelde ze iets zwaars en tastbaars op haar borstkas, een soort enorm gewicht. Heel even drong er een glimp van begrip door in haar bewustzijn: ze lag dus toch niet in bed, dit was geen droom: ze was echt aan het wegzinken in de zwarte, bodemloze diepte van de Atlantische Oceaan, en haar longen stonden op het punt het te begeven.

Ik ben vermoord, was de laatste gedachte die door haar hoofd ging terwijl ze wegzakte, en toen slaakte ze nog een zucht. De laatste lucht in haar longen ontsnapte in een uitbarsting van zwijgend afgrijzen, feller dan de luidste kreet.

26

Om kwart over elf liep Kemper het centrale beveiligingsstation binnen. De deur stond halfopen, en hij hoorde rumoerig praten en iets wat klonk als een gedempt gejuich uit de controlekamer komen. Hij legde zijn hand op de deur en duwde die zachtjes open.

In de wand waren honderden beeldschermen aangebracht, elk met een beeld van een andere plek aan boord. De bewakers stonden samengedromd rond één enkel scherm. Ze praatten en lachten, zo in hun bezigheden verdiept dat ze hem niet zagen aankomen. Hun gezichten waren blauw gekleurd in het licht van de vele flikkerende beeldschermen. Het rook er naar oude pizza van een stapel vettige dozen in een hoek.

'Goed zo, oma, zet 'm op!' riep een van hen.

'Tot het gaatje!'

'*It's the little old lady from Pasadena...*'

Er ging een gejoel op, vermengd met gefluit en gelach. Een van de mannen zwaaide wulps met zijn heupen. 'Goed zo! Geef 'm ervan langs!'

Kemper liep erop af. 'Wat is hier in godsnaam aan de hand?'

De mannen sprongen weg van het bewakingsscherm, en er werden twee lijvige passagiers zichtbaar die in een schemerige, afgelegen gang hevig bezig waren de liefde te bedrijven.

'Jezus nog aan toe.' Kemper draaide zich om. 'Meneer Wadle, was u niet de supervisor van deze ploeg?' Hij keek naar zijn manschappen, die als schuldbewuste halvegaren in de houding stonden.

'Jazeker, meneer Kemper.'

'We zitten met een vermiste passagier, een van de bemanningsleden heeft zelfmoord gepleegd, we lijden duizenden ponden verlies in het casino, en jullie zitten aan de viagrashow. Vinden jullie dat soms leuk?'

'Nee, meneer.'

Kemper schudde zijn hoofd.

'Zal ik...' En Wadle duidde op de schakelaar waarmee hij het scherm kon uitzetten.

'Nee. Telkens wanneer er een scherm wordt uitgezet, komt dat in het logbestand, en dan krijgen we alleen maar vragen. Gewoon... niet naar kijken.'

Bij die woorden hoorde hij iemand even onderdrukt lachen, en tegen wil en dank moest Kemper wel meelachen. 'Oké, oké, het is leuk geweest, en nu weer aan het werk.'

Door het bewakingsstation liep hij naar zijn eigen kantoortje. Even later gonsde zijn intercom.

'Ene meneer Pendergast voor u.'

Kemper voelde zijn humeur betrekken. Even later kwam de privédetective binnen.

'Kwam u soms ook naar de vertoning kijken?' informeerde Kemper.

'De heer in kwestie heeft de *Kama Sutra* bestudeerd. Volgens mij heet dat standje "het karnen van de room".'

'We hebben niet veel tijd,' antwoordde Kemper. 'We zijn vanavond alweer twee ton kwijtgeraakt in Covent Garden. Ik dacht dat u ons zou helpen.'

Pendergast ging zitten en sloeg zijn ene been over het andere. 'En daarom ben ik hier ook. Mag ik de foto's zien van de winnaars van vanavond?'

Kemper overhandigde Pendergast een stapel wazige foto's. Pendergast bladerde erdoorheen. 'Interessant, een andere groep dan gisteravond. Net wat ik dacht.'

'En dat is...?'

'Dit is een groot, systematisch werkend team. De spelers wisselen per nacht. De spotters zijn de sleutel.'

'Spotters?'

'Meneer Kemper, ik sta te kijken van uw naïviteit. Het systeem is weliswaar complex, maar de principes zijn simpel. De spotters begeven zich onder de menigte en houden het spel aan de tafels met de grotere inzetten in de gaten.'

'En wie mogen die spotters dan wel niet zijn?'

'Dat kan iedereen zijn: een vrouw op leeftijd bij een strategisch geplaatste gokmachine, een aangeschoten zakenman die in een mobiele telefoon staat te schetteren, zelfs een pukkelige tiener die naar de tafels staat te staren. De spotters zijn bijzonder goed opgeleid en zijn vaak meester in het creëren van een kunstmatig imago als dekmantel. Ze spelen niet zelf, ze tellen alleen de kaarten.'

'En de spelers?'

'Eén spotter kan twee tot vier spelers op sleeptouw hebben. De spotters houden alle kaarten bij die aan een bepaalde tafel zijn gespeeld, en "tellen" die, wat meestal inhoudt dat ze negatieve cijfers toekennen aan lage kaarten en positieve cijfers aan tienen en azen. Het enige wat ze in herinnering moeten houden, is één getal: het huidige puntental. Wanneer de verhouding tussen nog niet gespeelde hoge en lage kaarten in het spel een zeker punt bereikt, is er een tijdelijke verschuiving ten gunste van de spelers: hoge kaarten bij blackjack zijn in het nadeel van de deler. Een spotter die zo'n verandering waarneemt bij een tafel, stuurt een vooraf afgesproken signaal naar een van zijn spelers, die dan aan die tafel komt zitten en zwaar begint in te zetten. Of, als de speler al aan tafel zit, begint hij plotseling de inzet te verhogen. Wanneer de verhouding weer normaal of lager dan normaal wordt, stuurt de spotter een nieuw teken zodat de speler weet dat het tijd is om op te stappen of over te gaan op een lagere inzet.'

Kemper ging met een onbehaaglijk gezicht verzitten. 'Wat doen we daaraan?'

'De enige waterdichte maatregel is om de spotters eruit te pikken en ze eruit te schoppen.'

'Dat kunnen we niet doen.'

'Ongetwijfeld is dat de reden waarom ze hier zitten, en niet in Las Vegas.'

'En verder?'

'Delen uit een slof van acht spelen en dan maar een derde van de stok delen voordat je opnieuw schudt.'

'Wij werken met sloffen van vier spelen.'

'Dat is dan een reden temeer waarom u tellers aantrekt. U kunt hen stoppen door de croupiers instructie te geven om bij iedere nieuwe speler opnieuw te schudden, of telkens wanneer een speler plotseling de inzet verhoogt.'

'Geen denken aan. Dat houdt het spel op, en het zal de winsten geen goed doen. Bovendien zouden de meer ervaren spelers bezwaar maken.'

'Dat zal best, ja.' Pendergast haalde zijn schouders op. 'Uiteraard is met geen van deze maatregelen het probleem opgelost hoe u uw geld terug kunt krijgen.'

Kemper keek hem met rood omrande ogen aan. 'Is er dan een manier om het geld terug te krijgen?'

'Misschien.'

'Maar wij kunnen niets doen dat ook maar in de verte naar bedrog riekt.'

'U inderdaad niet...'

'En we kunnen u ook niet toestaan om vals te spelen, meneer Pendergast.'

'Maar, meneer Kemper,' reageerde Pendergast op gekwetste toon, 'zei ik dan dat ik váls wilde spelen?'

Kemper zweeg.

'Een kenmerk van kaartentellers is dat ze zich aan hun systeem houden. Een normale speler houdt op bij zware verliezen, maar een professionele kaartenteller niet. Die weet dat zijn kans uiteindelijk zal keren. Dat speelt in ons voordeel.' Pendergast keek op zijn horloge. 'Halftwaalf. Dan hebben we dus nog drie uur spelen voor de boeg. Meneer Kemper, weest u zo vriendelijk om mij een krediet van een half miljoen te geven.'

'Pardon? Een half miljóén, zei u?'

'Ik kom niet graag krap te zitten als het allemaal net begint te lopen.'

Kemper dacht even ingespannen na. 'Gaat u dan ons geld terugverdienen?'

Pendergast glimlachte. 'Ik zal het proberen.'

Kemper slikte. 'Oké dan.'

'U zult de heer Hentoff moeten vragen om de croupiers te vertellen dat ik excentriek, misschien zelfs verdacht, te werk zal gaan, hoewel het altijd binnen de grenzen van het legale zal blijven. Ik ga links van de croupier zitten, en ik zal circa de helft van de gespeelde rondes uitzitten, dus zegt u alstublieft tegen uw mensen dat ze me níét moeten wegsturen als ik even niet speel. Hentoff moet zijn croupiers instrueren om mij bij iedere normale gelegenheid de coupeerkaart te geven, met name wanneer ik aan tafel kom zitten. Ik zal doen alsof ik zwaar aan het drinken ben, dus zorg ervoor dat ik alleen maar tonic krijg als ik een gin-tonic bestel.'

'Oké.'

'Zou het mogelijk zijn om de maximuminzet aan een van de tafels met hoge inzetten weg te nemen?'

'U bedoelt, geen bovengrens voor de inzet?'

'Ja. Dan zullen de tellers die tafel zeer beslist in de gaten gaan houden, en zo hebben we een veel efficiëntere manier om het geld terug te pakken.'

Kemper voelde een zweetdruppel langs zijn ene slaap biggelen. 'Dat kan.'

'En laat dan tot slot een deler aan die tafel komen met kleine handen en dunne vingers. Hoe onervarener, hoe beter. En hij of zij moet de laatste kaart hoog in de slof plaatsen.'

'Mag ik vragen waarom?' vroeg Kemper.

'Dat mag u niet.'

'Meneer Pendergast, als we u betrappen op vals spelen, dan wordt het bijzonder ongemakkelijk voor u, maar ook voor mij.'

'Ik zal niet vals spelen, dat beloof ik u.'

'Hoe kun je nou het spel beïnvloeden als geen van de spelers ooit ook maar een kaart aanraakt?'

Pendergast glimlachte raadselachtig. 'Daar zijn manieren voor, meneer Kemper. O, en ik zal een assistent nodig hebben, een van uw diensters, iemand die onzichtbaar, discreet en intelligent is, en die mijn drankjes brengt en stand-by is voor een aantal... hoe zal ik het zeggen... ongebruikelijke verzoeken die ik plotseling kan hebben. Die moeten zonder vragen en aarzelingen meteen worden uitgevoerd.'

'Ik hoop dat dit gaat werken.'

Pendergast zweeg even. 'En uiteraard zal ik, als ik slaag, een tweede gunst van u vragen.'

'Uiteraard,' antwoordde Kemper.

Pendergast stond op, draaide zich om en liep soepel door de kantoordeur de centrale bewakingskamer in. Net voordat de deur dichtviel hoorde Kemper zijn honingzoete stem uitroepen: 'Mijn god, nu weer het *apadravyas*-standje. En dat op die leeftijd!'

27

De oudere vrouw in suite 1039 draaide zich om in bed en mompelde wat in haar slaap.

Even later draaide ze zich nogmaals om; het gemompel kreeg een dreinende toon. Ze was ergens wakker van geworden; een luid en aanhoudend geklop.

Haar ogen gingen open. 'Inge?' kraste ze schor.

Als enig antwoord werd er opnieuw op de deur gebonsd.

De vrouw hief een kromgegroeide hand en greep een stalen buis die langs het hoofdeinde liep. Langzaam, moeizaam, hees ze zich overeind. Ze had liggen dromen; een bijzonder plezierige droom waarin Monty Hall van deur nummer twee, en vaseline een rol speelden. Ze likte aan haar uitgedroogde lippen en probeerde zich de details te herinneren, maar die waren al aan het wegzakken in een mist van ongrijpbare gedachten.

'Waar zit dat kind?' prevelde ze, met een korte steek van angst.

Het kloppen hield aan. Het kwam van ergens buiten de slaapkamer.

Van onder talloze lagen satijn en zachte katoen kwam een uitgemergelde hand tevoorschijn. Die viste het gebit uit een glas op het nachtkastje en installeerde die op het bloedeloze tandvlees. Daarna werd er – onbeholpen, klauwend – rondgetast naar de kromming van een wandelstok. Met veel gekreun en binnensmonds gevloek hees ze zich overeind. Het schip rolde nu voelbaar, en ze hield een hand tegen de muur gedrukt terwijl ze naar de slaapkamerdeur liep.

'Inge!' riep ze.

Weer sloeg er een golf van angst over haar heen. Ze vond het vreselijk om afhankelijk te zijn, echt vréselijk, en ze was bang en ze schaamde zich voor haar broosheid. Haar leven lang was ze onafhankelijk geweest, en nu was ze dan oud, en tot haar afgrijzen afhankelijk van anderen.

Ze knipte het licht aan en keek om zich heen in een poging haar angst te beheersen. Waar zat dat vermaledijde kind? Schandalig om haar zo alleen te laten! Stel dat ze gevallen was? Stel dat ze een hartaanval kreeg? Je toonde mededogen met zo'n kind, je nam haar in dienst, en wat kreeg je ervoor terug? In ieder geval geen respect, gehoorzaamheid of loyaliteit. Inge was natuurlijk ergens aan de zwier met een of andere minkukel van de bemanning. Nou, dit was de druppel die de emmer deed overlopen: zodra het schip in New York afmeerde, kon die jezabel haar biezen pakken. Geen opzegtermijn, geen referenties. En dan moest ze haar charmes maar inzetten, het snolletje, om al werkend terug te komen naar Zweden.

Bij de deur aangekomen bleef de oude vrouw even staan rusten. Ze leunde zwaar op het kozijn. Het geklop klonk hier luider, het kwam van de voordeur van de suite: en nu hoorde ze ook een stem.

'Petey! Hé, Pete!' De stem klonk gedempt vanuit de gang daarachter.

'Wat?' riep de vrouw. 'Wie is daar? Wat wilt u?'

Het bonzen stopte. 'Pete, kom op nou!' antwoordde de onvaste stem. 'We blijven niet de hele nacht staan wachten!'

'Hé, Petey-boy, hierkomen, man,' kwam een andere dronken stem vanuit de gang. 'Weet je nog van die stukken die we bij Trafalgar tegenkwamen? Nou, toen jij weg was, kwamen ze terug naar de club. En sinds die tijd zitten we champagne te hijsen. Momenteel zitten ze ladderzat in mijn hut. Kom op, man, dit is je kans om een nummertje te maken. En die lange blonde heeft me toch een stel...'

De oude vrouw beefde van woede en verontwaardiging. Ze greep zich steviger vast aan het deurkozijn. 'Laat me met rust!' brulde ze uit volle borst. 'Maak dat je wegkomt!'

'Wat?' klonk de eerste stem, nu lichtelijk verbijsterd.

'Ik zei: maak dat je wegkomt!'

Een stilte. Gevolgd door gegiechel. 'O, shít!' klonk de tweede stem. 'Rog, we moeten hier helemaal niet zijn!'

'Wel waar, hij zei 1039, ik weet het zeker.'

'Ik bel de bewaking!' riep de oude vrouw met bevende stem.

Vanuit de gang klonk een geproest, en daarna het geluid van verdwijnende voetstappen.

Zwaar ademend duwde de vrouw zich weg van het deurkozijn. Op haar stok geleund overzag ze de kamer. En inderdaad: de bank was nog niet beslapen. De klok boven de bank stond op halftwaalf. Inge had haar verlaten. Ze was alleen.

Langzaam draaide ze zich om, en moeizaam, met bonkend hart, scharrelde ze terug naar de slaapkamer. Ze liet zich op het bed zakken en legde voorzichtig haar stok neer. Toen draaide ze zich half om naar het nachtkastje, pakte de telefoon en koos de nul.

'Centrale,' klonk de vriendelijke stem. 'Wat kan ik voor u doen?'

'Bewaking, graag,' bracht ze schor uit.

28

Anh Minh zag de rijke gast zodra hij aankwam bij de blackjack-tafels van het Mayfair Casino. Meneer Pendergast, dat was de naam die ze van Hentoff had gekregen. Hij leek wel een begrafenisondernemer in die zwarte smoking, en even voelde ze een lichte huivering toen hij in de deuropening bleef staan en met zijn bleke ogen om zich heen keek in de chique, schemerig verlichte zaal. Hij moest wel heel rijk zijn: Hentoff had gezegd dat ze zich uitsluitend op hem moest concentreren, en ze vroeg zich af wat hij had bedoeld met de vreemde instructies die bij de opdracht hoorden.

Ze liep naar hem toe. 'Wilt u iets drinken, meneer?'

'Een gin-tonic, graag.'

Toen ze met het glas terugkwam – alleen tonic, volgens instructie – stond de vreemd ogende man bij de tafels waar met hoge inzet werd gespeeld, in gesprek met een keurig verzorgde blonde man, jong nog, in een donker pak. Ze liep erheen en bleef geduldig staan wachten met het glas op haar dienblad.

'... En dus,' zei de rijke man net – nu met een volledig ander accent – 'gaf ik die vent tweeëntwintigduizend zeshonderdtien dollar, cash in het handje, in briefjes van honderd, één tegelijk: een, twee, drie, vier... en toen ik bij vijf kwam, lag daar een briefje van twintig, en toen wist ik dat ik genaaid was. Die stapel zat in het midden vol briefjes van twintig! God, wat was ik kwaad. Twintigjes, maar ook briefjes van tien en zelfs een paar van vijf.'

'Sorry,' zei de jongeman, plotseling boos, 'maar die briefjes van honderd of twintig of wat het ook maar is, die kunnen me geen ruk schelen.' Met grote passen beende hij weg, geïrriteerd, en zijn lippen bewogen alsof hij razend in zichzelf aan het nadenken was.

Met een glimlach keerde Pendergast zich om naar Anh. 'Dank je.' Hij pakte het glas, liet een briefje van vijftig op het blad vallen en keek nogmaals om zich heen.

'Kan ik verder nog iets voor u doen, meneer?'

'Jazeker.' Hij gebaarde vagelijk met zijn ogen en zei gedempt: 'Zie je die vrouw daar? Die wat gezette dame met die hawaï-jurk die daar tussen de tafels met een hoge inzet door flaneert? Ik zou graag iets uitproberen. Wissel dit briefje van vijftig en breng haar een stapel biljetten en munten op je blad. Zeg maar dat het het wisselgeld is van het drankje dat ze besteld had. Dan zal zij protesteren dat ze geen drankje besteld hebt, maar jij doet alsof je dat niet begrijpt en je begint het geld uit te tellen. Gewoon blijven tellen, en zeg hardop zoveel getallen als je maar kunt. Als zij is wat ik vermoed, zal ze boos worden, net als die jonge man met wie ik net stond te praten, dus blijf kalm.'

'Goed, meneer.'

'Dank je.'

Anh ging naar de kassa en wisselde het briefje voor een mengelmoes van briefjes en munten. Die legde ze op haar blad, en daarna liep ze op de vrouw met de hawaï-jurk af.

'Uw wisselgeld, mevrouw.'

'Wat?' De vrouw keek haar verstrooid aan.

'Uw wisselgeld. Tien dollar, vijf, tweemaal één dollar...'

'Ik had niets besteld.' Snel probeerde de vrouw zich uit de voeten te maken.

Anh liep achter haar aan. 'Uw wisselgeld. Tien dollar, driemaal één dollar, dat is dan dertien, plus twintig cent is...'

De vrouw stootte een geërgerd gesis uit. 'Hóór je me niet? Ik had helemaal niets besteld!'

Ze bleef de vrouw volgen. 'Drankje is zes dollar, vijfenzeventig cent, wisselgeld wordt dan dertien dollar, vijfentwintig cent...'

'Stom wicht!' explodeerde de vrouw, en met een werveling van kleuren draaide ze zich naar Anh om en liep met rood aangelopen gezicht op haar af.

'O, sorry.' Anh Minh verdween met haar blad vol geld, boos nagestaard door de vrouw. Ze liep terug naar de bar, schonk een flesje tonic uit over een glas met ijsblokjes, en deed er een schijfje citroen bij. Ze vond Pendergast in de menigte, waar hij rondslenterde en zijn ogen de kost gaf.

'Iets te drinken, meneer?'

Hij keek haar aan, en ze meende een glimp van geamuseerdheid op te vangen in zijn ogen. Hij sprak snel en zacht. 'Je leert snel. Zie je die man die aan die tafel rechts naast de deler zit? Kiep dit glas over hem heen. Ik heb zijn stoel nodig. Snel.'

Ze zette zich schrap en liep naar de aangewezen tafel. 'Uw drankje, meneer.'

'Bedankt, maar ik had niets...'

Ze wiebelde even met het blad, en het glas viel ondersteboven in zijn kruis.

De man sprong overeind. 'O, god nog aan toe...!'

'Het spijt me, meneer!'

'Mijn nieuwe smoking!'

'Sorry! Het spijt me verschrikkelijk!'

De man viste een zakdoek uit zijn borstzakje en veegde daarmee de ijsblokjes en de vloeistof weg. Pendergast kwam dichterbij, klaar om de plek van de man in te nemen.

'Het spijt me!' herhaalde Anh.

'Laat maar zitten!' Hij wendde zich tot de deler. 'Maak de schade maar op, ik ben hier weg.'

Hij greep zijn fiches en beende weg, en Pendergast schoof snel op zijn plaats. De croupier schudde de kaarten, legde ze neer en gaf de coupeerkaart aan Pendergast. Die stak hem in de stapel, en de deler coupeerde en stak de kaarten in de slof, waarbij hij de laatste kaart ongebruikelijk diep plaatste.

Anh Minh bleef in de buurt rondhangen en vroeg zich af wat voor idiote opdrachten Pendergast straks weer voor haar zou hebben.

Met een enorme grijns keek Aloysius Pendergast de tafel rond. 'Hoe doen we het vanavond tot nu toe? Zit het een beetje mee?' De Chinese man twee plekken van hem vandaan, zijn doelwit, reageerde niet. De twee vrouwen van middelbare leeftijd die tussen hen in zaten, zo te zien zussen, knikten behoedzaam.

'Goeie kaarten gegeven?' vroeg hij aan de deler.

'Ik doe mijn best,' antwoordde de vrouw met effen stem.

Pendergast wierp een blik in het rond en zag dat de vrouw met de hawaï-jurk, die deed alsof ze in een mobiele telefoon praatte, nu op hun tafel af kwam. Uitstekend.

'Ik heb zo'n gevoel dat ik vanavond ga winnen.' Pendergast legde een fiche van tienduizend pond in de kring, en legde er een tweede vóór, als teken voor de croupier.

De twee vrouwen keken even naar zijn inzet en schoven toen

hun eigen bescheidener inzet van duizend pond naar voren. De Chinese man schoof een fiche de kring in... ook duizend.

De croupier deelde de kaarten uit.

Pendergast had tweemaal acht. De twee vrouwen speelden, en zijn doelwit scoorde twaalf en kocht zich dood aan een plaatje. De croupier kreeg twintig met drie kaarten en inde al het geld.

De dienster kwam terug met een nieuw glas, en Pendergast nam een ferme slok. 'Wat een pech,' zei hij, terwijl hij het glas op een onderzetter plaatste en zijn volgende fiche neerlegde.

Er werden nog een paar ronden gespeeld, en daarna hield Pendergast op.

'Uw inzet, meneer?'

'Deze blijf ik even uitzitten,' zei Pendergast. Hij draaide zich om en zei met dubbele tong tegen Anh Minh: 'Nog een gin-tonic. Goed droog, graag.'

De dienster liep weg.

De Chinese man zette opnieuw in, vijfduizend ditmaal. De blik in zijn vermoeide, middelbare ogen was volslagen onaangedaan. Ditmaal bleef hij op vijftien terwijl de croupier maar zes had, dus die verloor.

Het spel kwam dieper in de slof. Vanuit zijn ooghoek zag Pendergast dat een andere gemarkeerde speler, gespot door de blonde jonge man, aan de tafel naast hen zat te winnen. Nu ging het erom zijn eigen doelwit meer te laten verliezen, ter compensatie. De kaarten die Pendergast ondanks het schudden had bijgehouden, waren niet ver weg meer, en die beloofden vuurwerk.

De spotter met de hawaï-jurk had kennelijk ook meegeteld. Nu, terwijl het spel in de richting van de grote klapper zeilde, stond Pendergasts telling al op een flinke plus-elf. Het doelwit schoof een stapel fiches de kring in: vijftigduizend.

Er ging een geprevel op.

'Jemig, als hij het doet, doe ik het ook,' zei Pendergast, en ook hij schoof vijftigduizend naar het midden. Hij knipoogde naar zijn doelwit en hief zijn glas. 'Op ons, vriend.'

De dames zetten per persoon duizend in, en de kaarten werden gedeeld.

Pendergast kreeg achttien.

Het doelwit kocht een kaart, paste bij twaalf terwijl de croupier vijf had – een overtreding van de basisstrategie – en kocht een acht.

Er ging een zucht op uit de menigte.

De dames kochten een reeks lage kaarten, en een van hen kocht zich uiteindelijk dood. Daarna speelde de croupier haar eigen hand uit: drie, vijf, zes, vijf... negentien. Het doelwit had gewonnen.

Er werden nog een paar ronden gespeeld, waarbij de meeste kaarten laag uit de slof kwamen. Pendergasts telling bleef stijgen. Een groot aantal tienen en de meeste azen waren nog niet gedeeld. Bovendien begonnen ze nu net aan de kaarten die Pendergast zo nauwgezet had bijgehouden bij het schudden dankzij zijn scherpe blik en zijn fenomenale geheugen. Daardoor, en door de glimp die hij tijdens het schudden en couperen had opgevangen, kende hij de exacte locatie van zeven kaarten. En een groot aantal andere kon hij raden. Zijn zijtelling van azen stond op drie; er zaten er nog dertien in het spel, en van twee daarvan wist hij waar ze zaten. Dit werd zijn kans, als het hem lukte. Het hing allemaal af van de beheersing van de kaartenstroom.

Ditmaal moest hij zich doodkopen, en dat moest hij doen met vier kaarten.

Hij zette duizend in.

Het doelwit zette honderdduizend in.

Weer een zucht van de toeschouwers.

Pendergast kreeg veertien.

Het doelwit kreeg vijftien, en de croupier kwam op een tien uit.

Pendergast kocht een kaart. Een vijf: negentien. Net toen de croupier verder wilde gaan, zei Pendergast: 'Ik koop er nog een.' Dood.

In de menigte werd gegrinnikt, gefluisterd, laatdunkend gelachen. Pendergast nam een grote slok. Hij keek naar het doelwit, en zag de man naar hem kijken, met een plotselinge glimp van minachting in zijn ogen.

Het doelwit kocht een kaart en kreeg een acht: dood. De croupier harkte zijn honderdduizend naar zich toe.

Een snelle berekening leerde Pendergast dat de telling nu op twintig stond, terwijl de ware cijfers nog hoger waren. Bijna ongehoord. De croupier had driekwart van de slof gehad, en toch waren er nog maar drie azen gespeeld: de rest zat dicht opeen onder de resterende kaarten. Dit was een combinatie waaraan een teller onmogelijk weerstand kon bieden. Als het doelwit volgens het Kelly-criterium speelde, wat hij beslist zou doen als hij over enig verstand beschikte, dan zou hij nu hoog inzetten. Heel erg hoog. De sleutel tot beheersing van het spel, wist Pendergast, was nu om de goede kaarten tegen te houden terwijl de slechte naar buiten kwamen. Het probleem zat hem in de twee vrouwen tussen hem en het doelwit in: wat voor kaarten zij kregen, hoe ze die zouden spelen, en wat voor complicaties dat met zich mee kon brengen.

'Dames en heren?' vroeg de croupier, en ze gebaarde dat er kon worden ingezet.

Pendergast zette honderdduizend in. De Chinees schoof een stapel fiches naar het midden: tweeënhalve ton. De twee dames zetten elk hun duizend pond in, keken elkaar aan en giechelden.

Pendergast hief zijn hand. 'Nog niet delen, graag. Eerst heb ik nog wat te drinken nodig, anders lukt het me niet.'

De croupier keek geschrokken. 'Wilt u het spel stopzetten?'

'Ik móét wat drinken. Stel dat ik verlies?'

Het doelwit keek niet blij.

De croupier wierp een vragende blik op de bewaker die niet ver daarvandaan stond, en die knikte instemmend.

'Oké. We nemen een korte pauze.'

'Hallo!' Pendergast knipte met zijn vingers.

Anh Minh kwam haastig aanlopen. 'Ja, meneer?'

'Iets te drinken!' riep hij, en hij gaf haar een briefje van vijftig, maar liet het vallen. Terwijl ze bukte om het op te rapen, sprong Pendergast overeind. 'Nee, nee, laat mij!'

Toen hun hoofden elkaar bijna raakten, prevelde Pendergast: 'Haal die twee vrouwen van tafel. Nu.'

'Goed, meneer.'

Pendergast kwam overeind met het briefje in zijn hand. 'Daar hebben we het! Het wisselgeld mag je houden, maar waag het niet om terug te komen zonder drankje!'

'Nee, meneer.' Anh ging ervandoor.

De tijd verstreek: één minuut, twee minuten. De geruchten over de hoogte van de inzet hadden de ronde gedaan, en er stond een aanzienlijke menigte rond de tafel samengedromd. Het ongeduld van de menigte, om nog maar te zwijgen van het doelwit, nam zienderogen toe. Alle ogen waren gericht op de wankele stapels fiches op het groene vilt.

'Uit de weg!' klonk een kreet, en Hentoff, de casinomanager, kwam aanlopen. Voor de twee vrouwen aan Pendergasts tafel bleef hij staan. Met gespreide armen wierp hij hun een stralende glimlach toe. 'Josie en Helen Roberts? Vandaag is jullie geluks- dag!'

Ze keken elkaar aan. 'O, hoezo dan?'

Hij sloeg een arm om elk van hen en trok hen overeind. 'Een- maal per dag houden we een kleine loterij, alle kamernummers doen automatisch mee. En jullie hebben gewonnen!'

'Wat hebben we dan gewonnen?'

'Een massage van anderhalf uur door Raúl en Jorge, een luxe- behandeling in de salon, een geschenkverpakking verzorgings- producten en een gratis krat Veuve Clicquot!' Hij keek op zijn horloge. 'O, nee! We moeten opschieten, anders lopen we Raúl en Jorge mis! We hebben jullie overal lopen zoeken!'

'Maar we zouden net...'

'We moeten voortmaken. De prijs is alleen vandaag geldig. En hier kun je altijd terugkomen.' Hij gebaarde naar de croupier. 'Geef ze hun geld.'

'Terwijl de inzet op tafel ligt?'

'Ik zei, geef ze hun geld.'

De croupier wisselde hun fiches in en met een arm om de twee gezusters heen geslagen, leidde Hentoff hen weg door de menig- te. Even later kwam Anh Minh met het glas aanlopen.

Pendergast leegde het en zette het met een klap neer. Hij keek met een grijns de tafel rond. 'Oké, ik ben zover.'

De croupier haalde haar hand over de tafel, zei dat er nog een- maal kon worden ingezet, en deelde de kaarten. Pendergast kreeg twee azen en splitste. Het doelwit kreeg twee zevens en splitste ook. De bovenste kaart van de croupier was een vrouw.

Het doelwit schoof een nieuwe stapel fiches naar voren voor zijn gesplitste spel. Nu lag er een half miljoen op tafel. Pender- gast zette voor de tweede maal in en bracht zijn totaal op twee- honderdduizend pond.

De croupier gaf Pendergast zijn twee kaarten: een heer en een boer. Tweemaal blackjack.

Het publiek begon te applaudisseren maar viel eerbiedig stil toen de croupier zich naar het doelwit omdraaide en hem voor beide zevens een nieuwe kaart gaf.

Nog twee zevens, precies zoals Pendergast verwacht had. 'Jammer dat het geen poker is!' balkte hij.

Het doelwit splitste de zevens nogmaals – hij kon weinig anders – en schoof onwillig nog twee stapeltjes fiches naar het midden. Er lag nu een miljoen pond voor hem op tafel.

De croupier deelde nog vier kaarten: boer, tien, vrouw, aas.

De menigte wachtte in ongelooflijke stilte.

De croupier draaide haar kaart om: een tien.

Er ging een collectieve zucht op van de menigte toen doordrong dat ze zojuist iemand een miljoen dollar hadden zien verliezen. Ditmaal klonk er geen applaus, alleen een gespannen, opgewonden geroezemoes, en de sfeer van leedvermaak was bijna te proeven.

Pendergast stond op, griste zijn fiches mee en knipoogde nogmaals naar de Chinees, die als verstard zat te kijken terwijl zijn miljoen pond weggeharkt, geteld en opgestapeld werd. 'Het kan niet altijd meezitten,' zei hij, terwijl hij vrolijk met zijn fiches rammelde.

Op weg naar de gang ving hij een glimp op van Hentoff, die hem met open mond stond aan te kijken.

29

Zodra eerste stuurman LeSeur vlak voor middernacht de brug binnenkwam, voelde hij de spanning in de lucht. Commodore Cutter stond weer op de burg, zijn dikke armen voor zijn machtige borstkas over elkaar geslagen, zijn roze, vlezige gezicht onaangedaan en onleesbaar. De rest van de ploeg stond op hun plek, zwijgend en gespannen.

Maar de spanning was niet alleen te wijten aan Cutters aanwezigheid. LeSeur was zich er akelig van bewust dat de vermiste mevrouw Evered niet boven water was gekomen bij de zoekactie niveau 2. Haar echtgenoot was volslagen hysterisch geworden: hij rende heen en weer, schreeuwde, hield vol dat zijn vrouw nooit overboord gesprongen zou zijn, dat ze vermoord of gegijzeld was. Zijn gedrag begon de medepassagiers angst aan te jagen, en er begonnen geruchten te circuleren. Daar kwam nog bij dat de afgrijselijke en onverklaarbare zelfmoord van het kamermeisje de bemanning de stuipen op het lijf had gejaagd. LeSeur had onopvallend Blackburns alibi nagetrokken: het klopte, de miljardair had inderdaad zitten eten en zijn eigen dienstmeisje had in de ziekenboeg gelegen. Waarom het gebeurd was, bleef een raadsel.

LeSeur stond net over die problemen na te denken toen de nieuwe officier van de wacht op de brug arriveerde om de vorige af te lossen. De twee stonden op gedempte toon de overdracht te bespreken, en LeSeur slenterde naar de computer, waar stafkapitein Mason de elektronica aan het controleren was. Ze draaide zich om, knikte en ging weer aan het werk.

'Koers, snelheid en omstandigheden?' vroeg Cutter aan de nieuwe officier van de wacht. Het was een pro-formavraag: LeSeur was er niet alleen van overtuigd dat Cutter het antwoord op die vragen kende, maar ook dat hij met één blik op de plotters en weerpanelen van de ECDIS alles had kunnen zien wat hij weten moest.

'Positie vier-negen graden 50.36 minuten noorderbreedte en nul-een-twee graden 43.08 minuten westerlengte, koers pal tweevier-een, snelheid negenentwintig knopen,' antwoordde de officier van de wacht. 'Zee status 4, wind twintig tot dertig knopen op de achtersteven stuurboord, zee acht tot twaalf voet. Barometer 29.96, en dalend.'

'Geef me een print van onze positie.'

'Komt eraan, sir.' De officier van de wacht tikte op een paar toetsen, en er begon een strookje papier uit de miniprinter in de zijkant van de computer te kronkelen. Cutter scheurde het los, keek ernaar en stopte het in een zak van zijn volkomen ongekreukte uniform. LeSeur wist wat Cutter met die printout zou doen: zodra hij weer in zijn eigen hut zat, zou hij de gegevens vergelijken met de relatieve positie van de *Olympia* op haar recordovertocht van een jaar geleden.

Achter de lange rij ramen die de voorste wand van de brug vormden, werd het front dichter en kreeg de zee een steeds dramatischer aanzien. Het was een enorm, traag bewegend systeem, wat betekende dat het hen het grootste deel van de reis zou volgen. De messcherpe boeg van de *Britannia* sneed door de golven en wierp enorme fonteinen op die tientallen meters opspatten voordat ze terugregenden op de lagere weersdekken. Het schip slingerde nu overduidelijk, zoals dat alleen midden op de oceaan gebeurt.

LeSeurs blik zwierf over de computerpanelen van het schip. Hij zag dat de stabilisatoren half uitstonden, zodat het comfort van de passagiers werd opgeofferd ten gunste van een hogere snelheid, en hij nam aan dat dat op last van Cutter was gebeurd.

'Kapitein Mason?' klonk Cutters stem over de brug. 'Waar blijft Kemper?'

'Hij kan hier ieder moment zijn, commodore.'

Cutter reageerde niet.

'Gezien de omstandigheden zou ik willen voorstellen om...'

'Ik wil eerst dat rapport horen,' onderbrak Cutter.

Mason zweeg weer. Het was LeSeur duidelijk dat hij tijdens een of ander slepend meningsverschil was komen binnenvallen.

De deur naar de brug ging weer open en het hoofd van de Beveiliging, Kemper, kwam binnen.

'Daar bent u dan, meneer Kemper. Eindelijk,' zei Cutter, zonder naar hem te kijken. 'Uw rapport, graag.'

'We kregen een minuut of veertig geleden een telefoontje, commodore,' zei Kemper. 'Een bejaarde vrouw in suite 1039 meldde dat haar gezelschapsdame was verdwenen.'

'En wie is die gezelschapsdame?'

'Een jonge Zweedse, ene Inge Larssen. Ze had de oude vrouw rond negenen naar bed geholpen, en werd geacht daarna zelf te gaan slapen. Maar toen een stel bezopen passagiers per ongeluk bij de oude vrouw aanklopten, werd ze wakker en zag ze dat mevrouw Larssen er niet was. Sindsdien hebben we naar haar gezocht, maar zonder resultaat.'

Langzaam draaide commodore Cutter zich naar de beveiligingsman om. 'Is dat alles, meneer Kemper? Kapitein Mason had me de indruk gegeven dat het iets ernstigs was.'

'We dachten, omdat dit al de tweede verdwijning is...'

'Heb ik niet duidelijk gemaakt dat de nukken en grillen van de passagiers niet mijn zaak zijn?'

'Ik zou u er ook niet mee lastiggevallen hebben, sir, behalve dan dat we haar, zoals ik al zei, hebben omgeroepen en dat we alle openbare ruimtes grondig hebben doorzocht. Niets.'

'Dan zit ze natuurlijk ergens bij een man.' Cutter draaide zijn stevige gestalte weer naar de ramen.

'Zoals de heer Kemper al zei, dit is de tweede verdwijning,' zei Mason. 'Het lijkt me gepast om de situatie onder uw aandacht te brengen.'

Cutter bleef zwijgen.

'En zoals de heer Kemper u bij de eerste verdwijning had gemeld, toen we daarmee bezig waren, hebben we haar en huid gevonden op het houtwerk, waarvan beide monsters overeenkwamen met...'

'Dat bewijst nog niets; dat kan overal vandaan komen.' Cutter maakte een armgebaar dat deels irritatie, deels afwijzing uitdrukte. 'En ook al is ze overboord gesprongen... wat dan nog? Jullie weten even goed als ik dat een schip op open zee een drijvend zelfmoordpaleis is.'

LeSeur wist dat verdwijningen op zee geen uitzondering waren, en dat zulke feiten altijd vlijtig werden verdoezeld door de bemanning, maar dit botte antwoord leek zelfs Mason te verbazen. De stafkapitein zweeg minstens een halve minuut voordat ze haar keel schraapte en nogmaals begon.

'Commodore,' zei ze, nadat ze diep ademgehaald had, 'we moeten rekening houden met de mogelijkheid dat die twee verdwijningen betekenen dat er een maniak aan boord is.'

'En wat moet ik daar dan aan doen?'

'Met alle respect, ik zou willen adviseren om de dichtstbijzijnde haven aan te doen.'

Voor het eerst keek Cutter haar aan, met ogen als kooltjes in zijn roze, dooraderde gezicht. Langzaam en met ijskoude stem voegde hij haar toe: 'Ik vind dat een ondoordachte en volslagen absurde suggestie, kapitein Mason. Dit is de *Britannia*.'

De naam van het schip bleef in de lucht hangen alsof die alles verklaarde.

Toen Mason reageerde, klonk haar stem zacht en vlak. 'Goed, sir.' Zonder verder nog een woord te zeggen liep ze langs hem heen de brug af.

'Dat wijvengedoe ook altijd,' prevelde Cutter half binnensmonds. Hij viste de print uit zijn zak en keek er nogmaals naar. Zijn gezicht betrok nog verder. Ook zonder deze gegevens te vergelijken met die van de *Olympia* was hij zo te zien ongelukkig met hun eigen positie. Zonder de officier van de wacht te raadplegen richtte hij zich rechtstreeks tot de stuurman. 'Volle kracht vooruit.'

'Volle kracht vooruit, aye sir.'

LeSeur wist wel beter dan bezwaar te maken. Dat zou niets uithalen, wist hij; absoluut niets.

30

Om precies tien voor halfeen kwam Constance Greene tevoorschijn uit de personeelsafdeling aan dek 9 en reed ze met haar wagentje vol schoonmaakspullen over het hoogpolige tapijt naar de Penshurst Suite. Ze had bijna twee uur op de afdeling rondgehangen en zich zogenaamd beziggehouden met het vouwen en nogmaals vouwen van lakens; ze had flesjes mondspoeling en shampoo in de gratis bakjes gezet, en ze had zitten wachten tot Scott Blackburn zijn suite verliet om naar het casino te gaan. Maar de deur was de hele avond stijf dicht gebleven. Totdat Blackburn dan eindelijk, een paar minuten geleden, was opgedoken en met een snelle blik op zijn horloge de gang in was gelopen naar de gereedstaande lift.

Nu bleef ze met haar karretje voor zijn deur staan. Ze wachtte even om haar uniform glad te strijken en zich te concentreren, en daarna pakte ze het pasje dat Pendergast haar had gegeven en stak dat in het slot. De deur klikte open en ze reed haar wagentje zo onhoorbaar mogelijk naar binnen.

Zachtjes trok ze de deur achter zich dicht en bleef even in de gang staan om zich te oriënteren. De Penshurst was een van de twee enorme, driedubbele suites aan boord van de *Britannia*, met een oppervlak van ruim tweehonderdvijftig vierkante meter en van alle gemakken voorzien. De slaapkamers lagen boven, en de salon, eetkamer en pantry lagen voor haar.

Breng de inhoud van zijn prullenbak mee, had Pendergast gezegd. Constance kneep haar ogen samen.

Ze wist niet hoe lang Blackburn in het casino wilde blijven, als hij daar al naartoe was, maar ze moest ervan uitgaan dat ze niet veel tijd had. Ze keek op haar horloge: halfeen. Ze zou zichzelf een kwartier gunnen.

Ze duwde haar karretje over de parketvloer van de gang en keek nieuwsgierig om zich heen. De suite had dezelfde schitterende houten afwerking als waar zij met Pendergast logeerde, maar in andere opzichten was het verschil levensgroot. Blackburn had bijna iedere vierkante centimeter bedekt met voorwerpen uit zijn collectie. Tibetaanse kleden van zijde en jakwol lagen op de grond, en aan de muren daarboven hingen kubistische en impressionistische schilderijen. Een eindje verderop, in de salon, stond een glanzende mahoniehouten Steinway-vleugel. Verspreid over diverse tafeltjes en planken langs de wand stonden en lagen gebedsmolens, rituele wapens, sierkistjes van goud en zilver en een massa sculpturen. Boven een gasgestookte open haard hing een grote, ingewikkelde mandala. Daarnaast stond een zware kast van antiek teakhout zacht te glanzen in het schemerlicht.

Ze liet haar karretje staan en liep de salon door, recht op de kast af. Even streelde ze peinzend het glanzende hout, en toen trok ze de deur open. Daarachter stond een enorme kluis die bijna de hele kast vulde.

Ze deed een stap achteruit en keek schattend naar de kluis. Was die groot genoeg om de Agozyen te bevatten?

Ja, besloot ze: groot genoeg. Ze deed de deur weer dicht, nam een doek uit de zak van haar schort en boende over de randen die ze had aangeraakt. Eén taak verricht. Ze keek nog eens om zich heen en noteerde in gedachten alles wat deel uitmaakte van Blackburns uitgebreide en bijzonder diverse collectie.

Toen ze weer naar haar wagentje liep, bleef ze plotseling onder aan de trap staan. Ze had iets gehoord, zwak, maar onmiskenbaar. Het klonk van boven. Roerloos bleef ze staan luisteren.

Daar was het weer: een gedempt snurken dat door de open deur van een slaapkamer boven aan de trap klonk.

Er was dus nog iemand in de suite. Hoogstwaarschijnlijk Blackburns eigen dienstmeisje. Dat maakte de zaken iets ingewikkelder.

Ze greep het handvat van haar karretje en schoof het voor de ingang, voorzichtig dat de bezem en mop niet begonnen te rammelen in hun houder. Ze parkeerde het wagentje midden in de kamer en deed snel de ronde. De prullenbakken en asbakken leegde ze in de nieuwe vuilniszak die ze aan het wagentje had gehangen. Ze liet het gevaarte staan waar het stond en schoot de pantry en de eetkamer in om het proces te herhalen. Er viel maar weinig te legen: kennelijk had Blackburns eigen dienstmeisje grondig werk verricht.

Ze keerde terug naar de salon en bleef even staan denken. Ze durfde niet boven de rest van het afval te gaan halen; dan zou het meisje wakker worden, en dan werd het beslist onplezierig. De belangrijkste informatie had ze al: de locatie en de afmetingen van Blackburns safe, en een snelle inventarisatie van zijn collectie. Misschien moest ze het voor gezien houden.

Maar terwijl ze zo stond te piekeren, viel haar iets eigenaardigs op. De oppervlakken van de tafeltjes en kunstvoorwerpen waren blinkend schoon en de prullenbakken vrijwel leeg, maar er lag een verbazende hoeveelheid stof op de grond, met name rond het sierstucwerk langs de randen van de kamer. Kennelijk strekten de talenten van Blackburns dienstmeisje zich niet uit tot stofzuigen. Ze knielde en streek met haar vingers langs de onderkant van de mahoniehouten lambrizering. Het was niet zomaar stof, het was zaagsel.

Ze keek omhoog naar de stofzuiger op haar karretje. Als ze die aanzette, werd het meisje beslist wakker. Dat moest dan maar. Ze liep naar de wagen, pakte de stofzuiger van de haak, trok de oude zak eruit en plaatste een nieuwe. Ze liep naar de dichtstbijzijnde muur, knielde en zette de stofzuiger aan. Snel haalde ze hem een paar maal langs de randen van de vloer, waarbij ze zoveel mogelijk stof opzoog.

Bijna meteen klonk van boven een doffe dreun. 'Hallo?' klonk een slaperige vrouwenstem. 'Wie is daar?'

Constance deed alsof ze boven het stofzuigerlawaai uit niets hoorde en liep naar het midden van de kamer, knielde nogmaals en stofzuigde de bovenkanten van de lambrizering en het kleed bij de ingang, op zoek naar haar en vezels.

Even later klonk de stem weer, veel luider ditmaal: 'Hé! Waar ben jij mee bezig?'

Constance stond op, zette de stofzuiger uit en draaide zich om. Een korte, meloenvormige vrouw van een jaar of dertig stond op de onderste trede, met een rood gezicht en gehuld in een enorme badhanddoek, die ze met een kwabbige onderarm tegen zich aan drukte. 'Wat doe jij hier?' wilde ze weten.

Constance maakte een buiginkje. 'Sorry dat ik u wakker maak, mevrouw,' zei ze met haar Duitse accent. 'Het meisje dat hier normaal gesproken de boel doet, heeft een ongeluk gehad. Ik heb haar taken overgenomen.'

'Maar het is al na middernacht!' krijste de vrouw.

'Dat spijt me, mevrouw, maar ze hadden gezegd dat ik moest komen schoonmaken zodra de bewoner weg was.'

'De heer Blackburn heeft specifieke orders gegeven dat er hier geen huishoudelijke dienst meer hoeft te komen!'

Op dat moment klonk buiten een geluid: dat van een pasje dat door een slot gehaald werd, het klikken van een openspringende deur. Het dienstmeisje hapte naar adem, bloosde en sprong de trap weer op naar haar kamer. Even later ging de voordeur open en kwam Blackburn binnen met een stapel kranten onder zijn arm.

Roerloos bleef Constance hem aankijken, de draagbare stofzuiger in haar hand geklemd.

Hij bleef staan en keek haar met samengeknepen ogen aan. Toen draaide hij zich met een koel gebaar om en draaide de deur tweemaal op slot, liep de gang door en liet zijn kranten op een tafeltje vallen.

'Wie ben jij?' vroeg hij, met zijn rug nog naar haar toe.

'Het spijt me, meneer, ik ben uw kamermeisje,' antwoordde ze.

'Kamermeisje?'

'Uw nieuwe kamermeisje,' ging ze verder. 'Juanita, dat is het meisje dat tot nu toe kwam schoonmaken, heeft een ongeluk gehad. En nu moet ik...'

Blackburn draaide zich om en keek haar aan. De woorden stokten in haar keel. Zijn uitdrukking, zijn blik, had iets wat haar schokte: een vastberadenheid als van staal, hard en glad, met daardoorheen iets als angst, of misschien zelfs wanhoop.

Ze probeerde het nogmaals. 'Sorry dat het zo laat is. Ik heb naast mijn eigen suites ook die van haar gedaan, en het valt niet mee om alles in te halen. Ik dacht dat er niemand thuis was, anders had ik nooit...'

Plotseling schoot zijn hand uit naar haar pols. Hij vatte haar in een gemene greep, en sleepte haar naar zich toe. Constance hapte naar adem van de pijn.

'Gelul,' zei hij met zachte, onheilspellende stem, zijn gezicht vlak bij het hare. 'Ik heb expliciet opdracht gegeven dat niemand hier mag schoonmaken, behalve mijn eigen hulp.' En hij kneep harder.

Constance onderdrukte een kreun. 'Toe nou, meneer. Daar hebben ze tegen mij niets van gezegd. Als u niet wilt dat er schoongemaakt wordt, dan vertrek ik.'

Hij keek haar aan, en ze wendde haar blik af. Hij kneep nog harder, tot ze dacht dat hij haar pols zou verbrijzelen. Toen duwde hij haar ruw van zich af. Ze viel op de grond, de stofzuiger schoof ratelend over de vloerbedekking.

'Maak dat je hier wegkomt,' grauwde hij.

Constance kwam overeind, greep de stofzuiger en streek haar schort glad. Ze liep langs hem, hing de stofzuiger aan zijn haak en reed het karretje door de salon naar de ingang van de suite. Ze haalde de voordeur van het slot, duwde het wagentje voor zich uit en stapte de gang in, na één behoedzame blik achterom op de man, die de trap al op liep, brullend tegen zijn kamermeisje omdat ze een onbekende had binnengelaten.

31

De glanzend geboende kersenhouten tafel in de eethoek van de Tudor Suite lag vol met spullen waar op het eerste gezicht geen lijn in te ontdekken viel: een grote, doorzichtige vuilniszak waar een massa troep uit puilde: verfrommelde snippers papier, tissues, sigarenas. Pendergast cirkelde als een rusteloze kat om de tafel heen, zijn armen achter zijn rug, en bukte zich nu en dan om iets van dichterbij te bekijken, zonder ooit een hand ernaar uit te steken. Niet ver daarvandaan zat Constance op een sofa naar hem te kijken, gehuld in een van de elegante japonnen die ze aan boord gekocht hadden.

'En toen smeet hij je op de grond, zeg je?' mompelde Pendergast over zijn schouder.

'Ja.'

'Wat een lomperik.' Weer liep hij om de tafel heen voordat hij bleef staan om haar aan te kijken. 'Is dit alles?'

'Ik kon niet naar boven. Niet met die vrouw daar. Het spijt me, Aloysius.'

'Niet nodig. Het was zomaar een gedachte. Het belangrijkste is dat we nu weten waar zijn kluis staat, en hoe groot die is. En je hebt me een uitstekende samenvatting gegeven van zijn collecties. Jammer dat de Agozyen er niet bij lijkt te zijn.' Hij stak een hand in zijn zak, haalde een paar latex handschoenen tevoorschijn, trok die aan en begon het afval aan een nader onderzoek te onderwerpen. Hij pakte een lege fles van de tafel, bekeek hem en legde hem weg. Daarna volgde een stel etiketjes van de stomerij; een sigarenstompje met bijbehorende as; een verkreukeld visitekaartje; een gebruikt papieren servetje; een champagnekurk; een gebroken cd; een doormidden gescheurde brochure van het schip; een roerstaafje; een leeg lucifersdoosje en een handvol gebruikte lucifers. Alles werd met de grootste zorg doorgespit. Toen hij het laatste voorwerp opzij gelegd had, liep hij nogmaals om de tafel heen, zijn handen achter zijn rug, en bleef staan om diverse items met een vergrootglas te bekijken. Uiteindelijk rechtte hij met een onhoorbare zucht zijn rug.

'Laten we dit wegbergen waar het kamermeisje er niet bij kan om het weg te gooien,' zei hij. 'Voor het geval dat we weer iets willen bestuderen.' Hij trok de handschoenen uit en liet ze op tafel vallen.

'Wat nu?' vroeg Constance.

'Nu moeten we een manier vinden om in die safe te kijken. Bij voorkeur wanneer Blackburn er niet is.'

'Dat zal niet meevallen. Hij lijkt ergens van geschrokken te zijn; volgens mij ziet hij het niet zitten om lang achter elkaar weg te blijven, en hij laat niemand binnen.'

'Als het iemand anders was, zou ik zeggen dat hij geschrokken is van die twee verdwijningen waarover jij vertelde. Maar bij de heer Blackburn lijkt me dat sterk. Jammer dat we mijn lijst niet sneller konden uitdunnen; gisteren had ik zijn vertrekken op mijn gemak kunnen bekijken.' Hij wierp een blik op Constance. 'En we mogen niet vergeten dat Blackburn weliswaar de voornaamste verdachte is, maar dat we ook bij Calderón en Strage moeten gaan kijken, al was het maar om ons ervan te vergewissen dat zij het niet zijn.'

Hij liep naar het buffet, schonk zich een glas calvados in en liep daarmee naar de bank. Hij ging zitten, liet de barnsteenkleurige vloeistof zachtjes in het glas walsen, nipte ervan en slaakte een zucht die half tevreden, half spijtig klonk. 'Dank je, meiske,' zei hij. 'Het spijt me dat je aangevallen bent. Te zijner tijd zal ik ervoor zorgen dat Blackburn daar spijt van krijgt.'

'Mij spijt het alleen dat...' En na die woorden viel Constance plotseling stil.

'Wat is er?'

'Dat was ik bijna vergeten. Ik heb nog iets anders uit zijn suite meegenomen. Ik heb de stofzuiger gebruikt om een stel eigenaardige stofmonsters te nemen.'

'Hoezo eigenaardig?'

'Die man heeft een inwonend dienstmeisje, en hij is een soort huistiran. Dus vond ik het vreemd dat er zoveel stof lag.'

'Stof?' herhaalde Pendergast.

Constance knikte. 'Het meeste lag langs de muren, onder de lambrizering. Het leek eerlijk gezegd wel zaagsel.'

Pendergast veerde overeind. 'Waar is de stofzuigerzak, Constance?' Zijn toon was rustig, maar zijn zilvergrijze ogen glinsterden van de opwinding.

'Daar, bij de deur.'

Maar de woorden waren haar mond nog niet uit of Pendergast was al naar de voordeur gelopen. Hij griste de zak van de grond, plukte een schoon bord uit een keukenkastje en liep terug naar de tafel. Nu werden zijn bewegingen overdreven voorzichtig. Hij pakte een knipmesje uit zijn zak, sneed zorgvuldig de stofzuiger-zak open en leegde die langzaam op het bord. Hij hield een juwe-liersloep voor zijn oog en begon het stof met zijn mes te scheiden, schraapsel voor schraapsel, alsof hij de afzonderlijke stofkorrels wilde bekijken.

'Ik zal je wat zeggen, Constance,' mompelde hij over de tafel gebogen, zijn gezicht vlak boven het tafelblad. 'Volgens mij heb je gelijk. Dit is zaagsel.'

'Nog over van de bouw?'

'Nee. Vérs zaagsel. En als dít is wat ik denk...' En bij die woor-den priemde Pendergast ergens naar met een heel klein tangetje, voordat hij zijn rug rechtte. 'Dan hoeven we ons verder geen zor-gen te maken om Calderón of Strage.'

Constance keek naar Pendergasts bleke, opgewonden gezicht. Ze kon zich onmogelijk voorstellen hoe zaagsel het beeld com-pleet kon maken.

Ze stond op en liep naar de tafel, en Pendergast ging op zoek naar een asbak en lucifer. Daarna gebaarde hij haar dichterbij te komen. Terwijl hij de tang boven de asbak hield, kon ze tussen de stalen kaken een heel klein, bruinachtig kristal zien glinsteren.

'Let op,' zei hij zachtjes. 'Dit duurt maar even.' En hij stak de lucifer aan, wachtte even tot de eerste golf van zwavelgeur uit de lucht verdwenen was en hield de vlam toen bij het kristal.

Voor hun ogen flakkerde het op en begon te roken. En heel even ving Constance een vage geur op die door de suite dreef: een rijke, muskusachtige, exotische vleug mirre; vreemd, lichtelijk be-dwelmend... en onmiskenbaar.

'Die geur ken ik,' zei ze ademloos.

Pendergast knikte. 'De geur van het binnenste heiligdom van Gsalrig Chongg. Een speciaal soort wierook, dat alleen daar ge-maakt wordt en dat ze gebruiken om een uitzonderlijk vraat-zuchtig soort houtwormen op afstand te houden.'

'Houtwormen?' herhaalde Constance.

'Ja.'

Ze keek naar het hoopje zaagsel op tafel. 'Bedoel je dat dat zaagsel...?'

'Precies. Enkele van diezelfde houtwormen moeten aan boord gekomen zijn, in de kist waar de Agozyen in zat. Daar heeft Blackburn de rederij geen dienst mee bewezen.' Hij draaide zich naar haar om, met ogen die nog steeds glinsterden van de opwinding. 'We hebben onze man te pakken. Nu moeten we hem alleen nog uit zijn hut lokken en zien dat we die safe kraken.'

32

Scott Blackburn liep naar de voordeur van zijn suite, hing een bordje met NIET STOREN aan de deurknop en schoof de grendel ervoor. Hij klom twee trappen op naar zijn kleedkamer, rukte zijn das af, trok zijn jasje en overhemd uit en smeet die in een hoek zodat zijn dienstmeisje ze kon ophangen, en liet zijn broek zakken. Even stond hij voor de manshoge spiegel, liet zijn spieren opbollen en bewonderde afwezig zijn tors. Toen haalde hij uit een gesloten lade een reeks saffraangele zijden kimono's. Langzaam kleedde hij zich daarin, eerst de binnenste, toen de bovenste, en uiteindelijk de buitenkimono. De fijne zijde gleed als kwikzilver over zijn huid. Hij schikte de plooien, vouwde het kledingstuk en liet een gebeeldhouwde schouder en arm bloot.

Hij stapte zijn particuliere zitkamer in, sloot de deur en bleef in het midden staan, omringd door zijn Aziatische kunstcollectie en verzonken in gedachten. Hij moest zijn gedachten kalmeren, wist hij, want hij was nog steeds overstuur van wat hij die avond aan tafel gehoord had. Er was dus die eerste dag een kamermeisje in zijn hut geweest. Dat meteen daarna gek geworden was en zich van het leven had beroofd. Het hoofd van de afdeling Beveiliging had hem ondervraagd, schijnbaar allemaal routine. En nu, nog geen tien minuten geleden, had hij een tweede kamermeisje in zijn hut betrapt, ondanks zijn strikte orders aan de hotelmanager en het hoofd van de huishoudelijke dienst. Was dat toeval?

Of hielden ze hem in de gaten? Had iemand zijn bewegingen en activiteiten, zijn aankopen, in de gaten gehouden?

Op zijn ongebreidelde tocht naar de top van de hiërarchie in Silicon Valley had Blackburn al tijden geleden geleerd om te vertrouwen op zijn paranoia. Hij had geleerd dat als zijn instinct hem zei dat iemand hem te grazen wilde nemen, dat meestal ook zo was. En hier, klem op dit schip, zonder dat hij zijn toevlucht kon nemen tot de gebruikelijke lagen van beveiliging, verkeerde hij in een wel heel uitzonderlijk kwetsbare positie. Hij had geruchten gehoord als zou er een of andere privédetective aan boord zijn, een excentrieke passagier, ene Pendergast, die op zoek was naar een dief en een moordenaar.

Was die hufter dan soms op zoek naar hém?

Hij kon het onmogelijk zeker weten, maar hoe meer hij erover nadacht, des te waarschijnlijker leek het hem. Hij kon zich niet permitteren het risico te lopen; er stond te veel op het spel. Zijn tegenstander – want als zijn instinct klopte, was er geen andere term voor – moest op speciale wijze worden aangepakt.

Op wel héél speciale wijze.

Hij knipte alle lichten in de kamer uit en bleef in het donker staan om zijn zintuigen te scherpen. Eerst luisterde hij gespannen en haalde zelfs de kleinste geluidjes boven: van het zwakke dreunen van de motoren diep in het dikke staal, tot het kreunen van de wind en de zee; het tikken van de regen tegen het glas; het gesnik van zijn dienstmeisje in haar kamer; de gedempte voetstappen op de gang. Hij richtte zich op de gewaarwordingen van zijn lichaam, zijn blote voeten op het zachte tapijt, de geur van sandelhout en bijenwas in de hut, het gevoel van het trage, lome rollen van het schip.

Hij ademde in, en uit. De drie vijanden – haat, verlangen en verwarring – moesten tijdelijk worden uitgebannen. Alles moest kalm zijn. Van die drie was haat de krachtigste vijand, en momenteel werd Blackburn bijna verstikt in de triomfantelijke omhelzing van die emotie.

Met ijzeren zelfbeheersing liep hij naar een ezel voor de achterwand, waar iets op stond dat was overdekt met een wade van de fijnste zijde. Het was een stomme vergissing geweest om het niet meteen al in de kluis op te bergen; maar hij vond het een akelig idee om iets weg te bergen dat hij zo vaak nodig had. Zijn dienstmeisje had strikte instructies om het doek nooit op te tillen om ernaar te kijken. En hij wist dat ze dat niet zou doen; het had hem jaren gekost om iemand te vinden die zo betrouwbaar, fantasieloos en weinig nieuwsgierig was als zij. Maar het eerste kamermeisje aan boord, het meisje dat zich van kant had gemaakt, moest de sluier opgetild hebben. Als zijn vermoeden klopte en als die Pendergast erachteraan zat, dan was ook de safe niet veilig genoeg. Hotelsafes waren gemakkelijk te kraken, dat was bekend, en met de kluis aan boord van een schip, ook een grote, was het waarschijnlijk niet anders gesteld. Die waren bestemd om kruimeldieven tegen te houden, meer niet.

Hij moest een betere schuilplaats vinden.

Met zorgvuldig afgewend gelaat tilde hij behoedzaam de zijde van het voorwerp weg en zette het midden in de kamer. Met ceremoniële gebaren zette hij zesendertig boterkaarsjes op een groot zilveren blad, stak die aan en zette ze voor het voorwerp neer om het beter te verlichten, maar nog steeds met afgewende blik. Hij stak bundeltjes wierook in twee rijk bewerkte branders van goud en plaatste die aan weerszijden van het voorwerp.

De vetpotjes flakkerden en vulden de kamer met hun geheel eigen, dansende, gouden licht. Daarna spreidde hij een gewatteerde zijden mat voor de kaarsen uit en ging er in lotushouding op zitten. Hij sloot zijn ogen en begon te neuriën: een eigenaardig, laag gonzen dat bij de zorgvuldige luisteraar zou overkomen als een vlechtwerk van dezelfde, eigenaardige geluiden die zonder begin of eind aan elkaar verbonden waren. De warme, dierlijke geur van de vetpotjes vulde de lucht en zijn geneurie steeg en daalde in het bizarre Tibetaanse polyfone effect dat *sygyt* heet, waarbij een en dezelfde stem twee noten tegelijk produceert. De techniek was beroemd gemaakt door de tengyomonniken, bij wie Blackburn was opgeleid.

Na een halfuur neuriën met gesloten ogen waren de drie vijanden verdwenen, overwonnen. Blackburns geest was vrij van haat en verlangen, en klaar om *het* te ontvangen. Plotseling opende hij zijn ogen, sperde ze open, en keek strak naar het voorwerp in het kaarslicht.

Het leek alsof hij een elektrische schok kreeg. Zijn lichaam verstijfde, zijn spieren bolden op, de pezen in zijn nek stonden strak en zijn halsslagader klopte. Maar zijn gezang ging onverminderd door, werd sneller, bewoog de hogere registers in en bereikte een intensiteit die niets meer weghad van de normale tonen van de menselijke stem.

Hij staarde, en staarde, en staarde. Er begon een eigenaardige geur in de kamer door te dringen, een misselijkmakende, aardse geur als van rottende paddenstoelen. De lucht leek dikker te worden, alsof er een rookgordijn hing dat samentrok op een plek op ruim een meter voor Blackburn, waar het samenklonterde als donkere, trage room tot iets dichts, bijna tastbaars. En toen...

... kwam het in beweging...

33

Het was een reis vol primeurs, dacht Betty Jondrow uit Paradise Hills, Arizona, terwijl ze in de vergulde lobby van het Belgravia Theatre zat te wachten, een programmaboekje in haar handen geklemd. Gisteren waren zij en haar tweelingzus Willa naar de Sedona SunSpa gegaan en hadden passende tattoos op hun bil laten zetten: zij een vlinder, Willa een hommel. Ze hadden allebei een enkelbandje van echte diamant gekocht en droegen dat iedere avond. Wie had kunnen geloven, dacht Betty, dat zij en haar zus samen acht baby's hadden gebaard, negenponders maar liefst, en dat ze elf kleinkinderen hadden? Goddank hadden zij zich nooit zo laten gaan als een groot aantal van hun klasgenoten. Ze ging er prat op dat ze op haar drieënzestigste nog steeds in de jurk van haar schoolbal paste, een experiment dat ze ieder jaar op de verjaardag van dat bal herhaalde.

Ze keek weer om zich heen en wierp een blik op haar horloge. Bijna één uur 's nachts. Waar zat Willa toch? Het was al minstens een halfuur geleden dat ze batterijen was gaan kopen voor haar camera. Misschien wel langer.

Willa was degene geweest die zo graag wilde kennismaken met Braddock Wiley, de filmster. Een van de hoogtepunten van de cruise – en een van de redenen waarom zij aan boord waren – was de belofte van een mid-Atlantische première van Wileys laatste horrorfilm. Die had om tien uur zullen plaatsvinden, maar Braddock Wiley leed, althans volgens de geruchten, aan een lichte zeeziekte vanwege het ruwe weer.

Weer speurde ze de menigte af, maar nog steeds geen Willa. Nou, als ze hier niet heel binnenkort was, dan moest Betty Wiley maar in haar eentje ontmoeten. Ze haalde een make-upspiegeltje uit haar tas, bestudeerde haar gezicht, poetste even met een zakdoek aan een van haar mondhoeken, klapte het spiegeltje dicht en borg het weg.

Plotseling ontstond er enig rumoer aan de randen van de groep, een teken dat ze niet vergeefs had zitten wachten. Daar was Braddock Wiley zelf, aantrekkelijk in een marineblauwe blazer, een brede stropdas en een roomwitte broek. In gezelschap van een aantal scheepsofficieren liep hij de lobby in. Hij zag er absoluut niet ziek uit.

Zodra hij de groep vrouwen zag, begon hij te stralen en liep op hen af. 'Goedenavond, dames!' zei hij, en hij stak zijn hand in zijn jasje om een pen te pakken terwijl de vrouwen, giechelend en blozend, hun filmprogramma's in zijn richting duwden. Wiley werkte zich door de menigte heen, maakte met iedereen een praatje, signeerde de programma's en poseerde voor foto's. In het echt was hij nog knapper dan op het witte doek. Betty hield zich op de achtergrond, in de hoop dat haar zus op het laatste moment nog zou komen opdagen, maar uiteindelijk was het zover en stond Wiley voor haar.

'Last but not least,' zei hij met een knipoog, terwijl hij haar hand in de zijne nam en met een warm gebaar vasthield. 'Ik had al gehoord dat er een paar knappe dames aan boord zouden zijn, maar ik geloofde er niets van. Tot nu toe!'

'Kom, kom, meneer Wiley,' zei Betty met een ondeugende glimlach. 'Dat kunt u niet menen. Ik heb al zes kleinkinderen, moet u weten.'

Hij sperde zijn ogen open van verbazing. 'Zes kleinkinderen? Wie had dat nou kunnen denken?' Weer knipoogde de filmster.

Betty Jondrow stond met haar mond vol tanden. Ze bloosde tot aan haar haarwortels en kreeg voor het eerst in een halve eeuw weer dat heerlijke gevoel een blozend, maagdelijk, verward schoolmeisje te zijn, hand in hand met de aanvoerder van het voetbalteam.

'Zal ik dat eens voor je signeren,' zei Wiley, en hij pakte het programma uit haar hand en signeerde het met een zwierig gebaar, voordat hij met een laatste zwaai naar de groep verder liep.

Betty bracht het programma naar haar ogen en zag wat hij had geschreven: 'Voor de allerhipste oma, liefs en een tongzoen, Brad Wiley.'

Met bevende handen keek ze naar het programma. Dit was een van de hoogtepunten van haar leven. Wat zou Willa híér wel niet van zeggen.

Wiley was verdwenen, en nu begon de theaterlobby vol te stromen met opgedofte filmgangers. Betty kwam bij haar positieven: ze kon maar beter twee goede plaatsen in beslag gaan nemen, en snel ook. Willa was dan weliswaar Wiley misgelopen, maar er was nog tijd om de première te zien.

Ze liet haar gereserveerde kaartje zien aan het meisje bij de ingang, ging naar binnen en vond de perfecte plek, pal vooraan, en bezette de stoel naast haar met haar tas. Het Belgravia Theatre was een bijzonder indrukwekkende ruimte die een groot deel van de boeg in beslag nam van de dekken 2 tot en met 5, heel donker, in smaakvol blauw met barnsteengele tl-verlichting, zachte, comfortabele stoelen, een enorm podium en een diep balkon. Binnen de kortste keren zat het hele theater vol, ondanks de vijfhonderd zitplaatsen en het late uur. Even later werd het licht gedimd en verscheen Braddock Wiley nogmaals. Hij slenterde het smalle strookje podium voor het gordijn op, glimlachend in het felle spotlicht. Hij vertelde wat over de film, en kwam met een paar amusante verhalen over het filmen in New York City; hij bedankte een reeks producers, acteurs, schrijvers, de regisseur en de special-effectsman; hij wierp het publiek een kushandje toe en verdween weer. Terwijl het applaus door de zaal daverde, verscheen het logo van 20th Century Fox op het doek, en meteen ging het open.

Het publiek hapte naar adem. Betty Jondrow sloeg haar hand voor haar mond. Daar, vlak voor het scherm bungelend, was een schitterend staaltje van toneelkunst te zien: een opmerkelijk realistische pop van een dode vrouw, druipend van het bloed, verlicht door de projector. Bij dit stukje onverwachte dramatiek brak het publiek uit in een opgewonden geroezemoes: dit moest speciaal voor de première op touw gezet zijn. De pop had onzichtbaar achter het gordijn gehangen om het publiek een schok te bezorgen. Hij zag er griezelig echt uit, bijna té echt.

De titel van de film verscheen: *de vivisector*. Het lichaam werd op groteske wijze verlicht door de letters, met het woord VIVI-SECTOR dwars over de borst heen, die er inderdaad uitzag als het resultaat van een mislukte operatie. Er klonken geluiden van bewondering uit het publiek bij het knappe, zij het weerzinwekkende beeld.

Plotseling leunde Betty voorover. De kleding van de pop had iets bekends, die jurk met lovertjes, onder het bloed, en de zwarte pumps, het korte, blonde haar...

Betty greep de rugleuning van de stoel voor haar en hees zich overeind.

'Willa!' riep ze, en ze wees. 'O god, het is Willa! Dat is mijn zus! Ze is vermoord!' Ze slaakte een ijselijke kreet die door de lucht van het theater snerpte, en viel toen flauw op haar stoel. Het beeld op het scherm wankelde even en verdween; en meteen kolkte de menigte overeind en begon een krijsende, brullende, ongeleide uittocht naar de achteruitgangen.

34

Het was al bijna twaalf uur in de middag, en Patrick Kemper stond te wachten in het onderkomen van de medisch officier en probeerde zich te wapenen tegen wat er komen ging. Als bewaker aan boord van cruiseschepen, met dertig jaar ervaring, dacht hij dat hij alles gezien had. Alles, tot moord aan toe. Maar dit ging verder dan moord. Vijfhonderd passagiers hadden een daad van tomeloze wreedheid gezien. Er was een begin van paniek aan boord, niet alleen onder de passagiers, maar ook onder het personeel benedendeks, dat toch al overstuur was door de zelfmoord.

Nu stond hij voor een afgrijselijk, onweerlegbaar feit: er was een psychopathische moordenaar aan boord van de *Britannia*, en hij had in de verste verte niet de middelen tot zijn beschikking om daar iets aan te doen. In Boston, toen hij nog agent was, hadden ze complete teams gehad voor het verzamelen van bewijsmateriaal; ze hadden haar- en vezelmensen, toxicologen, mensen voor vingerafdrukken en ballistiek, en DNA-teams. Hier had hij niets. Nada. En de enige andere ex-agent in zijn team had bij de MP gezeten op een luchtbasis in Duitsland.

Links van hem stond stafkapitein Carol Mason, een zegen vanwege haar kalmerende aanwezigheid. Aan de andere kant stond LeSeur, die wat zichtbaarder overstuur was. De hoofdarts van het schip, een capabele maar bejaarde internist van het Johns Hopkins die de ontspannen, lichte werkdruk aan boord kon waarderen, leek het meest overstuur van allen.

Met energieke stappen kwam commodore Cutter binnenlopen, smetteloos als altijd, zijn gezicht een masker van graniet. Kemper keek openlijk op zijn horloge: precies twaalf uur.

Cutter verspilde geen tijd. 'Meneer Kemper? Uw rapport.'

Kemper schraapte zijn keel. 'Het slachtoffer is Willa Berkshire uit Tempe, Arizona. Pas weduwe geworden, op reis met haar zus, Betty Jondrow. Zo te zien is ze gedood met één klap van een machete, een toneelrekwisiet dat bewaard wordt in een van de afgesloten kasten achter het podium.

Cutter fronste zijn wenkbrauwen. 'Een toneelrekwisiet?'

'Ja. We weten nog niet of de moordenaar het geslepen heeft of in die staat heeft gevonden; niemand schijnt zich te herinneren in wat voor conditie de machete verkeerde. Ze is net achter het podium vermoord, er lag een enorme plas bloed ter plekke. Het tijdstip van overlijden moet een halfuur à twintig minuten voor de voorstelling zijn geweest; althans, toen is mevrouw Berkshire voor het laatst in leven gezien. Na de moord heeft de moordenaar het lijk met behulp van een stel katrollen en haken opgehesen. Het ziet ernaar uit – maar dan speculeer ik – dat het slachtoffer achter het toneel is gelokt, met één klap vermoord, en meteen opgehesen. Het hele proces heeft misschien maar een paar minuten in beslag genomen.'

'Achter het toneel gelokt?'

'Het is daar een afgesloten, verboden terrein. De moordenaar had een sleutel. En ik zeg "gelokt" omdat het moeilijk voorstelbaar is dat een passagier daarheen zou gaan zonder heel goede reden.'

'Verdachten?'

'Nog niet. We hebben de zus ondervraagd, en die zei alleen dat ze haar zus vóór aanvang van de voorstelling zou treffen, in de hoop een handtekening van Braddock Wiley te krijgen. Ze kenden niemand aan boord en hadden geen vrienden gemaakt; hun doel was, zei ze, om samen te zijn, niet om mannen te ontmoeten of sociaal te doen. Ze zei dat niemand een hekel heeft aan haarzelf en haar zus, en dat ze aan boord geen nare voorvallen of meningsverschillen hebben gehad. Kortom, Berkshire lijkt een willekeurig slachtoffer te zijn.'

'Enig teken van verkrachting of aanranding?'

'Ik ben geen arts, commodore.'

Cutter wendde zich tot de arts. 'Dokter Grandine?'

De arts schraapte zijn keel. 'Commodore, het is verschrikkelijk, we zijn allemaal diep geschokt...'

'Enig teken van verkrachting of aanranding?' werd hij onaangedaan onderbroken.

'U snapt natuurlijk dat we aan boord geen faciliteiten hebben voor een autopsie, en sowieso ben ik daartoe niet gemachtigd. Mijn opleiding voor forensische geneeskunde is minimaal, en is járen achterhaald. We hebben het lichaam gekoeld voor lijkschouwing zodra we de haven binnenlopen. Ik heb het lichaam niet gedetailleerd onderzocht; alles wat ik nu doe, maakt het later moeilijker voor de patholoog-anatoom.'

Cutter keek de arts zwijgend aan, en in zijn ogen fonkelde zijn onmiskenbare geringschatting. 'Ik wil het lijk zien.'

Dit verzoek stuitte op een ongelovige stilte.

'Uitstekend, maar ik moet u waarschuwen, het is geen prettig...'

'Dokter, wilt u zich alstublieft beperken tot de feiten.'

'Uiteraard.' Bijzonder onwillig opende de arts een deur achter in het kantoor en achter elkaar aan liepen ze een benauwd hokje binnen waar het sterk naar chemicaliën rook. Dit was, onder andere, het mortuarium van het schip. Langs de achterwand waren negen roestvrijstalen laden aangebracht voor lijken. Negen leek veel, maar Kemper wist maar al te goed dat er veel mensen overleden aan boord, zeker gezien de leeftijd van de gemiddelde cruisepassagier en hun neiging om zich aan boord te buiten te gaan aan eten, drinken en seks.

De arts draaide het slot van een van de middelste compartimenten open en trok een la naar buiten, waarin een half doorzichtige plastic zak lag. Kemper zag vagelijk iets rozigs liggen. Onder in zijn maag ontstond een hol gevoel.

'Openmaken.'

Kemper had het lijk al geïnspecteerd, maar hij wist amper waarnaar hij moest uitkijken. Het nogmaals zien was wel het allerlaatste waar hij behoefte aan had.

Aarzelend ritste de arts de zak open. De kapitein stak een hand uit en spreidde de zak open zodat het naakte lichaam blootlag. Ze zagen een enorme, gapende wond, die de hele borstkas had opengehouwen en het hart had doorboord. Er steeg een geur van formaline op.

Kemper slikte.

Achter hen klonk een beleefde stem. 'Pardon, dames en heren?'

Kemper draaide zich stomverbaasd om. In de deuropening stond Pendergast.

'Wie is dit, verdomme?' vroeg de commodore op hoge toon.

Kemper rende op hem af. 'Meneer Pendergast, dit is een bijzónder besloten bijeenkomst, en u moet hier meteen weg!'

'Meent u dat nou?' reageerde Pendergast koeltjes.

Kempers lichte misselijkheid maakte plaats voor irritatie. Dit was de laatste druppel. 'Pendergast, ik waarschuw niet nog een keer...'

Halverwege zijn zin zweeg hij met open mond: Pendergast had zijn portefeuille gepakt en liet zijn gouden FBI-badge zien. Kemper staarde er vol ongeloof naar.

'Waarom voert u die man niet weg van hier!' blafte de commodore.

Kemper wist geen woord uit te brengen. Niets.

'Ik had gehoopt deze reis incognito te maken, als het ware,' zei Pendergast. 'Maar zo te zien is de tijd rijp dat ik u mijn assistentie aanbied, meneer Kemper; en ditmaal mijn professionele assistentie. Het spijt me het te moeten zeggen, maar ik ben gespecialiseerd in dit soort dingen.' Langs Kemper heen slenterde hij naar het lijk.

'Meneer Kemper, ik zei toch: haal die man hier wég!'

'Commodore, het spijt me, maar zo te zien is hij van de FBI...'

En weer had Kemper geen idee hoe hij verder moest.

Pendergast liet zijn badge aan alle aanwezigen zien en richtte zijn aandacht toen weer op het lijk.

'Hij heeft hier geen enkel gezag,' grauwde Cutter. 'We bevinden ons in internationale wateren op een Brits schip dat in Liberia geregistreerd staat.'

Pendergast rechtte zijn rug. 'Dat is absoluut waar. Ik besef dat ik geen poot heb om op te staan, en dat ik hier alleen ben dankzij uw vriendelijkheid. Maar het zou me verbazen als u mijn hulp weigert, aangezien niemand hier enig idee lijkt te hebben wat hieraan gedaan kan worden.' Hij knikte naar het lijk. 'Wat voor indruk zou het maken als later blijkt dat de scheepsofficieren de hulp van een FBI-agent hebben geweigerd, iemand die gespecialiseerd is in forensisch werk en het vergaren van bewijsmateriaal?' Hij glimlachte kil. 'Als u mijn hulp accepteert, hebt u later ten minste mij om de schuld op af te schuiven, nietwaar?'

Hij wierp een bleke blik door het vertrek.

Niemand zei iets.

Pendergast klemde zijn handen achter zijn rug ineen. 'Dokter? U moet vaginale, anale en orale monsters nemen van het slachtoffer en zoeken naar sporen van sperma.'

'Monsters,' herhaalde de arts zacht prevelend.

'Ik neem aan dat u wattenstaafjes en een microscoop bij u hebt? Ja? Dat dacht ik wel. En u weet uiteraard hoe een spermacel eruitziet? Een druppeltje Eosin Y doet wonderen. Verder zal een zorgvuldige visuele inspectie van vagina en anus aantonen of er sprake is van roodheid, zwelling of letsel. We moeten zo snel mogelijk te weten komen of dit een seksueel getinte misdaad is of... iets anders. Ik wil ook graag dat u bloed afneemt en het alcoholpromillage vaststelt.'

Hij draaide zich om. 'Meneer Kemper? Ik zou onmiddellijk plastic zakjes rond de handen van het slachtoffer binden, en rond de pols goed vastmaken met elastiek. Als het slachtoffer zich tegen haar aanvaller heeft verzet, kunnen er onder haar nagels sporen van huid of haar zitten.'

Kemper knikte. 'Doe ik.'

'En de kleren van het slachtoffer hebt u bewaard?'

'Ja. In afgesloten plastic zakken.'

'Uitstekend.' Pendergast richtte zich tot de hele groep: 'Er moeten enkele onaangename feiten worden vermeld. Er zijn twee mensen verdwenen, en nu dit. Volgens mij hebben de verdwijningen te maken met deze moord. Ik kan wel zeggen dat ik aan boord ben om een gestolen voorwerp op te sporen waarvan de ontvreemding ook is uitgelopen op een moord. Het zou me niets verbazen als een en dezelfde persoon verantwoordelijk was voor alle vier deze gruweldaden. Kortom, tot nu toe lijkt alles erop te wijzen dat er een seriemoordenaar aan boord is.'

'Meneer Pendergast...' begon Kemper tegen te werpen.

Pendergast hief zijn hand. 'Laat me even uitspreken, graag. Een seriemoordenaar aan boord, die het steeds bonter maakt. De eerste twee kon hij nog overboord gooien, dat was hem genoeg. Maar deze hier, nee. Deze moord was veel dramatischer, en vertoont meer overeenstemming met de eerdere moord die ik aan het onderzoeken ben. Waarom? Dat weten we nog niet.'

Meer stilte.

'Zoals u zei, de moordenaar had een sleutel tot de kleed- en rekwisietenkamers. Maar daarom mogen we ons nog niet laten aanpraten dat de moordenaar een bemanningslid is.'

'Wie zei dan dat het een bemánningslid...?' vroeg Kemper.

Pendergast wuifde met zijn hand. 'Rustig, meneer Kemper. Als ik gelijk heb, is de moordenaar geen lid van de bemanning. Maar hij kan zich wel als zodanig vermomd hebben, om op die manier een pasje te krijgen voor zones waar passagiers niet kunnen komen. Als werkhypothese zou ik willen stellen dat Willa Berkshire achter het toneel is gelokt met de belofte dat ze dan Braddock Wiley kon ontmoeten. En dat doet vermoeden dat de moordenaar gekleed geweest moet zijn als iemand met gezag.'

Hij wendde zich tot de commodore. 'Dus, wat doen we, als u mij die vraag vergeeft?'

De commodore keek hem even zwijgend aan en richtte zich toen tot Kemper. 'Laat u deze... passagiér de beveiliging van het schip overnemen?'

'Nee, sir. Maar met alle respect zou ik willen adviseren dat we zijn hulp accepteren. Hij... heeft ons al eerder geholpen.'

'U ként deze man, u hebt van zijn diensten gebruik gemaakt?'

'Ja, sir.'

'In wat voor hoedanigheid?'

'In het casino,' zei Kemper. 'Hij heeft ons geholpen met de kaartentellers.' Hij voegde daar niet aan toe dat Pendergast ervandoor was gegaan met een kwart miljoen pond extra, geld dat nog niet terugontvangen was.

Vol walging wuifde de commodore met zijn hand, alsof hij zich van het onderwerp wilde distantiëren. 'Uitstekend, meneer Kemper. Zoals u weet, als commodore van dit schip bemoei ik me niet met niet-nautische zaken.' Hij beende naar de deur en keek nog even om. 'Ik waarschuw je, Kemper: de zaak ligt nu bij jou. Hélemaal.' En met die woorden keerde hij zich om en verdween.

Pendergast keek naar Mason. 'Mag ik vragen wat de huidige locatie van de *Britannia* is? Ten opzichte van de dichtstbijzijnde landmassa.'

'We bevinden ons zo'n twaalfhonderd kilometer ten oosten van de Vlaamse Kaap, achttienhonderd kilometer noordwest van St. John's, Newfoundland.'

'St. John's is de dichtstbijzijnde haven?'

'Momenteel wel, ja,' antwoordde Mason. 'Een paar uur geleden zou het nog Galway geweest zijn, in Ierland. We zijn halverwege de oversteek.'

'Jammer,' prevelde Pendergast.

'Hoezo?' wilde de stafkapitein weten.

'Omdat ik ervan overtuigd ben dat de moordenaar weer zal toeslaan. Binnenkort.'

35

Als algemeen directeur van Aberdeen Bank and Trust, Limited, bedacht Gavin Bruce nogal grimmig, had hij heel wat ervaring opgedaan met het overnemen van de leiding bij onmogelijke situaties om de zaken weer stevig op poten te zetten. In de loop van zijn carrière had hij vier banken op het punt van faillissement overgenomen, gezond gemaakt en het tij laten keren. Daarvoor had hij als officier gediend bij Harer Majesteits marine; hij had gevochten op de Falklandeilanden en die ervaring was hem goed van pas gekomen. Maar hij had nog nooit voor zo'n bizarre of angstaanjagende uitdaging gestaan als momenteel.

Bruce was op reis geweest met twee andere vertegenwoordigers van Aberdeen Bank and Trust, Niles Welch en Quentin Sharp, beiden net als hijzelf ex-marineman en nu keurig geklede bankiers uit de Londense City. Hij werkte al jaren met hen samen en wist dat het uitstekende, betrouwbare types waren. Ze hadden deze cruise aangeboden gekregen van een klant van hem, Emily Dahlberg, als dank voor bewezen diensten. Tegenwoordig hadden de meeste rijke klanten het gevoel dat een bankier hen dankbaar moest zijn, maar Emily begreep het belang van een ouderwetse relatie van wederzijds vertrouwen. En Bruce had dat vertrouwen teruggeschonken: hij had haar door twee lastige echtscheidingen en een complexe erfeniskwestie geloodst. Zelf was hij weduwnaar, en hij waardeerde haar aandacht en haar geschenk ten zeerste.

Jammer dat het nu allemaal zo fout leek te gaan lopen.

Na de ontdekking in het Belgravia Theatre de avond tevoren, waarvan hij getuige was geweest, was hem onmiddellijk duidelijk geworden dat de bemanning hier geen enkele raad mee wist. Niet alleen hadden ze geen idee hoe ze de moord moesten onderzoeken of de moordenaar moesten opsporen, maar ze leken niet in staat te reageren op de angst en paniek die zich door het schip begonnen te verbreiden, niet alleen onder de passagiers, maar ook, zo had Bruce tot zijn ontzetting gezien, onder de bemanning. Hij had op genoeg schepen gevaren om te weten dat mensen op zee vaak ten prooi waren aan eigenaardige, bijgelovige opvattingen. De *Britannia* was een broos omhulsel geworden en hij was ervan overtuigd dat de hele zaak bij nog één schok zou ontaarden in chaos.

Dus was hij na de lunch rond de tafel gaan zitten met Welch, Sharp en mevrouw Dahlberg, die erop gestaan had bij de plannen betrokken te worden, en hij was, zoals gebruikelijk, met een voorstel gekomen. En nu, op weg door de chique gangen, Bruce voorop, putte hij enige troost uit de wetenschap dat ze dat plan ten uitvoer gingen brengen.

Het groepje was onderweg van de lagere dekken omhoog, tot ze bij een gang kwamen die naar de brug leidde. Daar werden ze tegengehouden door een nerveus ogende bewaker met waterige oogjes en gemillimeterd haar.

'We willen commodore Cutter graag spreken,' zei Bruce, en hij overhandigde zijn visitekaartje.

De man pakte het kaartje aan en keek ernaar. 'Mag ik vragen waarover het gaat, meneer?'

'Over de moord van gisteren. Zeg maar dat we een groep bezorgde passagiers zijn en dat we hem onmiddellijk willen spreken.' Na een korte aarzeling voegde hij daar met enige gêne aan toe: 'Ex-kapitein ter zee.'

'Aha. Momentje, graag.'

De bewaker haastte zich weg, maar niet voordat hij de deur achter zich dichtgetrokken en op slot gedraaid had. Bruce stond ongeduldig te wachten, zijn armen over elkaar geslagen. Het duurde vijf minuten voordat de bewaker terugkwam.

'Als u mij wilt volgen...?'

Bruce en zijn groepje volgden de bewaker door het luik, naar een veel functioneler deel van het schip, met linoleum vloeren en grijsgeschilderde wanden met namaakhoutnerf, verlicht door tl-balken. Even later werden ze een spartaans ingerichte vergaderzaal in geloodst, met een rij vensters die naar stuurboord uitkeken over een woelige, onafzienbare oceaan.

'Gaat u zitten. Stafkapitein Mason komt er zo aan.'

'We hebben om de gezagvoerder gevraagd,' antwoordde Bruce. 'Dat is commodore Cutter.'

De bewaker haalde een bezorgde hand over zijn haar. 'De commodore is momenteel niet te spreken. Het spijt me. Stafkapitein Mason is de tweede in rang aan boord.'

Bruce wierp zijn groepje een vragende blik toe. 'Zullen we erop staan?'

'Ik vrees dat dat niets uithaalt, meneer,' zei de bewaker.

'Vooruit dan maar.'

Ze gingen niet zitten. Even later verscheen er een vrouw in de deuropening, met een smetteloos uniform en haar haar onder haar pet gestoken. Zodra hij over zijn verbazing heen was dat er een vrouw voor hem stond, was Bruce meteen onder de indruk van haar kalme, ernstige houding.

'Gaat u alstublieft zitten,' zei ze, en alsof het de normaalste zaak van de wereld was, nam ze zelf aan het hoofd van de tafel plaats, een tweede klein detail dat niet aan Bruces goedkeurende aandacht ontsnapte.

De bankier kwam meteen ter zake. 'Kapitein Mason, wij zijn klanten en vertegenwoordigers van een van de grootste banken in Groot-Brittannië, een feit dat ik uitsluitend meld om u te overtuigen dat wij te goeder trouw zijn. Ikzelf ben ex-marineman, voormalig kapitein-ter-zee aan boord van de *Sussex*. Wij zijn hier omdat we ervan overtuigd zijn dat het schip voor een noodsituatie staat die misschien buiten de competenties van de bemanning valt.'

Mason luisterde.

'Er heerst grote onrust onder de passagiers. Zoals u waarschijnlijk weet, beginnen mensen zich al in hun hutten op te sluiten. Er wordt gepraat over een moordenaar à la Jack the Ripper aan boord.'

'Daar ben ik me terdege van bewust.'

'En ook de bemanning heeft de zenuwen, voor het geval u dat nog niet gemerkt had,' kwam Emily Dahlberg tussenbeide.

'Ik herhaal: we zijn ons bewust van deze problemen en we ondernemen stappen om de situatie aan te pakken.'

'O ja?' informeerde Bruce. 'Nou, kapitein Mason, mag ik dan misschien weten waar de bewaking van het schip zich bevindt? Die is tot nu toe in geen velden of wegen te bekennen.'

Mason zweeg en keek hen een voor een aan. 'Ik zal er geen doekjes om winden. De reden waarom u zo weinig bewaking ziet, is dat er bijzonder weinig bewaking *is*. Althans, ten opzichte van de grootte van de *Britannia*. We doen wat we kunnen, maar dit is een heel erg groot schip met drieënveertighonderd man aan boord. Al onze bewakingsmensen werken de klok rond.'

'U zegt dat u er alles aan doet, maar waarom zijn we dan niet omgekeerd? Wij zien geen enkele keuze: we moeten zo snel mogelijk terug naar de haven.'

Bij die woorden betrok kapitein Masons gezicht. 'De dichtstbijzijnde haven is St. John's, Newfoundland, dus als we koers wijzigen, gaan we daarheen. Maar we blijven op koers. We gaan naar New York.'

Bruce wierp haar een ontzette blik toe. 'Waarom in godsnaam?'

'Orders van de commodore. Hij heeft zo zijn eigen... welover-wogen redenen.'

'En die zijn...?'

'Momenteel varen we vlak langs de rand van een enorme noord-ooster. Wanneer we koers zetten naar St. John's, komen we daar middenin terecht. Ten tweede, wanneer we koers zetten naar St. John's, komen we dwars door de Labradorstroom tijdens het ijs-bergseizoen, juli, en dat is niet echt gevaarlijk, maar we moeten dan wel vaart minderen. En tot slot besparen we daarmee slechts één dag. De kapitein vindt het beter om in New York City af te meren, gezien de... wel, de politionele mankracht die we nodig zullen hebben.'

'Er is een psychopaat aan boord,' zei Emily Dahlberg. 'Tijdens die "ene dag" kan er nog wel iemand vermoord worden.'

'Evenzogoed zijn dat de orders van de commodore.'

Bruce stond op. 'Dan staan wij erop rechtstreeks met hem te praten.'

Kapitein Mason stond ook op, en op dat moment viel het mas-ker van professionalisme even weg en ving Bruce een glimp op van een gezicht dat betrokken, moe en ongelukkig stond. 'De com-modore kan momenteel niet gestoord worden. Het spijt me heel erg.'

Bruce keek haar boos aan. 'Ons ook. U kunt er zeker van zijn dat deze weigering van de commodore om ons te ontvangen ge-volgen zal krijgen. Nu én later. Wij laten niet met ons sollen.'

Mason stak haar hand uit. 'Ik kan me uw standpunt indenken, meneer Bruce, en ik zal alles in mijn macht doen om de com-modore te vertellen wat u gezegd hebt. Maar dit is een schip op zee, en we hebben een gezagvoerder, en die gezagvoerder heeft zijn beslissing genomen. Als voormalig kapitein zult u beslist be-grijpen wat dat inhoudt.'

Bruce negeerde de hand. 'U vergeet één ding. Wij zijn niet al-leen uw passagiers – en uw klanten – maar ook uw verantwoor-delijkheid. Er kan iets gedaan worden, en wij zijn van plan dat te doen.' En met een gebaar naar zijn groepje om hem te volgen draaide hij zich op zijn hakken om en verliet het vertrek.

36

Paul Bitterman stapte de lift uit, wankelde even op zijn benen en hield zich in evenwicht aan de blinkende verchroomde reling. De *Britannia* rolde en stampte, maar dat was niet het hele probleem: Bitterman streed met de combinatie van een uitzonderlijk zwaar diner en negen glazen vintage champagne.

Zonder de reling los te laten keek hij naar de fraaie gang van dek 9 en probeerde zich te oriënteren. Hij bracht een hand naar zijn lippen en had een oprisping die walgelijk naar kaviaar, paté met truffels, crème brûlée en droge champagne smaakte. Afwezig stond hij zich even te krabben. Er klopte hier iets niet.

Korte tijd later wist hij het. Hij had niet de bakboordlift genomen, zoals hij gewoonlijk deed, maar met zijn vage champagnehoofd had hij de stuurboordlift genomen, en nu was hij zijn richtinggevoel kwijt. Nou, dat was gemakkelijk te verhelpen. Toonloos neuriënd tastte Bitterman in zijn zak naar de pas voor suite 961. Hij liet de reling los en liep op ietwat onzekere benen in wat volgens hem de juiste richting moest zijn, maar de kamernummers liepen af, niet op.

Hij bleef staan, draaide zich om, liet nog een boer maar ditmaal zonder de moeite te nemen zijn hand voor zijn mond te houden, en liep de andere kant uit. Zijn hoofd was echt ontzettend wazig, en om het helder te krijgen probeerde hij de reeks gebeurtenissen te reconstrueren die hem voor het eerst in al zijn drieënvijftig jaren in een staat had gebracht die bijna dronkenschap kon worden genoemd.

Het was allemaal eerder die ochtend begonnen. Hij was sinds het ontwaken al zeeziek geweest. Hij had geen hap door zijn keel gekregen en de gewone in de handel verkrijgbare middeltjes in de scheepsapotheek leken niets uit te halen. Uiteindelijk was hij naar de ziekenboeg gegaan, waar de arts hem een scopolaminepleister had gegeven. Die had hij conform de instructies achter zijn oor geplakt, en daarna was hij voor een dutje teruggegaan naar zijn suite.

Of het nu kwam door de ellendige nacht die hij achter de rug had, of door de pleister die hem slaperig maakte, wist Paul Bitterman niet. Maar hij was om kwart over negen die avond wakker geworden, gelukkig niet meer zeeziek, maar wel met een droge mond en een honger als een paard. Hij had dwars door zijn normale etenstijd van acht uur heen geslapen, maar met een snel telefoontje had hij een plek geboekt bij de laatste dinerronde van die avond, om halfelf, in Kensington Gardens.

Bitterman bleek uitermate gecharmeerd van Kensington Gardens. Het was trendy, jonger en een stuk hipper dan het nogal saaie restaurant waar hij tot dan toe gegeten had, er zat een stel beeldschone vrouwen om naar te kijken, en het eten was uitstekend. Vreemd genoeg was het restaurant niet vol, het was zelfs bijna half leeg. Uitgehongerd had hij een dubbele chateaubriand besteld en helemaal opgegeten. Na een complete fles champagne was zijn dorst nog niet gelest, maar de vriendelijke sommelier had hem met alle vormen van genoegen een tweede fles geserveerd.

Aan de tafel naast de zijne had hij een eigenaardig gesprek opgevangen: een bezorgd stel dat zat te praten over een of ander lijk dat kennelijk opgedoken was. Kennelijk had hij door een serieuze aangelegenheid heen geslapen. Terwijl hij langzaam en voorzichtig door de gang van dek 9 scharrelde, besloot hij dat hij meteen morgenochtendvroeg moest uitzoeken wat er aan de hand was.

Maar er was nog een probleem. De kamernummers liepen nu op – 954, 956 – maar het waren allemaal even nummers.

Hij bleef staan, greep de reling langs de gangmuur weer beet en probeerde na te denken. Als hij zo doorging, vond hij 961 nooit. Plotseling barstte hij hardop in lachen uit. *Paul, makker, je gebruikt je hersens niet.* Hij was aan stuurboord uit de lift gestapt en de oneven genummerde suites, waaronder de zijne, lagen aan de bakboordzijde. Hoe kon hij dat nou vergeten hebben? Hij moest een dwarsgang zien te vinden. Hij ging weer op pad, licht zigzaggend. De mist in zijn hoofd werd vervolmaakt door een heerlijk, dobberend gevoel in zijn benen. Hij besloot dat hij thuis ook vaker champagne moest drinken. Van eigen bodem, uiteraard: hij had deze reis gewonnen bij een verloting bij de YMCA en kon zich met zijn lerarensalaris onmogelijk flessen vintage champagne veroorloven.

Voor zich, links, zag hij een onderbreking in de rij deuren: de ingang van een van de midscheepse lobby's. Die leidde naar de bakboordgang en naar zijn suite. Hij struikelde de drempel over.

De lobby bestond uit een stel liften tegenover een sfeervolle lounge met eikenhouten boekenkasten en fauteuils. Op dit late uur was er niemand aanwezig. Bitterman aarzelde, en snoof even. Er hing iets in de lucht, het leek wel rook. Even week zijn gevoel van lome euforie: hij had genoeg brandoefeningen meegemaakt om te weten dat brand aan boord het grootste gevaar was. Maar dit was een ongewone geur. Het leek wel wierook, of preciezer nog, die stokjes die hij een keer had geroken in een Nepalees restaurant in de Chinese wijk van San Francisco.

Langzamer nu liep hij door de lobby naar de bakboordgang daarachter. Het was heel stil, en hij hoorde niet alleen het diepe dreunen van de dieselmotoren ver beneden zich, maar hij voelde het ook. De geur was hier sterker, veel sterker. Het vreemde, muskusachtige parfum was vermengd met andere, diepere, veel onaangenamer zaken, schimmel, misschien, samen met iets wat hij niet thuis kon brengen. Met gefronste wenkbrauwen bleef hij staan. Toen liep hij, na een laatste blik achterom, de bakboordgang in.

En bleef als aan de grond genageld staan, zijn dronkenschap als sneeuw voor de zon verdwenen.

Voor hem lag de bron van de geur: een donkere rookwolk die zijn pad door de gang versperde. Maar de wolk leek op geen enkele soort rook die hij ooit gezien had: eigenaardig ondoorzichtig, met een dichte, grijzige kleur en een geribd oppervlak dat hem, op bizarre en onaangename wijze, deed denken aan linnen.

Met een hoorbaar gerasp stokte Paul Bittermans adem. Er was hier iets niet in orde, heel erg niet in orde.

Rook moest door de lucht drijven, golvend en soepel, en naar de randen toe uitdunnen tot vage slierten. Maar deze wolk zát daar maar, zo groot als een mens, en vreemd kwaadaardig aandoend, roerloos, alsof hij hem zat op te wachten. Hij was zo regelmatig gevormd dat het wel een solide, organisch iets leek. De stank was zo sterk dat Paul amper adem kreeg. Het was onmogelijk, buitenaards.

Plotseling begon zijn hart te bonzen van angst. Was het inbeelding, of had die dichte wolk ook echt de vorm van een mens?

Hij zag een paar slierten die armen konden zijn; een kogelrond hoofd met een gezicht, een stel vreemde benen die bewogen, alsof ze dansten... o, god, het zag er niet uit als een mens, het zag eruit als een demon...

En op dat moment strekte het gevaarte langzaam zijn rafelige armen uit en begon – golvend, angstaanjagend, doelbewust – langzaam in zijn richting te schuiven.

'Nee!' brulde hij. 'NEE! Ga weg! Ga wég!'

Bij de wanhopige kreten die daarop volgden, gingen de deuren van de suites langs de bakboordgang van dek 9 een voor een open. Er was een kort, elektriserend moment van stilte. En toen gehijg; gegil; de klap van een lichaam dat flauwviel op de hoogpolige vloerbedekking; het wanhopige dichtklappen van deuren. Bitterman hoorde er niets van. Zijn hele aandacht was gericht op het monsterlijke geval dat dichterbij gleed, steeds dichterbij...

Tot het plotseling voorbij was.

37

LeSeur keek van Hentoff naar Kemper en vice versa. Hij voelde zich toch al gekwetst dat de commodore hém met dit probleem had opgezadeld, tenslotte was hij scheepsofficier, geen casinomedewerker. Maar dat was niet het enige: dit probleem wilde niet weg, het werd alleen maar erger. Met ten minste één moord en misschien drie had hij gevaarlijker en alarmerender zaken om aan te pakken dan deze kwestie. Hij keek nogmaals van Hentoff naar Kemper en terug.

'Gewoon even voor de zekerheid,' zei hij. 'Jullie zeggen dus dat die Pendergast ervoor zorgde dat de kaartentellers bij blackjack een miljoen pond verloren, en intussen pakt hij zelf drie ton mee.'

Hentoff knikte. 'Dat is het inderdaad zo'n beetje.'

'Dan bent u zo te zien opgelicht, meneer Hentoff.'

'Beslist niet,' zei Hentoff met iets ijzigs in zijn stem. 'Pendergast moest wel winnen, om hen te laten verliezen.'

'Kunt u dat even uitleggen?'

'Pendergast heeft gekeken naar het schudden; dat wil zeggen dat je een volledige slof bekijkt en de posities van bepaalde belangrijke kaarten of groepen onthoudt, de zogeheten *slugs*, en daarna volg je die met je ogen tijdens het schudden. Bovendien had hij kans gezien een blik te werpen op de onderste kaart, en omdat hij mocht couperen, kon hij die kaart precies daar in het spel plaatsen waar hij hem hebben wilde.'

'Klinkt onmogelijk.'

'Dit zijn weliswaar bijzonder moeilijke technieken, maar ze zijn alom bekend. Pendergast lijkt er alleen beter in te zijn dan de meeste mensen.'

'Dat verklaart nog steeds niet waarom Pendergast moest winnen om hen te laten verliezen.'

'Hij wist waar bepaalde kaarten zich bevonden. Die kennis heeft hij gecombineerd met een telsysteem, en zo kon hij regelen welke kaarten "downstream" gingen naar de rest van de spelers. Het was een kwestie van erin springen of uitzitten, en een paar maal onnodig bijkopen.'

LeSeur knikte langzaam en liet het nieuws tot zich doordringen.

'Hij móést de goede kaarten wel stoppen, zodat de slechte downstream zouden komen. Om de anderen te laten verliezen moest hij zelf winnen.'

'Ik snap het,' zei LeSeur zuur. 'En nu willen jullie weten wat we moeten doen aan de winst van die man?'

'Precies.'

LeSeur dacht even na. Waar het allemaal om draaide, was hoe commodore Cutter zou reageren als hij erachter kwam, want uiteraard zou dat vroeg of laat gebeuren. Het antwoord klonk hem niet goed in de oren. En als de rederij er ooit lucht van kreeg, dan zouden ze daar nóg afwijzender reageren. Hij moest het geld terug zien te krijgen, hoe dan ook.

Hij slaakte een zucht. 'Ik vrees dat dat niet volstaat. Willen u en ik nog een toekomst hebben bij North Star, dan moeten jullie dat geld terughalen.'

'Hoe?'

LeSeur wendde zijn vermoeide gezicht af. 'Gewoon dóén.'

Een halfuur later liep Kemper door de hoogpolige gang van dek 12, met Hentoff in zijn kielzog. Hij voelde hoe het klamme zweet hem uitbrak in zijn donkere pak. Voor de deur van de Tudor Suite bleef hij staan.

'Weet je zeker dat dit een geschikt moment is?' vroeg Hentoff. 'Het is al elf uur.'

'Ik kreeg niet de indruk dat het kon wachten,' antwoordde Kemper. 'Jij wel?' En met die woorden klopte hij aan.

'Binnen,' klonk een stem in de verte.

Binnen zagen ze Pendergast en de jonge vrouw die hem vergezelde, Constance Greene, zijn nichtje of zo, bij schemerlicht in de salon zitten, rond de eettafel. Daarop waren de resten van een licht souper zichtbaar.

'Ach, meneer Kemper,' zei Pendergast. Hij stond op en schoof zijn waterkerssalade weg. 'En meneer Hentoff. Ik had u al verwacht.'

'O?'

'Uiteraard. Onze zaken zijn nog niet afgesloten. Gaat u zitten.'

Kemper liet zich onhandig op een bank neer. Hentoff nam een stoel en keek van agent Pendergast naar Constance en terug, alsof hij probeerde hun werkelijke relatie boven water te krijgen.

'Mag ik u een glas port aanbieden?' vroeg Pendergast.

'Nee, dank u,' zei Kemper. Even hing er een onbehaaglijke stilte, tot Kemper verder sprak: 'Ik wilde u nog bedanken dat u met die kaartentellers hebt afgerekend.'

'Geen dank. Volgt u mijn advies op om te voorkomen dat ze opnieuw gaan winnen?'

'Inderdaad, ja.'

'En werkt het?'

'Beslist,' zei Hentoff. 'Telkens wanneer er een spotter binnenkomt, sturen we er een dienster op af met triviale gesprekjes waar altijd cijfers in voorkomen. Ze worden er gierend gek van, maar ze kunnen er niets tegen ondernemen.'

'Uitstekend.' Pendergast richtte een vragende blik op Kemper. 'Was er verder nog iets?'

Kemper wreef over zijn slaap. 'Tja, misschien de kwestie van... het geld.'

'Dát geld, bedoelt u?' En Pendergast knikte naar het bureau, waar, zoals Kemper nu zag, een stapel dikke enveloppen lag met zwaar elastiek eromheen.

'Als dat uw winst uit het casino is: ja.'

'En daar had u een vraag over?'

'U was voor ons aan het werk,' zei Kemper, die al voelde hoe zwak zijn argument was voordat hij het had uitgesproken. 'Rechtmatig behoort de winst aan uw werkgever toe.'

'Ik ben niemands werknemer,' zei Pendergast met een ijzige glimlach. 'Behalve uiteraard van de federale overheid.'

Kemper voelde zich martelend onplezierig onder de zilveren blik.

'Meneer Kemper,' vervolgde Pendergast, 'u beseft uiteraard dat ik op legale wijze aan die winst ben gekomen. Kaarten tellen, kijken hoe er geschud wordt, en de andere technieken die ik heb gebruikt... het zijn allemaal legale zaken. Vraag de heer Hentoff maar. Ik heb niet eens gebruik hoeven maken van het krediet dat u me had aangeboden.'

Kemper wierp een blik op Hentoff, die met een ongelukkig gezicht knikte.

Weer een glimlach. 'Welnu: is dat een afdoende antwoord op uw vraag?'

Kemper vroeg zich af hoe hij dit allemaal aan Cutter zou moeten melden, en die gedachte gaf hem meer ruggengraat. 'Nee, meneer Pendergast. Wij beschouwen die winst als geld van het huis.'

Pendergast liep naar het bureau. Hij pakte een van de enveloppen, haalde er een dikke stapel bankbiljetten uit en liet die met een lui gebaar door zijn vingers glijden. 'Meneer Kemper,' zei hij, met zijn rug naar Kemper toe, 'normaal gesproken zou ik er niet over piekeren om een casino te helpen geld terug te winnen van gokkers die het huis verslaan. Mijn sympathie zou eerder aan de andere kant liggen. Weet u waarom ik u heb geholpen?'

'Om ons zover te krijgen dat we u zouden helpen.'

'Deels waar. Maar voornamelijk omdat ik ervan overtuigd was dat er een gevaarlijke moordenaar aan boord is, en omwille van de veiligheid van het schip wilde ik die – met uw hulp – grijpen voordat hij weer kon toeslaan. Helaas lijkt hij me nog steeds een stap voor te zijn.'

Kemper voelde zich nog somberder worden. Hij zou het geld nooit terugkrijgen, de cruise was in ieder opzicht een ramp en híj zou daar de schuld van krijgen.

Pendergast draaide zich om en streek nogmaals met zijn duim langs de biljetten. 'Kop op, meneer Kemper. Misschien krijgt u uw geld alsnog terug. Ik ben zover dat ik om mijn wederdienst wil vragen.'

Op de een of andere manier werd Kemper daar ook al niet vrolijker van.

'Ik wil de suite en de safe van de heer Scott Blackburn doorzoeken. Daarvoor heb ik een pasje voor de kluis in zijn hut nodig, plus een halfuur voor mijn klus.'

Een korte stilte. 'Ik denk dat we dat wel kunnen regelen.'

'Er is één probleempje. Blackburn zit momenteel in zijn kamer en komt er niet uit.'

'Hoezo niet? Maakt hij zich zorgen over de moordenaar?'

Pendergast glimlachte weer; een klein, ironisch glimlachje. 'Niet echt, meneer Kemper. Hij verbergt iets, en dat moet ik vinden. Dus moeten we hem naar buiten lokken.'

'U kunt me niet vragen om een passagier bij de lurven te vatten.'

'Bij de lurven? Niet echt fijnbesnaard. Een fraaiere methode is om het brandalarm voor de achterstevenzijde aan stuurboord van dek 9 te laten afgaan.'

Kemper fronste zijn wenkbrauwen. 'U wilt dat ik vals brandalarm sla? Geen denken aan.'

'Het kan niet anders.'

Kemper dacht even na. 'We kunnen bijvoorbeeld een brandoefening houden.'

'Hij komt zijn hut niet uit voor een oefening. Alleen bij een verplichte evacuatie komt hij in beweging.'

Kemper streek met zijn handen door zijn vochtige haar. God, hij zweette. 'Misschien kan ik alleen in die gang het brandalarm laten afgaan.'

Ditmaal sprak Constance Greene. 'Nee, meneer Kemper,' zei ze met een vreemd, ouderwets accent. 'We hebben de zaak zorgvuldig onderzocht. U moet centraal alarm slaan. Een kapotte brandmelder wordt veel te snel gevonden. We hebben echt een vol halfuur nodig in Blackburns suite. En u zult het sprinklersysteem tijdelijk moeten uitschakelen, en dat kan alleen maar vanuit het centrale brandbestrijdingscentrum.'

Kemper stond op, snel gevolgd door Hentoff. 'Onmogelijk. Dit is een krankjorum verzoek. Brand is het gevaarlijkste wat er aan boord kan gebeuren, afgezien van zinken. Een scheepsofficier die willens en wetens vals alarm slaat... dat zou een ernstige overtreding zijn, misschien zelfs een misdrijf. Tss, meneer Pendergast, u bent bij de FBI, u weet dat ik dat niet doen kan! Er moet een andere manier zijn!'

Pendergast glimlachte, bijna droevig ditmaal. 'Er is geen andere manier.'

'Ik doe het niet.'

Pendergast streek met zijn duim langs de biljetten. Kemper kon het geld letterlijk ruiken, een geur van roestig ijzer.

Kemper keek onafgebroken naar het geld. 'Het kán gewoon niet.'

Even bleef het stil. Toen stond Pendergast op, liep naar het bureau, opende de bovenste lade, legde het stapeltje bankbiljetten erin en harkte de rest van de enveloppen van het bureau af, de lade in. Daarna sloot hij die langzaam en weloverwogen, draaide zich naar Hentoff om en knikte. 'Tot ziens in het casino, meneer Hentoff.'

Weer viel er een stilte, een langere ditmaal.

'U gaat... spelen?' vroeg Hentoff langzaam.

'Waarom niet?' Pendergast spreidde zijn handen. 'We zijn tenslotte op vakantie. En u weet, ik ben dól op blackjack. Ik had zo gedacht dat ik het Constance ook zou kunnen leren.'

Geschrokken keek Hentoff even naar Kemper.

'Ze zeggen dat ik snel leer,' merkte Constance op.

Kemper haalde weer een hand door zijn vochtige haar. Hij voelde de druppels uit zijn oksels lopen. Het werd allemaal alleen maar erger.

De sfeer in de kamer werd gespannen. Uiteindelijk liet Kemper met een zucht zijn adem ontsnappen. 'Ik heb even nodig om de zaken te regelen.'

'Dat begrijp ik.'

'Ik zal mikken op een algemeen brandalarm op dek 9, om tien uur morgenochtend. Meer kan ik niet doen.'

Pendergast knikte even. 'In dat geval zal ik tot dan moeten wachten. Laten we hopen dat de zaken tegen die tijd nog, eh, onder controle zijn.'

'Onder controle? Hoe bedoelt u?'

Maar Pendergast zweeg, neeg even het hoofd in hun richting, ging aan tafel zitten en wijdde zich weer aan zijn souper.

38

Rond middernacht slenterde Maddie Edmondson door de middengang van dek 3, dodelijk verveeld. Haar grootouders hadden haar de cruise voor haar zestiende verjaardag gegeven, en op dat moment had het een goed idee geleken. Maar niemand had haar verteld wat ze verwachten kon: dat het aan boord een drijvende hel was. Alle écht gave plekken – de dancings en de clubs waar de mensen van boven de twintig rondhingen, en de casino's – waren verboden terrein voor een meisje van zestien. En de shows waar ze wel naartoe mocht, leken speciaal bestemd te zijn voor boven de honderd. Antonio's Magic Revue, de Blue Man Group, en Michael Bublé die Sinatra zingt. Dit kon niet waar zijn. Ze had alle films gezien, en de zwembaden waren gesloten wegens zwaar weer. Het eten in de restaurants was veel te chic, en ze was te zeeziek om zich te buiten te gaan aan pizza of hamburgers. Er viel niets te doen, behalve naar de lunchvoorstellingen kijken, omringd door tachtigjarigen die aan hun gehoorapparaten zaten te frunniken.

Het enige interessante voorval was die idiote hangpartij in het Belgravia Theatre. Kijk, dát was iets geweest: al die ouwe besjes die op hun stok geleund zaten te kwaken, en die opa's die met veel gehum hun borstelige wenkbrauwen samentrokken, en de officieren en bemanning die rondholden als kippen zonder kop. Het maakte haar niet uit wat de anderen zeiden, het móést wel een truc zijn, een rekwisiet of zo, een reclamestunt voor de nieuwe film. Zo gingen mensen in het echt niet dood, dat gebeurde alleen in de film.

Ze kwam langs de goud-lamé-met-groen-glazen ingang van Trafalgar's, de spannendste club aan boord. Vanuit het donkere interieur klonk luide, dreunende muziek. Ze bleef even staan om naar binnen te kijken. Slanke gestalten, studenten en yuppen zo te zien, dansten daar in een werveling van rook en flikkerend licht. Bij de deur stond de alomtegenwoordige uitsmijter: slank en knap en met een smoking aan, maar evenzogoed een uitsmijter, popelend van verlangen om te voorkomen dat jonge meisjes als Maddie naar binnen gingen om het eens een keer naar hun zin te hebben.

Met een verveeld gezicht liep ze verder de gang door. De clubs en casino's zaten bomvol, maar een deel van de blauwe-haar-spoelingclub die normaal gesproken door de gangen en boetieks dwaalde, was verdwenen. Waarschijnlijk in hun hutten, onder het bed verstopt. Belachelijk. Ze hoopte maar dat ze geen avondklok zouden instellen, daar had ze iets over opgevangen. Dat zou de laatste druppel zijn. Het was tenslotte een grap, toch?

Ze nam de lift een verdieping omlaag, slenterde langs de winkels van Regent Street, de dure winkelgalerij, klom een trap op. Haar grootouders waren al naar bed, maar zij was nog lang niet moe. Ze liep al een uur doelloos door het schip te slenteren, met haar voeten over de vloerbedekking slepend. Met een zucht haalde ze een stel oordoppen uit haar zak, stak die op hun plek, en zette Justin Timberlake aan op haar iPod.

Ze kwam bij een lift aan, stapte naar binnen, kneep haar ogen dicht en drukte op een willekeurige knop. De lift daalde even, stopte, en ze stapte uit in de zoveelste eindeloze gang aan boord, ditmaal iets smaller dan ze gewend was. Ze zette het volume van haar muziekspeler harder, sleepte zich de gang door, sloeg een hoek om, trapte een deur open met een opschrift waarvan ze niet de moeite nam om het te lezen, huppelde een paar treden af en slenterde verder. De gang maakte nog een bocht, en toen ze die nam, kreeg ze plotseling het gevoel dat ze gevolgd werd.

Ze bleef staan en draaide zich om om te zien wie het was, maar de gang lag er verlaten bij. Ze deed een paar stappen terug en keek om de hoek. Niets.

Het zou wel een normaal scheepsgeluid geweest zijn: die ellendige boot dreunde en schudde hier als een soort monsterlijke tril-plaat.

Ze draaide het volume nog harder en dwaalde verder. Ze liet zich langs één wand glijden, zette zich af met haar elleboog, zeilde naar de overkant en gleed daar weer even langs de muur. Nog vier dagen, dan kwamen ze in New York aan. Ze popelde om thuis te zijn en haar vriendinnen te spreken.

Daar was het weer: dat gevoel dat er iemand achter haar aan zat.

Plotseling bleef ze staan, en ditmaal trok ze de oordoppen uit haar oren. Ze keek nog een keer over haar schouder, maar opnieuw viel er niets te bekennen. Wat had ze hier eigenlijk te zoeken? Het was gewoon een zoveelste gang, met vloerbedekking, en aan weerszijden deuren die eruitzagen als particuliere vergaderzalen of zo. Het was er ongewoon verlaten.

Met een ongeduldig gebaar gooide ze haar haar naar achteren: jemig, ze deed al even idioot als dat stel bejaarden. Ze keek door een binnenraam een kamer binnen en zag een lange tafel vol computers, een cybercafé. Ze vroeg zich af of ze naar binnen zou gaan om te surfen, maar besloot het niet te doen: alle goede sites waren natuurlijk weer geblokkeerd.

Toen ze zich omdraaide, zag ze vanuit haar ooghoek iets bewegen en ving ze een glimp op van iemand die net voorbij de hoek achter haar wegdook. Ditmaal was er geen twijfel mogelijk.

'Hé!' riep ze. 'Wie is daar?'

Geen antwoord.

Waarschijnlijk een kamermeisje, daar krioelde het hele schip van. Ze liep verder, maar sneller nu, en met de oordoppen in haar hand. Dit was sowieso een naar stuk van het schip; ze kon beter weer naar boven gaan, naar de winkels. Onderweg keek ze goed uit naar zo'n plattegrond waarop je kon zien waar je je op dat moment bevond. Maar intussen kon ze zweren dat ze, boven het geluid van het schip uit, voetstappen op de vloerbedekking hoorde.

Dit sloeg nergens op. Ze liep nog sneller, nam weer een bocht, en nog een, en nog steeds zag ze nergens een plattegrond hangen of zag ze iets bekends, niets dan eindeloze gangen. Alleen viel haar op dat de vloerbedekking intussen plaats had gemaakt voor linoleum.

Ze besefte dat ze ergens was beland waar het voor passagiers verboden terrein was, en dat ze het bordje met VERBODEN TOE-

GANG gemist moest hebben. Misschien had dat op die deur gezeten die ze opengetrapt had. Maar ze had geen zin om dezelfde
weg terug te lopen, geen sprake van.

Ze hoorde onmiskenbaar voetstappen achter zich, harder nu.
Als zij langzamer liep, werden de stappen ook trager; versnelde
zij haar pas, dan deed haar achtervolger dat ook. Zat er een of
andere griezel achter haar aan? Misschien moest ze het op een
rennen zetten; ze kon stukken harder dan een of andere bejaarde
griezel. Ze kwam bij een zijdeur, dook daardoorheen en liep een
metalen trap af, die uitkwam in alweer een lange gang. Ze hoorde het gekletter van voetstappen op de trap achter haar.

En toen zette ze het op een lopen.

De gang maakte een haakse bocht en liep dood voor een deur
met een rood opschrift: ALLEEN TECHNISCHE DIENST.

Ze greep de deurknop. Op slot. In paniek en met ingehouden
adem draaide ze zich om. In de gang hoorde ze weergalmende,
rennende voetstappen. Koortsachtig voelde ze nogmaals aan de
deur; ze rammelde eraan, ze gilde. Haar iPod viel uit haar zak en
schoof ongezien over de vloer.

Weer draaide ze zich om, wanhopig op zoek naar een andere
deur, een nooduitgang, wat dan ook.

De voetstappen kwamen steeds dichterbij; en toen, plotseling,
kwam er iemand de hoek om.

Maddie schokte van de angst en er welde een gil op in haar
keel, maar toen ze zag wie het was, zakte ze huilend van opluchting ineen. 'Goddank dat u het bent,' zei ze. 'Ik dacht... dat er iemand achter me aan zat. Ik weet niet. Ik ben verdwaald. Helemaal verdwaald. Ik ben zo blij dat u het bent...'

Het mes kwam zo snel dat ze niet eens tijd had om te gillen.

39

LeSeur stond met Mason aan zijn zijde op de brug. Hij keek hoe
commodore Cutter met zijn handen achter zijn rug ineengeklemd
voor het werkstation van de brug heen en weer ijsbeerde, langs

de rij flatpanelschermen, de ene voet keurig voor de andere gezet, traag en weloverwogen. Terwijl hij de hele lengte van de middenbrug aflegde, schoof zijn silhouet voor het ene na het andere scherm langs. Maar zijn blik bleef recht vooruit gevestigd en hij keek noch naar de schermen, noch naar de officier van de wacht, die met een misplaatst en ongelukkig gezicht stond te kijken.

LeSeur keek naar de schermen van de radar en het weerstation. Het schip voer langs de zuidelijke flank van een enorm, tegen de wijzers van de klok in draaiend, stormsysteem. Het goede was dat ze de wind in de rug hadden; het slechte was dat dit inhield dat ze de zee achterop hadden. De stabilisatoren waren al uren geleden volledig uitgeklapt, maar toch maakte het schip trage, misselijkmakende, gierende bewegingen die de passagiers gegarandeerd extra ongemak moesten bezorgen. Hij keek nogmaals naar de schermen. De golven waren tien meter hoog, de windsnelheid was veertig knopen en het radarbeeld was uitermate onrustig. Desalniettemin deed het schip het voorbeeldig. Onwillekeurig voelde LeSeur zich even trots op de *Britannia*.

Geluidloos verscheen Kemper aan zijn zijde, zijn gezicht spookachtig blauw in het kunstlicht van de beeldschermen. Hij zag eruit alsof hij veel aan zijn hoofd had.

'Kan ik u even spreken,' mompelde hij.

LeSeur keek naar Mason en gebaarde met zijn blik. Samen volgden ze Kemper naar een van de overdekte vleugels van de brug. De regen beukte op de ramen en stroomde in brede stromen omlaag. Buiten was het aardedonker.

Zonder iets te zeggen overhandigde Kemper LeSeur een blad papier. De eerste stuurman keek er in het schemerlicht naar. 'Grote goedheid. Achttien mensen als vermist gemeld?'

'Inderdaad. Maar zoals u onderaan kunt zien, zijn zestien daarvan al weer boven water. Zodra iemand tien minuten de hut uit is, belt de partner de beveiliging al. De kwestie is, de situatie aan boord is aan het verslechteren. De passagiers raken steeds meer in paniek. En mijn staf is vrijwel lamgeslagen.'

'En die twee die niet gevonden zijn?'

'Een is een meisje van zestien; haar grootouders hebben het gemeld. De andere is een vrouw met lichte alzheimer.'

'Hoe lang zijn ze al vermist?'

'Het meisje drie uur. De oude dame zowat een uur.'

'Vindt u dit een reden voor ernstige bezorgdheid?'

Kemper aarzelde. 'De oude dame niet, volgens mij is die gewoon verward geraakt, misschien ergens in slaap gevallen. Maar het meisje… ja, daar maak ik me zorgen over. We hebben haar al herhaalde malen omgeroepen en we hebben de openbare ruimtes doorzocht. En dan hebben we dít.' En met die woorden gaf hij LeSeur een tweede blad papier.

Met stijgend ongeloof las de eerste stuurman het. 'God nog aan toe, is dat echt zo?' Hij priemde met zijn vinger naar het papier. 'Een mónster aan boord?'

'Zes mensen op dek 9 hebben het gezien. Een soort… ik weet niet. Een ding, overdekt met rook, of bestaand uit dichte rook. De verhalen verschillen. De verwarring is groot.'

LeSeur gaf de papieren terug aan Kemper. 'Dit is absurd.'

'Ja, maar daaraan valt het niveau van hysterie af te lezen. En persoonlijk vind ik dat een zorgwekkende ontwikkeling, bijzonder zorgwekkend. Massahysterie aan boord van een lijnschip midden op de oceaan? Ik heb toch al onvoldoende mankracht. We hebben onze handen meer dan vol.'

'Is er enige manier om het overige personeel tijdelijk aan de beveiliging te zetten? Een stel capabele junior-technici van hun normale werk plukken?'

'Verboden volgens het reglement,' zei stafkapitein Mason, die voor het eerst haar mond opendeed. 'Commodore Cutter is de enige die dat kan opheffen.'

'Kunnen we een verzoek indienen?' vroeg Kemper.

Mason wierp een koele blik naar de middenbrug, waar Cutter aan het ijsberen was. 'Dit is niet het juiste moment om de commodore wat dan ook te vragen, meneer Kemper,' zei ze vastberaden.

'Kunnen we dan de casino's sluiten en Hentoffs mensen aan beveiliging toewijzen?'

'Dat zal de rederij niet leuk vinden. Veertig procent van de winstmarge komt uit de casino's. En bovendien zijn die mensen delers en croupiers, die zijn niet opgeleid voor iets anders. Dan kunnen we net zo goed het bedienend personeel inzetten.'

Weer een lange stilte.

'Dank u voor uw rapport, meneer Kemper,' zei Mason. 'Dat was het.'

Kemper knikte en liep weg. LeSeur en Mason bleven alleen op de brugvleugel achter.

'Kapitein Mason?' vroeg LeSeur na een tijdje.

'Ja, meneer LeSeur?' De stafkapitein draaide zich naar hem toe, de harde lijnen van haar gezicht vaag verlicht door het schijnsel.

'Sorry dat ik er weer over begin, maar is er nog gesproken over uitwijken naar St. John's?'

Op deze vraag volgde een lange stilte, wel bijna een minuut. Tot slot antwoordde Mason: 'Officieel niet, meneer LeSeur.'

'Ben ik te vrij, sir, als ik vraag waarom niet?'

LeSeur kon Mason zorgvuldig zien nadenken over de formulering van haar antwoord. 'De commodore heeft zijn strikte orders in dat opzicht al gegeven,' zei ze uiteindelijk.

'Maar stel dat dat vermiste meisje... een nieuw slachtoffer is?'

'Commodore Cutter lijkt niet van zins van gedachten te veranderen.'

LeSeur voelde woede komen opzetten. 'Sorry dat ik geen blad voor de mond neem, sir, maar we hebben een brute moordenaar aan boord. Als we die Pendergast mogen geloven, heeft hij al drie mensen vermoord. De passagiers draaien door, de helft houdt zich schuil in z'n hut en de andere helft zit zich te bezatten in de lounges en casino's. En nu is er kennelijk sprake van een soort massahysterie aan boord, met verhalen over een ronddolende verschijning. Onze directeur Beveiliging heeft zo goed als toegegeven dat hij de situatie niet in de hand heeft. Vindt u niet dat we gezien de omstandigheden serieus zouden moeten overwegen om uit te wijken?'

'Als we van koers veranderen, komen we dieper in de storm terecht.'

'Weet ik. Maar ik sta liever tegenover een noordooster dan tegenover een dolgedraaide menigte, van passagiers én bemanning.'

'Wat u en ik denken, doet er niet toe,' zei Mason kil.

Ondanks haar toon zag LeSeur dat zijn laatste opmerking doel had getroffen. De officieren aan boord waren zich scherp bewust van het feit dat ze een zeer kleine minderheid vormden. Naast brand op zee was onrust onder de passagiers – of erger dan onrust – een van de grootste angsten.

'U bent stafkapitein,' hield hij aan. 'U staat direct onder de commodore. U verkeert in de beste positie om invloed op hem uit te oefenen. We kunnen zo niet doorgaan, u móét hem overreden om uit te wijken.'

Mason keek hem aan. Haar ogen stonden dodelijk vermoeid. 'Meneer LeSeur, beseft u het dan niet? Niemand kan commodore Cutter op andere gedachten brengen. Zo simpel is dat.'

LeSeur stond haar even met open mond aan te kijken. Het was onvoorstelbaar, een ondenkbare situatie. Hij keek naar de brug. Cutter was nog steeds aan het ijsberen, verdiept in zijn eigen besloten wereld, zijn gezicht een ondoordringbaar masker. LeSeur moest denken aan kapitein Queeg in *Muiterij aan boord van de Caine*, in volslagen ontkenning terwijl het schip onverbiddelijk afgleed naar de chaos. 'Kapitein, als er nog een moord plaatsvindt...' Zijn stem viel weg.

'Meneer LeSeur,' antwoordde Mason, 'als er nog een moord plaatsvindt, wat God verhoede, dan hebben we het hier opnieuw over.'

'Dan hébben we het er nog eens over? Eerlijk, sir, wat heeft het voor zin om er nog langer over te praten? Als er nog een...'

'Ik heb het niet over zomaar praten. Ik heb het over artikel v.'

LeSeur keek haar met stomme verbijstering aan. Artikel v hield in dat een kapitein midden op zee werd afgezet wegens veronachtzaming van zijn plichten.

'U wilt toch niet zeggen...?'

'Dat was het, meneer LeSeur.'

LeSeur keek Mason na toen ze zich omdraaide en terugliep naar het midden van de brug; ze bleef even staan om met de navigator te praten, zo koel alsof er niets gebeurd was.

Artikel v. Mason had ballen. Als het daarop uitliep, dan moest dat maar. Dit was in hoog tempo een strijd aan het worden, niet alleen om een veilige gang van zaken aan boord van de *Britannia*, maar om overleving zelf.

40

Kemper liep het centrale computer- en dataprocessingcomplex op dek B uit, op weg naar de dichtstbijzijnde liften. Het had hem het grootste deel van de nacht gekost om het valse alarm te organiseren. Het was een enorme klus geweest om de bewakingssystemen van het schip te resetten zonder sporen achter te laten, en het uitschakelen van het sprinklersysteem was zo mogelijk nog lastiger geweest. Nog niet zo lang geleden, bedacht hij grimmig, waren de enige elektronische systemen aan boord van een lijnschip de radar en de communicatie. Nu leek het hele schip verdomme wel één groot netwerk. Alsof je op een uit z'n krachten gegroeide computer ronddobberde.

De lift arriveerde, en Kemper drukte op de knop voor dek 9. Het was bijna waanzin om midden op een toch al nerveus schip een vals alarm te geven, met een gezagvoerder die in het gunstigste geval gewoon geen oog had voor de problemen, in het ergste geval zelf volslagen krankzinnig was, in een storm midden op zee. Als dit ooit uitlekte, raakte hij niet alleen zijn baan kwijt maar ging hij de cel in. Hij vroeg zich af hoe het Pendergast gelukt was hem hiertoe over te halen.

En toen dacht hij aan de rederij, en wist hij weer hoe.

De liftdeuren gleden open op dek 9. Hij stapte naar buiten en keek op zijn horloge: tien voor tien. Hij klemde zijn handen achter zijn rug ineen, plakte een verse glimlach op zijn gezicht en slenterde door de stuurboordgang, knikkend en glimlachend naar de passagiers die terugkwamen van het ontbijt. Dek 9 was een van de chicste aan boord, en hij hoopte bij god dat na al dat gepriegel van hem de sprinklers inderdaad niet af zouden gaan. Dat zou dan een dure ramp worden voor North Star, gezien het feit dat sommige hutten en suites door de gasten zelf waren ingericht, met kostbare kunstvoorwerpen, schilderijen en sculpturen.

Niet het minst Blackburns eigen driedubbele suite.

Nonchalant keek hij nog eens op zijn horloge. Twee voor tien. Hentoff moest nu achter in de gang van dek 9 staan, met een bewaker, klaar om in actie te komen.

Iiiieeeeee! Het brandalarm scheurde als een krassende kraai door de fraaie gang, gevolgd door de bandopname van een Engelse stem met een hete aardappel in de keel.

'Attentie, dit is een brandalarm. Alle passagiers dienen de ruimte onmiddellijk te verlaten. Scheepspersoneel naar hun post. Volg de instructies aan de binnenkant van uw hutdeur of de orders van de brandbeveiligingsfunctionarissen. Attentie: dit is een brandalarm. Alle passagiers...'

Overal langs de gang werden deuren opengesmeten en kwamen mensen naar buiten zetten, sommigen gekleed, anderen in nachthemd of T-shirt. Het was opmerkelijk, vond Kemper, hoe snel ze reageerden. Het leek wel of ze allemaal ergens op hadden zitten wachten.

'Wat is er aan de hand?' vroeg iemand. 'Wat is er?'

'Brand?' klonk een andere stem, ademloos, bijna in paniek. 'Waar?'

'Mensen!' riep Kemper, haastig door de gang lopend. 'Geen paniek! Verlaat uw hutten en loop naar voren! Verzamelen in de voorste lounge! Maakt u zich geen zorgen, geen reden voor paniek, allemaal naar voren doorlopen, graag.'

'Attentie, dit is een brandalarm...'

Een gezette vrouw in een opbollende nachtpon kwam een hut uitzetten en greep hem met vlezige armen vast. 'Brand? O god, wáár?'

'Niets aan de hand, mevrouw. Loopt u alstublieft door naar de voorste lounge. Alles komt goed.'

Er dromden meer mensen rond hem samen. 'Waar moeten we naartoe? Waar is de brand?'

'Naar voren lopen, naar het eind van de gang, en verzamelen in de lounge!' Kemper drong zich naar voren. Er was nog niemand uit Blackburns suite gekomen. Hij zag Hentoff en de bewaker door de gang hollen, zich langs de mensen wringen.

'Pepys! Mijn Pepys!' Een vrouw vocht zich tegen de stroom in terug, botste tegen Kemper op en verdween haar suite weer in. De bewaker wilde haar tegenhouden, maar Kemper schudde zijn hoofd. Even later kwam de vrouw naar buiten met een hond.

'Pepys! Goddank!'

Kemper keek even naar de casinomanager. 'De Penshurst Suite,' prevelde hij. 'We moeten ervoor zorgen dat die leeg is.'

Hentoff stelde zich opzij van de deur op, terwijl de bewaker op het glanzende hout beukte. 'Brand! Evacueren! Iedereen naar buiten!'

Niets. Hentoff wierp Kemper een blik toe. Hij knikte. De bewaker haalde een loper tevoorschijn en haalde die door het kaartslot. De deur sprong open en samen liepen ze naar binnen.

Kemper bleef bij de deur staan wachten. Even later hoorde hij binnen stemverheffing. Een vrouw in uniform rende de suite uit, de gang in. Vervolgens verscheen Blackburn op de drempel, letterlijk naar buiten gesleept door de bewaker.

'Blijf van me af met je smerige handen, hufter!' riep hij.

'Het spijt me, meneer, maar zo luiden de voorschriften,' zei de bewaker.

'Er is helemaal geen brand! Ik ruik niet eens rook!'

'Voorschrift, meneer,' echode Kemper.

'Doe dan ten minste mijn deur op slot!'

'Volgens de brandvoorschriften moeten alle deuren openblijven in geval van brand. Wilt u dan nu doorlopen naar de voorste lounge, waar de andere passagiers zich verzameld hebben?'

'Ik laat mijn hut niet onafgesloten achter!' Blackburn wrong zich los en probeerde zijn kamer weer in te komen.

'Meneer,' zei Hentoff, en hij greep Blackburn bij zijn jasje, 'als u niet met ons meekomt, moeten we u arresteren.'

'Arresteren, over mijn lijk!' Blackburn haalde uit naar Hentoff, die de klap ontweek. Hij dook naar de deur en instinctief tackelde Hentoff hem. Samen rolden ze over de vloer, een kluwen van twee mannen in pak. Het geluid van scheurende textiel was te horen.

Kemper holde erheen. 'De handboeien!'

De bewaker greep een stel kunststof handboeien. Toen Blackburn boven kwam te liggen en probeerde overeind te komen, smeet hij hem behendig op de grond, pinde zijn handen vast en sloeg ze achter zijn rug in de boeien. Blackburn trilde en schokte van de woede. 'Weet jij wel wie ik ben? Dit komt jullie duur te staan...!' Hij probeerde rechtop te gaan zitten.

Kemper reageerde. 'Meneer Blackburn, we zijn ons terdege bewust van wie u bent. En nu even goed luisteren alstublieft: als u niet vreedzaam naar de voorste lounge vertrekt, stuur ik u linea recta naar de bajes, waar u dan blijft zitten tot we van boord gaan, waarna u aan de plaatselijke politie wordt overgedragen wegens geweldpleging.'

Met opengesperde neusgaten staarde Blackburn hem aan, zwaar ademend.

'Maar als u nu kalmeert en onze orders opvolgt, zal ik de handboeien verwijderen en vergeten we uw volslagen overbodige agressie jegens het personeel aan boord. Als het een vals alarm is, bent u met een halfuur weer terug in uw suite. Wat kiest u?'

Nog wat hevig gesnuif, en daarna boog Blackburn zijn hoofd.

Kemper gebaarde naar de bewaker, die de handboeien afnam.

'Breng hem naar de lounge. En zorg dat niemand het komende halfuur vertrekt.'

'Goed, meneer.'

'Zodra het sein brand meester is gegeven, kan iedereen terug naar zijn suite.'

'Uitstekend.'

De bewaker liep met Blackburn de nu verlaten, weergalmende gang in, en Kemper en Hentoff bleven alleen achter. Goddank: de sprinklers waren niet aangegaan. Al zijn voorbereidingen waren niet voor niets geweest. De brandweer kwam eraan, met slangen en uitrusting, ging de hutten binnen op zoek naar de brand en sloot de deuren wanneer ze klaar waren. Hoewel het algauw duidelijk aan het worden was dat het waarschijnlijk vals alarm was geweest, moesten ze volgens het boekje te werk gaan.

Kemper keek naar Hentoff en zei gedempt: 'Laten wij ook maar gaan. Het lijkt me beter om niet in de buurt te zijn als Pendergast...'

'Ik wil het niet eens horen.' En Hentoff liep de gang uit alsof hij niet snel genoeg weg kon komen.

41

Aan de andere kant van het schip verliet Emily Dahlberg het Café Soho na een licht ontbijt van thee met scones, en ging op weg naar Regent Street, de winkelgalerij op dit dek. Ze gaf de voorkeur aan deze dure galerij, die ze beter vond dan de andere, St. James's, op dek 6. De gang zag eruit als het echte Regent Street van honderd jaar geleden, en ze hadden het fantastisch gedaan: lantaarns met echte gasverlichting, straatjes met kinderhoofdjes met kleine, elegante boutieks aan weerszijden. Ze was net op tijd: in tegenstelling tot de casino's en clubs die dag en nacht open waren, hield Regent Street er geregelder openingsuren op na. Het was tien uur en de winkels gingen net open, de lichten sprongen aan, de metalen hekken werden voor de etalages opgetrokken.

Tien uur. Anderhalf uur tot ze weer had afgesproken met Gavin Bruce om hun volgende zet te plannen.

Dahlberg slenterde langs de eerste winkel en keek in de etalage. Ze kende het echte Regent Street goed, en de winkels hier waren nog duurder dan in de echte straat. Stel je voor, bedacht ze terwijl ze naar binnen keek, elfhonderd pond voor een cocktailjurkje dat je in Londen voor een derde van de prijs kon kopen. Een lijnschip had iets waardoor je je gezonde verstand kwijtraakte.

Ze glimlachte vagelijk terwijl ze door de namaakavenue slenterde, haar gedachten overal en nergens. Vreemd genoeg betrapte ze zich erop, ondanks alle verwarring en angst die als een sluier in de lucht hingen, dat ze aan de elegante Pendergast moest denken. Ze had hem sinds de avond van dat eerste diner niet meer gezien, behalve dan toen ze hem een keer in het casino voorbijgelopen was, maar ze merkte dat haar gedachten steeds weer naar hem terugkeerden. Ze had eenenvijftig jaar geleefd, drie echtgenoten meegemaakt, de een nog rijker dan de ander, maar ze was van haar levensdagen niemand tegengekomen die zo intrigerend was als Aloysius Pendergast. En het vreemdste was nog wel dat ze niet eens kon verwoorden wat het nou precies was. Maar ze had het geweten; ze had het geweten vanaf het eerste moment van oogcontact, vanaf de eerste honingzoete woorden die van zijn lippen waren gestroomd.

Ze bleef staan om een Cornelli-topje met pailletten te bewonderen, en haar gedachten dwaalden even af naar diverse vaag heerlijke en sensuele mogelijkheden, voordat ze terugkeerde naar het hier en nu. Haar eerste twee echtgenoten waren van Engelse adel geweest, ouderwetse landheren, en haar competentie en onafhankelijkheid had hen uiteindelijk op de vlucht gejaagd. In haar derde echtgenoot, een Amerikaan die in de vleesverpakkingsindustrie zat, had ze eindelijk een gelijke gevonden; maar hij was tijdens een wel heel energieke vrijpartij bezweken aan een hersenbloeding. Ze had gehoopt tijdens de cruise een geschikte vierde echtgenoot tegen te komen; het leven was kort, en ze was als de dood om haar oude dag alleen met haar paarden door te brengen. Maar nu, met al die ophef over de vreselijke moord, zag het er niet best uit.

Het deed er niet toe. In New York kwam straks de Guggenheim-avond, de *Elle*-glamourparty, het diner van de Metropolitan Club, en nog een aantal gelegenheden waar je geschikte mannen kon ontmoeten. Misschien, dacht ze, moest ze haar criteria ietsjes naar beneden bijstellen, maar niet te veel.

Aan de andere kant, misschien zou dat niet nodig zijn. Zo was ze ervan overtuigd dat ze voor die meneer Pendergast de lat hoog kon laten liggen. Althans, voor zover ze kon zeggen zonder hem uit te kleden.

Ze keek naar de traag bewegende menigte. Er waren minder mensen op de been dan gebruikelijk, waarschijnlijk vanwege het zware weer, de verdwijningen en de moord. Of misschien had iedereen een kater; de hoeveelheden alcohol die ze de vorige avond had zien nuttigen in de restaurants, clubs en bars hadden haar met stomheid geslagen.

Ze liep naar een andere dure boetiek, de laatste in de straat, die net haar luiken aan het opendoen was. Ze wachtte terwijl het metaal met een afgrijselijk lawaai omhoogratelde – wat in Regent Street zelf charmant aandeed, was aan boord alleen maar hinderlijk – en zag tot haar verrassing de etalage van een kleine bontwinkel. Zelf had ze het niet zo op bont, maar ze kon een schitterend stuk couture wel degelijk waarderen. Een van de winkelbedienden stond bij het venster, druk bezig de enkellange bontjas recht te trekken die op de een of andere manier wat scheef op de ouderwetse rotan paspop was komen te zitten. Ze bleef staan om de jas te bewonderen: gelaagd, met dikke, ruim bemeten franje. *Daarin krijg je het in een Siberische goelag nog niet koud*, dacht ze met een glimlach.

Ze zag de bediende steeds geïrriteerder sjorren en trekken, tot plotseling tot hem doordrong dat de jas scheef dichtgeknoopt was. Met een overdreven rollen met zijn ogen knoopte hij hem open en sloeg de panden opzij. Er viel een regen van stroperige druppels van de etalagepop af, gevolgd door iets wat een stuk rood-wittig touw leek. De man, die kennelijk iets nats op zijn handen voelde, bracht ze naar zijn gezicht. Ze waren rood, overdekt in een dikke vloeistof die niets anders kon zijn dan bloed.

Bloed...

Emily Dahlberg sloeg haar hand voor haar mond. De winkelbediende reageerde heftiger: hij sprong achteruit, gleed uit op de nu bloederige vloer en verloor zijn evenwicht. Hij molenwiekte met zijn armen, schreeuwde, greep naar de etalagepop en uiteindelijk vielen man, jas en etalagepop met een dreun op de grond, waarbij de jas openvloog zodat er een lijk zichtbaar werd.

Hoewel, bedacht Emily Dahlberg: het was geen lijk, althans geen héél lijk. Het was een kluwen organen, rood en wit en geel, die uit een rafelig gat in de rotantors van de etalagepop bungelden. Met open mond van schrik en ongeloof bleef ze als aan de grond genageld staan kijken. Ze had wel zoveel bloederige scènes gezien, aan de arm van haar derde echtgenoot, dat ze wist dat dit niet afkomstig was van een koe. Nee, koeiendarmen waren groter. Dit was iets heel anders.

Plotseling merkte ze dat haar ledematen het weer deden. En terwijl ze zich omdraaide en op ietwat onvaste benen terugliep door Regent Street, begonnen er kreten over haar schouder te echoën. Maar Emily Dahlberg keek niet om; niet één keer.

42

Om drie over tien ging de deur naar een elektrische poort op dek 9 langzaam open. De gang was volslagen verlaten. Het gekrijs van het brandalarm was opgehouden, en het enige wat over was, was een doorzeurend omroepbericht voor noodgevallen, dat keer op keer door de luidsprekers klonk. Van één kant kwamen de stemmen van de brandweerlieden, steeds verder weg; van de andere, een vaag en onverstaanbaar gemurmel uit de voorste lounge. Na een korte aarzeling kwam Pendergast tevoorschijn uit de duisternis van de elektrische poort, als een spin uit haar web. Hij keek naar links en naar rechts, en speurde de hele gang af. Toen sprong hij, katachtig snel, naar voren, opende de deur van de Penshurst Suite, glipte naar binnen, trok de deur achter zich dicht en schoof de zware grendel ervoor.

Even stond hij roerloos in de stille gang. Verderop, in de salon, waren de gordijnen dichtgetrokken tegen de donkere, stormachtige ochtend, en er filterde maar weinig licht naar binnen. Hij hoorde het vage dreunen van het schip, en het geluid van regen en wind die de ruiten geselden. Hij ademde in, al zijn zintuigen gespannen. Heel zwak ontwaarde hij diezelfde wasachtige, rokerige, harsige geur die de taxichauffeur had beschreven; de geur die hij kende uit het binnenklooster van Gsalrig Chongg.

Hij keek op zijn horloge: vierentwintig minuten.

De Penshurst Suite was een van de twee grootste aan boord, en deed eerder denken aan een elegante stadsvilla dan aan een suite, met drie slaapkamers en een fitnessruimte op de bovenste verdieping en een salon, keuken, eetkamer en balkon beneden, verbonden door een wenteltrap. Hij liep de gang uit, de donkere zitkamer in. Zilver, goud, turkoois en vernis glansden mat vanuit de schaduwen. Pendergast knipte het licht aan en was even verbijsterd door de buitengewone en gevarieerde kunstcollectie die hem begroette: vroege kubistische werken van Braque en Picasso, onbekommerd gecombineerd met meesterstukken van Aziatische schilder- en beeldhouwkunst uit India, Zuidoost-Azië, Tibet en China. En er waren ook andere schatten; een tafel met vroeg-Engels repoussézilver en gouden snuifdoosjes; een aantal kistjes met gouden munten uit de Griekse oudheid; een eigenaardige verzameling van wat eruitzag als romeinse fibula's en ceintuurs.

De collectie als geheel liet zien dat hier iemand aan het werk was met een goed oog, een fantastische smaak en mateloos diepe zakken. Maar bovendien was dit het werk van iemand met een waar gevoel voor cultuur, met onderscheidingsvermogen: een man met interesses en kennis die veel verder gingen dan zomaar zakelijke belangstelling.

Was dit, vroeg Pendergast zich af, dezelfde die zulke zinloze en sadistische verminkingen had aangebracht aan het lichaam van Jordan Ambrose na diens dood? Hij dacht weer terug aan hoe de moord op Ambrose in ieder denkbaar opzicht psychologisch inconsistent was geweest.

Hij liep recht op de grote teakhouten kast achter in de kamer af. Daarin, had Constance gezegd, bevond zich de safe van de suite. Hij opende de kast, haalde de magneetkaart tevoorschijn die hij van Kemper had gekregen en stak die in het slot. Even later sprong de kluisdeur met een zachte klik open.

Hij trok de deur wijd open en keek naar binnen. Op dat moment wolkte er een sterke geur van hars en rook naar buiten. Er lag maar één ding in de kluis: een lange, rechthoekige houten krat, overdekt met verbleekte Tibetaanse lettertekens.

Met uiterste zorg trok hij de kist naar buiten. Hij was opvallend licht, en zo doorboord met houtwormgaten dat het wel een uitgedroogde spons leek. Bij de minste aanraking viel er zaagsel uit. Hij ontgrendelde de oude, koperen sluiting en opende behoedzaam het deksel, dat uiteenviel in zijn handen. Voorzichtig trok hij de stukken weg en keek naar binnen.

De kist was leeg.

43

De beveiligingszoemer van de brug ging over, ten teken dat er iemand binnenkwam. Even later verscheen Kemper in de deuropening. LeSeur schrok van zijn uiterlijk: zijn gezicht zag grauw, zijn haar hing slap, zijn kleren zaten schots en scheef. Hij zag eruit alsof hij in geen week geslapen had.

'Wat is er, meneer Kemper?' vroeg hij, met een onwillekeurige blik op commodore Cutter, die nog steeds op de brug zat en weer aan het ijsberen was geslagen. Het schip stond op de automatische piloot – een verbintenis van software, mechanica en satelliettechnologie die niets minder dan een wonder van scheepstechniek was en het schip veel beter op koers kon houden dan wat voor menselijke stuurman ook, en bovendien enorme hoeveelheden brandstof bespaarde. Het probleem, in LeSeurs optiek, was dat die automatische piloot nog steeds koers zette naar New York.

'Het vermiste meisje is terecht,' zei Kemper gedempt. 'Althans, een deel van haar.'

Even bleef het stil. LeSeur voelde een golf van afgrijzen door zich heen slaan terwijl hij probeerde die informatie te verwerken.

'Een deel van haar,' herhaalde hij na enige tijd. Zijn keel voelde droog aan.

'Delen van een menselijk lichaam – organen, ingewanden – zijn gevonden in een etalagepop in een van de winkels in Regent Street. En vrijwel op datzelfde moment is er een half verbrijzelde armband en... bloed, weefsel, ander spul... gevonden bij de achterste reling aan bakboord op dek 1.'

'De rest is dus overboord gesmeten,' zei LeSeur zacht. Dit was een nare droom, een nachtmerrie. Het kon niet anders.

'Daar ziet het wel naar uit. De iPod van het meisje is gevonden op dek b, buiten het luik dat naar de technische ruimtes leidt. Kennelijk heeft hij haar daar aangesproken, haar naar dek 1 meegenomen of gedragen, haar op het weerdek vermoord en in stukken gesneden, en overboord gesmeten – en een paar, eh, trofeeën, bewaard. En die zijn op hun beurt naar de bontwinkel aan Regent Street gebracht en in de etalagepop aangebracht.'

'Weten de passagiers het al?'

'Ja. Het gerucht schijnt zeer snel de ronde te doen. Het nieuws valt beslist niet goed.'

'Hoe erg is het?'

'Ik heb al heel wat hysterische mensen gezien. In het casino moest iemand, een man, fysiek in bedwang gehouden worden. Ik heb u gewaarschuwd voor hysterie aan boord, en mijn advies luidt dan ook dat de commodore een ISPS code 1 uitroept en dat u stappen onderneemt om de veiligheid op de brug onmiddellijk te verhogen.'

LeSeur wendde zich tot de tweede stuurman. 'Activeer de beveiligingsluiken op alle toegangen tot de brug. Niemand mag zonder permissie naar binnen.'

'Aye, aye.'

Hij wendde zich tot de beveiligingschef. 'Ik zal de ISPS code overleggen met de commodore. Enige aanwijzingen over een mogelijke dader?'

'Niets. Behalve dan dat de moordenaar opvallend genoeg toegang heeft tot allerlei delen van het schip, kennelijk zelfs beschikt over een sleutel voor de technische ruimtes en de winkel aan Regent Street.'

'Volgens Pendergast had de moordenaar op de een of andere manier een beveiligingspas bemachtigd.'

'Of een loper,' zei Kemper. 'Daar zijn er tientallen van uitgegeven.'

'Motief?'

'Dit kan het werk zijn van een krankzinnige psychopaat. Of misschien iemand met een specifiek doel voor ogen.'

'Een doel? Wat dan bijvoorbeeld?'

Kemper haalde zijn schouders op. 'Geen idee. Paniek zaaien aan boord, misschien?'

'Maar waarom?'

Toen de beveiligingschef geen antwoord had, knikte LeSeur. 'Dank u, meneer Kemper. Wilt u alstublieft met me meekomen terwijl ik dit aan de commodore meld?'

Kemper slikte even en knikte. LeSeur liep naar de middenbrug en stelde zich op in het looppad van de commodore. 'Commodore Cutter?'

Cutter hield op met ijsberen en hief langzaam zijn enorme hoofd. 'Wat is er, meneer LeSeur?'

'Meneer Kemper heeft zojuist een nieuwe moord aan boord gemeld. Een jong meisje.'

Bij die woorden flitsten Cutters ogen even op, voordat ze weer dof werden. Hij keek naar het hoofd Beveiliging. 'Meneer Kemper?'

'Commodore. Vanochtend vroeg is op dek 1 een zestienjarig meisje vermoord. Enkele delen van het lichaam zijn aangebracht op een etalagepop in een van de winkels aan Regent Street. Die zijn ontdekt toen de winkel vanochtend openging. Het verhaal doet de ronde en de passagiers zijn in paniek.'

'Is uw staf bezig met onderzoek?'

'Mijn staf doet zijn uiterste best om de orde te handhaven, gemelde verdwijningen na te trekken en de passagiers te kalmeren. Met alle respect, we verkeren niet in een positie om bewijzen te verzamelen, passagiers te ondervragen of onderzoek uit te voeren.'

Cutter bleef hem aankijken. 'Verder nog iets, meneer Kemper?'

'Ik zou een isps code 1 aan boord aanbevelen.'

De blik bleef even op LeSeur gericht voordat Cutter zich tot de officier van de wacht richtte. 'Worthington?' riep Cutter. 'Hoe lang is het nog tot New York?'

'Bij de huidige snelheid en koers nog zesenzestig uur, commodore.'

'En St. John's?'

'Drieëntwintig uur, commodore, als we op snelheid blijven.'

Lange tijd bleef het stil op de brug. Cutters ogen glansden in het schemerlicht van de elektronica. Hij wendde zich weer tot Kemper.

'Meneer Kemper, roep code 1 uit. Er gaan twee casino's dicht, en de helft van de nachtclubs. Verder selecteert u die winkels en lounges die de geringste omzet hebben gedraaid. De betreffende medewerkers kunnen toegewezen worden aan de ordehandhaving aan boord van dit schip, voor zover hun vaardigheden dat toelaten. Sluit de speelzalen, fitnessclubs, theaters en sauna's. En wijs waar mogelijk ook die mensen toe aan beveiliging.'

'Ja, commodore.'

'Verzegel alle gebieden waar forensisch bewijsmateriaal te vinden kan zijn, van deze en van de andere misdrijven. Niemand mag daar binnenkomen, ook u niet.'

'Is al voor gezorgd, commodore.'

Hij draaide zich om. 'Meneer LeSeur, er wordt een avondklok ingesteld van tien uur 's avonds tot acht uur 's ochtends. Die blijft van kracht tot we aan land gaan. Tijdens die uren blijven alle passagiers in hun hut. De tijden voor het eten worden naar voren geschoven zodat de laatste ronde eindigt om halftien.'

'Ja, commodore.'

'Alle vormen van roomservice en overige dienstverlening worden gestaakt. Alle personeel in de bediening volgt een minimaal schoonmaakschema. De volledige bemanning houdt zich buiten diensturen en messtijden op in de eigen hutten. Geen uitzonderingen. Meneer LeSeur, u onderneemt de nodige stappen om te bewerkstelligen dat niet-essentieel personeel aan boord op hun eigen plek blijft.'

'Goed, commodore.'

'U roept voor de passagiers om dat er een noodtoestand is ontstaan volgens definities van de Internationale Scheeps- en Havenbeveiliging, en u geeft mijn orders door. Overtredingen worden streng bestraft. Er zijn geen uitzonderingen mogelijk op deze regels, hoe steenrijk of beroemd de persoon in kwestie ook mag zijn of mag beweren te zijn.'

Het bleef een hele tijd stil. LeSeur stond te wachten op de allerbelangrijkste order.

'Dat is het, meneer LeSeur.'

Maar LeSeur bleef staan. 'Commodore Cutter, het spijt me dat ik het ter sprake breng, maar ik neem aan dat u de koers wijzigt naar St. John's?'

Met kille blik keek Cutter hem aan. 'Nee.'

'Waarom niet, sir?' LeSeur slikte moeizaam.

'Ik heb niet de gewoonte mijn redenen te verklaren tegenover lagere officieren.'

LeSeur slikte nogmaals, in een mislukte poging om zijn keel wat soepeler te maken. 'Commodore, als ik...'

Cutter onderbrak hem. 'Meneer LeSeur, roep de stafkapitein naar de brug en begeef u tot nader order naar uw eigen vertrekken.'

'Ja, commodore.'

'Dat is het. Meneer Kemper, ook u mag de brug verlaten.' En zonder nog een woord te zeggen draaide Cutter zich op zijn hakken om en hervatte zijn geijsbeer.

44

Voorzichtig, heel voorzichtig, bracht Pendergast de verpulverde kist naar het licht. Hij klemde een juweliersloep in zijn oogkas en begon met een pincet de brokstukken in de kist te sorteren: dode insecten, stukjes hars, zaagsel, vezels. Sommige stukjes plaatste hij in testbuisjes die hij uit de zakken van zijn jasje had gehaald. Toen hij klaar was, legde hij het deksel weer op de kist, bracht alles met grote zorg terug in de originele staat en legde de krat terug in de kluis, precies in de rechthoek van zaagsel waar hij die uit gepakt had. Hij deed de kluis dicht, stak de kaart in het slot om het te vergrendelen, deed de teakhouten deuren dicht en liep weg.

Hij keek op zijn horloge: nog negentien minuten over.

Blackburn had het voorwerp, wat het ook was, elders in zijn suite verstopt.

Hij keek om zich heen en bestudeerde een voor een de voorwerpen in de salon. Een groot aantal daarvan, te groot om in de kist te passen, verwierp hij meteen. Maar er waren talloze spullen die wel in de kist pasten, hoewel niet altijd makkelijk; en dat waren er veel te veel om binnen een kwartier behoorlijk te kunnen bekijken.

Hij liep de trap op en inspecteerde de slaapkamers, badkamers en fitnessruimte. Blackburn had, zo zag hij, alleen de salon zelf ingericht: afgezien van de zijden lakens met een groot, opvallend monogram, een B, waren de kamers boven nog in de oorspronkelijke staat.

Hij liep terug naar de salon en bleef in het midden staan, liet zijn zilvergrijze blik door het vertrek dwalen en keek naar ieder voorwerp afzonderlijk. Ook als hij alles wegliet wat noch Tibetaans noch Indiaas was, en van na de twaalfde eeuw dateerde, bleef er een akelig groot aantal over. Er was een ijzeren rituele lans, ingelegd met goud en zilver; een phur-bu-dolk van massief goud met een driehoekig lemmet dat tevoorschijn kwam uit de mond van Makara; een stel lange gebedsmolens van schitterend bewerkt ivoor met zilver, met gebeeldhouwde mantra's; een zilveren voorwerp voor dorje-rituelen, ingelegd met turkoois en koraal; en een stel oude t'angka's en mandalaschilderingen.

Stuk voor stuk buitengewoon. Maar wat was de Agozyen, als die er al bij was: het vreselijke en verboden voorwerp dat de aarde zou zuiveren van de menselijke plaag?

Zijn blik bleef rusten op de schitterende t'angka-schilderijen aan de wanden: schilderijen van Tibetaanse godheden en demonen, afgezet met rijk zijdebrokaat, gebruikt als meditatiehulp. De eerste was een schitterende afbeelding van de Avalokiteshwara-bodhisattva, de boeddha van het mededogen; daarnaast een afbeelding van de Kalazyga-demon, met slagtanden, drie ogen een hoofdtooi van schedels, die wild danste in een razend vuur. Met de loep voor zijn oog bestudeerde hij de t'angka's van dichtbij, en daarna plukte hij van elk een zijden draadje uit de rand en onderwierp ook dat aan inspectie.

Daarna liep hij naar de grootste mandala, boven de gasgestookte open haard. Dat was een verbijsterend stuk werk: een ingewikkelde, metafysische afschildering van de kosmos die tegelijkertijd een magische weergave was van het innerlijke leven van de verlichte boeddha, en de plattegrond van een tempel of paleis. De mandala's waren bedoeld als voorwerpen voor bespiegeling, een meditatiehulp, met verhoudingen die in magisch evenwicht waren om de geest te zuiveren en te kalmeren. Naar een mandala kijken betekende dat je, al was het nog zo kort, het niets ervoer dat de kern van verlichting vormt.

Dit hier was een uitzonderlijk mooie mandala; Pendergast keek ernaar, en zijn blik werd als door een magneet naar het middelpunt van het voorwerp getrokken. Hij voelde de bekende vrede en onthechting die ervan uitgingen.

Was dit de Agozyen? Nee, hiervan ging geen dreiging uit, dit was geen gevaar.

Hij keek op zijn horloge. Over twaalf minuten kwam Blackburn terug. Hij had geen tijd meer om afzonderlijke voorwerpen te bekijken. In plaats daarvan liep hij terug naar het midden van de kamer en bleef daar staan nadenken.

De Agozyen was in de kamer, dat wist hij zeker. Maar hij wist ook zeker dat verder zoeken een verspilling van kostbare tijd was. Er kwam een boeddhistische spreuk bij hem boven: *Wanneer je ophoudt met zoeken, dan vind je.*

Hij ging op Blackburns zachte sofa zitten, sloot zijn ogen en maakte, langzaam en rustig, zijn geest leeg. Toen zijn gedachten tot rust waren gekomen, toen het hem niet meer uitmaakte of hij de Agozyen vond of niet, opende hij zijn ogen weer en keek opnieuw om zich heen. Hij hield zijn hoofd leeg, zijn intelligentie stil.

En toen hij dat deed, werd zijn blik onweerstaanbaar getrokken door een schilderij van Georges Braque, dat onopvallend in de hoek hing. Hij herinnerde zich het schilderij vagelijk, een vroeg meesterwerk van de Franse kubist dat kortgeleden bij Christie's in Londen was geveild – gekocht, herinnerde hij zich, door een onbekende.

Vanaf zijn plek op de bank zat hij met ontspannen genoegen naar het werk te kijken.

Zeven minuten.

45

LeSeur hield stafkapitein Mason staande toen ze door de buitenste veiligheidsdeur van de brug wilde stappen. Bij de aanblik van zijn gezicht bleef ze staan.

'Kapitein Mason,' begon hij, maar hij kon niet verder spreken.

Ze keek hem met onbewogen gezicht aan. Ze zag er nog steeds kalm en beheerst uit, haar haar onder de kapiteinspet weggestoken, geen lokje van zijn plaats. Alleen haar ogen getuigden van een grote vermoeidheid.

Ze keek door het binnenluik naar de brug en nam met een snelle, professionele blik de operationele status in zich op voordat ze haar aandacht weer op hem richtte. 'U had me iets te vertellen, meneer LeSeur?' Haar stem klonk zorgvuldig neutraal.

'Hebt u gehoord over de meest recente moord...?' vroeg hij haar.

'Ja.'

'Commodore Cutter weigert uit te wijken naar St. John's. We blijven op koers naar New York. Ruim vijfenzestig uur.'

Mason zei niets. LeSeur draaide zich om en wilde weglopen toen hij plotseling haar hand op zijn schouder voelde. Hij was licht verbaasd: ze had hem nog nooit aangeraakt.

'Meneer LeSeur,' zei ze. 'Ik ga met de commodore praten. En ik zou graag willen dat u meegaat.'

'Ik heb geen permissie om op de brug te komen, sir.'

'Vanaf nu hebt u die weer wél. En roept u alstublieft de officier van de wacht en de tweede en derde stuurman naar de brug, samen met meneer Halsey, de hoofdscheepswerktuigkundige. Die zal ik nodig hebben als getuigen.'

LeSeurs hart begon te bonzen. 'Ja, sir.'

Binnen vijf minuten had hij de lagere officieren en Halsey bijeengebracht bij de brug. Mason wachtte hen bij de ingang op. Over haar schouder zag LeSeur dat de commodore nog steeds voor de brugramen aan het ijsberen was. Hij liep nu nog trager, en zette met martelende precisie de ene voet voor de andere. Zijn hoofd was gebogen, hij zag niets en niemand. Bij het geluid van hun binnenkomst bleef hij eindelijk staan en keek op. LeSeur wist dat Cutter de brugstaf wel moest zien, die op een rij achter hem stond.

Cutters waterige blik sprong van Mason naar LeSeur en terug. 'Wat heeft de eerste stuurman hier te zoeken, sir? Ik heb hem van de brug gestuurd.'

'Ik heb hem teruggevraagd, commodore.'

Het bleef een hele tijd stil.

'En die andere officieren?'

'Ook die heb ik hier verzocht.'

Cutter bleef haar aankijken. 'Dat is insubordinatie, sir.'

Na een korte stilte antwoordde Mason: 'Commodore Cutter, met alle respect verzoek ik u uw beslissing te rechtvaardigen om op koers te blijven en naar New York te varen in plaats van uit te wijken naar St. John's.'

Cutters blik verhardde zich. 'Daar hebben we het al over gehad. Dat is een onnodige en ondoordachte manoeuvre.'

'Het spijt me, commodore, maar de meesten van uw officieren, plus een delegatie van vooraanstaande passagiers, denken daar anders over.'

'Ik herhaal: dit is insubordinatie. U bent bij dezen van uw functie ontheven.' Cutter wendde zich tot de twee bewakers die naast de ingang stonden. 'Voert u kapitein Mason van de brug.'

De twee bewakers stapten op Mason af. 'Als u dan nu met ons meekomt, sir...' zei een van hen.

Mason negeerde hen. 'Commodore Cutter, u hebt niet gezien wat ik gezien heb; wat wíj gezien hebben. Er zijn drieënveertighonderd doodsbange passagiers aan boord. De beveiligingsstaf is volslagen onvoldoende om een situatie van deze omvang aan te kunnen, en de heer Kemper geeft dat ruiterlijk toe. De toestand verslechtert met de minuut. De controle over, en daarmee de veiligheid van, het schip loopt acuut gevaar. Ik sta erop dat we uitwijken naar de dichtstbijzijnde haven: St. John's. Iedere andere koers brengt het schip in gevaar en is dus plichtsverzuim onder artikel vijf van de maritieme wetgeving.'

LeSeur kreeg amper lucht. Hij stond te wachten op een razende uitbarsting of een kille, kapitein Bligh-achtige opmerking. Maar Cutter deed iets volkomen onverwachts. Zijn lichaam leek iets in te zakken. Hij draaide zich om en leunde met gevouwen handen op de rand van een computer. Zijn hele houding veranderde.

'Kapitein Mason, we zijn allemaal behoorlijk van streek.' Hij keek naar LeSeur. 'Misschien was ik wat overhaast in mijn reactie. Er is een reden waarom een schip één kapitein heeft en waarom diens orders nooit in twijfel mogen worden getrokken. We hebben de tijd of de rust niet om onderling te gaan kissebissen, onze beweegredenen te bespreken, te gaan zitten stemmen alsof we een comité vormen. Maar gezien de omstandigheden zal ik u mijn redenen uitleggen. Dat doe ik éénmaal, en daarna nooit weer. Ik verwacht,' bij die woorden keek hij naar de dekofficieren en de hoofdwerktuigkundige, en zijn stem kreeg weer iets hards, 'dat u luistert. U móét de eeuwenoude, beproefde methode accepteren waarbij het woord van de kapitein heilig is, en waarbij de kapitein beslissingen aan boord mag nemen, ook als dat beslissingen zijn in levensbedreigende situaties, zoals nu. Als ik het bij het verkeerde einde heb, wordt dat besproken zodra we in de haven liggen.'

Hij rechtte zijn rug. 'We zitten tweeëntwintig uur van St. John's af, maar alleen als we op snelheid blijven. Als we uitwijken, komen we midden in de storm terecht. In plaats van golven achterop krijgen we die dan van opzij en vervolgens, wanneer we de Grand Banks over zijn, recht voor de boeg. In dat geval hebben we geluk als we nog twintig knopen halen. Volgens díe berekening is St. John's geen tweeëntwintig, maar tweeëndertig uur ver, en dan nog: alleen als de storm niet verder aanwakkert. Ik kan me makkelijk voorstellen dat we pas over veertig uur na nu in St. John's binnenlopen.'

'Dat is altijd nog een dag vroeger dan...'

Het gezicht van de kapitein betrok; hij hief een hand en zei: 'Ik was aan het woord. Een koers recht op St. John's af brengt ons gevaarlijk dicht bij Eastern Shoal en de Carrion Rocks. Dus moeten we een koers uitstippelen om die obstakels heen, en dat kost ons opnieuw minstens twee uur. Dan zitten we dus op tweeënveertig. Rond de Grand Banks krioelt het van de vissersboten, en een stel van de grotere fabrieksschepen zal de storm offshore uitzitten, met de zeeankers uit, roerloos, zodat wij bij alle confrontaties moeten uitwijken. Haal er twee knopen snelheid af en tel daar manoeuvreerruimte bij op, dan zijn we weer een paar uur verder. Het is weliswaar juli, maar het ijsbergseizoen is nog niet voorbij en langs de buitenranden van de Labradorstroom zijn de laatste tijd kleine ijsbergen waargenomen, ten noorden van Eastern Shoal. Weer een uur. Dus zitten we geen tweeëntwintig uur bij St. John's vandaan, maar vijfenveertig.'

Hij zweeg theatraal.

'De *Britannia* is plaats delict geworden. Passagiers en bemanningsleden zijn allen verdacht. Waar we ook aan land gaan, het schip zal door het gezag aan wal gehouden worden en we mogen pas weg als het hele schip is doorzocht en alle passagiers en bemanningsleden zijn verhoord. St. John's is een klein provinciestadje op een eiland in de oceaan, met een verwaarloosbare politiemacht en een minuscuul politiedetachement. Het heeft bij lange na niet de middelen die nodig zijn om op doeltreffende en efficiënte wijze bewijsmateriaal te vergaren. De *Britannia* kan wel weken in St. John's liggen verkommeren, wie weet een maand, of meer, samen met de bemanning en een groot deel van de passagiers. Dat kost de rederij tientallen miljoenen dollars. En het aantal passagiers is veel te groot voor zo'n gehucht.'

Hij keek de zwijgende groep rond en likte aan zijn lippen.

'New York City daarentegen heeft de faciliteiten om een grondig crimineel en forensisch onderzoek uit te voeren. De passagiers zullen zo weinig mogelijk hinder ondervinden en het schip wordt waarschijnlijk na een paar dagen vrijgegeven. En het allerbelangrijkste: het onderzoek zal gebeuren met de allernieuwste technologische middelen. De moordenaar zal worden gevonden en gestraft.' Langzaam sloot Cutter zijn ogen en opende ze weer. Het was een traag, eigenaardig gebaar dat LeSeur koude rillingen bezorgde. 'Ik neem aan dat ik duidelijk genoeg ben, kapitein Mason?'

'Ja,' antwoordde Mason, met ijzige stem. 'Maar staat u me toe op te merken dat u één feit over het hoofd hebt gezien: in vier dagen tijd heeft de moordenaar viermaal toegeslagen. Eenmaal per dag. Uw extra etmaal naar New York betekent één dode meer. Een overbodige dode. Een dode voor wie u persoonlijk aansprakelijk bent.'

Er viel een vreselijke stilte.

'Wat maakt het uit dat de passagiers er hinder van ondervinden?' ging Mason even later verder. 'Of dat het schip in de haven wordt gehouden? Of dat de rederij miljoenen dollars verliest? Wat maakt dat uit, als er een mensenleven op het spel staat?'

'Dat is zo!' beaamde LeSeur, luider dan hij van plan was geweest. Vagelijk was hij verbaasd dat die harde stem van hem was. Maar hij was het allemaal beu – hij was beroerd van het moorden, van de bureaucratie aan boord, van het eindeloze gepraat over bedrijfswinst, en hij kon zich niet langer inhouden. 'Dat is het enige waar het om draait: geld. Daar komt het allemaal op neer. Hoeveel geld zal de rederij wel niet kwijtraken als het schip een paar weken in St. John's vastzit. Gaan we de rederij geld besparen, of gaan we een mensenleven redden?'

'Meneer LeSeur,' zei Cutter, 'u gaat te ver...'

Maar LeSeur onderbrak hem: 'Luister. Het laatste slachtoffer was een onschuldig meisje van zestien, een kínd, op reis met haar opa en oma. Ontvoerd en vermoord! Stel dat dat uw dochter was geweest!' Hij draaide zich om naar de anderen. 'Willen we dit nog een keer laten gebeuren? Als we de koers volgen die commodore Cutter adviseert, dan veroordelen we hoogstwaarschijnlijk nog iemand tot een afgrijselijke dood.'

LeSeur zag de lagere officieren instemmend knikken. Niemand had veel op met de rederij; Mason had de vinger op de zere plek gelegd. Het gezicht van de hoofdwerktuigkundige, Halsey, stond ondoorgrondelijk.

'Kapitein, u laat me geen keuze,' zei Mason, haar stem rustig maar met een afgemeten, bijna boze welsprekendheid. 'Ofwel u verandert van koers, ofwel ik zie me gedwongen over te gaan tot artikel v.'

Cutter keek haar aan. 'Dat lijkt me hoogst onverstandig.'

'Het is dan ook het allerlaatste waaraan ik behoefte heb. Maar als u blijft weigeren tot rede te komen, laat u me geen keuze.'

'Bullshit!' Bij die ongebruikelijke profaniteit op de lippen van de commodore voer er een eigenaardige schokgolf door de mannen op de brug.

'Commodore?' zei Mason.

Maar Cutter antwoordde niet. Hij staarde door de brugramen naar buiten, zijn blik gericht op een onduidelijke horizon. Zijn lippen bewogen geluidloos.

'Commodore?' herhaalde Mason.

Er kwam geen antwoord.

'Uitstekend.' Mason keerde zich om naar de groep. 'Als tweede in rang aan boord van de *Britannia* verklaar ik bij deze artikel v van kracht tegen commodore Cutter, wegens plichtsverzuim. Wie steunt me hierin?'

LeSeurs hart bonsde zo hard in zijn borst dat het leek alsof het uit zijn ribbenkast wilde barsten. Hij keek om zich heen en zag de bange, aarzelende ogen van de anderen. Hij deed een stap naar voren.

'Ik,' zei hij.

46

Pendergast bleef naar de Braque zitten kijken. Aan de randen van zijn bewustzijn schoot een kleine vraag wortel, een knagende twijfel die zich uitbreidde door de hele leegte die hij in zijn geest had geschapen. Langzaam drong die vraag door tot zijn bewuste denken.

Er was iets mis met het schilderij.

Het was geen vervalsing. Zonder enige twijfel was het echt, en het was exact hetzelfde schilderij dat vijf maanden tevoren bij de winterveiling van Christie's was geveild. En toch klopte er iets niet. Zo was bijvoorbeeld de lijst veranderd. Maar er was meer.

Hij stond op en liep naar het schilderij toe, bleef er centimeters vandaan bij staan en deed daarna langzaam een stap achteruit, terwijl hij er gespannen naar bleef staan kijken. En in een flits drong het tot hem door: er ontbrak een stuk van het schilderij. Het schilderij miste een centimeter of vijf langs de rechterrand, en minstens acht centimeter bovenlangs.

Roerloos bleef hij staan kijken. Hij wist zeker dat het schilderij intact geveild was. Dat kon maar één ding betekenen: Blackburn had het zelf, om onduidelijke redenen, verminkt.

Pendergasts ademhaling werd trager terwijl hij dit bizarre feit overdacht: dat een kunstverzamelaar een schilderij zou beschadigen dat hem meer dan drie miljoen dollar had gekost.

Hij pakte het schilderij van de muur en draaide het om. Het linnen was kortgeleden opnieuw opgespannen, zoals je mocht verwachten bij een doek waarvan een stuk van de oorspronkelijke afmetingen was afgesneden. Hij bukte zich en rook aan het linnen: de kalkachtige geur van de lijm die voor het opspannen was gebruikt. En heel vers: veel verser dan vijf maanden. Hij drukte er met zijn nagel op. De lijm was amper uitgehard. Dit was hoogstens twee dagen geleden gebeurd.

Hij keek op zijn horloge: vijf minuten.

Snel legde hij het schilderij ondersteboven op het hoogpolige tapijt, haalde een pennenmesje uit zijn zak, stak dat tussen het linnen en de spanlat en drukte heel voorzichtig op het lemmet, zodat de binnenrand van het linnen zichtbaar werd. Zijn blik viel op een donkere, losse strook oude zijde.

De voering was vals: er zat iets achter verborgen. Iets wat zo kostbaar was dat Blackburn een schilderij van drie miljoen dollar aan repen had gesneden om het te verbergen.

Snel bestudeerde hij de valse voering. Die zat strak door de druk tussen het linnen en de spanlat. Langzaam, voorzichtig, peuterde

Pendergast het linnen weg van de zijkant van de spanlat, maakte de voering los en herhaalde het proces langs de andere drie zijden. Hij liet het schilderij ondersteboven op de vloer liggen, greep de nu losse hoeken van de voering tussen zijn duim en wijsvinger, en pelde het materiaal weg.

Tussen de valse voering en de echte zat een schilderij op zijde, afgedekt door een losse doek van zijde. Die hield Pendergast op een armlengte afstand, voordat hij hem op de grond legde en de zijden doek wegtrok.

Even was zijn hele geest leeg. Het leek wel of een plotselinge windvlaag het zware stof uit zijn hersens had geblazen om daar een kristalheldere reinheid achter te laten. Het beeld werd in zijn bewustzijn opgebouwd toen de intellectuele processen terugkeerden. Het was een eeuwenoude Tibetaanse mandala van een verbijsterende, buitengewone, volkomen ondoorgrondelijke complexiteit. Het was een fantastisch, gekmakend ingewikkelde, wervelende, in elkaar passende geometrische fantasie met randen van goud en zilver, een verontrustend, uiteenvallend palet van kleuren tegen de donkerte van het heelal. Het was een op zichzelf staande melkweg, met miljarden sterren die rond een rondwervelende eenheid van uiterste dichtheid en macht cirkelden.

Pendergasts blik werd onverbiddelijk getrokken naar het opmerkelijke midden van dit bizarre vormenspel. En zodra hij dat gezien had, wilden zijn ogen nergens anders meer naar kijken. Hij probeerde het eventjes, en toen fanatieker, en verbaasde zich over het vermogen van het beeld om zowel zijn geest als zijn blik zo geboeid te houden. Het was zo snel gebeurd, zo steels als het ware, dat hij geen tijd had gehad om zich voor te bereiden. Het donkere gat in het midden van de mandala leek te leven, te kloppen, te krioelen op een afstotende manier, opende zich als een smerige holte. Hij kreeg het gevoel dat er in zijn eigen voorhoofd een vergelijkbaar gat was opengegaan, dat de talloze miljarden herinneringen en ervaringen en meningen en oordelen die zijn unieke karakter vormden, werden verdraaid, veranderd; dat zijn complete ziel uit zijn lichaam werd gezogen, opgeslokt door de mandala, zodat hij de mandala werd en de mandala hem. Het leek wel of hij getransfigureerd werd in het metafysische lichaam van de verlichte boeddha. Behalve dan dat dit de boeddha niet was.

Dit was de enorme, onverzoenbare, onontkomelijke afgrijselijkheid.

Dit was een ander universeel wezen, de anti-boeddha, de fysieke manifestatie van het kwaad. En het was hier, bij hem, in deze schildering. In deze kamer...

En in zijn hoofd.

47

Het geluid van LeSeurs stem stierf weg op de brug, en maakte plaats voor het huilen van de wind en het gespetter van regen op de ruiten, het elektronische gepiep en gebel van de ECDIS-elektronica en de radar die hun cycli doorliepen.

Niemand zei iets. Plotseling was LeSeur even in paniek. Hij had te vroeg gesproken, hij had op Mason gewed. Hij had zojuist de zet gedaan die gegarandeerd een einde zou maken aan zijn carrière.

Na een tijd deed de officier van de wacht, een norse marineman van de oude school, een stap naar voren. Met neergeslagen blik en zijn handen voor zijn uniformbuik gevouwen was hij het toonbeeld van stijfkoppige moed. Hij schraapte zijn keel en zei: 'De eerste verantwoordelijkheid van de gezagvoerder geldt de levens van de mensen aan boord, bemanning en passagiers.'

Cutter keek hem strak aan. Zijn borst ging op en neer.

'Ik sta achter u, kapitein Mason. We moeten dit schip de haven in krijgen.'

Eindelijk hief hij zijn hoofd en keek Cutter aan. De commodore beantwoordde zijn blik zo fel dat het bijna een fysieke aanval leek. De officier van de wacht liet zijn blik weer zakken, maar bleef staan waar hij stond.

Nu kwam de tweede stuurman naar voren, gevolgd door twee lagere officieren. Zwijgend deed Halsey, de hoofdwerktuigkundige, een stap naar voren. Dicht opeengedromd stonden ze op de middenbrug, nerveus, onbehaaglijk, zonder de kille blik van de commodore te beantwoorden. Kemper, hoofd Beveiliging, bleef als aan de grond genageld staan, zijn vlezige gezicht strak van de spanning.

Kapitein Mason draaide zich naar hem om en zei op koele, zakelijke toon: 'Dit is een juridische procedure onder artikel v. We hebben uw instemming nodig, meneer Kemper. U moet een beslissing nemen, nu. Als u niet met ons meedoet, hebt u dus de kant van de commodore gekozen. In dat geval varen we door naar New York, en neemt u de verantwoordelijkheid op u voor alles wat dat met zich meebrengt.'

'Ik...' bracht Kemper schor uit.

'Dit is muiterij,' zei Cutter, zijn schorre, diepe stem zacht en vol dreiging. 'Niets anders dan muiterij. Als je hieraan meedoet, Kemper, als je je schuldig maakt aan muiterij op open zee, is dat een misdrijf. Dan zorg ik ervoor dat je de zwaarst mogelijke tenlastelegging krijgt. Dan zet je geen voet aan dek meer, je leven lang niet. En dat geldt ook voor de rest van jullie.'

Mason deed een stap naar Kemper toe en zei met iets mildere stem: 'Buiten uw schuld om bevindt u zich nu tussen twee kwaden. Aan de ene kant is er de kans op betichting van muiterij. Aan de andere kant de kans van beschuldiging van doodslag. Het leven is zwaar, meneer Kemper. Maak uw keuze.'

Het hoofd Beveiliging ademde zo snel dat hij bijna hyperventileerde. Hij keek van Mason naar Cutter en terug, en zijn blik danste rond alsof hij een uitweg zocht. Maar die was er niet. Snel sprak hij: 'We moeten zo snel mogelijk ergens binnenlopen.'

'Dat is een mening, geen verklaring,' zei Mason koeltjes.

'Ik... ik doe met u mee.'

Mason richtte haar heldere blik op de commodore.

'U maakt uw uniform te schande, u bent een smet op het blazoen van duizend jaar maritieme geschiedenis!' brulde Cutter. 'Dit laat ik niet toe!'

'Commodore Cutter,' zei Mason, 'bij deze bent u onder artikel v van de maritieme wetgeving ontheven van uw gezag. Ik geef u één kans om u op waardige wijze van de brug terug te trekken. Daarna laat ik u verwijderen.'

'Vals loeder! Jij bent het levende bewijs dat vrouwen niet op de brug van een schip thuishoren!' En met een ongearticuleerd gebrul stormde Cutter op haar af en greep de revers van haar uniformjasje voordat de twee bewakers hem te pakken kregen. Hij vloekte, klauwde om zich heen en brulde als een beer terwijl ze hem op de grond werkten, vastpinden en in de handboeien sloegen.

'Bruinharige teef! Branden zul je, branden in de hel!'

Er werden meer bewakers bij geroepen, en met grote moeite werd de commodore bedwongen. Uiteindelijk werd hij met geweld weggesleept. Zijn daverende stem brulde vloeken en verwensingen door de gang tot het uiteindelijk weer stil werd.

LeSeur keek naar Mason en zag tot zijn verbazing een blos van slecht verhulde triomf op haar gezicht. Ze keek op haar horloge. 'Ik zal in het logboek noteren dat het gezag van de *Britannia* om tien uur vijftig is overgedragen van commodore Cutter op stafkapitein Mason.' Ze richtte zich tot Kemper. 'Meneer Kemper, ik zal alle sleutels, wachtwoorden en autorisatiecodes voor het schip, en voor alle elektronica- en bewakingssystemen nodig hebben.'

'Goed, sir.'

Tegen de navigator zei ze: 'En als u dan nu vaart zou willen minderen tot vierentwintig knopen en koers zetten naar St. John's, Newfoundland.'

48

Zachtjes ging de deur open. Constance kwam van de bank overeind en hield haar adem in. Pendergast glipte naar binnen, liep naar het barretje, pakte een fles en bekeek het etiket. Met een zachte plop trok hij de kurk uit de hals, pakte een glas en schonk zich nonchalant een glas sherry in. Hij bracht fles en glas mee, ging op de bank zitten, zette de fles op een tafeltje en leunde achterover, terwijl hij de kleur van de sherry tegen het licht bestudeerde.

'Heb je hem gevonden?' vroeg Constance.

Hij knikte, zonder zijn blik van de sherry af te halen, en klokte het glas in één teug leeg. 'De storm wakkert aan,' zei hij.

Constance keek naar de glazen balkondeuren, waar het schuim

tegen opspatte. Het regende nu zo hard dat ze het wateroppervlak niet meer zien kon; alles was één grote, grijze vlakte, verkleurend naar donker.

'En?' Ze probeerde de opwinding in haar stem te onderdrukken. 'Wat was het?'

'Een oude mandala.' Hij schonk zich een tweede glas in en hief het naar Constance. 'Doe je misschien mee?'

'Nee, dank je. Wat voor mandala? Waar heb je hem gevonden?' Bij tijden werd ze gek van die terughoudendheid van hem.

Pendergast nam een lange, trage slok en ademde uit. 'Onze man had hem verborgen achter een schilderij van Braque. Hij had het schilderij op maat gesneden en opnieuw opgespannen om de Agozyen erachter te verbergen. Een schitterende Braque, uit zijn vroegkubistische periode – volslagen verpest. Jammer. En nog maar kortgeleden. Hij had kennelijk gehoord van dat kamermeisje dat gek geworden was nadat ze bij hem schoongemaakt had, of misschien wist hij dat ik ernaar op zoek was. De kist zat in de kluis. Kennelijk had hij het idee dat de kluis niet veilig genoeg was voor de mandala, en terecht, zoals wel gebleken is. Of misschien wilde hij er gewoon doorlopend toegang toe hebben.'

'Hoe zag hij eruit?'

'De mandala? De gebruikelijke vierzijdige opstelling van in elkaar grijpende vierkanten en cirkels, uitgevoerd in klassieke Kadampa-stijl. Verbazingwekkend ingewikkeld, maar van weinig belang voor anderen dan verzamelaars of bijgelovige Tibetaanse monniken. Constance, zou je misschien willen gaan zitten? Voor iemand die zit is het niet prettig om te praten tegen iemand die staat.'

Constance liet zich op haar plek zakken. 'Meer niet? Gewoon een oude mandala?'

'Had je er meer van verwacht?'

'Ik dacht om de een of andere reden dat het iets heel bijzonders moest zijn. Misschien zelfs…' Ze aarzelde even. 'Ik weet niet. Iets met een bijna bovennatuurlijke macht.'

Pendergast grinnikte droog. 'Ik vrees dat jij je studie in Gsalrig Chongg iets té letterlijk hebt opgevat.' Hij nipte nogmaals van zijn sherry.

'Waar is hij?' vroeg ze.

'Ik heb hem voorlopig daar achtergelaten. Bij Blackburn is hij veilig, en we weten nu waar hij is. Aan het eind van de reis, op het allerlaatste moment, pakken we hem af, als hij geen tijd heeft om te reageren.'

Constance leunde achterover. 'Ik kan het bijna niet geloven. Een t'angka-schildering, meer niet.'

Pendergast richtte zijn blik weer op de sherry. 'Ons pro-bono-klusje is bijna afgelopen. Het enige wat ons te doen rest is Blackburn van zijn gestolen waar ontdoen, en zoals ik al zei, dat wordt een fluitje van een cent. Ik heb de meeste details al uitgewerkt. Ik hoop alleen dat we hem niet hoeven te vermoorden, hoewel ik dat persoonlijk geen verlies zou vinden.'

'Vermoorden? Tjee, Aloysius, dat mag ik toch werkelijk niet hopen.'

Pendergast trok zijn wenkbrauwen op. 'O? Ik had zo gedacht dat je daar langzamerhand wel aan gewend moest zijn.'

Blozend keek Constance hem aan. 'Waar heb je het over?'

Pendergast glimlachte en sloeg zijn ogen neer. 'Vergeef me, Constance. Dat was gevoelloos van me. Nee, we maken Blackburn niet dood. We vinden wel een andere manier om hem zijn kostbare speeltje af te nemen.'

Een hele tijd bleef het stil, terwijl Pendergast van zijn sherry nipte.

'Heb je dat gerucht over de muiterij gehoord?' vroeg Constance.

Pendergast leek haar niet te horen.

'Daar kwam Marya net mee aanzetten. Kennelijk heeft de staf-kapitein het gezag overgenomen en varen we nu naar New-foundland in plaats van New York. Het hele schip is in paniek. Ze stellen een avondklok in, en om twaalf uur komt er een be-langrijke mededeling via het omroepsysteem. Dat is dus,' – ze keek op haar horloge – 'over een uur.'

Pendergast zette zijn lege glas neer en stond op. 'Ik ben een beetje moe van al dat gedoe. Ik ga geloof ik even liggen. Wil jij ervoor zorgen dat er, als ik om drie uur opsta, *oeufs benedict* op me staan te wachten met een pot hete, verse groene Hojicha-thee?'

Zonder verder nog iets te zeggen liep hij de trap op naar zijn slaapkamer. Even later ging de deur achter hem dicht en klonk de zachte klik van het slot.

49

LeSeur had er één uur van de middagwacht op zitten, en stond bij het geïntegreerde werkstation van de brug voor de enorme rij ECDIS-kaartplotters en vectorradar-overlays die de voortgang van het schip in kaart brachten terwijl het over de Grand Banks voer, op weg naar St. John's. Er was geen scheepsverkeer geweest, afgezien van een paar grote schepen die de storm hadden doorstaan, en ze waren flink opgeschoten.

Sinds de gezagswisseling was het griezelig stil geweest op de brug. Kapitein Mason leek gebukt te gaan onder het gewicht van haar nieuwe verantwoordelijkheden. Ze was niet van de brug geweken sinds ze Cutter van zijn post had gezet, en hij bedacht dat ze waarschijnlijk zou blijven staan tot ze de haven binnenliepen. Ze had de noodtoestand niveau twee uitgeroepen, en daarna de brug ontdaan van alles behalve het hoogstnoodzakelijke personeel, onder wie de officier van de wacht, de roerganger en één uitkijk. LeSeur was verbaasd hoe goed dat bleek te werken: er was een oase van rust ontstaan, van geconcentreerde aandacht, die niet bestond op een zwaar bemande brug.

Hij vroeg zich af wat de rederij zou vinden van die artikel v-toestand, en wat voor invloed dit alles op zijn carrière zou hebben. Geen beste, ongetwijfeld. Hij troostte zich met de gedachte dat hij niet anders gekund had. Hij had de juiste keuze gemaakt, en daar ging het uiteindelijk om. Dat was het beste wat je in het leven doen kon. Wat anderen daarvan dachten, daar kon je geen invloed op uitoefenen.

LeSeurs ervaren blik dwaalde over de grote schermen van de elektronische apparatuur, de Trimble NavTrac en de Northstar 941XDGPS, de vier verschillende elektronische zeekaarten, de gyro, de radar, snelheidslogs en dieptesonar. Voor een scheepsofficier van maar tien jaar geleden zou de brug amper herkenbaar zijn. Maar een eindje verderop, bij een navigatietabel, zette LeSeur de koers van het schip nog op de ouderwetse manier uit, op papier, met een reeks verfijnde, koperen navigatie-instrumenten, parallelle liniaals en steekpassers die hij van zijn vader had gekregen. Soms schoot hij zelfs wel eens de zon of een ster om positie te bepalen. Het was niet nodig, maar het bezorgde hem een gevoel van continuïteit vanuit de grootse traditie van zijn vak.

Hij keek naar de snelheid en de koers. Het schip voer op de automatische piloot, als gebruikelijk, en LeSeur moest toegeven dat de *Britannia* uitzonderlijk zeevaardig bleek te zijn, ondanks de negen meter hoge golven en de rukwinden van veertig tot vijftig knopen. Er was inderdaad sprake van een nogal onplezierige, lange, kurkentrekkerachtige rol, maar hij kon zich indenken hoe veel erger die zou zijn op een kleiner cruiseschip. De *Britannia* deed tweeëntwintig knopen, beter dan verwacht. Binnen twintig uur konden ze in St. John's zijn.

Hij was bijzonder opgelucht over de manier waarop Mason kalm het gezag had overgenomen. In haar verklaring van twaalf uur aan het hele schip had ze rustig uitgelegd dat de commodore van zijn plichten ontheven was en dat zij het gezag had overgenomen. Met kalme, geruststellende stem had ze de noodtoestand uitgeroepen, niveau twee, en uitgelegd dat ze nu gingen uitwijken naar de dichtstbijzijnde haven. Ze had de passagiers verzocht omwille van hun eigen veiligheid zo veel mogelijk rustig in hun eigen suites te blijven. Als ze hun hut uit moesten, voor de maaltijd, drong ze erop aan in groepjes of stellen te gaan.

LeSeur keek naar de ARPA-radar. Tot nu toe ging het goed. Er was geen teken van ijs gesignaleerd, en de paar schepen die nog op de Banks waren, bevonden zich mijlenver uit hun koers. Hij raakte het toetsenbord van de ECDIS aan en wijzigde de schaal in vierentwintig mijl. Ze naderden een *waypoint*, een van de vaste coördinaten op zee, waarbij de automatische piloot voor een koerscorrectie zou zorgen die hen aan lijzijde om de Carrion Rocks heen zou sturen. Daarna was het één rechte lijn naar de haven van St. John's.

Kemper verscheen op de brug.

'Hoe staan de zaken op de passagiersdekken?' informeerde LeSeur.

'Zo goed als verwacht kan worden.' Hij aarzelde even. 'Ik heb de gezagswisseling aan de rederij gemeld.'

LeSeur slikte. 'En?'

'Een boel geschreeuw, maar nog geen officiële reactie. Ze sturen een stel pakken om ons in St. John's op te wachten. Waar het op neerkomt is dat ze helemaal hoteldebotel zijn. Vooral vanwege de slechte pers. Als die er eenmaal lucht van krijgt...' Zijn stem stierf weg en hij schudde zijn hoofd.

Een zacht geklink van de kaartplotter gaf aan dat het waypoint was bereikt. Terwijl de automatische piloot zich aanpaste aan de nieuwe koers, voelde LeSeur een lichte trilling: door de nieuwe koers was de hoek van het schip ten opzichte van de zee iets veranderd, en het rollen was erger geworden.

'Nieuwe koers twee-twee-nul,' prevelde LeSeur tegen de stafkapitein.

'Nieuwe koers bevestigd, twee-twee-nul.'

De wind beukte tegen de brugvensters. Het enige wat hij kon zien was de toren, half verborgen in de mist, en daarachter een eindeloos grijs.

Mason draaide zich om. 'Meneer LeSeur?'

'Ja, sir?'

Ze sprak op gedempte toon. 'Ik maak me zorgen om Craik.'

'De radio-officier? Waarom?'

'Ik weet niet zeker of hij hier helemaal achter staat. Volgens mij heeft hij zich in de radiokamer opgesloten.'

Ze knikte naar een deur achter op de brug. LeSeur was verbaasd: die had hij zelden dicht gezien.

'Craik? Ik wist niet eens dat hij op de brug was.'

'Ik moet zeker weten dat alle officieren aan dek als één team samenwerken,' ging ze verder. 'We hebben een storm, we hebben meer dan vierduizend doodsbange passagiers en bemanning, en we krijgen het nog zwaar voor onze kiezen als we in St. John's aankomen. We kunnen ons niet permitteren om mensen te hebben die het beter weten of die het ergens niet mee eens zijn. Niet nu.'

'Duidelijk, sir.'

'U moet me helpen. Ik wil er geen opgeblazen toestand van maken. Liever praat ik even onder vier ogen met Craik. Volgens mij schrok hij ervan toen uzelf en de anderen meegingen.'

'Dat lijkt me een goede oplossing, sir.'

'We varen op de automatische piloot, en we zitten nog vier uur van de Carrion Rocks af. Ik zou graag willen dat u de brug verliet, zodat ik in een niet-bedreigende omgeving met Craik kan praten. En Kemper moet van de brug af, dat is van groot belang.'

LeSeur aarzelde. De reglementen vereisten dat de brug bemand moest worden door ten minste twee officieren.

'Ik neem de wacht tijdelijk over,' zei Mason. 'En Craik kan worden beschouwd als tweede officier op de brug, dus overtreden we geen regels.'

'Inderdaad, sir, maar met die storm...'

'Ik begrijp uw terughoudendheid,' zei Mason. 'Ik vraag u om vijf minuten, meer niet. Ik wil Craik niet het gevoel geven dat we tegen hem samenspannen. Eerlijk gezegd maak ik me een beetje zorgen om zijn emotionele stabiliteit. Doe het rustig, en zeg tegen niemand waarom.'

LeSeur knikte. 'Goed, sir.'

'Dank u.'

LeSeur liep naar de uitkijk. 'Kom even mee naar de gang.' Hij knikte naar de roerganger. 'Jij ook.'

'Maar...'

'Orders van de kapitein.'

'Oké.'

LeSeur liep naar Kemper toe. 'De kapitein neemt de wacht een paar minuten over. Ze wil dat wij de brug verlaten.'

Kemper keek hem fel aan. 'Waarom?'

'Orders,' herhaalde LeSeur op een toon die, naar hij hoopte, verdere vragen zou voorkomen. Hij keek op zijn horloge: vijf minuten. Ze trokken zich terug naar de gang, net voorbij de ingang, en LeSeur deed de deur dicht maar zorgde ervoor dat die niet in het slot viel.

'Wat is er aan de hand?' wilde Kemper weten.

'Scheepszaken,' herhaalde LeSeur op nog scherpere toon.

Zwijgend stonden ze te wachten. LeSeur keek op zijn horloge. Nog twee minuten.

Aan de andere kant van de gang ging een deur open. Er kwam iemand binnen. Verbaasd keek LeSeur op: het was Craik. 'Ik dacht dat jij in de radiokamer zat,' zei hij.

Craik keek hem aan alsof hij gek was. 'Ik kom me nu net melden voor dienst.'

'Maar kapitein Mason...'

Hij werd onderbroken door een zacht klinkend alarm en een

rood knipperlicht. Rond de hele lengte van de deur naar de brug klonk een reeks zacht geklik.

'Wat is dat nou?' vroeg de roerganger.

Kemper keek naar het rode knipperlicht boven de deur. 'Jezus, iemand heeft een code 3 uitgeroepen.'

LeSeur greep de hendel van de brugdeur en probeerde die te openen.

'Die springt automatisch op slot bij alarm,' zei Kemper. 'Zo wordt de brug afgesloten.'

LeSeur voelde zijn bloed bijna stollen: nu was kapitein Mason helemaal alleen op de brug. Hij liep naar de intercom. 'Kapitein Mason, LeSeur hier.'

Geen antwoord.

'Kapitein Mason! Er is alarm geslagen voor code drie. Maak die deur open!'

Maar weer kwam er geen antwoord.

50

Om halftwee ging Roger Mayles een mopperende groep passagiers van dek 10 voor naar de laatste lunchronde in de Oscar. Meer dan een uur lang had hij vragen zitten beantwoorden – of liever gezegd, ontwijken – over wat er zou gebeuren als ze eenmaal in Newfoundland waren; hoe ze dan naar huis moesten; of ze hun geld terugkregen. Niemand had hem ook maar íets verteld, hij wist van niks en hij kon niemand antwoord geven – en toch hadden ze hem gemaand de 'veiligheid' te handhaven, wat dat ook inhouden mocht.

Zoiets was hem nog nooit overkomen. Wat hij het fijnste vond van het leven aan boord was de voorspelbaarheid. Maar deze reis had niets voorspelbaars gehad. En nu begon hij het gevoel te krijgen dat hij het breekpunt naderde.

Met een glimlach als van een doodskop liep hij door de gang. De passagiers achter hem spraken met stemverheffing op ruzietoon over dezelfde vermoeiende kwesties die ze de hele dag al aan het bespreken waren: geld terug, rechtszaak, thuiskomen. Hij voelde het schip traag rollen onder zijn voeten, en hij hield zijn blik afgewend van de brede stuurboordvensters langs één kant van de gang. Hij was die regen, dat gekreun van de wind en het diepe dreunen van de zee tegen de romp meer dan zat. Eerlijk gezegd was hij bang op zee, altijd geweest ook, en hij had nooit graag vanaf het schip naar het water gekeken: ook bij goed weer zag het er altijd zo diep en zo koud uit. En eindeloos... zo vreselijk eindeloos. Sinds de verdwijningen waren begonnen, had hij al een paar maal een nachtmerrie gehad waarin hij in het holst van de nacht in de donkere oceaan viel, watertrappend terwijl hij de lichten van het schip zag verdwijnen in de mist. Iedere keer was hij verward in de lakens en zacht jammerend wakker geworden.

Hij kon zich geen ergere dood indenken.

Een van de mannen in de groep achter hem versnelde zijn pas. 'Meneer Mayles?'

Zonder zijn pas te vertragen draaide hij zich om. Hoe eerder hij in de Oscar zat, des te beter.

'Ja, meneer...'

'Wendorf. Bob Wendorf. Luister, ik heb de vijftiende een belangrijke vergadering in New York. Ik moet weten hoe we van Newfoundland naar New York zullen gaan.'

'Meneer Wendorf, ik twijfel er niet aan dat de rederij dat soort zaken zal regelen.'

'Verdomme, dat is geen antwoord! En nog iets. Als u soms denkt dat wij per schip naar New York gaan, dan is dat een jammerlijke vergissing. Ik zet van mijn levensdagen geen voet meer aan dek. Ik wil vliegen, eersteklas.'

Achter hem ging een instemmend gemompel op. Mayles bleef staan en draaide zich om. 'Ik kan u wel zeggen dat de rederij al bezig is vluchten te boeken.' Hij had geen idee of dat zo was, maar in dit stadium was hij bereid wat dan ook te zeggen om dat stel idioten af te poeieren.

'Voor alle drieduizend passagiers?' Een vrouw met ringen aan iedere rimpelvinger drong zich naar voren en fladderde met haar rijkversierde handen vol levervlekken.

'Heeft St. John's dan een internationale luchthaven?' Eh... daar had Mayles geen flauw idee van.

Met een stem als een kettingzaag sprak de vrouw verder. 'Eerlijk gezegd vind ik het gebrek aan communicatie ontoelaatbaar. Wij hebben een kapitaal neergelegd voor deze reis. We hebben recht op informatie!'

Je hebt recht op een schop onder je verzakte reet, mens. Mayles bleef glimlachen. 'De rederij...'

'En hoe zit het met het geld?' onderbrak een andere stem. 'Ik hoop dat u niet denkt dat we gaan betálen voor dit soort behandeling!'

'De rederij zorgt overal voor,' zei Mayles. 'Een beetje geduld, graag.' Hij draaide zich snel om in de hoop niet nog meer vragen te krijgen... en toen zag hij het.

Het was een díng; iets als een dichte massa rook, bij de hoek van de gang. Het kwam met een misselijkmakende, rollende beweging hun kant uit. Abrupt bleef hij als aan de grond genageld met uitpuilende ogen staan kijken. Het leek nog het meest op een donkere, boosaardige mistflard, maar het leek tegelijkertijd iets van structuur te hebben, een soort geweven textiel maar dan vaag, onduidelijk, donker in het midden en met zwakke glinsteringen van een vuil soort lichtweerkaatsing. Op het oppervlak verschenen en verdwenen golvende vormen als opbollende spieren.

Hij kon geen woord uitbrengen, hij kon zich niet verroeren. Het *is dus echt waar,* dacht hij. *Maar dat kan niet. Het kan niet.*

Het kwam op hem af, het gleed en kolkte alsof het iets vreselijks van plan was. De groep achter hem kwam struikelend tot stilstand, een vrouw hapte hoorbaar naar adem.

'Wat krijgen we...' klonk een stem.

Dicht opeengedrongen deinsden ze achteruit, en er werden kreten van angst geslaakt. Mayles kon zijn blik er niet van af wenden, stond als aan de grond genageld.

'Het is gewoon een of ander natuurverschijnsel,' zei Wendorf met luide stem, alsof hij zichzelf wilde overtuigen. 'Net zoiets als bolbliksem.'

Het ding kwam slingerend op hen af, steeds dichterbij.

'O, mijn god...'

Achter zich merkte Roger Mayles dat de hele groep ervandoor ging; even later sloegen ze letterlijk op hol. De verwarde kreten en het gegil verdwenen de gang in. Maar nog steeds stond hij verstijfd en kreeg geen woord uit zijn keel. In zijn eentje bleef hij hulpeloos staan.

Toen het ding dichterbij kwam, zag hij dat er iets binnenin zat. Een omtrek, dicht en gedrongen, lelijk, dierlijk, met wild heen en weer springende ogen...

Nee, nee, nee, nee, néééé.

Er ontsnapte een zacht gejammer aan Mayles' lippen. Toen het ding hem naderde, voelde hij steeds sterker de adem van nattigheid en schimmel, een stank van modder en rottende paddenstoelen. Het kreunen ging over in een gorgelende speekselvloed toen het ding langskroop zonder hem ook maar een blik waardig te keuren, zonder hem te zien, als een zucht klamme kelderlucht.

Toen Mayles bijkwam, lag hij op zijn rug op de vloer en keek hij recht in het gezicht van een bewaker met een glas water in zijn hand.

Hij opende zijn mond om iets te zeggen, maar er kwam niets uit, behalve een zucht die tussen zijn stembanden door lekte.

'Meneer Mayles,' zei de bewaker. 'Gaat het een beetje?'

Hij maakte een geluid als een kapotte balg.

'Meneer Mayles?'

Hij slikte en bewoog zijn stijve kaken. 'Het was hier.'

Een sterke arm reikte omlaag, greep zijn jasje en hees hem half overeind.

'Uw groep kwam me volslagen hysterisch voorbijgerend. Wat u ook gezien hebt, het is weg. We hebben alle aangrenzende gangen doorzocht. Het is er niet meer.'

Mayles leunde opzij, slikte met een ongelukkig gezicht, en begon toen, alsof hij de aanwezigheid van het ding moest uitbannen, op het goudkleurige tapijt te braken.

51

'Kapitein Mason!' LeSeur priemde zijn vinger tegen de knop van de intercom. 'We hebben een code drie. Geef antwoord!'

'Meneer LeSeur,' zei Kemper. 'Ze weet heel goed dat we een code drie hebben. Die heeft ze zelf geactiveerd.'

LeSeur draaide zich om en keek hem verbijsterd aan. 'Weet u dat zeker?'

Kemper knikte.

De eerste stuurman draaide zich weer om naar de deur. 'Kapitein Mason!' brulde hij in de intercom. 'Alles goed met u?'

Geen reactie. Met zijn vuist beukte hij op de deur. 'Mason!' Hij draaide zich om naar Kemper. 'Hoe komen we hier binnen?'

'Niet,' zei het hoofd Beveiliging.

'Dat zullen we nog wel eens zien! Waar zit de hoofdschakelaar? Er is iets niet in orde met kapitein Mason!'

'De brug heeft hetzelfde soort beveiliging als de cockpit van een vliegtuig. Wanneer van binnenuit alarm geslagen wordt, wordt de hele brug afgesloten. Volkomen. Niemand kan erin, tenzij iemand op de brug de deur opendoet.'

'Maar er moet toch een handmatige hoofdschakelaar zijn!'

Kemper schudde zijn hoofd. 'Niets wat bij een terroristische aanval toegang tot de brug kan geven.'

'Bij een terroristische aanval?' Ongelovig keek LeSeur Kemper aan.

'Jazeker. De nieuwe ISPS-voorschriften houden allerhande antiterrorismemaatregelen in voor aan boord. Het grootste cruiseschip ter wereld – een voor de hand liggend doelwit. Er zit hier een onvoorstelbaar aantal systemen tegen terroristen aan boord. Geloof me maar: zelfs met explosieven kom je hier niet binnen.'

Hijgend liet LeSeur zich tegen de deur zakken. Dit was onbegrijpelijk. Had Mason een hartaanval gehad of zo? Was ze bewusteloos? Hij keek naar de bezorgde, verwarde gezichten om hem heen. Bij hem zochten ze steun en leiderschap.

'Kom mee naar de tweede brug,' zei hij. 'Dan kunnen we via de bewakingscamera's zien wat er aan de hand is.'

Hij rende de gang door, de anderen in zijn kielzog, en opende de deur naar een diensttrap. Met drie treden tegelijk holde hij de trap af, trok een tweede deur open, vloog langs een schoonmaker met een dweil, naar de deur van de tweede brug. Toen de groep binnenkwam, keek de bewaker die de beelden in de gaten hield verbaasd op.

'Schakel over naar de beelden van de brug,' beval LeSeur. 'Allemaal.'

De man tikte een paar opdrachten op zijn toetsenbord en meteen verscheen er een handvol verschillende beelden van de brug op de kleine videoschermen van de bewakingscamera's voor hen.

'Daar is ze!' bracht LeSeur uit, bijna misselijk van opluchting. Kapitein Mason stond aan het roer, met haar rug naar de camera toe, schijnbaar even kalm en beheerst als toen hij de brug verlaten had.

'Maar waarom hoorde ze ons dan niet via de radio?' vroeg hij. 'Of dat gebons van ons?'

'Dat heeft ze wel gehoord,' zei Kemper.

'Maar waarom...' Plotseling zweeg LeSeur. Zijn scherpe zeemanszintuigen merkten op dat de trilling van het enorme schip heel licht aan het veranderen was, dat er een ander soort zee stond. Het schip was aan het draaien.

'Wat is dát nou?'

Tegelijkertijd voer er een onmiskenbare huivering door het schip toen de motoren sneller gingen draaien... aanzienlijk sneller.

In zijn borst begon een ijskoude klont te ontstaan. Hij keek naar het scherm met koers en snelheid, keek naar de twee reeksen cijfers die bleven tikken tot ze zich stabiliseerden op een nieuwe koers. Tweehonderd graden pal noord, en de snelheid nam geleidelijk toe.

Tweehonderd graden pal noord. LaSeur wierp een snelle blik op de kaartplotter op een flatpanelbeeldscherm dicht in de buurt. Het stond er allemaal, in kleur en in volle glorie: het symbooltje van het schip, de rechte lijn van de koers, de zandbanken en rotsen van de Grand Banks.

Hij voelde zijn knieën week worden.

'Wat is er?' vroeg Kemper na een strakke blik op LeSeurs gezicht. Toen volgde hij de blik van de eerste officier naar de kaartplotter.

'Wat...?' begon Kemper weer. 'O, mijn god.' Hij keek naar het grote scherm. 'Denkt u dat...'

'Wat is er?' vroeg Craik, die net binnenkwam.

'Kapitein Mason heeft de snelheid verhoogd,' zei LeSeur, zijn

246

stem mat en hol in zijn eigen oren. 'En ze is van koers veranderd. We varen nu recht op de Carrion Rocks af.'

Hij richtte zijn blik weer op het scherm van de bewakingsca-mera, waarop kapitein Mason aan het roer te zien was. Ze had haar hoofd heel licht gedraaid, zodat hij haar profiel zag, en over haar lippen zag hij even een heel vage glimlach strijken.

In de gang buiten hield Lee Ng even op met dweilen om beter te kunnen luisteren. Er was iets belangrijks aan de hand, maar de stemmen zwegen plotseling. Hoe dan ook, hij moest het ver-keerd begrepen hebben. Het was een taalprobleem; hoe ijverig hij ook gestudeerd had, zijn Engels was nog steeds niet wat het zijn moest. Het viel ook niet mee om op je zestigste nog een nieu-we taal te leren. En dan al die nautische termen die niet eens te vinden waren in zijn goedkope woordenboekje Vietnamees-En-gels.

Hij hervatte zijn dweilwerk. De stilte die uit de open deur naar de tweede brug kwam, maakte nu plaats voor een enorm geratel. Opgewonden geratel. Met gebogen hoofd schoof Lee Ng dich-terbij, veegde de dweil in halve cirkels rond, en luisterde goed. De stemmen klonken luid, gespannen, en het drong tot hem door dat hij het niet verkeerd begrepen had.

Kletterend viel het handvat van de dweil op de grond. Lee Ng deed een stap achteruit, en nog een. Hij draaide zich om, liep weg, en zette het even later op een rennen. Tijdens de oorlog had hij meerdere malen het vege lijf weten te redden uit hopeloze situ-aties. Maar al rennende besefte hij dat dit iets heel anders was dan oorlog: hier kon hij niet schuilen, hier was geen beschermende muur van oerwoud voorbij het laatste rijstveld.

Dit was een schip. Je kon nergens heen.

52

Constance Greene had oplettend geluisterd naar de aankondiging van de plaatsvervangende kapitein, bijzonder opgelucht dat het schip eindelijk zou uitwijken naar St. John's. En ze voelde zich gerustgesteld door de strikte maatregelen die werden genomen. Niemand deed meer alsof dit een plezierreis was: het ging alleen nog om veiligheid en overleven. Misschien, dacht ze, was het karma dat sommigen van die veel te bevoorrechte types eens een glimp opvingen van het ware leven.

Ze keek op haar horloge. Kwart voor twee. Pendergast had gezegd dat hij tot drie uur wilde slapen, en daar wilde ze zich aan houden. Het was duidelijk dat hij zijn rust nodig had, al was het maar om hem uit die rare stemming te tillen waar hij in leek te verkeren. Ze had hem nog nooit overdag zien slapen, en hij was nog nooit 's ochtends al aan de drank gegaan.

Constance ging op de sofa zitten en opende een boek met essays van Montaigne in een poging haar gedachten te verzetten. Maar net toen ze verdiept begon te raken in de fraaie Franse formuleringen, werd er zacht op de deur geklopt.

Ze stond op en liep erheen.

'Ik ben het, Marya, doe open alsjeblieft.'

Constance opende de deur, en het kamermeisje glipte naar binnen. Haar normaal zo vlekkeloze uniform was smoezelig, en haar haar zat in de war.

'Ga zitten, Marya. Wat is er aan de hand?'

Marya ging zitten en streek met haar hand over haar voorhoofd. 'Het is daar èíñàíå.'

'Sorry?'

'Hoe noem je dat? Een gekkenhuis. Luister, ik breng nieuws. Heel slecht nieuws. Benedendeks gaat het als een vuurtje rond. Ik hoop dat het niet waar is.'

'Wat dan?'

'De nieuwe kapitein, zeggen ze, kapitein Mason, heeft zich op de brug opgesloten en stuurt het schip op de rotsen aan.'

'Wát?'

'Rotsen. De Carrion Rocks. Binnen drie uur raken we de rotsen, zeggen ze.'

'Dat lijkt mij een hysterisch gerucht.'

'Misschien wel,' zei Marya. 'Maar de hele bemanning gelooft dit gerucht. En er is iets belangrijks aan de hand op de tweede brug, een heleboel officieren lopen daar rond, en er gebeurt van alles. En ook is die, hoe heet dat, die geest weer gezien. Een hele groep passagiers ditmaal, en ook de cruisedirecteur.'

Constance zweeg. Het schip huiverde door een zoveelste enorme golf, en maakte een vreemde, zwenkende beweging. Ze keek Marya aan. 'Wacht even, alsjeblieft.'

Ze ging naar boven en klopte op de deur van Pendergasts suite. Meestal reageerde hij meteen, zijn stem helder en vast alsof hij al uren wakker was. Ditmaal hoorde ze niets.

Nogmaals klopte ze aan. 'Aloysius?'

Van binnen klonk een zachte, beheerste stem. 'Ik had toch gevraagd of je me om drie uur wakker wilde maken.'

'Er is een noodsituatie, en daar moet je van weten.'

Een lange stilte. 'Ik zie niet in waarom dat niet kon wachten.'

'Het kan niet wachten, Aloysius.'

Weer een lange stilte. 'Ik kom zo beneden.'

Constance liep de trap af. Even later verscheen Pendergast. Hij had de broek van een zwart pak aan, een gesteven wit overhemd dat openhing, en het jasje van het pak plus de das over zijn arm. Hij gooide het jasje op de stoel en keek om zich heen. 'Mijn oeufs benedict en mijn thee?' vroeg hij.

Constance keek hem aan. 'Er is geen roomservice meer. Er wordt in ploegen gegeten.'

'Marya hier is vast wel zo knap dat ze iets ritselt terwijl ik me scheer.'

'We hebben geen tijd om te eten,' zei Constance geïrriteerd.

Pendergast liep de badkamer in, liet de deur openstaan en trok het overhemd van zijn witte, gespierde bovenlijf. Hij gooide het over de stang van de douche, draaide de kraan open en begon zijn gezicht in te zepen. Hij pakte een lang, recht scheermes en begon dat te slijpen. Constance stond op om de deur dicht te doen, maar hij gebaarde naar haar. 'Ik wacht nog steeds om te horen wat er zo belangrijk was dat ik daarvoor wakker moest worden.'

'Volgens Marya heeft kapitein Mason, degene die het gezag heeft overgenomen van Cutter toen die geen koers wilde wijzigen, de brug gegijzeld en stuurt ze aan op een aanvaring met een rif.'

Het scheermes pauzeerde halverwege Pendergasts lange, bleke kaak. Er verstreek bijna een halve minuut. Toen werd het scheren hervat. 'En waarom heeft Mason dat gedaan?'

'Dat weet niemand. Het schijnt dat ze zomaar doorgedraaid is.'

'Doorgedraaid,' herhaalde Pendergast. Het schrapen ging door, gekmakend traag en precies.

'En bovendien,' zei Constance, 'is dat ding weer waargenomen, die rookgeest. Een heleboel mensen hebben hem gezien, onder wie de directeur van de cruise. Het lijkt wel of...' Ze zweeg, onzeker hoe ze haar gedachten moest verwoorden, en verwierp even later het hele idee. Ongetwijfeld moest dit inbeelding zijn.

In stilte ging Pendergast verder met scheren. De enige geluiden waren het zwakke gebulder van de storm en af en toe iemand op de gang die met stemverheffing sprak. Constance en Marya wachtten. Eindelijk was hij klaar. Hij spoelde het scheermes af, veegde het droog en klapte het dicht; hij bette zijn gezicht en droogde het af, trok zijn hemd aan en knoopte het dicht, stak de gouden manchetknopen in zijn manchetten, en knoopte met een paar geroutineerde gebaren zijn das. Toen stapte hij de zitkamer binnen.

'Waar ga jij naartoe?' vroeg Constance, geprikkeld maar ook een beetje geschrokken. 'Heb je enig idee wat hier gaande is?'

Hij pakte zijn jasje. 'Bedoel je dat jij daar nog niet achter bent?'

'Natuurlijk niet!' Constance begon haar humeur te verliezen. 'Ga me nou niet zeggen dat jij er al uit bent!'

'Natuurlijk ben ik eruit.' Hij trok zijn jasje aan en liep naar de deur.

'Wat dan?'

Bij de deur bleef Pendergast staan. 'Alles heeft met elkaar te maken, zoals ik al gedacht had: de diefstal van de Agozyen, de moord op Jordan Ambrose, de verdwijningen en moorden aan boord, en nu een doorgedraaide kapitein die het schip op een rif aan stuurt.' Hij lachte even. 'Om nog maar te zwijgen van jouw "rookgeest".'

'Maar hoe dan?' vroeg Constance geërgerd.

'Jij beschikt over dezelfde informatie als ik, en ik vind uitleg verschrikkelijk vervelend. Bovendien doet het er niet meer toe, niets meer.' Hij maakte een vaag gebaar door de kamer. 'Als het waar is wat jij zegt, ligt dit alles binnenkort in de blubber op de bodem van de oceaan, en momenteel heb ik iets belangrijks te doen. Ik ben binnen een uur terug. Misschien kun jij in die tijd een simpel bordje met oeufs benedict en een pot groene thee verzorgen?'

Hij vertrok.

Nadat de deur achter hem dichtgevallen was, bleef Constance er nog een hele tijd naar zitten kijken. Toen draaide ze zich langzaam om naar Marya. Even zei ze niets.

'Ja?' vroeg Marya.

'Ik wil je om een gunst vragen.'

De vrouw wachtte.

'Zou je zo snel mogelijk een dokter willen roepen?'

Marya keek haar geschrokken aan. 'Ben je ziek?'

'Ik niet. Maar híj wel, volgens mij.'

53

Gavin Bruce en wat hij intussen zijn team noemde, zaten in de midscheeps lounge van dek 8 te praten over de status van het schip en wat voor volgende maatregelen ze konden treffen. Het was opmerkelijk rustig voor het begin van de middag aan boord van de *Britannia*. Hoewel de avondklok alleen voor de late uren was ingesteld, scheen het dat een groot aantal passagiers in hun hut bleef, ofwel uit angst voor de moordenaar ofwel uit vermoeidheid na een uitzonderlijk enerverende ochtend.

Bruce ging even verzitten. Hun missie om met commodore Cutter te praten was mislukt, maar hij voelde zich dankbaar dat de man van zijn gezag was ontheven en dat zijn aanbevelingen waren opgevolgd. Hij had het gevoel dat zijn interventie uiteindelijk tóch iets bewerkstelligd had.

Cutter had geen enkel benul van de situatie gehad. Dit was het soort kapitein dat Bruce zich maar al te goed herinnerde uit zijn eigen carrière bij de marine: een commandant die koppigheid aanziet voor vastberadenheid, en die 'werken volgens het boekje' aanziet voor wijsheid. Zulke mensen kregen het vaak Spaans benauwd als de situatie onoverzichtelijk werd. De nieuwe kapitein had de overgang soepel afgehandeld; hij was onder de indruk geweest van haar toespraak via het omroepsysteem. Bijzonder professioneel, en ze had de zaken goed in de hand.

'We komen in het hart van de storm terecht,' zei Niles Welch, met een hoofdknik naar de rij ramen, waar de regen overheen gutste.

'Bij dit weer zou ik niet graag op een kleiner schip zitten,' antwoordde Bruce. 'Verbijsterend hoe zeewaardig die schuit hier is.'

'Iets heel anders dan de torpedojager waarop ik gediend heb in de Falklandoorlog,' merkte Quentin Sharp op. 'Dat was pas een wankel geval.'

'Ik sta ervan te kijken dat de kapitein vaart heeft gemaakt,' zei Emily Dahlberg.

'Nou, ik neem het haar niet kwalijk,' antwoordde Bruce. 'Als ik in haar schoenen stond, zou ik dit ongeluksschip zo gauw mogelijk de haven in willen hebben; dan maar wat minder comfort voor de passagiers. Hoewel, als ik het voor het zeggen had, zou ik wat gas terugnemen. De romp heeft het zwaar te verduren.' Hij keek naar Dahlberg. 'Trouwens, Emily, ik wou je nog gelukwensen met de manier waarop je dat hysterische meisje daarnet hebt gekalmeerd. Dat is nu al de vierde binnen een uur die je tot rust hebt gekregen.'

Dahlberg sloeg een sierlijk been over het andere been. 'We zijn hier allemaal om dezelfde reden, Gavin: om te helpen de orde te handhaven en op alle mogelijke manieren te helpen.'

'Ja, maar ík had het nooit gekund. Ik geloof niet dat ik ooit iemand zo overstuur heb gezien.'

'Ik heb gewoon mijn moederlijke instincten gebruikt.'

'Maar jij hebt helemaal geen kinderen.'

'Dat is zo.' Dahlberg glimlachte even. 'Maar ik heb een uitstekende fantasie.'

Vanuit de gang klonken haastige voetstappen, en er echode een verward geschreeuw.

'Niet weer zo'n stel dronken idioten,' mompelde Sharp.

De stemmen werden luider, en er verscheen een ongeregeld groepje passagiers, onder aanvoering van een man die zichtbaar beschonken was. Ze hadden zich verspreid en stonden op de deuren van suites te bonken tot de bewoners naar buiten kwamen in de gang achter hen.

'Hebben jullie het al gehoord?' brulde de aanvoerder met dubbelslaande tong. 'Hebben jullie het al gehoord?' De anderen in zijn groep bleven op de deuren beuken en brullen dat iedereen naar buiten moest.

Bruce rechtte zijn rug.

'Is er iets mis?' vroeg Dahlberg scherp.

De dronken man zweeg en stond even op zijn benen te tollen. 'We zitten op een ramkoers!'

Er ging een geroezemoes van bange stemmen op. De man zwaaide met zijn armen. 'De kapitein heeft de brug overgenomen! Ze gaat het schip laten stuklopen op de Grand Banks!'

Een uitbarsting van vragen, geroep.

Bruce stond op. 'Dat is me nogal een aantijging, aan boord van een schip. Ik hoop dat u dit waar kunt maken.'

De man keek met lodderige blik naar Bruce. 'Jazeker kan ik dat waar maken, maat. Iedereen weet het al, de bemanning heeft het over niets anders.'

'Het is zo!' brulde een stem achteraan. 'De kapitein heeft zich in haar eentje op de brug verschanst. En ze zet koers naar de Carrion Rocks!'

'Wat een onzin,' zei Bruce, maar hij voelde zich niet gemakkelijk toen de Carrion Rocks bij naam genoemd werden. Hij kende het daar nog uit zijn marinetijd: een brede reeks rotsen die als slagtanden oprezen uit de oceaan, een enorm gevaar voor de scheepvaart.

'Het is zo!' brulde de dronken man, en hij zwaaide zo hard met zijn armen dat hij bijna zijn evenwicht verloor. 'Iedereen praat erover!'

Bruce zag dat de menigte in paniek dreigde te raken. 'Vrinden,' zei hij op ferme toon, 'dat kan onmogelijk. De brug op dit soort schepen wordt nooit ofte nimmer door één persoon bemand. En er moeten wel duizend manieren zijn om de macht over een dergelijk schip terug te krijgen, vanuit de machinekamer of van de tweede brug. En ik kan het weten: ik ben commandant geweest bij de marine.'

'Zo gaat het tegenwoordig niet meer, sukkel!' riep de dronken man. 'Dit schip is volkomen geautomatiseerd. De kapitein heeft muiterij gepleegd en de macht overgenomen, en nu gaat ze het schip tot zinken brengen!'

Er rende een vrouw naar voren die Bruces pak vastgreep. 'U bent bij de marine geweest! In godsnaam, doe iets!'

Bruce maakte zich los en hief zijn handen. Hij straalde een natuurlijk soort gezag uit, en het bange geroezemoes nam meteen af.

'Mensen!' riep hij. Het werd stil.

'Mijn team en ik zullen uitzoeken of dit gerucht op waarheid berust,' ging hij verder.

'Ja, het is zo!'

'Stilte!' Hij wachtte. 'Als dat zo is, dan ondernemen we actie, dat beloof ik u. Intussen blijft u allemaal hier om op instructies te wachten.'

'Als ik me goed herinner,' zei Dahlberg, 'heeft de Admiraalsclub op dek 10 een beeldscherm waarop je de positie van het schip kunt zien, met koers en snelheid.'

'Uitstekend,' zei Bruce. 'Dan hebben we een onafhankelijke verificatie.'

'En wat dan?' krijste de vrouw die zijn pak had vastgegrepen.

Bruce keek haar aan. 'Zoals ik al zei, u blijft hier en u zegt anderen die hier toevallig passeren dat ze hetzelfde doen. Houd iedereen rustig en stop met de verspreiding van dat gerucht, paniek is wel het laatste waaraan we behoefte hebben. Als het waar is, helpen we de andere officieren om het schip weer in handen te krijgen. En we houden u op de hoogte.'

Daarna wendde hij zich tot zijn eigen groepje. 'Zullen we poolshoogte gaan nemen?'

Met snelle tred ging hij hen voor door de gang, naar de trap. Het was een krankzinnig verhaal, te gek voor woorden. Het kon niet waar zijn.

Of...?

54

De tweede brug was overvol en het werd er met de minuut heter. LeSeur had een spoedvergadering van het hotelpersoneel belegd, en de hoofden van de afdelingen Hotel en Entertainment kwamen al aanlopen, samen met de eerste purser, de bootsman en de eerste steward. Hij keek op zijn horloge, veegde zijn voorhoofd af en keek voor de zoveelste maal naar de rug van kapitein Mason, die te zien was op het centrale scherm van het bewakingssysteem. Daar stond ze, kaarsrecht en ijskoud aan het roer, geen haartje ontsnapte aan haar pet. Ze hadden de koers van de *Britannia* naar boven gehaald op de grootste NavTrac-satellietplotter, te zien op een 75-centimeter flatpanelscherm. Daar stond het, weergegeven in een massa koele elektronische kleuren: de koers, de snelheid... en de Carrion Rocks.

Hij staarde naar Mason, die zo onaangedaan aan het roer stond. Er was iets met haar gebeurd, een medisch probleem, een hersenbloeding misschien, of drugs, of een psychische aandoening. Wat ging er om in haar hoofd? Haar gedrag was de antithese van alles waar een scheepskapitein voor stond.

Naast hem stond Kemper met een hoofdtelefoon op bij een bewakingscomputer. LeSeur stootte hem even aan, en de directeur Beveiliging nam de oordoppen af.

'Weet je absoluut zeker, Kemper, dat ze ons kan horen?' vroeg hij.

'Alle kanalen staan open. Ik kreeg zelfs wat geluid terug.'

LeSeur keek naar Craik. 'Enige reactie op ons noodsignaal?'

Craik keek op van zijn zendapparatuur en satelliettelefoon. 'Jazeker. De Amerikaanse en Canadese kustwacht reageren. Het dichtstbijzijnde vaartuig is de *Sir Winfred Grenfell*, afkomstig uit St. John's, een achtenzestig meter lang offshore patrouilleschip met negen officieren, elf bemanningsleden, zestien kooien plus tien in de ziekenboeg. Die zitten op een koers haaks op de onze, en ze bereiken ons zo'n vijftien zeemijlen ten oost-noord-oosten van de Carrion Rocks om circa kwart voor vier vanmiddag. Verder is er niemand zo dichtbij dat ze ons kunnen bereiken voor de verwachte tijd van de, eh, aanvaring.'

'Wat zijn ze van plan?'

'Daar zijn ze nog mee bezig.'

LeSeur wendde zich tot de derde officier en zei streng: 'Haal dokter Grandine hierheen. Ik wil enig medisch advies over wat er met Mason aan de hand kan zijn. En vraag Mayles of er een psychiater aan boord is onder de passagiers. Als dat zo is, laat die dan ook hierheen komen.'

'Aye, aye.'

Daarna sprak LeSeur de hoofdwerktuigkundige aan. 'Meneer Halsey, ik wil dat u persoonlijk naar de machinekamer gaat om de automatische piloot los te koppelen. Hak indien nodig de kabels door, ga de bedieningspanelen met een moker te lijf. Schakel als het echt niet anders kan een van de schroeven uit.'

De ingenieur schudde zijn hoofd. 'De automatische piloot is gewapend tegen aanvallen. Hij is zo ontworpen dat hij onmogelijk handmatig kan worden uitgeschakeld. En al kon je een van de schroeven uitschakelen – en dat kan niet – dan nog zou de autopilot compenseren. Het schip kan als het echt moet op één schroef lopen.'

'Meneer Halsey, als u het geprobeerd hebt, dán pas mag u me komen vertellen dat het niet kan.'

'Aye, aye.'

LeSeur wendde zich tot de radio-officier. 'Probeer Mason op te roepen op VHF kanaal 16.'

'Oké.' De verbindingsman pakte zijn VHF, bracht die naar zijn lippen, drukte op de zendknop. 'Radio voor brug, radio voor brug, geef antwoord alstublieft.'

LeSeur wees naar het scherm. 'Zie je dat?' riep hij. 'Je ziet het groene ontvangstlichtje. Ze hoort ons, luid en duidelijk.'

'Dat zeg ik al de hele tijd,' antwoordde Kemper. 'Ze hoort ieder woord.'

LeSeur schudde zijn hoofd. Hij kende Mason al jaren. Ze was uitermate professioneel, een beetje strak, altijd volgens de regels, niet bepaald hartelijk, maar altijd door en door professioneel. Hij peinsde zich suf. Er móést een manier zijn om persoonlijk met haar te communiceren. Hij werd er gek van dat ze continu met haar rug naar hen toe bleef staan.

Als hij haar kon aankijken, kon hij misschien met haar rederen. Of haar althans begrijpen.

'Meneer Kemper,' zei hij. 'Vlak onder de brugramen loopt een reling waaraan de schoonmaakapparatuur voor de ramen kan worden opgehangen; klopt dat?'

'Volgens mij wel.'

LeSeur rukte zijn jasje van een stoel en trok het aan. 'Ik ga eropaf.'

'Bent u helemaal gestoord?' vroeg Kemper. 'Dat is dertig meter boven het dek.'

'Ik ga haar recht in het gezicht kijken en vragen waar ze in godsnaam mee bezig is.'

'Maar dan zit u midden in een vliegende storm...'

'Tweede stuurman Worthington, u gaat nu in wacht tot ik terugkom.' En LeSeur stormde de deur uit.

LeSeur stond bij de voorste reling aan bakboord van het observatieplatform op dek 13. De wind rukte aan zijn kleren en de regen sloeg hem in het gezicht terwijl hij stond op te kijken naar de brug. Die bevond zich op het hoogste deel van het schip; daarboven staken alleen de schoorstenen en de masten nog uit. De twee brugdelen staken ver uit naar bak- en stuurboord. Onder de muur van schemerig verlichte ramen kon hij net de reling zien lopen, een enkele koperen stang van twee centimeter doorsnee, zo'n vijftien centimeter onder de toren opgehangen aan stalen beugels. Van het platform naar de bakboordbrug liep een smalle ladder; op het aansluitpunt maakte die verbinding met de reling rond de onderste brug.

Hij wankelde over het dek naar de ladder, aarzelde even en greep de trede op schouderhoogte zo stevig beet alsof hij bang was te verdrinken. Hij aarzelde nogmaals, en de spieren in zijn armen en benen begonnen al te trillen bij de gedachte aan de komende beproeving.

Hij zette een voet op de onderste trede en hees zich omhoog. Er spatte een fijne nevel van waterdruppeltjes over hem heen en tot zijn schrik proefde hij zout water, meer dan zeventig meter boven de waterlijn. De oceaan kon hij niet zien – de regen en de nevel waren te dicht – maar hij hoorde het dreunen en voelde de klap van de golven telkens wanneer ze tegen de romp sloegen. Op deze hoogte waren de bewegingen van het schip nog uitgesprokener, en hij voelde iedere trage, misselijkmakende rol diep in zijn onderbuik.

Moest hij het erop wagen? Kemper had gelijk: het was volkomen krankzinnig. Maar terwijl hij zich die vraag stelde, wist hij wat het antwoord zou zijn. Hij moest haar in de ogen kijken.

Uit alle macht greep hij de ladder en hees zich hand over hand, voetje voor voetje, naar boven. De wind beukte zo hard op hem in dat hij bij tijden zijn ogen dicht moest knijpen en op de tast omhoog moest klauteren, zijn ruwe zeemanshanden als bankschroeven rond de anti-sliptreden geklemd. Het schip gierde onder een wel heel uitzonderlijk heftige golf en hij kreeg even het gevoel dat hij boven de lege ruimte hing, die hem de diepte in trok, omlaag naar de kolkende massa van de zee.

Eén hand tegelijk.

Na een schijnbaar eindeloze klimpartij bereikte hij de bovenste trede en hees zijn hoofd tot boven de vensterbank. Hij tuurde naar binnen, maar hij zat een heel eind naar buiten op het bakboordgedeelte van de brug, en het enige wat hij zag was een vage gloed van elektronische systemen.

Hij moest naar het midden kruipen.

De vensters van de brug bolden iets naar buiten. Daarboven bevond zich de rand van het bovendek, met een eigen voetreling. LeSeur wachtte op een rustig moment tussen twee stormvlagen in, en hees zich toen omhoog. Hij greep de bovenrand en zette tegelijkertijd zijn voeten op de onderreling. Daar bleef hij een tijd staan. Hij voelde zich open en bloot, ten prooi aan de elementen. Zo tegen de brugvensters geplakt, zijn armen en benen gespreid, voelde hij het rollen van het schip nog sterker.

Hij haalde één-, tweemaal diep, huiverend adem. En toen begaf hij zich op weg – met ijskoude vingers klemde hij zich aan de reling vast, en bij iedere windvlaag moest hij zich opnieuw schrapzetten. De brug was vijftig meter breed, wist hij; dat betekende een tocht van vijfentwintig meter langs de reling voordat hij oog in oog stond met het werkstation op de brug, en het roer. Voetje voor voetje schoof hij verder. De reling had geen anti-sliplaag – hij was nooit bestemd geweest voor aanraking door mensenhanden – en was dan ook verduiveld glibberig. Langzaam en weloverwogen kroop hij opzij. Het grootste gedeelte van zijn gewicht hing aan zijn vingers terwijl hij langs de blinkend gepoetste stang kroop. Een enorme, brullende windvlaag beukte op hem in en zwiepte zijn voeten van de onderreling. Even bungelde hij in doodsangst boven de kolkende grijze leegte. Hij krabbelde naar houvast en aarzelde opnieuw. Hij hapte naar adem; zijn hart hamerde in zijn borstkas, zijn vingers voelden verdoofd aan. Even later dwong hij zich weer naar voren.

Uiteindelijk bereikte hij het midden van de brug. En daar stond ze, aan het roer: kapitein Mason. Ze keek hem rustig aan.

Hij staarde terug, geschokt door de volslagen normale blik op haar gezicht. Ze leek niet eens verbaasd over zijn onwaarschijnlijke aanwezigheid: een spookverschijning in zwaarweeruitrusting, die zich aan de verkeerde kant van de ramen vastklampte.

Hij greep zich met zijn linkerhand steviger beet aan de bovenreling en bonsde met zijn rechtervuist op de ruit. 'Mason! Máson!'

Ze beantwoordde zijn blik en maakte oogcontact, maar op bijna afwezige wijze.

'Waar ben je mee bezig?'

Geen reactie.

'Verdomme, Mason, zég iets!' Met zijn vuist beukte hij zo hard op het glas dat het zeer deed.

Maar zij beperkte zich tot een blik.

'Mason!!'

Uiteindelijk stapte ze bij het roer weg en liep naar het raam. Zachtjes drong haar stem tot hem door, gefilterd door het glas en het brullen van de storm. 'De vraag is, meneer LeSeur, waar bent ú mee bezig?'

'Beseft u dan niet dat we op ramkoers liggen met de Carrion Rocks?'

Weer bewogen even haar lippen, als voorbode van een glimlach. Ze zei iets wat hij boven de storm uit niet kon horen.

'Ik kan u niet verstaan!' Hij klampte zich aan de rand vast en vroeg zich af hoelang het nog zou duren eer zijn vingers het begaven en hij in het razende grijze schuim viel.

'Ik zei...' – ze liep weg van het glas en sprak harder – 'dat ik me daar terdege van bewust ben.'

'Maar waarom?'

De glimlach kwam, als de zon glinsterend op ijs. 'Dat is inderdaad de vraag, nietwaar, meneer LeSeur?'

Hij drukte zich tegen het glas en moest zijn uiterste best doen om zijn greep te behouden. Hij wist dat hij het niet lang meer zou volhouden.

'Waaróm?' brulde hij.

'Vraag maar aan de rederij.'

'Maar... u doet dit toch zeker niet doelbewust?'

'Waarom niet?'

Hij wilde roepen dat ze gek was, maar hij wist zich in te houden. Hij moest haar zien te bereiken, haar beweegredenen doorgronden, met haar redeneren. 'In godsnaam, u kunt toch niet zomaar vierduizend mensen vermoorden!'

'Ik heb niets tegen de passagiers of de bemanning. Maar ik ben zeer beslist van plan dit schip te vernietigen.'

LeSeur wist niet of het regen of tranen waren op zijn gezicht. 'Kapitein, luister. Als u problemen hebt, problemen met de rederij, dan kunnen we daar iets aan doen. Maar dit... er zijn duizenden onschuldige mensen aan boord, een heleboel vrouwen en kinderen. Ik smeek u, doe dit niet. Ik sméék het u.'

'Er gaan iedere dag mensen dood.'

'Is dit een soort terroristische aanval? Ik bedoel...' – hij slikte, en probeerde een neutrale formulering te vinden – 'doet u dit vanuit een, een bepaalde politieke of religieuze overtuiging?'

Haar glimlach bleef kil en beheerst. 'Als u het me dan toch vraagt: het antwoord is nee. Dit is strikt persoonlijk.'

'Als u het schip op de rotsen wilt jagen, leg het dan eerst stil. Zodat we de reddingsboten te water kunnen laten!'

'Als ik het schip stilleg, dan kan er een overvalteam landen om mij hier weg te halen. Dat weet u even goed als ik. Ongetwijfeld zit de helft van de passagiers te e-mailen met de buitenwereld. Er moet intussen een enorme stoet politie en leger onderweg zijn. Nee, meneer LeSeur, snelheid is mijn bondgenoot, en de bestemming van de *Britannia* is de Carrion Rocks.' Ze keek naar de kaartplotter van de automatische piloot. 'Over honderdnegenenveertig minuten!'

Hij beukte op het glas. 'Nee!' Bijna viel hij door de inspanning. Haastig klemde hij zich weer vast. Hij scheurde zijn nagels op de gladde reling en keek hulpeloos toe hoe ze weer bij het roer ging staan, haar blik gevestigd op de grauwe storm.

55

Toen ze de deur hoorde opengaan, ging Constance rechtop zitten. Door de open deur woei het gedempte geluid van paniek de hut in: kreten, vloeken, dreunende voetstappen. Pendergast kwam binnen en sloot de deur.

Hij liep de hal door; op een van zijn schouders balanceerde iets groots en zwaars. Toen hij dichterbij kwam zag Constance dat het een ivoorwitte duffel was, een enorme waszak, die met een koord aan de bovenzijde dichtgetrokken was. Bij de keukendeur bleef hij staan, hij hees de zak van zijn schouder, klopte zijn handen af en liep door naar de zitkamer.

'Ah, de thee, eindelijk,' zei hij. Hij schonk zich een kop in en ging in een leren stoel zitten. 'Uitstekend.'

Ze keek hem koeltjes aan. 'Ik wacht nog op je theorie over wat er gaande is.'

Pendergast nam een lange, waarderende slok thee. 'De Carrion Rocks vormen een van de grootste gevaren voor de scheepvaart in het noorden van de Atlantische Oceaan, wist jij dat? Zelfs zo erg dat ze na het zinken van de *Titanic* een tijdlang dachten dat het schip daarop vastgelopen moest zijn.'

'Interessant zeg.' Ze keek naar hem, hoe hij daar in die fauteuil rustig van zijn thee zat te nippen alsof er niets aan de hand was. En toen drong tot haar door: misschien wás er ook echt niets aan de hand.

'Je hebt een plan,' zei ze. Het was een constatering, geen vraag.

'Inderdaad. En nu we het er toch over hebben, misschien wordt het tijd om jou daar iets meer over te vertellen. Dat spaart dan later weer moeite, als we misschien snel op de veranderende situatie moeten inspelen.'

Weer nam hij een trage slok. Toen zette hij het kopje weg, stond op en liep naar de keuken. Hij trok de waszak open, trok er iets groots uit en liep terug naar de zitkamer, waar hij het tussen hen in op de grond zette.

Constance keek er nieuwsgierig naar. Het was een langwerpige, harde container van wit rubber en kunststof, ruim een meter bij bijna een meter, en dichtgesjord met nylon banden. Er zaten meerdere etiketten met waarschuwingen op geplakt. Pendergast haalde de nylon banden weg en verwijderde de bovenplaat. Daaronder zat een strak opgevouwen voorwerp van fluorescerend geel polyurethaan.

'Een zelf-opblazende drijfboei,' zei Pendergast. 'Ook wel een "overlevingsbel" genoemd. Voorzien van zonnepanelen, een radiobaken, dekens en mondvoorraad. Alle reddingsboten van de *Britannia* hebben er een. Deze hier heb ik, eh… laten we zeggen, bevrijd uit een daarvan.'

Constance keek van de container naar Pendergast en terug.

'Als de officieren niet in staat blijken de kapitein tegen te houden, proberen ze misschien de reddingssloepen te water te laten,' legde hij uit. 'Maar bij deze snelheid is dat gevaarlijk, misschien zelfs dom. Als we ons daarentegen hierin te water laten, lopen we minimaal risico. Uiteraard moeten we wel uitkijken waar we onze evacuatie precies uitvoeren.'

'Evacuatie,' herhaalde Constance.

'Het moet natuurlijk een dek vlak boven de waterlijn zijn.' Hij pakte een scheepsbrochure van een bijzettafeltje en sloeg die open bij een glanzende foto van de *Britannia*. 'Ik zou zeggen, hier,' ging hij verder, en hij wees naar een rij grote vensters laag in de achtersteven. 'Dat zal de balzaal King George ii zijn. Daar is waarschijnlijk niemand, gezien de huidige omstandigheden. We kunnen een stoel of een tafel door het raam gooien, een opening vrijmaken en naar buiten springen. Het gevaarte hier vervoeren we natuurlijk in de duffel, anders valt het op.' Hij dacht even na. 'Het lijkt me het verstandigst om een halfuurtje te wachten. Dan zitten we dicht genoeg bij de plek van de aanvaring om binnen redelijke afstand van de reddingsschepen te komen, maar niet zo dicht dat we last hebben van de paniek op het laatste moment. Als we vanuit een van de zijramen van de balzaal springen, hier of daar, hebben we het minst last van het kielzog.' Met een tevreden zucht legde hij de foto weg, alsof hij bijzonder ingenomen was met zijn plan.

'Je hebt het over "we",' zei Constance langzaam. 'Dat betekent, alleen wij tweeën?'

Pendergast keek haar licht verbaasd aan. 'Ja, natuurlijk. Maar maak je geen zorgen: het ziet er nu klein uit, maar het is zeker groot genoeg voor ons allebei als er eenmaal lucht in zit. Hij is bestemd voor vier personen, dus we zullen alle ruimte hebben.'

Ze keek hem ongelovig aan. 'Wil je dan jezelf in veiligheid brengen en de rest gewoon laten kreperen?'

Pendergast fronste zijn voorhoofd. 'Constance, ik wens niet op die toon aangesproken te worden.'

Vervuld van kille woede stond ze op. 'Wat ben jij een...' Ze maakte de zin niet af. 'Om zo'n drijfboei uit een van de reddingsboten te stelen... Je was helemaal niet op zoek naar een manier om de crisis te bedwingen of de *Britannia* te redden. Je was gewoon bezig je eigen vege lijf te redden!'

'Ik ben toevallig nogal gehecht aan mijn eigen vege lijf. En mag ik je er even aan herinneren, Constance, dat ik aanbied om ook het jouwe te redden?'

'Dit is niets voor jou,' zei ze, ten prooi aan ongeloof, schok en woede. 'Dit is grove zelfzuchtigheid. Wat is er met je gebeurd, Aloysius? Sinds je terug bent uit Blackburns hut, doe je... vreemd. Je bent jezelf niet.'

Hij keek haar een tijdje aan. Toen plaatste hij zwijgend de bovenkant weer op de kunststof doos. Hij stond op en deed een stap naar voren.

'Ga zitten, Constance,' zei hij kalm. En zijn toon had iets – iets vreemds, iets volslagen onbekends – waardoor ze, ondanks haar woede en angst en ongeloof, onmiddellijk gehoorzaamde.

56

LeSeur ging zitten in de vergaderkamer naast de tweede brug. Hij was nog volkomen doorweekt, maar hij had het niet koud: hij kreeg juist het gevoel dat hij zou stikken in de hitte en de geur van zwetende lijven. De kamer, die bestemd was voor een handvol mensen, was nu bomvol dekofficieren en bemanningsleden, en er kwamen nog steeds mensen bij.

LeSeur wachtte niet eens voordat ze allemaal zaten. Hij stond op, sloeg met zijn knokkels op tafel en begon.

'Ik heb zojuist met Mason gepraat,' zei hij. 'Ze bevestigt dat het haar bedoeling is de *Britannia* met volle vaart op de Carrion Rocks te laten lopen. Tot nu toe hebben we geen kans gezien op de brug in te breken of de automatische piloot uit te schakelen. En ik heb nog geen arts of psychiater kunnen vinden die voldoende compos mentis is om ofwel een diagnose te stellen ofwel een manier van communicatie met haar te vinden die iets zou kunnen uithalen.'

Hij keek om zich heen.

'Ik heb ettelijke gesprekken gevoerd met de kapitein van de *Grenfell*, het enige schip dat zo dichtbij zit dat het een reddings-poging kan ondernemen. Andere schepen, zowel koopvaardij als kustwacht, zijn uitgeweken. Die bereiken ons niet voor de ge-schatte tijd van de aanvaring. De Canadese kustwacht heeft twee vliegtuigen gestuurd voor surveillance en communicatie. Ze heb-ben een vloot helikopters klaarstaan, maar voorlopig bevinden we ons buiten het bereik daarvan. Vanuit die hoek mogen we geen hulp verwachten. En de *Grenfell* is beslist niet uitgerust om drieën-veertighonderd evacués op te vangen.'

Hij zweeg even, en haalde diep adem. 'We zitten midden in een storm, met golven van meer dan twaalf meter en een wind van veertig à zestig knopen. Maar het grootste probleem is de snelheid ten opzichte van het water: negenentwintig knopen.' Hij likte aan zijn lippen. 'Als we niet in beweging waren, hadden we een groot aantal opties: dan konden we mensen overzetten op de *Grenfell*, dan kon er een overvalteam aan boord komen. Maar met negen-entwintig knopen is dat allemaal niet haalbaar.' Hij keek om zich heen. 'Dus, mensen, heb ik ideeën nodig, en wel nú.'

'Kunnen we de motoren uitschakelen?' vroeg iemand. 'Ge-woon, saboteren?'

LeSeur wierp een blik op de hoofdwerktuigkundige. 'Meneer Halsey?'

De hoofdwerktuigkundige schudde van nee. 'We hebben vier dieselmotoren, aangedreven door twee gasturbines: General Elec-tric LM2500. Als je één diesel afsluit, gebeurt er niets. Sluit je er twee af, dan kun je maar beter die turbines uitschakelen, anders krijg je een gascompressie-explosie.'

'Dus eerst de gasturbines onklaar maken?' vroeg LeSeur.

'Dat zijn hogedrukstraalmotoren, met een snelheid van zesen-dertighonderd toeren per minuut. Als je probeert daar iets aan te doen terwijl we met volle kracht vooruitgaan, dan is dat... zelfmoord. Dan scheurt de bodem uit het schip.'

'De aandrijfassen doorsnijden, dan?' vroeg een tweede.

'Die zijn er niet,' antwoordde de hoofdwerktuigkundige. 'Iedere schroef heeft een zelfstandig aandrijfsysteem. De diesel en de turbines genereren elektriciteit, en daarmee worden de motoren aangedreven.'

'Het aandrijfsysteem vastzetten, misschien?' stelde LeSeur voor.

'Heb ik al naar gekeken. Daar kom je al varende niet bij.'

'En als we de stroomtoevoer naar de motoren afsnijden?'

De hoofdwerktuigkundige fronste zijn voorhoofd. 'Gaat niet. Om dezelfde reden waarom ze de brug en de automatische piloot inbraakvrij hebben gemaakt: angst voor een terroristische aanval. Dat stelletje genieën bij Binnenlandse Zaken heeft besloten het schip zo te ontwerpen dat eventuele terroristen niets kunnen doen om zaken uit te schakelen of het commando over te nemen. Wat er ook gebeuren zou, de officieren die op de brug waren opgesloten moesten het schip naar de haven kunnen krijgen, ook als terroristen de rest van het schip in handen hadden.'

'Over de brug gesproken,' zei een derde. 'Stel dat we nou eens een gat in de deur boren en daar gas doorheen spuiten? Maakt niet wat, als het de zuurstof binnen maar vervangt. In de keuken staan meer dan genoeg koolzuurgasflessen. Dan raakt ze bewusteloos.'

'En dan? Dan zitten we altijd nog op de automatische piloot.'

Even bleef het stil. Toen schraapte het hoofd van de IT-afdeling, Hufnagel, een man met een bril en een witte jas, zijn keel. 'De automatische piloot is een stuk software, daar is niets geheimzinnigs aan,' zei hij rustig. 'Die kunnen we hacken, althans, in theorie. Hacken en opnieuw programmeren.'

LeSeur draaide zich naar hem om. 'Hoe dan? Er zit een firewall voor.'

'Geen enkele firewall is ondoordringbaar.'

'Zet je beste man erop, nu meteen.'

'Dat is dan Penner.' Hufnagel stond op.

'En kom zo snel mogelijk verslag uitbrengen.'

'Jazeker.'

LeSeur keek hem na toen hij de kamer uit liep. 'Verder nog ideeën?'

'Het leger?' suggereerde Crowley, derde stuurman. 'Misschien kunnen ze bommenwerpers laten opstijgen, en de brug wegschieten met een raket. Of een onderzeeër erop afsturen om de schroeven onklaar te maken met een torpedo.'

'Die mogelijkheden hebben we al bekeken,' antwoordde LeSeur. 'Het is onmogelijk om een raket precies genoeg te richten. Er zijn geen onderzeeërs in de buurt, en gezien onze snelheid is er niet een die ons kan onderscheppen of inhalen.'

'En kunnen we de reddingsboten te water laten?' vroeg een stem achterin.

LeSeur wendde zich tot de bootsman, Liu. 'Kan dat?'

'Bij een snelheid van dertig knopen en zwaar weer... Ik kan me niet indenken hoe je dat zou moeten aanpakken.'

'Ik hoef niet te weten wat je je al dan niet kunt indenken. Als het in de verste verte haalbaar lijkt, wil ik dat je de kwestie onderzoekt.'

'Oké, ik zal kijken of het te doen is. Maar om dat te doen heb ik een volledige ploeg nodig, en iedereen is bezet.'

LeSeur vloekte. Waar ze dringend behoefte aan hadden, dat waren ervaren matrozen. Natuurlijk hadden ze alles wat maar mogelijk was aan boord: croupiers, masseurs, zangers... allemaal ballast. 'Die vent die hier een tijdje geleden was, hoe heette die ook weer? Bruce. Dat was een ex-marineman, en zijn vrienden ook. Ga die opzoeken. Schakel ze in.'

'Maar die was al oud, in de zeventig...' protesteerde Kemper.

'Meneer Kemper, ik heb zeventigjarige ex-marinemensen gezien die u in twee rondes knock-out slaan.' Hij wendde zich tot Crowley. 'Aan de slag.'

Vanuit de deuropening bulderde een stem met een zwaar Schots accent: 'Ik ben er al, meneer LeSeur.' Bruce baande zich een weg door de menigte. 'Gavin Bruce, tot uw dienst.'

LeSeur draaide zich om. 'Meneer Bruce. U bent op de hoogte van de situatie?'

'Jazeker.'

'We moeten weten of we onder deze omstandigheden en bij deze snelheid de reddingsboten te water kunnen laten. Hebt u daar ervaring mee? Dit is een nieuw type: zogenaamde vrije-valreddingsboten!'

Bruce wreef bedachtzaam over zijn kin. 'We moeten die boten eens goed bekijken.' Hij aarzelde. 'Of we laten ze te water na de aanvaring.'

'We kunnen niet wachten tot na de aanvaring. Als we met dertig knopen op een rots lopen... dan is de helft van de mensen aan boord alleen al door de klap dood of gewond.'

Hierop volgde een stilte. Even later knikte Bruce langzaam.

'Meneer Bruce, ik geef u en uw ploeg volledige autoriteit om deze kwestie aan te pakken. De bootsman, meneer Liu, en derde stuurman Crowley zullen u begeleiden. Zij zijn volledig bekend met de routines voor het van boord gaan.'

'Begrepen.'

LeSeur keek de kamer rond. 'En nog iets. We hebben commodore Cutter nodig. Hij kent het schip beter dan wie dan ook en... tja, hij is de enige die de cijferreeks kent om code drie uit te schakelen. Ik roep hem terug naar de brug.'

'Als gezagvoerder?' vroeg Kemper.

LeSeur aarzelde. 'Eerst maar eens kijken wat hij zegt.' Hij keek op zijn horloge.

Negenentachtig minuten.

57

Kapitein Carol Mason stond bij de computer op de brug. Rustig keek ze naar het enorme plasmascherm van de Northstar 941x DGPS-kaartplotter, waarop infonav 2.2 draaide. Het was, vond ze, een wonder van techniek, een technologie die de vaardigheden, wiskunde, ervaring en diepe intuïtie die ooit nodig waren geweest voor loodsen en navigeren vrijwel overbodig maakte. Met dit apparaat kon een slimme puber de *Britannia* praktisch navigeren: met die grote, kleurige kaart waarop het scheepje te zien was, aan het eind van een lijn die de koers van het schip aangaf, handig uitgezet met geschatte posities met intervallen van tien minuten, samen met waypoints voor iedere koerswijziging.

Ze keek naar de automatische piloot. Ook alweer zo'n wonder:

die hield continu de snelheid van het schip door het water bij, de grondsnelheid, het toerental, het motorvermogen, de stand van het roer, en maakte talloze bijstellingen die zo subtiel waren dat ook de meest ervaren zeeman ze niet kon voelen. Zo bleef het schip op koers en op snelheid, en wel beter dan de beste kapitein ooit kon bewerkstelligen, en het bespaarde nog brandstof ook. Daarom hielden de reglementen in dat de automatische piloot standaard moest worden ingezet, behalve voor binnenlandse of kustwateren.

Tien jaar geleden had je op de brug van een schip als dit hier minstens drie bijzonder ervaren officieren nodig gehad; nu was één voldoende, en het grootste deel van de tijd had ze niets te doen.

Ze keek naar LeSeurs navigatietafel, met zijn papieren kaarten, liniaals, kompassen, potloden en markeerstiften, en de hoes waar zijn sextant in zat. Dode instrumenten, dode vaardigheden.

Ze liep om de computer heen terug naar het roer en liet een hand op het fraaie mahoniehouten wiel rusten. Dat stond daar zuiver voor de show. Rechts ernaast stond de roergangerscomputer waar het echte werk plaatsvond: zes kleine joysticks, met één vinger te bedienen, en daarmee werden dan de twee vaste en de twee roterende schroeven en de motorhendels bediend. Met zijn roterende schroeven die in een volle cirkel konden draaien, was het schip zo wenbaar dat het kon afmeren zonder ook maar één sleepboot nodig te hebben.

Ze streek met haar hand langs de gladde vernis van het roer en hief haar blik naar de muur van grijze vensters voor haar. Terwijl de wind aanwakkerde was de regen afgenomen, en nu zag ze de omtrek van de boeg door de spectaculaire, huizenhoge golven snijden; enorme fonteinen van nevel en schuim spatten over het voordek in vertraagde explosies van wit.

Ze voelde een soort vrede over zich komen, een volslagen leegte, die verder ging dan alles wat ze ooit eerder had meegemaakt. Het grootste deel van haar leven had ze verstrikt gezeten in zelfverwijt, in gevoelens van tekortschieten, van zelftwijfel, woede, overweldigende ambitie. Nu was daar niets van over... gelukkig. Nog nooit was het zo eenvoudig geweest om een beslissing te nemen, en daarna was er niets te merken geweest van die weifeling die haar professionele beslissingen zo bemoeilijkt had. Ze had besloten het schip te vernietigen, kalm en zonder emotie, en nu hoefde ze dat alleen nog maar te doen.

Waarom? had LeSeur gevraagd. Als hij dat niet kon raden, dan zou ze hem niet de genoegdoening geven van een keurig voorgeschoteld antwoord. Voor haarzelf was het volkomen helder. Er was nog nooit, niet één keer, een vrouw kapitein geweest op een groot transatlantisch lijnschip. Ze moest gek geweest zijn om te denken dat zij door dat teakhouten plafond heen kon breken. Ze wist, en dat was geen ijdelheid, dat zij als kapitein tweemaal zoveel waard was als haar collega's. Ze was als beste van haar jaar afgestudeerd aan de hogere zeevaartschool van Newcastle, met de hoogste cijfers in de geschiedenis van de school. Haar staat van dienst was perfect, vlekkeloos. Ze was zelfs ondanks enkele uitstekende kansen vrijgezel gebleven om iedere vraag van ouderschapsverlof uit de weg te gaan. Met de grootste zorg had ze de juiste relaties binnen de rederij gekweekt, had ze de juiste mentoren uitgezocht maar ervoor gezorgd dat ze nooit al te ambitieus overkwam. Ze had zich het energieke, professionele maar niet onaangename gedrag van de beste kapiteins aangemeten, altijd oprecht verheugd over het succes van haar gelijken.

Probleemloos was ze de ladder opgeklommen, tot tweede en daarna eerste stuurman, en tot slot stafkapitein. Ja, onderweg was er commentaar geleverd, onvriendelijke opmerkingen en onwelkome avances van haar meerderen, maar die had ze altijd met aplomb afgewezen, zonder ooit te fel te worden. Ze had nooit geklaagd, ze had bepaalde gemene en idiote meerderen met het grootste respect en uiterst correct behandeld, en ze had gedaan alsof ze hun kwetsende, vulgaire opmerkingen en walgelijke voorstellen niet hoorde. Die deed ze met een grap af, alsof zo iemand iets bijzonder slims gezegd had.

Toen de *Oceania* vier jaar geleden te water was gelaten, waren zij en twee andere stafkapiteins aan de beurt voor promotie: zij, Cutter en Thrale. Thrale, de minst competente, die bovendien te veel dronk, was bevorderd. Cutter, die een betere kapitein was, was gepasseerd vanwege zijn humeurige kluizenaarsaard. Maar zij, de beste van het drietal, was ook gepasseerd. Waarom?

Ze was een vrouw.

En dat was nog niet het ergste. Al haar collega's hadden medeleven getoond met Cutter, hoewel velen van hen een hekel aan hem hadden. Iedereen sprak hem aan om hem te zeggen dat het een schande was dat hij die promotie niet gekregen had, dat hij in feite commodore had moeten worden, dat de rederij een vergissing begaan had; en ze drukten hem allemaal op het hart dat hij de volgende promotie zou krijgen.

Bij haar had niemand dat gedaan. Niemand had medeleven betoond. Ze waren er allemaal van uitgegaan dat zij dat, als vrouw, sowieso niet verwacht had en dat ze zoiets bovendien niet aan zou kunnen. De meesten van hen waren maats geweest bij de marine; dat was voor haar als vrouw niet mogelijk geweest. Niemand wist hoe vernederd ze zich had gevoeld: in de wetenschap dat zij de beste kandidaat was geweest, met de meeste dienstjaren achter zich en de beste staat van dienst.

Op dat moment had ze het moeten beseffen.

En toen kwam de *Britannia*. Het grootste, meest luxueze lijnschip dat ooit gebouwd was. Het had de rederij bijna een miljard gekost. En nu moest zij wel kapitein worden. Het kon bijna niet anders.

Alleen: Cutter werd het. En om het allemaal nog eens erger te maken hadden ze kennelijk gedacht dat zij dan blij zou zijn met de restjes: zij mocht stafkapitein worden.

Cutter was niet dom. Hij wist donders goed dat zij het commando aan boord had moeten krijgen. En hij wist ook dat zij een betere kapitein was. En dus haatte hij haar. Hij voelde zich door haar bedreigd. Al voordat ze aan boord waren gegaan had hij iedere gelegenheid te baat genomen om haar te berispen en te kleineren. En toen had hij duidelijk gemaakt dat hij in tegenstelling tot de meeste andere cruisekapiteins zijn tijd niet zou doorbrengen met praatjes met de passagiers en vrolijke etentjes aan de kapiteinstafel. Hij zou zijn tijd op de brug doorbrengen, op de plek die háár toekwam.

En meteen had ze hem de munitie geleverd die hij nodig had in zijn strijd om haar te vernederen. De eerste disciplinaire maatregel van haar hele leven, en nog voordat de *Britannia* de haven uit was. Op dat moment moest ze onbewust al geweten hebben dat zij nooit het commando over een groot schip zou voeren.

Eigenaardig dat Blackburn geboekt had op de maidentrip van

de *Britannia*: de eerste man die haar een aanzoek had gedaan, de man die ze had afgewezen vanuit haar eigen vurige ambitie. Ironisch ook dat hij miljardair was geworden in de tien jaar sinds hun relatie.

Wat een verbijsterende drie uren hadden ze samen doorgebracht, ieder moment nu in haar geheugen gebrand. Zijn suite was een wonder. Hij had de salon gevuld met zijn favoriete stukken, schilderijen van een miljoen, sculpturen, zeldzame stukken antiek. Hij was met name opgewonden over een Tibetaanse schildering die hij net gekocht had, kennelijk nog geen etmaal tevoren. En in zijn eerste flits van opwinding en trots had hij het kunstwerk uit de kist gehaald en op de vloer van de salon voor haar uitgerold. Ze had er met stomheid geslagen naar staan kijken: verbijsterd, sprakeloos. Ze was op haar handen en knieën gevallen om het van dichterbij te bekijken, om met haar ogen en vingers de kleinste details van het slingerpatroon te volgen. Het zoog haar naar binnen, het explodeerde in haar hoofd. En toen ze daar zo had zitten kijken, gehypnotiseerd, bijna buiten bewustzijn, had hij haar rok over haar heupen getrokken, haar broekje weggescheurd en haar als een dolle hengst bestegen. Het was een soort seks geweest zoals ze nog nooit had meegemaakt en ook nooit meer zou vergeten. De kleinste details, het miniemste druppeltje zweet, de zachtste kreun, iedere greep en stoot van vlees op vlees. Bij de herinnering alleen al tintelde ze van hernieuwde passie.

Jammer dat dat nooit meer zou gebeuren.

Want daarna had Blackburn het magische schilderij opgerold en in de kist opgeborgen. Nog nagloeiend van de seks had ze hem gevraagd dat niet te doen, zodat ze er nog eens naar kon kijken. Hij had zich omgedraaide en ongetwijfeld de honger in haar blik gezien. Meteen had hij zijn ogen samengeknepen tot jaloerse, bezitterige puntjes. Met een sneer had hij gezegd dat ze het nu gezien had, en dat het nergens voor nodig was om er langer naar te kijken. En toen, even snel als de lust haar overvallen had, was ze vervuld geraakt van een grote, donkere, allesverterende woede. Ze hadden tegen elkaar staan schreeuwen met een intensiteit waarvan ze zelf niet geweten had dat ze ertoe in staat was. De snelheid waarmee haar gevoelens waren omgeslagen, was al even opwindend als schokkend geweest. En toen had Blackburn haar zijn hut uitgezet. Nee. Ze zou hem nooit meer spreken, en ze zou nooit meer naar het schilderij kijken.

En nu kwam de uiterste ironie. Hun gebrul had de passagier in de naburige hut aangezet om te klagen. Ze was gezien toen ze Blackburns hut uitliep. Iemand had het gemeld. En dat was een kans geweest die Cutter natuurlijk niet liet lopen. Hij had haar op de brug, in bijzijn van alle dekofficieren, vernederd. Ongetwijfeld stond het al in haar dossier en zou het voorval aan de rederij worden gemeld.

Een groot aantal officieren en bemanningsleden, ook de getrouwde, hadden seksuele relaties aan boord; het was ook zo gemakkelijk, je had het maar voor het uitkiezen. En zoiets leek nooit gemeld te worden: omdat het mannen waren. Van mannen werden zulke zaken verwacht, discreet en op hun tijd, net als zij gedaan had. Maar voor een vrouw was het anders... althans, dat leek de rederijcultuur aan te geven.

Haar carrière was voorbij. Het enige waar ze nu nog op kon hopen was het gezag over een middelgroot cruiseschip, een van die sjofele bakken die doelloos ronddobberden over de Middellandse Zee of het Caribisch gebied, stampvol dikke, bleke bejaarden uit de middenklasse op drijvende excursie met eten en shoppen. Nooit zagen ze de eindeloze oceaan, en voor iedere storm gingen ze op de loop.

Cutter. Hoe kon ze zich beter op hem wreken dan door zijn schip af te nemen, de ingewanden eruit te rukken en het naar de bodem van de oceaan te sturen?

58

Een paar minuten lang keek Constance naar Pendergast, die door de woonkamer van de Tudor Suite ijsbeerde. Eenmaal bleef hij staan alsof hij iets wilde zeggen, maar even later ging hij gewoon door. Uiteindelijk keek hij haar aan. 'Je zegt dat ik me zelfzuchtig gedraag. Dat ik mezelf in veiligheid wil brengen ten koste van anderen aan boord van de *Britannia*. Zeg me één ding, Constance:

wie hier aan boord vind jij de moeite waard om te redden?'

Hij zweeg weer, in afwachting van een antwoord. In zijn ogen sprankelde een vonk van plezier. Dit was wel het laatste wat Constance verwacht had.

'Ik heb je iets gevraagd,' ging Pendergast verder toen ze niet antwoordde. 'Wie van deze ordinaire, hebzuchtige, valse kliek hier aan boord is het volgens jou waard om gered te worden?'

Constance bleef zwijgen.

Na een tijdje gnuifde Pendergast: 'Zie je nou wel? Daar weet jij niets op te zeggen! Want daar vált niets op te zeggen!'

'Dat is niet waar,' zei Constance.

'Niet waar? Je houdt jezelf voor de gek. "Wat is waarheid?" schertste Pilates, maar hij wilde niet blijven om het antwoord af te wachten. Vanaf het moment dat jij hier aan boord gekomen bent, heb je zelf vol afschuw gekeken naar de walgelijke excessen, was je ontsteld door de zelfgenoegzaamheid van de rijke, verwende mensen hier. Je hebt zelf de schrikbarende ongelijkheid gezien tussen mensen die dienen en mensen die bediend worden. Je gedrag aan tafel die eerste avond, de antwoorden die je gaf aan dat stelletje onverdraaglijk lompe cultuurbarbaren met wie we aan tafel moesten, bewijst wel dat je toen al een oordeel klaar had over de *Britannia*. En terecht. Want ik vraag je nogmaals, met andere woorden: is dit schip geen drijvend monument voor de hebzucht, de vulgariteit, en de stommiteit van de mens? Is dit geen paleis van onversneden vraatzucht, dat de vernieling dubbel en dwars verdiend heeft?' Hij spreidde zijn handen alsof het antwoord wel duidelijk was.

Constance keek hem verward aan. Wat hij zei, trof haar als de waarheid. Ze had vol afschuw staan kijken naar het burgerlijke gedrag en de nouveau-richesmentaliteit van de meeste passagiers die ze was tegengekomen. En ze was geschokt en boos over de afschuwelijke arbeids- en levensomstandigheden van de bemanning. Enkele dingen die Pendergast had gezegd, raakten een gevoelige snaar in haar en wekten en versterkten haar eigen lang gekoesterde mensenhaat.

'Nee, Constance,' ging Pendergast verder. 'De enige twee mensen die de moeite van het redden waard zijn, zijn wijzelf.'

Ze schudde haar hoofd. 'Nu heb je het over de passagiers. Maar de bemanning en de staf dan? Die zijn gewoon bezig brood op de plank te brengen. Moeten die dood?'

Pendergast wuifde met zijn hand. 'Dat zijn stuk voor stuk werkbijen, vervangbaar, visjes in de enorme zee van de werkende mensheid die komt en gaat aan de kust van de wereld, als getijden op het strand, zonder sporen na te laten.'

'Dat kun je niet menen. De mensheid is altijd alles geweest voor jou. Je bent je hele leven al bezig anderen te redden.'

'Dan heb ik mijn leven verspild aan een zinloze, nee erger nog, een onnozele onderneming. Het enige waar mijn broer Diogenes en ik het altijd over eens geweest zijn, was dat er geen akeliger studieonderwerp was dan antropologie: stel je voor, je hele leven bezig met de studie van de medemens.' Hij pakte Brocks monografie van tafel, bladerde er even doorheen en gaf hem aan Constance. 'Kijk hier eens naar.'

Constance keek naar de opengeslagen pagina. Daarop stond een zwart-witreproductie van een olieverfschilderij: een jonge, beeldschone engel bukte zich over een perplex kijkende man heen en leidde diens hand over een pagina uit een handschrift.

'Matteüs en de engel,' zei hij. 'Ken je het?'

Ze keek hem verbaasd aan. 'Ja.'

'Dan weet je dat dit een van de schitterendste schilderijen ter wereld is. Subliem. Kijk eens naar de uitdrukking op Matteüs' gezicht, alsof ieder woord van het evangelie dat hij aan het opschrijven is, vanuit de diepste vezels van zijn lichaam komt. En vergelijk dat nou eens met de lome houding van de engel die hem helpt; kijk naar de slappe houding van zijn hoofd, naar de half naïeve, half schroomvallige stand van zijn benen; dat bijna overdreven sensuele gezicht. Kijk hoe Matteüs' stoffige linkervoet onze kant uit steekt, bijna door het vlak van het schilderij heen breekt. Geen wonder dat de opdrachtgever weigerde ervoor te betalen! Maar als die engel ons verwijfd aandoet, hebben we genoeg aan een blik op de kracht, de glorie van die schitterende vleugels om ons eraan te herinneren dat we ons in aanwezigheid van het goddelijke bevinden.' Hij zweeg even. 'Weet jij, Constance, waarom, van alle reproducties in dit boekje, deze ene in zwart-wit is?'

'Nee, geen idee.'

'Omdat er geen kleurenfoto's van bestaan. Het schilderij is vernietigd. Ja: dit sublieme staaltje van creatieve genialiteit is tijdens de Tweede Wereldoorlog aan flarden gebombardeerd. En zeg me dan nu: als ik moest kiezen tussen dit schilderij of het leven van een miljoen nutteloze, onwetende, vergankelijke mensen – de mensheid die naar jij zegt zo belangrijk voor mij is – wat denk je dan dat ík zou kiezen?' Hij schoof de illustratie haar kant uit.

Constance keek hem vol afgrijzen aan. 'Hoe kun je zoiets vreselijks zeggen? En wat geeft jou het recht om zoiets te zeggen? Wat maakt jou zo anders?'

'Lieve Constance! Denk vooral niet dat ik mezelf beter vind dan de rest van de meute. Ik ben al even schuldig aan de fundamentele fouten van de mens als beest. En een van die fouten is eigenbelang. Ik ben het waard om gespaard te blijven omdat ik wil dat mijn leven doorgaat, en ik verkeer in de positie om daar iets aan te doen. Dit is niet zomaar een verkeerd uitgepakte weddenschap: we daveren met volle kracht vooruit op een catastrofe af. En, praktisch gezien: hoe zou ik dit hele schip kunnen redden? Net als bij iedere andere ramp geldt: ieder voor zich.'

'Denk jij echt dat je nog met jezelf zou kunnen leven als je al deze mensen aan hun lot overlaat?'

'Natuurlijk. Jij ook.'

Constance aarzelde. 'Daar ben ik niet zo zeker van,' prevelde ze. Diep in haar hart vond ze dat de woorden iets eigenaardig verleidelijks hadden; en dat verontrustte haar nog het meest.

'Die mensen zijn volslagen onbelangrijk voor ons. Zoiets als de doden over wie je in de krant leest. We verlaten dit drijvende Sodom en Gomorra en we keren terug naar New York. Daar geven we ons dan weer over aan intellectueel tijdverdrijf: filosofie, dichtkunst, retoriek: Riverside 891 is ideaal als plek voor retraite, reflectie en afzondering.' Hij zweeg even. 'En dat was toch zeker ook de visie van jouw eerste voogd, mijn verre verwant Enoch Leng? Diens misdaden waren veel en veel erger dan ons eigen momentje van eigenbelang. En toch heeft hij kans gezien zich te wijden aan een leven van fysiek comfort en intellectuele voldoening. Een lang, heel lang leven. Je weet dat dit waar is, Constance: je bent er zelf de hele tijd bij geweest.' En weer knikte hij, alsof dit een voldongen feit was.

'Inderdaad. Ik ben er zelf bij geweest. En ik heb de gewetensnood langzaam door zijn geestesrust zien knagen, als wormen in vergaan hout. Uiteindelijk was er zo weinig over van een briljant man dat het bijna een zegen was toen hij...' Ze kon de zin niet afmaken. Maar haar besluit stond vast: ze wist dat ze zich niet zou laten ompraten door Pendergasts nihilistische praat. 'Aloysius, het maakt me niet uit wat jij zegt. Dit is afschuwelijk, het is fout. Je hebt altijd anderen geholpen. Daar heb je je hele loopbaan aan gewijd.'

'Precies! En wat heb ik daaraan overgehouden? Wat heeft het me ooit opgeleverd, behalve frustratie, spijt, vervreemding, wrok, verdriet en berispingen? Als ik wegging bij de FBI, denk je dan dat iemand me zou missen? Mede dankzij mijn eigen incompetentie is mijn enige vriend op het werk een bijzonder onplezierige dood gestorven. Nee, Constance, ik heb eindelijk de bittere waarheid geleerd: ik ben al die tijd volslagen zinloos bezig geweest. Een sisyfusarbeid. Ik heb geprobeerd datgene te redden wat uiteindelijk niet te redden vált.' En met die woorden liet hij zich weer in de leren fauteuil zakken en pakte zijn theekop.

Constance keek hem vol ontzetting aan. 'Dit is niet de Aloysius Pendergast die ik ken. Je bent veranderd. Sinds je terug bent uit Blackburns suite doe je al vreemd.'

Pendergast nam nog een slokje thee en snoof laatdunkend. 'Ik zal je zeggen wat er gebeurd is. De schellen zijn me eindelijk van de ogen gevallen.' Voorzichtig zette hij zijn theekop op het tafeltje. Hij leunde naar voren en zei: 'Híj heeft me de waarheid getoond.'

'Híj?'

'De Agozyen. Dat is echt iets aparts, Constance: een mandala waardoorheen je de échte waarheid in het middelpunt van de aarde kunt zien: de zuivere, onversneden waarheid. Een waarheid zo krachtig dat een zwakkere geest eraan zou bezwijken. Maar voor diegenen onder ons met een sterk intellect is het een onthulling. Ik kén mezelf nu: ik weet wie ik ben en, nog belangrijker, wat ik wil.'

'Maar weet je dan niet meer wat de monniken zeiden? De Agozyen is boosaardig, een duister instrument van wraak, met als doel het zuiveren van de wereld.'

'Ja. Een ietwat dubbelzinnige woordkeuze, nietwaar? De wereld zuiveren. Dat zal ikzelf er uiteraard niet mee doen. Nee, ik zal hem in de bibliotheek in Riverside Drive ophangen, zodat ik mijn leven lang de wonderen ervan kan aanschouwen.' Pendergast leunde achterover en pakte zijn theekop weer op. 'De Agozyen gaat dus met ons mee naar de drijfboei. En jij ook. Gesteld natuurlijk dat je mijn plan aanvaardbaar vindt.'

Constance slikte moeizaam. Ze gaf geen antwoord.

'Het wordt langzaamaan tijd. Je moet je beslissing nemen, Constance. Ben je vóór me... of tégen me?'

En terwijl hij nog een slokje nam, keek hij haar met zijn bleke kattenogen kalm over de rand van zijn theekop heen aan.

59

LeSeur had besloten dat hij het best alleen kon gaan.

Nu bleef hij voor de simpele metalen deur van commodore Cutters vertrekken staan en probeerde zijn gezichtsuitdrukking in bedwang te krijgen en zijn ademhaling te kalmeren. Toen hij zich zo beheerst mogelijk voelde, deed hij een stap naar voren en klopte zachtjes tweemaal op de deur.

De deur ging zo snel open dat LeSeur ervan schrok. En tot zijn nog grotere verbazing zag hij de commodore in burgerkleding staan, met een grijs pak en een das. De ex-gezagvoerder stond in de deuropening, zijn kille blik gevestigd op een plek boven en tussen LeSeurs ogen. Zijn gedrongen gestalte straalde de soliditeit van graniet uit.

'Commodore Cutter,' begon LeSeur, 'ik sta hier als waarnemend kapitein van het schip om... uw hulp in te roepen.'

Cutter bleef hem aankijken, en zijn blik voelde aan alsof hij met een vinger midden op LeSeurs voorhoofd prikte.

'Mag ik binnenkomen?'

'Als u dat wilt.' Cutter deed een stap achteruit. De ruimte, die LeSeur nu voor het eerst zag, was voorspelbaar spartaans ingericht: functioneel, netjes, onpersoonlijk. Er waren geen familiefoto's te zien, geen nautische speeltjes en rommeltjes, geen van die mannelijke accessoires die je normaal gesproken in een kapiteinshut zag, zoals een humidor voor sigaren, een bar, roodleren fauteuils.

Cutter vroeg LeSeur niet om te gaan zitten en bleef zelf staan.

'Commodore,' begon LeSeur opnieuw, langzaam. 'In hoeverre bent u op de hoogte van de situatie waarin we ons bevinden?'

'Ik weet alleen wat ik via het omroepsysteem heb gehoord,' zei Cutter. 'Niemand is me komen opzoeken. Niemand heeft de moeite genomen me iets te vertellen.'

'Dan weet u dus niet dat kapitein Mason de brug heeft overgenomen, het schip in handen heeft, dat we momenteel met volle kracht vooruitstormen en dat ze de *Britannia* op de Carrion Rocks wil laten lopen?'

Een hartslag, en hij mimede toonloos het antwoord. *Nee.*

'We hebben geen idee hoe we haar kunnen tegenhouden. Ze heeft de brug afgesloten met een code drie. Over een uur lopen we op de rotsen.'

Bij die woorden deed Cutter een kleine stap achteruit, wankelde even en herstelde zich. Zijn gezicht trok iets bleek weg. Hij zei niets.

Snel vertelde LeSeur de details. Cutter luisterde zonder onderbreking, zijn gezicht onaangedaan. 'Commodore,' besloot LeSeur, 'u en de stafkapitein zijn de enigen die de cijferreeks kennen waarmee een code drie kan worden afgesloten. Ook al slagen we erin op de brug terug te komen en Mason te verwijderen, dan moeten we nog die code drie ongedaan maken voordat we toegang krijgen tot de automatische piloot. U kent die codes. En verder niemand.'

Stilte. Toen zei Cutter: 'De rederij heeft de codes.'

LeSeur grimaste. 'Ze zeggen dat ze ernaar op zoek zijn. Eerlijk gezegd is de rederij bijzonder ontzet over de hele toestand. Niemand lijkt te weten waar ze liggen, en iedereen wijst met de vinger op anderen.'

De blos keerde terug naar het gezicht van de kapitein. LeSeur vroeg zich af wat er door hem heen ging. Angst om het schip, woede op Mason?

'Commodore, het is niet alleen een kwestie van de code. U kent het schip beter dan wie dan ook. We zitten met een crisis, en er staan vierduizend levens op het spel. We hebben nog maar zeventig minuten voordat we op de Carrion Rocks lopen. We kunnen niet zonder u.'

278

'Meneer LeSeur, vraagt u mij om het gezag weer over te nemen?' vroeg Cutter rustig.

'Als dat de enige manier is: ja.'

'Zeg het.'

'Ik verzoek u, commodore Cutter, om het gezag over de *Britannia* over te nemen.'

De donkere ogen van de kapitein glinsterden even. Toen hij antwoordde, klonk zijn stem laag en vol emotie. 'Meneer LeSeur, u en de andere officieren hebben muiterij gepleegd. U bent het slechtste soort menselijk wezen dat ter zee te vinden is. U hebt mij van mijn plaats verdreven en een psychopaat aan het roer gezet. U en die verraderlijke, stroopsmerende, samenspannende, gluiperige kruipertjes van u hebben deze muiterij zitten beramen sinds we de haven uitliepen. U hebt wind gezaaid, en nu bent u storm aan het oogsten. Nee, meneer LeSeur: ik help u níet. Niet met de codes, niet met het schip, niet met wat dan ook. Er rest mij nog maar één plicht: als het schip zinkt, ga ik ermee ten onder. Een goede dag, meneer LeSeur.'

De blos op Cutters gezicht verdiepte zich nog verder, en plotseling besefte LeSeur dat het geen kleur van woede, haat of angst was, nee, dit was een blos van triomf: de zieke triomf van rechtvaardiging!

60

Gehuld in de saffraankleurige pij van een Tibetaanse monnik trok Scott Blackburn de gordijnen voor de glazen schuifpui van zijn balkon dicht om de grauwheid van de storm buiten te sluiten. Honderden olielampjes vulden de salon met een bevend geel licht, terwijl twee koperen wierookbranders de lucht vervulden met een delicaat aroma van sandelhout en pandanusbloesem.

Op een bijzettafeltje stond een telefoon aanhoudend te rinkelen. Hij keek er met gefronste wenkbrauwen naar, en liep er uiteindelijk heen om op te nemen.

'Wat is er?' vroeg hij kortaf.

'Scotty?' kwam de hoge, ademloze stem. 'Met mij. Jason. We proberen je al uren te bereiken! Moet je horen, iedereen hier is volslagen gek aan het worden, we moeten maken dat we...'

'Hou je bek,' zei Blackburn. 'Als je me nog één keer belt, scheur ik je de strot af en spoel 'm door de plee.' En met een teder gebaar legde hij de hoorn weer op de haak.

Nog nooit had hij zich zo wakker, zo geconcentreerd gevoeld. Achter de deuren van zijn suite hoorde hij gebrul en gevloek, dreunende voeten, gegil, de diepe basstem van de zee. Wat er ook aan de hand was, hem ging het niet aan, en hem kon het allemaal niet raken in zijn vergrendelde suite. Hij zat hier veilig, met de Agozyen.

Terwijl hij zijn voorbereidingen nog een keer doornam, dacht hij aan de eigenaardige reis van de afgelopen dagen, en hoe zijn leven op transcendente wijze veranderd was. De roep vanuit het niets om het schilderij; hoe hij het voor het eerst gezien had in zijn hotelkamer; hoe hij het bevrijd had van zijn oppervlakkige vorige eigenaar, die zoiets kostbaars werkelijk niet verdiende; hoe hij het aan boord gebracht had. En toen was hij, diezelfde dag nog, Carol Mason tegen het lijf gelopen, stafkapitein aan boord van de *Britannia;* wat zat het leven toch eigenaardig in elkaar! In de eerste opwinding van de trotse eigenaar had hij de Agozyen aan haar laten zien, en daarna hadden ze zo'n wilde neukpartij gehad, met zo'n totale overgave, dat de fundamenten van zijn hele wezen erdoor geraakt leken te zijn. Maar daarna had hij de verandering in haar gezien, net zoals hij de verandering in zichzelf had waargenomen. Hij had de onmiskenbare, hebberige honger in haar ogen gezien, het glorieuze en angstaanjagende loslaten van alle oude, vertrouwde morele remmingen.

En toen pas had hij beseft wat hem al eerder duidelijk had moeten zijn: hij moest uiterst voorzichtig zijn met zijn kostbare bezit. Iedereen die de schildering zag, zou haar willen bezitten. Want de Agozyen, dit ongelooflijke mandala-universum, had een unieke macht over de menselijke geest. Een macht die bevrijd kon worden. En hij, meer dan alle anderen, verkeerde in een ideale positie om haar te bevrijden. Hij had het kapitaal, de kennis en, bovenal, de technologie. Met zijn grafische pushtechnologie kon hij het beeld tot in de kleinste details bij de hele wereld thuisbezorgen, en dat zou hem enorme winst en enorme macht opleveren. Met zijn onbeperkte toegang tot kapitaal en talent kon hij de geheimen van het schilderij ontgrendelen en leren hoe het zijn verbijsterende effecten bewerkstelligde op het menselijk lichaam en de geest, en die informatie dan toepassen op de schepping van andere beelden. Iedereen op aarde – althans, iedereen die er maar in de verste verte toe deed – zou volslagen anders worden. Hij zou het origineel in bezit hebben; hij zou in de hand hebben hoe er replica's van werden verbreid. De wereld zou een andere plek worden: zíjn plek.

Alleen was er iemand die wist van de moord die hij gepleegd had. Een onderzoeker die, daar was hij intussen van overtuigd, hem aan boord gevolgd was. Iemand die alle middelen aanwendde, zelfs kamermeisjes aan boord van de *Britannia*, om hem zijn waardevolste bezit af te nemen. Bij die gedachte voelde hij zijn bloed bonzen, zijn hartslag versnellen; voelde hij een haat zo intens dat zijn oren ervan leken te gonzen en knetteren. Hoe die vent gehoord had van de Agozyen-mandala wist Blackburn niet. Misschien was hij Ambroses eerste keus geweest als potentiële koper; misschien was dit ook een kunstverzamelaar. Maar goed, uiteindelijk deed het er niet toe hoe die vent erachter was gekomen: zijn uren waren geteld. Blackburn was al een keer eerder getuige geweest van de vernietigende krachten van een *tulpa*, en de tulpa die hij nu door pure wilskracht had opgeroepen, was buitengewoon subtiel en krachtig. Daaraan kon geen mens ontsnappen.

Hij haalde diep en huiverend adem. In zijn huidige staat van haat en angst, van materiële gehechtheid, kon hij de Agozyen niet benaderen. Proberen om aardse verlangens te vervullen was zoiets als water naar zee dragen: een nooit-eindigende taak, en in laatste instantie een nutteloze opdracht.

Hij haalde herhaalde malen diep en langzaam adem. Hij ging zitten en sloot zijn ogen, en hij concentreerde zich op niets. Toen hij de golven in zijn geest voelde gladstrijken, stond hij weer op, liep naar de achterwand van de salon, pakte de Braque van de muur, draaide hem om en verwijderde de valse binnenvoering, en legde de t'angka daaronder bloot. Die trok hij met grote voorzichtigheid naar buiten en met afgewende blik hing hij hem met een zijden koord aan een gouden haak die hij in de muur geslagen had.

Blackburn nam zijn positie tegenover het schilderij in en ging in de lotushouding zitten. Hij legde zijn rechterhand op zijn linker zodat de duimen een driehoek vormden. Hij boog zijn hals iets en liet de punt van zijn tong tegen het verhemelte vlak bij zijn boventanden rusten, zijn blik vaag op de grond voor zijn voeten gevestigd. Toen hief hij, langzaam en vreugdevol, zjn blik op om de Agozyen-mandala te aanschouwen.

De schildering werd schitterend verlicht door de glinsterende kaarsen op zilveren schoteltjes, met gele en gouden tinten die als vloeibaar metaal over het oppervlak van de t'angka speelden.

Langzaam, heel langzaam, opende het beeld zich voor hem. Hij voelde de kracht door zich heen stromen als trage elektriciteit.

De Agozyen-mandala was een wereld op zich, een afzonderlijk universum, ingewikkeld en diep als het onze, maar dan als een oneindige complexiteit vastgelegd op een tweedimensionaal vlak met vier randen. Maar wie de Agozyen aanschouwde, bevrijdde het beeld op magische wijze van zijn twee dimensies. Hij nam vanuit de menselijke geest vorm en gestalte aan; de vreemde, in elkaar verstrengelde lijnen van de schildering werden als evenzovele elektrische kabels waardoorheen de stroom van zijn ziel liep. Hij werd de schildering en de schildering werd hem, en de tijd vertraagde, loste op en hield uiteindelijk op te bestaan; de mandala vulde zijn bewustzijn en zijn ziel, nam hem volslagen in bezit: ruimte zonder ruimte, tijd zonder tijd, alles en niets tegelijk.

61

De stilte in de half verlichte salon van de Tudor Suite stond in schrijnende tegenstelling tot de onderstroom van spanning in het vertrek. Constance stond tegenover Pendergast en keek hoe hij rustig nog een slokje van zijn thee nam voordat hij zijn kop wegzette.

'En?' vroeg hij. 'We hebben niet de hele dag.'

Constance haalde diep adem. 'Aloysius, ik kan me niet voorstellen dat jij hier zo rustig zit te oreren over iets wat dwars tegen al je vroegere overtuigingen indruist.'

Pendergast zuchtte met slecht verholen ongeduld. 'Je beledigt mijn intelligentie door maar door te blijven gaan met die zinloze opmerkingen van je.'

'Op de een of andere manier heeft de Agozyen je gedachten verziekt.'

'Nee, dat heeft de Agozyen níét. Hij heeft mijn gedachten juist bevrijd. Schoongeveegd van bijgeloof en achterhaalde morele conventies.'

'De Agozyen is een instrument van het kwaad. Dat wisten de monniken al.'

'Je bedoelt, de monniken die zo bang waren dat ze nooit ook maar één blik op de Agozyen hebben geworpen?'

'Ja, en die hadden meer verstand dan jij. Zo te zien heeft de Agozyen de macht om alles weg te nemen wat goed is, en vriendelijk, en... bescheiden in mensen die ernaar kijken. Moet je zien wat er met Blackburn is gebeurd, hoe hij heeft gemóórd om hem in handen te krijgen. En moet je zien wat er nu met jou aan het gebeuren is.'

Pendergast meesmuilde 'Een zwakkere geest wordt erdoor gebroken, maar een sterke wordt er nog sterker van. Kijk maar eens hoe het gegaan is met dat kamermeisje. Of met kapitein Mason, als we het er toch over hebben.'

'Wát?'

'Kom op nou, Constance. Ik had meer van jou verwacht. Natuurlijk heeft Mason hem gezien, hoe wou je anders haar gedrag verklaren? Hoe ze eraan gekomen is, weet ik niet en dat kan me ook niet schelen. Zij zit achter de verdwijningen en de moorden – heel voorzichtig opgebouwd, zoals je nu zult beseffen – om uiteindelijk te zorgen voor muiterij aan boord zodat we wel moesten uitwijken naar St. John's. En nu we eenmaal op die koers zitten, kan ze ons op de Carrion Rocks laten lopen.'

Constance keek hem aan. Het leek een bespottelijke theorie, of niet? Bijna onwillekeurig zag ze een aantal details op hun plek vallen.

'Maar dat is allemaal niet belangrijk meer.' Pendergast maakte een handgebaar. 'Ik duld geen uitstel meer. Kom mee, nú.'

Constance aarzelde. 'Op één voorwaarde.'

'En wat mag dat wel zijn?'

'Dat je eerst een Chongg Ran-sessie met me doet.'

Pendergast kneep zijn ogen samen. 'Chongg Ran? Wat een idioot idee! Daar hebben we helemaal geen tijd voor!'

'Daar hebben we wél tijd voor. We hebben allebei voldoende mentale training om al heel snel *stong pa nyid* te bereiken. Waar ben je bang voor? Dat je door de meditatie weer normaal zult worden?' Dit was precies waar ze op hoopte.

'Doe niet zo absurd. Er is geen weg terug.'

'Mediteer dan met mij.'

Even bleef Pendergast roerloos zitten. Toen veranderde de uitdrukking op zijn gezicht. Hij werd weer ontspannen, zijn blik straalde zelfvertrouwen uit, hij keek alert uit zijn ogen.

'Uitstekend,' zei hij. 'Ik ga akkoord. Maar op één voorwaarde.'

'Zeg het maar.'

'Ik ben van plan de Agozyen mee te nemen als ik van boord ga. Als Chongg Ran niet naar jouw tevredenheid werkt, moet je zelf naar de beeltenis kijken. Hij zal je bevrijden, net als met mij is gebeurd. Dit is een groot geschenk van mij aan jou, Constance.'

Bij die woorden hield Constance haar adem in.

Pendergast schonk haar een kille glimlach. 'Jij hebt jouw voorwaarde bekend gemaakt. Nu noem ik de mijne.'

Een tijdlang bleef ze nog zwijgen. Toen hervond ze haar adem en keek in zijn zilvergrijze ogen. 'Uitstekend. Ik ga met je voorwaarde akkoord.'

Hij knikte. 'Mooi zo. Zullen we dan maar?'

Op dat moment klonk er een klop op de deur van hun suite. Constance liep naar de hal en deed open. Buiten, in de gang, stond een bezorgd ogende Marya.

'Het spijt me, mevrouw Greene,' zei ze. 'Nergens een dokter te vinden. Ik heb overal gezocht, maar iedereen aan boord is gek geworden. Huilen, drinken, plunderen…'

'Laat maar. Wil je me nog één dienst bewijzen? Kun je een paar minuten bij de deur blijven staan wachten en ervoor zorgen dat wij niet gestoord worden?'

De vrouw knikte.

'Dankjewel.' Daarna sloot ze zachtjes de deur en ging naar de zitkamer terug, waar Pendergast al in lotushouding op de vloer was gaan zitten. De ruggen van zijn polsen lagen op zijn knieën en hij zat volslagen kalm te wachten.

62

Corey Penner, IT-matroos tweede klasse, zat in de gloed van de centrale serverruimte op dek B over een terminal heen gebogen.

Hufnagel, hoofd van de afdeling IT, leunde over Penners schouder en keek door beslagen brillenglazen naar de display. 'En?' vroeg hij. 'Gaat het je lukken?'

De vraag ging vergezeld van een stoot zure adem, en Penner klemde zijn lippen opeen. 'Ik weet het niet. Het ziet er behoorlijk zwaarbeveiligd uit.'

Diep in zijn hart wist hij zeker dat hij het kon. Er waren maar weinig, misschien zelfs geen, systemen aan boord van de *Britannia* waarop hij niet kon inbreken, maar het was niet verstandig om daarmee te koop te lopen, zeker niet tegenover zijn baas. Hoe meer ze dachten dat je doen kon, des te meer werd er van je gevraagd, dat lesje had hij intussen wel geleerd. En bovendien had hij geen zin om te laten zien hoe hij tijdens zijn vrije uren de geheime dataservices van het schip doorkruiste. Zorgvuldige aandacht voor de betaalde filmservice van de *Britannia* had hem bijvoorbeeld een aardige particuliere verzameling zelfgestreamde dvd's opgeleverd.

Hij tikte op een paar toetsen en er verscheen een nieuw scherm:

HMS *BRITANNIA* – CENTRALE SYSTEMEN
AUTONOME SERVICES (ONDERHOUDSMODUS)
AANDRIJVING
KOERS

HVAC

ELEKTRA

FINANCIEEL

TRIM – STABILISATOREN

NOOD

Penner zette de muis op KOERS en koos AUTOPILOT uit het submenu dat daarop volgde. Er werd een foutmelding gegeven:

AUTOPILOT ONDERHOUDSMODUS NIET BESCHIKBAAR
WANNEER SYSTEEM ACTIEF IS

Tja, daar had hij natuurlijk op kunnen wachten. Hij verliet het menusysteem, zette een opdrachtprompt op het scherm en begon snel te typen. Er verscheen een reeks kleine vensters op het scherm.

'Wat ben je nu aan het doen?' wilde Hufnagel weten.

'Ik gebruik de diagnostische achterdeur om toegang te krijgen tot de automatische piloot.' Hóé hij dat precies ging doen, zou hij niet zeggen; Hufnagel hoefde tenslotte niet alles te weten.

In een hoek aan de andere kant van de serverruimte ging een telefoon over, en een van de technici nam op. 'Meneer Hufnagel, het is voor u.' De technicus had een gespannen, bezorgde blik op zijn gezicht. Penner wist dat hijzelf zich waarschijnlijk ook zorgen zou maken als hij niet zo'n rotsvast vertrouwen had in zijn eigen vaardigheden.

'Ik kom eraan.' En Hufnagel liep weg.

Goddank. Snel plukte Penner een cd uit de zak van zijn laboratoriumjas, stak die in het station en laadde drie hulpprogramma's in het geheugen: een bewakingsprogramma voor systeemprocessen, een analyseprogramma voor decodering van gegevens en een hexadecimale disassembler. Hij stak de cd weer in zijn zak en had de drie programma's net verkleind toen Hufnagel weer terugkwam.

Na een paar muisklikken werd er een nieuw venster geopend:

HMS *BRITANNIA* – CENTRALE SYSTEMEN
AUTONOME SYSTEMEN (DIAGNOSTISCHE MODUS)
SUBSYSTEEM VII
KERN-SUBSTRUCTUUR TOEPASSING AUTOPILOT

Hij besloot een vraag te stellen voordat Hufnagel weer kon beginnen. 'Als, ik bedoel stél dat ik controle krijg over de toepassing van de automatische piloot, wat dan?'

'Dan schakel je hem uit. Helemaal, alles, en dan zet je de handmatige controle over naar het roer op de tweede brug.'

Penner likte aan zijn lippen. 'Is het echt waar dat kapitein Mason de brug...'

'Ja, dat is waar. En nu aan de slag.'

Voor het eerst voelde Penner een steek van iets als ongerustheid. Hij controleerde of de procesbewaking actief was, koos de automatische piloot en klikte op de knop voor diagnostiek. Er werd een nieuw venster geopend, en daarin stormde een reeks cijfers voorbij.

'Wat is dat?'

Penner keek naar de procesbewaking en slaakte een inwendige zucht. *Echt iets voor een IT-chef*, dacht hij. Hufnagel kende alle moderne kreten als 'blade farm load-balancing' en 'virtuele server', en hij kon de officieren helemaal van de sokken praten, maar hij had geen flauw benul van het echte werk, van hoe je een complex datasysteem aan de praat moest houden. Hardop zei hij: 'Dat zijn de gegevens van de automatische piloot, in realtime.'

'En?'

'En die ga ik reverse-engineeren. Dan zoek ik de interrupt-stack op, en daarna onderbreek ik het proces met de interne triggerevents.'

Hufnagel knikte verstandig, alsof hij helemaal begreep wat hem zojuist gezegd was. Het bleef even stil, terwijl Penner de gegevens bekeek.

'En?' zei Hufnagel. 'Vooruit. We hebben al geen uur meer.'

'Zo eenvoudig is het niet.'

'Waarom niet?'

Penner gebaarde naar het scherm. 'Kijk zelf maar. Dat zijn geen hexadecimale opdrachten. Die zijn gecodeerd.'

'Kun je de codering opheffen?'

Kan een beer in het bos schijten? dacht Penner. Plotseling drong het tot hem door dat deze hele toestand, als hij het goed speelde, wel eens een heel aardige bonus kon gaan opleveren, misschien zelfs promotie. Corey Penner, IT-matroos eerste klasse, hackerheld die de *Britannia* op het laatste moment voor de ondergang had behoed.

Het klonk goed, vond hij. Het lag lekker in de mond. Hij ontspande zich weer. Dit werd een fluitje van een cent. 'Het zal erom spannen, het zal er echt om spannen,' zei hij, met de juiste mate van melodrama in zijn stem. 'Er zit hier een taaie coderingsroutine op. Weet u hier soms iets van?'

Hufnagel schudde zijn hoofd. 'De code van de automatische piloot is uitbesteed aan een Duits softwarebedrijf. Op de rederij kunnen ze noch de specificaties, noch de documentatie vinden. En het is in Hamburg na kantooruren.'

'Dan zal ik de coderingssignatuur moeten analyseren voordat ik kan bepalen wat voor strategie ik straks moet volgen.'

Terwijl Hufnagel toekeek, leidde hij de gegevens van de automatische piloot door de crypto-analyzer. 'Hij gebruikt een gewoon hardwarematig coderingssysteem,' verklaarde hij na een tijdje.

'Is dat erg?'

'Nee, dat is goed. Meestal is hardwarematige codering nogal zwak, zeg 32-bits. Zolang het maar geen AES is, of een large-bit algoritme, moet het binnen afzienbare tijd te doen zijn.'

'We hébben geen afzienbare tijd. Ik zei net al: we hebben minder dan een uur.'

Penner negeerde hem en tuurde van dichtbij naar het analyzervenster. Onwillekeurig was hij door het probleem gegrepen. Hij merkte dat het hem niet langer kon schelen of zijn baas de onorthodoxe middelen zag die hij gebruikte.

'En?' drong Hufnagel aan.

'Momentje. De analyzer is aan het kijken hoe sterk de codering is. Afhankelijk van de bitdiepte kan ik misschien een side-channel attack doen, of...'

De analyzer was klaar, en er verscheen een reeks cijfers op het scherm. Hoewel het bloedheet was in de serverruimte, voelde Penner de koude rillingen over zijn rug lopen.

'Jezus,' mompelde hij.

'Wat is er?' wilde Hufnagel meteen weten.

Verbijsterd keek Penner naar de gegevens. 'Meneer Hufnagel, u zei net dat we geen uur meer hadden. En dan gebeurt er... wát gebeurt er dan precies?'

288

'Dan loopt het schip op de Carrion Rocks.'

Penner slikte. 'En als dit niet werkt, wat is dan plan B?'

'Dat zijn jouw zaken niet, Penner. Werk jij nou maar door.'

Penner slikte opnieuw, moeizaam. 'De routine gebruikt elliptische curve-cryptografie. Het nieuwste van het nieuwste. 1024-bits public key front-end met een 512-bits symmetric key back-end.'

'En dus?' informeerde Hufnagel. 'Hoe lang gaat dit duren?'

In de stilte die op de vraag volgde, werd Penner zich plotseling bewust van het diepe dreunen van de scheepsmotoren, het doffe beuken van de boeg die met enorme snelheid door de aanstormende golven kliefde, het gedempte ruisen van wind en water, hoorbaar boven het geluid van de koelventilatoren in de vensterloze kamer uit.

'Penner? Verdomme, hoe láng heb je hiervoor nodig?'

'Zoveel jaren als er zandkorrels op alle stranden ter wereld liggen,' prevelde hij zachtjes, en hij was zo bang dat hij bijna stikte in zijn woorden.

63

Het ding dat geen naam had, verplaatste zich door schaduw en leegte. Het leefde in een schemerige metawereld, een wereld die lag tussen de grauwheid van de levende wereld van de *Britannia* en het vlak van pure gedachte. De geest leefde niet. Hij had geen zintuigen. Hij hoorde niets, rook niets, voelde niets, dacht niets.

Hij kende maar één emotie: verlangen.

Langzaam, als op de tast, doolde hij door het labyrint van gangen aan boord. De wereld van het schip was een schaduw in zijn beleving, een onwerkelijk landschap, een vaag weefsel van schaduw en stilte, die doorkruist kon worden tot zijn behoefte was vervuld. Van tijd tot tijd kwam hij de matte glans van levende wezens tegen: hun schokkerige bewegingen negeerde hij. Zij waren voor het ding even onstoffelijk als hij voor hen was.

Vagelijk voelde hij dat hij de prooi naderde. Hij voelde de aantrekkingskracht van het aura van het levende wezen als een magneet. Hij volgde die vage kracht en maakte een slingerende tocht over de dekken van het schip, door gangen en tussenschotten, op zoek, altijd maar op zoek naar datgene wat hij volgens zijn opdracht moest verslinden, verpulveren. Het ding leefde in een tijd die niet van deze wereld was; tijd was een buigzame weg die kon worden uitgerekt, gebroken, afgegooid; waar je je in en uit kon verplaatsen. Hij had het geduld van de eeuwigheid.

Het ding wist niets van de entiteit die hem had opgeroepen. Die entiteit was niet meer van belang. Zelfs de oproeper kon hem nu niet meer tegenhouden; zijn bestaan was onafhankelijk. Ook had hij geen idee hoe het voorwerp van zijn begeerte eruitzag. Hij kende alleen de roep van de aantrekkingskracht: om het te vinden, om de ziel van die entiteit uit het weefsel van de wereld te scheuren en te verbranden met zijn verlangen, om die te verteren en zich eraan te laven. En om dan de as ervan in de buitenste duisternis te werpen.

Hij gleed een schemerige gang door, een grijze tunnel van halflicht, met de voorbijschietende aanwezigheid van nog meer levende wezens; door wolken die zwaar waren van angst en afgrijzen. Het aura van zijn prooi was hier sterker: heel sterk, zelfs. Hij voelde zijn verlangen groeien en uitrekken, op zoek naar de hitte van het contact.

De tulpa was nu dicht, heel dicht bij zijn prooi.

64

Gavin Bruce en zijn groepje – Niles Welch, Quentin Sharp en Emily Dahlberg – volgden Liu en Crowley naar een deur aan bakboord, die toegang gaf tot halfdek 7, met het opschrift REDDINGSSLOEPEN. Aan stuurboord was een identieke deur. Voor de deur was een menigte samengedromd, en zodra zij verschenen, stortte de massa zich op hen.

'Daar zijn ze!'

'We willen naar de reddingsboten!'

'Kijk, twee bemanningsleden! Die willen hun eigen huid redden!'
Ze werden omsingeld. Met een wilde kreet greep een dikke vrouw in een verfomfaaid joggingpak Liu beet.
'Is dat waar?' snerpte ze. 'Dat we straks op de rotsen lopen?' De menigte drong naar voren, bezweet, met de geur van paniek. 'Is dat waar?'
'We moeten het weten!'
'Nee, nee, nee,' zei Liu. Hij hief zijn handen en toverde een grimas van een glimlach op zijn gezicht. 'Dat is een gerucht, en het slaat nergens op. We liggen op koers naar...'
'Ze liegen!' riep een man.
'Wat doen jullie dan bij de reddingsboten?'
'En waarom gaan we zo hard? Het hele schip dreunt ervan!'
Crowley moest schreeuwen om zich verstaanbaar te maken: 'Luister! De kapitein brengt ons zo snel ze kan naar St. John's, dat is alles.'
'Dat is anders niet wat jullie eigen bemanning beweert!' brulde de vrouw in het joggingpak, terwijl ze de revers van Liu's uniform greep en krampachtig in haar vuist omdraaide. 'Jullie moeten niet zo liegen!'
'Mensen!' riep Liu, terwijl hij de vrouw afschudde. 'We komen net van de brug. Alles is onder controle. Dit is gewoon een routinematige controle van de reddingsboten...'
Een jongere man drong met openhangend jasje naar voren, zijn overhemd half opengeknoopt. 'Niet tegen ons liegen, smerige klootzak!' Hij haalde uit naar Liu, die wegdook. De man mepte, en trof Liu met een klinkende slag tegen zijn hoofd. 'Leugenaar!'
Liu wankelde, liet zijn schouders zakken, draaide zich om en ramde, toen de man nogmaals naar hem uithaalde, zijn vuist in de solar plexus van de passagier. Kreunend viel de man met een dreun op de grond. Een dikke kerel kwam met moeizame passen aanhollen, en haalde wild uit naar Liu terwijl iemand anders hem van achteren beetgreep; Bruce deed een stap naar voren en velde de os met een kaakslag, terwijl Crowley de tweede passagier voor zijn rekening nam.
De menigte, even geschrokken van al dat geweld, viel stil en deinsde achteruit.

'Terug naar uw hutten!' riep Liu, hijgend.

Gavin Bruce deed een stap naar voren. 'U daar!' Hij wees naar de vrouw die voorop stond, met het joggingpak. 'Weg bij die deur, nú!'

Zijn stem, bulderend van marinegezag, had de gewenste uitwerking. Onwillig schuifelde de massa opzij, zwijgend en angstig. Liu deed een stap naar voren en opende het slot.

'Ze gaan naar de reddingsboten!' riep iemand in de massa. 'Neem mij mee! O god, laat me hier niet achter!'

De menigte werd weer wakker en dromde naar voren, de lucht vervuld van kreten en smeekbeden.

Bruce velde met één klap een man half zo oud als hij, die probeerde door de deur te dringen. Daarmee won hij zoveel tijd voor zijn ploegje dat ze naar buiten konden. Enkele momenten later hadden ze de deur achter zich gesloten, zodat de groep paniekerige passagiers onzichtbaar werd. Die begonnen te bonzen en te schreeuwen.

Bruce draaide zich om. Er spatte een koude nevel over het dek, dat langs bakboordzijde open was naar zee. Het gedreun en gebeuk van de golven klonk hier veel luider, en de wind gonsde en kreunde door de lijnen.

'Jezus,' mompelde Liu. 'Die lui zijn volslagen krankjorum.'

'Waar is de beveiliging?' informeerde Emily Dahlberg. 'Waarom houden ze die mensen niet in bedwang?'

'Beveiliging?' vroeg Liu. 'We hebben tien bewakingsmensen voor meer dan vierduizend man passagiers en bemanning. Het is daar een complete anarchie.'

Bruce schudde zijn hoofd en richtte zijn aandacht op de lange rij reddingsboten. Meteen was hij verbijsterd. In zijn hele tijd bij de marine had hij nog nooit zoiets gezien: een rij enorme, volkomen ingesloten torpedovormige vaartuigen, feloranje, met rijen patrijspoorten langs de flanken. Het leken eerder ruimteschepen dan boten. En bovendien hingen ze niet aan katrollen maar waren ze gemonteerd op schuinlopende rails die van het schip weg liepen.

'Hoe werken deze?' vroeg hij aan Liu.

'Vrijevalreddingsboten,' antwoordde Liu. 'Die gebruiken ze al jaren op booreilanden en vrachtschepen, maar de *Britannia* is het eerste passagiersschip waarop ze gebruikt worden.'

'Vrijevalreddingsboten? Dat meen je niet. We zitten hier twintig meter boven water!'

'De passagiers worden vastgesnoerd in stoelen die ontworpen zijn om de versnellingskrachten van de klap op te vangen. De boot raakt het water met de neus omlaag, hydrodynamisch, en stijgt dan naar het oppervlak. Tegen de tijd dat ze bovenkomen, zijn ze al honderd meter van het schip vandaan en varen ze verder.'

'Wat voor motoren zitten erin?'

'Een vijfendertig pk-diesel die acht knopen haalt, en ze zijn allemaal voorzien van voedsel, water, verwarming en zelfs een zuurstofvoorraad van tien minuten voor het geval er olie op het water ligt te branden.'

Bruce keek Liu aan. 'Grote god, man, dit is perfect! Ik dacht dat we ouderwetse boten op katrollen zouden moeten neerlaten, en dat is niet te doen bij zo'n zee. Maar deze hier kunnen we meteen al loslaten!'

'Zo simpel is het nu ook weer niet, vrees ik,' zei Liu.

'Waarom niet?'

'Ons probleem is de voorwaartse verplaatsing. Dertig knopen. Dat is bijna vijfendertig mijl per uur...'

'Ik weet toch zeker wel wat een knoop is!'

'We kunnen alleen onmogelijk zeggen hoe onze voorwaartse snelheid van invloed zal zijn op de boten. In het handboek wordt erop gehamerd dat de boten te water moeten worden gelaten vanaf een stilliggend schip.'

'Dan laten we er een voor proef te water, zonder passagiers.'

'Maar dat vertelt ons nog niet wat voor invloed de zijwaartse versnellingskrachten zullen hebben op de passagiers.'

Gavin Bruce fronste zijn wenkbrauwen. 'Aha. We hebben dus een proefkonijn nodig. Geen probleem. Geef mij een walkietalkie en zet me in zo'n ding. Laat hem te water. Dan vertel ik hoe hard de klap aankomt.'

Crowley schudde zijn hoofd. 'U kunt wel gewond raken.'

'Wat voor keuze hebben we?'

'Dat kunnen we een passagier niet laten doen,' antwoordde Liu. 'Ik ga.'

Bruce keek hem aan. 'Geen sprake van. U bent de bootsman. Uw expertise is hier nodig.'

Liu's blik schoot naar Crowley en terug. 'Maar het kan een ruwe landing worden. Zoiets als in een auto zitten die vol geramd wordt door een andere, met een snelheid van vijftig kilometer per uur.'

'We hebben het hier over water, niet staal op staal. Luister, er zal toch echt íémand voor proefkonijn moeten spelen. Ik heb wel ergere risico's genomen. Ik kan natuurlijk gewond raken, maar goed, ik ben dan tenminste van boord. Volgens mij heb ik niets te verliezen. Laten we geen tijd verdoen.'

Liu aarzelde. 'Eigenlijk zou ik moeten gaan.'

Bruce fronste zijn voorhoofd van irritatie. 'Meneer Liu, hoe oud bent u?'

'Zesentwintig.'

'En u, meneer Crowley?'

'Negenendertig.'

'Kinderen?'

Ze knikten allebei.

'Ik ben achtenzestig. Ik ben een betere testcase, want mijn leeftijd en conditie komen meer overeen met die van de overige passagiers. U bent nodig aan boord. En,' voegde hij daaraan toe, 'uw kinderen hebben u nog nodig.'

Nu deed Emily Dahlberg haar mond open. 'Eén inzittende is niet genoeg als test. We hebben er minstens twee nodig.'

'Dat is zo,' zei Bruce. Hij keek naar Niles Welch. 'Wat vind je ervan, Niles?'

'Ik doe mee,' antwoordde Welch.

'Wacht eens even,' protesteerde Dahlberg, 'dat was niet wat ik...'

'Ik weet wat je bedoelde,' antwoordde Bruce. 'En ik stel het bijzonder op prijs, Emily. Maar wat zou Aberdeen Bank and Trust zeggen als ik een van haar klanten in gevaar bracht?' En met die woorden pakte hij de radio uit Liu's hand, liep naar de achteropening van het dichtstbijzijnde oranje ruimteschip en draaide de hendel om. Het luik ging met een zacht gesis open via pneumatische scharnieren. Hij stapte het donkere interieur in en knikte dat Welch hem moest volgen. Even later stak hij zijn hoofd weer naar buiten.

'Dit ding is beter toegerust dan een luxejacht. Welk kanaal?'

'Neem 72 maar. Er zijn ook vaste VHF- en SSB-radio's aan boord, samen met radar, kaartplotter, sonar, LORAN, alles.'

Bruce knikte. 'Mooi zo. En nu niet als een stel makke schapen blijven staan kijken. Zodra we het sein geven, zeg je een weesgegroetje en geef je een ruk aan die hendel.'

En zonder verder nog een woord te zeggen trok hij de deur achter zich dicht en vergrendelde hem.

65

Constance Greene opende een oude kist van sandelhout en nam er een bizar gevormde, onvoorstelbaar complexe knoop uit, gemaakt van een grijs zijden koord. Oppervlakkig bezien leek hij op een obscure Europese knoop die wel *mors du cheval* wordt genoemd, maar dan ingewikkelder. In het Tibetaans heette hij *dgongs*, 'het ontrafelen'.

Die knoop had ze op de vooravond van haar vertrek uit Gsalrig Chongg van Tsering gekregen. Hij was in de achttiende eeuw gemaakt door een zeer gerespecteerde lama, en was bestemd voor gebruik bij een bepaald soort meditatieve oefening ter uitbanning van hechting, om het zelf te ontdoen van slechte gedachten of invloeden, of om te helpen bij de vereniging van twee geesten. In Constances geval moest de knoop worden gebruikt om zich te reinigen van de besmetting van moord; nu hoopte ze dat hij de besmetting van de Agozyen zou verdrijven uit Pendergasts geest. In het echt mocht de knoop nooit worden ontrafeld; als dat gebeurde, zou de macht vrijkomen en werd het weer gewoon een zijden koord. Het was uitsluitend een oefening voor gedachten en ziel.

Het was donker in de suite, de gordijnen waren strak voor de balkondeuren dichtgetrokken. Marya, die geen dokter had kunnen vinden, stond bij de deuropening van de zitkamer, met een blik van angst en onzekerheid in haar ogen.

Constance keek haar aan. 'Marya, wil jij buiten op wacht gaan staan? Wij mogen hierbij door niemand gestoord worden.'

De vrouw knikte en verliet met haastige passen de hut. Toen

ze de deur dicht hoorde vallen, legde Constance de knoop op een zijden kussentje op de vloer, omringd en beschenen door een kring van kaarsen. Toen keek ze naar Pendergast. Met een schamper glimlachje nam die plaats aan de ene kant van de knoop, en zelf ging ze aan de andere kant zitten. De knoop lag tussen hen in: één los uiteinde wees haar kant uit, het andere wees naar Pendergast. Het was een symbool, spiritueel en fysiek, van de onderlinge verbondenheid in het hele leven en, met name, van de twee wezens die aan weerszijden van de knoop zaten.

Constance ging in lotushouding zitten, en Pendergast ook. Even bleef ze zitten zonder iets te doen. Ze liet haar ledematen tot ontspanning komen. Ze hield haar ogen open en keek naar de knoop; ze vertraagde haar ademhaling en haar hartslag, zoals ze van de monniken geleerd had. Ze liet haar geest in het moment komen, het nu. Ze verwierp verleden en toekomst en sloot zich af voor de eindeloze stroom van gedachten die normaal gesproken de menselijke geest bestoken. Bevrijd van het mentale geratel werden haar zintuigen zich scherp bewust van haar omgeving: het beuken en huiveren van de golfslag tegen de romp, het gespat van regen op de ruiten van de balkondeur, de geur van nieuwigheid in de hut, het vage aroma van de kaarsen en van het sandelhout van de knoop. Ze was zich diep bewust van de aanwezigheid tegenover haar, een donkere vorm aan de randen van haar blikveld.

Haar ogen bleven op de knoop gevestigd.

Langzaam liet ze alle externe gewaarwordingen los, de ene na de andere. De uiterlijkheden van de buitenwereld verdwenen in het duister, alsof er luiken dichtgingen in een donker huis. Eerst verdween de kamer om haar heen, daarna het enorme schip, en tot slot de uitgestrekte oceaan waar ze overheen kropen. Weg waren de geluiden van de kamer, de geuren, het trage rollen van het schip, haar eigen lichamelijke bewustzijn. De aarde zelf viel weg, de zon, de sterren, het heelal... weg, allemaal weg, ze hielden op te bestaan. Alleen zij was er nog, en de knoop, en het wezen aan de overkant van de knoop.

De tijd bestond niet meer. Ze had de staat van *th'an shin gha* bereikt, de drempel naar perfecte leegheid.

In een eigenaardige, meditatieve staat van volslagen bewustzijn en tegelijkertijd volledige afwezigheid van inspanning of verlangen concentreerde ze zich op de knoop. Even bleef die ongewijzigd. Toen begon het koord zich, langzaam, gelijkmatig als een slang die zich ontrolt, los te maken. De fantastisch complexe lussen en bochten, de scherpe kronkels en plotselinge hoeken van het koord begonnen zich te bevrijden; de uiteinden van het touw trokken zich terug in de knoop en traceerden in omgekeerde volgorde de oorspronkelijke ingewikkelde vormen die drie eeuwen tevoren waren aangebracht. Het was een proces van immense, mathematische complexiteit, symbool van het ontrafelen van het ego dat moet plaatsvinden voordat iemand stong pa nyid kan bereiken – de staat van zuivere leegheid – en samensmelten met de wereldgeest.

Zij was er, Pendergast was er, en in het midden de knoop, bezig zich te ontwarren. Dat was alles, dat was het enige.

Na een zekere periode – misschien een seconde, misschien duizend jaar – lag het grijze zijden koord in een gladde hoop, ontward en losjes opgerold. In het midden was een klein, verfrommeld stukje zijde te zien, waarop het geheime gebed stond dat de monnik al die eeuwen geleden had opgeschreven.

Ze las het zorgvuldig door. Toen begon ze, in een langzame cadans, het gebed te reciteren, keer op keer...

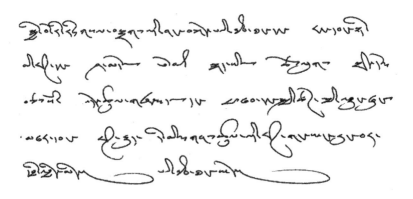

Tijdens het gebed breidde ze haar bewustzijn uit naar het losse eind van het koord dat het dichtst bij haar lag. Tegelijkertijd was ze zich bewust van de gloed van het wezen tegenover zich, dat zich op dezelfde manier naar het koord uitstrekte.

Ze chantte de lage, kalmerende tonen die haar ego ontrafelden;

behoedzaam maakte ze alle banden met de fysieke wereld los. Ze voelde de stroming toen haar geest het koord aanraakte en erlangs streek, naar het wezen aan de andere kant getrokken zoals hij door haar werd aangetrokken. Ze gleed langs de ingewikkelde lussen, amper ademend, haar hartslag ijzingwekkend traag, dichterbij, steeds dichterbij... En toen stond haar geest voor de gloed van de ander, en smolt daarmee samen, zodat het laatste stadium was bereikt.

Plotseling bevond ze zich op een tegelijkertijd vreemde en vertrouwde plek. Ze stond op een wegdek van keien tussen fraaie gaslantaarns, en ze keek omhoog naar een donkere villa met luiken voor de ramen. Het was een constructie van haar buitengewone concentratie, van zuivere gedachten, echter en solider dan wat voor droom ook die ze ooit beleefd had. Ze voelde de vochtige koelte van de nachtnevel op haar huid; ze hoorde het gonzen en ritselen van insecten, ze rook kolenwalm en roet. Door het smeedijzeren hek van de villa keek ze omhoog en haar blik reisde over de vele dakkapellen, de rijkversierde raamkozijnen en de omloop tussen de balkons.

Na een korte aarzeling stapte ze de poort door, een donkere, vochtige tuin in, zwaar van de dode bloesem en de geur van leem. Ze liep verder het pad op, naar de overdekte voordeur. Daarachter stond de dubbele deur open, en ze stapte door de ingang de riante entree in. Aan het plafond hing een kristallen kroonluchter, donker en dreigend, en licht tinkelend alsof de wind erdoorheen speelde, ondanks de dode lucht in het huis. Een enorme deur leidde naar een bibliotheek met een hoog plafond: de fauteuils en sofa's leeg, de open haard donker en koud. Een tweede gang leidde naar een soort eetzaal, of misschien een expositieruimte, stil en waakzaam.

Ze liep de entree door. Haar hakken tikten op de marmeren vloer. Ze ging de brede trap op naar de hal op de eerste verdieping. Daar hingen de muren vol wandtapijten en half verduisterde olieverfschilderijen op een rij die zich uitstrekte tot in het donkere hart van het huis, onderbroken door eiken deuren, donker gekleurd van ouderdom.

Ze keek langs de linkerwand en liep verder. Een eind verderop, bijna halverwege de lange gang, stond een deur open... opengebroken, het kozijn verbrijzeld, houtsplinters en verwrongen stukken lood her en der op de grond. De gapende zwarte opening ademde een koude kelderlucht uit van schimmel en dode, vettige pissebedden.

Snel en met een huivering liep ze erlangs. De deur daarachter lokte. Ze was er bijna.

Ze legde haar hand op de deurklink en drukte die naar beneden. Met een zacht knersen draaide de deur naar binnen. Een welkome warmte stroomde naar buiten en omringde haar, omvatte haar met een aangename sensatie alsof ze midden in de winter binnenkwam in een gezellige woonkamer.

Voor haar stond Aloysius Pendergast, zoals gebruikelijk in het zwart gekleed en zijn handen voor zich ineengeklemd. Hij glimlachte.

'Welkom,' zei hij.

Het was een grote, prachtige kamer, met paneellambrizering. In een marmeren schouw brandde vuur, en een antieke klok op de mantel sloeg de uren. Daarnaast stond een oude sifon en een stel kristallen whiskyglazen. Een hertenkop met een gewei, aan de wand gehangen, keek met glazen ogen uit over een bureau dat vol lag met hoge stapels in leer gebonden boeken en papieren. Op de eiken vloer lag schitterende, hoogpolige vloerbedekking, waaroverheen dure Perzische tapijten waren gespreid. Er stonden een paar comfortabele fauteuils, sommige met opengeslagen boeken op de zitting. Het was een uitzonderlijk prettige, levende, luxueuze omgeving.

'Kom binnen, warm je bij het vuur,' zei hij, terwijl hij haar dichterbij wenkte.

Ze liep dichter naar het vuur toe, zonder haar blik van Pendergast af te wenden. Er was iets anders aan hem. Iets vreemds. Ondanks de volkomen realiteit van deze kamer en dit huis, waren de randen van zijn gestalte onduidelijk, vaag, lichtelijk doorzichtig, alsof hij er niet helemaal was.

Met een doffe klap viel de deur achter haar dicht.

Hij stak zijn hand naar haar uit, en ze beantwoordde zijn gebaar. Plotseling klemde hij haar hand vast, en ze probeerde zich los te trekken, maar hij trok haar naar zich toe. Zijn hoofd leek te trillen, op te zwellen en te verdwijnen; de huid barstte open en er drong een lichtgloed naar buiten. En toen viel zijn hele gezicht weg: in vlammende flarden viel het omlaag, en er verscheen een gezicht dat Constance kende. Het onbeschrijflijke gelaat van de Kalazyga-demon.

Vreemd genoeg was ze absoluut niet bang. Ze keek ernaar en voelde een mengeling van angst en aantrekkingskracht. Het gezicht leek haar te vervullen van vuur: het onuitwisbare, alles verterende, triomfantelijke vuur dat ze had ervaren bij haar krankzinnige liaison met Diogenes Pendergast. Het had een zuiverheid die haar ontzag inboezemde.

'Ik ben wil,' zei het wezen met een stem die geen geluid was, maar gedachte. 'Ik ben pure gedachte, schoongebrand van alle resten van menselijk sentiment. Ik ben vrijheid. Kom bij me.'

Geboeid en tegelijkertijd afgestoten probeerde ze opnieuw haar hand los te trekken, maar het wezen liet niet los. Het gezicht, vreselijk in zijn schoonheid, trok haar dichterbij. Dit was niet echt, hield ze zich voor. Het was maar een hersenspinsel, het beeld van een van de t'angka's die ze urenlang had bekeken en dat nu, door de intense meditatie, opnieuw in haar hoofd was ontstaan.

De Kalazyga-demon trok haar dichter naar het vuur. 'Kom. In het vuur. Brand die dode huls van morele remmingen weg. Je zult eruit komen als een vlinder uit zijn cocon, vrij en prachtig.'

Ze deed een stap in de richting van het vuur, aarzelde, deed nog een stap; ze zweefde bijna over het tapijt heen in de richting van de warmte.

'Ja,' zei een andere stem. Pendergasts stem. 'Dat is goed. Zo moet het. Naar het vuur toe.'

Toen ze dichter bij de vlammen kwam, smolt de zware last van schuld en schande na de moord die ze gepleegd had weg en maakte plaats voor een gevoel van euforie, de intense euforie en duistere vreugde die ze had gevoeld toen ze Pendergasts broer de vulkaantrechter, de Sciara del Fuoco, in had zien tuimelen, de roodgloeiende hitte tegemoet. Dit moment van extase werd haar nu geboden, maar dan voor eeuwig.

En het enige wat ze ervoor hoefde te doen was de vlammen in stappen.

Nog één stap. Het vuur straalde warmte uit, likte aan haar armen en benen. Ze dacht terug aan hoe hij daar op de rand had gestaan, samen met haar verstrengeld in een macabere karikatuur van seksuele eenwording, vechtend op de brullende rand van de vulkaantrechter; haar onverwachte moment van zwakte; de uitdrukking op zijn gezicht toen hij besefte dat ze beiden aan het vallen waren. De uitdrukking op zijn gezicht: dat was het meest afgrijselijke, het meest deerniswekkende en tegelijkertijd het meest bevredigende beeld dat ze ooit gezien had: die blik in het gelaat van iemand die zonder enige twijfel beseft dat hij doodgaat. Dat alle hoop vervlogen is. En die bittere vreugde kon voor eeuwig de hare zijn, ze kon de vrijheid krijgen om dat moment naar hartelust keer op keer opnieuw te beleven. En ze hoefde niet eens wraak als excuus aan te voeren: ze kon gewoon moorden, wie en waar dan ook, en zich keer op keer wentelen in die hete bloedrazernij, die extatische, orgiastische triomf...

Alle hoop is vervlogen...

Met een gil kronkelde ze in de greep van de demon, en met een plotselinge, immense stoot van wilskracht zag ze kans zich los te rukken. Ze deinsde achteruit, weg van het vuur, draaide zich om en vluchtte de deur uit. Plotseling viel ze, viel ze het hele huis door, de kelders en de vertrekken daaronder door, viel ze...

66

De storm raasde langs de open reling van halfdek 7. Hoewel ze twintig meter boven de waterlinie zaten, spatte het schuim over het dek. Liu kon amper denken boven het dreunen van de zee en het huilen van de wind uit.

Al even doorweekt als hijzelf opende Crowley zijn mond: 'Gaan we dit echt proberen?'

'Heb jij soms een beter idee?' vroeg Liu geprikkeld. 'Geef me je radio.'

Crowley overhandigde zijn walkietalkie.

Liu stemde hem af op kanaal 72 en drukte op de zendknop. 'Liu hier, voor Bruce, over.'

'Hier Bruce.'

'Hoort u mij?'

'Uitstekend.'

'Mooi zo. Maak uw riemen vast bij het roer.'

'Is al gedaan.'

'Instructies nodig?'

'Die zijn aanwezig.'

'De boot functioneert vrijwel zelfstandig,' ging Liu verder. 'Zodra hij het water raakt, wordt automatisch de motor gestart. De reddingsboot vaart dan in een rechte lijn weg van het schip. U neemt vermogen terug tot halve kracht, zo vinden ze u gemakkelijker terug. Het hoofdpaneel lijkt me duidelijk voor een marineman.'

'Precies. Is er ook een EPIRB aan boord van dit gevaarte?'

'Twee, en dat zijn de allernieuwste GPIRB's, die uw gps-coördinaten doorgeven. Zodra u het water raakt, worden automatisch de 406 en 121,5 megahertz geactiveerd, daar hoeft u niets voor te doen. Laat de VHF van de boot op noodkanaal 16 staan en communiceer met mij via kanaal 72 van uw handbediening. U bent alleen tot u wordt opgevist: de *Britannia* kan niet stoppen. Houd te allen tijde uw harnas om, u zult heel wat golfslag ervaren.'

'Duidelijk.'

'Vragen?'

'Geen vragen.'

'Klaar?'

'Klaar,' knetterde Bruces stem over de handbediening.

'Oké. Er is een automatische countdown van vijftien seconden. Zet de zendknop vast, zodat wij kunnen horen wat er gebeurt. Neem zo snel mogelijk contact op wanneer u te water bent.'

'Begrepen.'

Liu draaide zich om naar het lanceringspaneel. Er waren zesendertig reddingsboten, achttien aan bak- en achttien aan stuurboord, elk met een capaciteit van maximaal 150 personen. Zelfs wanneer ze er één vrijwel onbemand te water lieten, zoals nu, hadden ze nog meer dan genoeg capaciteit over. Hij keek op zijn horloge. Als dit werkte, hadden ze nog vijftig minuten om het hele schip te evacueren. Een uitermate haalbare kaart.

Hij prevelde een schietgebedje.

Toen hij eenmaal begonnen was met de procedure, merkte hij dat hij wat gemakkelijker ademhaalde. Het zou inderdaad werken. Die verdomde boten waren gebouwd volgens strenge specificaties en konden een vrije val van twintig meter aan. De extra belasting zou geen probleem zijn.

Alle systemen meldden groen. Hij ontgrendelde de schakelaar waarmee de countdown voor reddingsboot nummer 1 werd gestart, en opende het deksel. Daarachter gloeide een rood hendeltje van de verse verf. Dit was heel wat eenvoudiger dan vroeger, toen een reddingsboot op zijn katrollen moest worden neergelaten, hevig heen en weer bungelend in de wind en met het rollen van het schip. Nu hoefde je alleen maar op een knop te drukken: dan werd de boot uit zijn klemmen gelaten, gleed via de rails omlaag en viel twintig meter omlaag, met de neus naar voren in zee. Even later kwam hij dan boven en dobberde verder, weg van het schip. Ze hadden de oefening eindeloos herhaald: van val naar bovenkomen nam zes seconden in beslag.

'Hoor je me, Bruce?'

'Luid en duidelijk.'

'Hou je vast. Ik haal de schakelaar over.'

Hij trok aan de rode hendel.

Er klonk een vrouwenstem uit de luidspreker boven zijn hoofd. 'Reddingsboot nummer één gaat over vijftien seconden te water. Tien seconden. Negen, acht...'

De stem echode over het metalen halfdek. De countdown was afgelopen en er klonk een luide klap toen de stalen klemmen de boot loslieten. Hij gleed over de geoliede rails omlaag, kiepte over het uiteinde de open ruimte in en viel. Liu leunde over de reling om te kijken hoe het vaartuig gracieus als een duiker naar de woedende zee tuimelde.

Met een geweldige fontein van opspattend water sloeg de boot op het water, een veel grotere inslag dan Liu tijdens de oefeningen had gezien: een geiser die wel tien, vijftien meter opsteeg en door de scheurende wind in rafelige flarden werd weggeblazen. De radio barstte uit in een statisch gekrijs.

Maar in plaats van rechtstreeks het water in te duiken en te verdwijnen werd de reddingsboot door zijn eigen voorwaartse verplaatsing in combinatie met de snelheid van het schip opzij gedreven, als een steen die over een wateroppervlak kaatst, en trof hij het zeevlak nog een keer, in de volle lengte. Weer spatte er een fontein op, die de oranje boot bedolf onder ziedend water. Even later begon hij traag en loom boven te komen, de feloranje kleur steeds helderder naarmate hij dichter onder het groene wateroppervlak kwam. De ruis op de radio viel abrupt weg. Het werd dodelijk stil.

De vrouw, Emily Dahlberg, hield haar adem in en wendde haar blik af.

Liu staarde naar de reddingsboot, die snel achteropraakte. Hij had de indruk dat de boot onder een vreemde hoek lag. Hoewel, nee, dat was het niet: het profiel van de boot was veranderd, de romp was misvormd. Er schilferden oranje en witte vlekken los van de romp en langs een van de naden blies een stoot lucht een fontein van waterdruppels de lucht in.

Met een misselijk gevoel besefte Liu dat de romp kapot was, over de hele lengte opengebroken als een rotte meloen, en dat de binnenkant naar buiten puilde.

'Jezus...' hoorde hij Crowley naast zich mompelen. 'O, jezus...'

Vol afgrijzen keek hij naar de gebutste reddingsboot. Die kwam niet vanzelf overeind, maar hing scheef in het water, zakte erin terug terwijl de schroef doelloos over het oppervlak maalde en een spoor van olie en brokstukken achterliet. Steeds groter werd de afstand tussen het schip en de dobberende reddingsboot, en langzaamaan vervaagde de sloep in de grijze, beukende zee.

Liu greep de radio en drukte op de zendknop. 'Bruce! Welch! Liu hier! Geef antwoord! Bruce!'

Maar er kwam geen antwoord, zoals Liu wel geweten had.

67

Op de tweede brug werd LeSeur bestookt met vragen.

'De reddingsboten!' riep een officier boven de anderen uit. 'Wat is er gaande met de reddingsboten?'

LeSeur schudde zijn hoofd. 'Nog niets van gehoord. Ik wacht nog op bericht van Liu en Crowley.'

De radio-officier liet zich horen: 'Ik heb de *Grenfell* op kanaal 69.'

LeSeur keek hem aan. 'Fax hem op de ssb-fax dat hij overschakelt naar kanaal 79.' Hij hoopte dat die overschakeling naar een obscuur vhf-kanaal voor zijn communicatie met de *Grenfell* – kanaal 79 was normalerwijs gereserveerd voor gesprekjes tussen plezierjachten op de Grote Meren – hun gesprekken geheim zouden houden voor Mason. Hij hoopte uit alle macht dat ze niet routinematig de vhf-zenders afscande. Ze had het radarprofiel van de *Grenfell* natuurlijk allang gezien: het schip naderde, en ze hoorde al het gepraat op noodkanaal 16.

'Hoe laat is het rendez-vous?' vroeg de radio-officier.

'Over negen minuten.' Hij zweeg even. 'Ik heb de kapitein van de *Grenfell* op 79, sir.'

LeSeur liep naar de vhf-computer en zette een hoofdtelefoon op. Met zachte stem zei hij: '*Grenfell*, dit is eerste stuurman Le-Seur, waarnemend gezagvoerder van de *Britannia*. Hebt u een plan?'

'Een lastige situatie, *Britannia*, maar we hebben een paar ideetjes.'

'We hebben één kans om dit te doen. We lopen minstens tien knopen sneller dan u, en als we voorbij zijn, is er geen redden meer aan.'

'Begrepen. We hebben een bo-105-heli aan boord. Daarmee kunnen we een stel explosieven aan boord brengen, die wij normaal gesproken gebruiken om door de romp heen te breken...'

'Met onze snelheid, bij dit weer en in deze storm, krijgt u die nooit ter plekke.'

Stilte. Dan: 'We hoopten op een kans.'

'Onwaarschijnlijk, maar laat hem toch maar klaarstaan. Volgende idee?'

'We hadden zitten denken dat we, bij het passeren, de *Britannia* aan onze sleephaak kunnen slaan om haar uit de koers te trekken.'

'Wat voor katrol?'

'Een 70-tons elektrohydraulische sleepkatrol met een 40mm-kabeltouw...'

'Dat breekt meteen af.'

'Waarschijnlijk wel, ja. Een andere mogelijkheid is om een baken te droppen en de kabel over uw baan te spannen, in de hoop dat het in uw schroeven verstrikt raakt.'

'Met een 40mm-kabeltouw kun je onmogelijk vier schroeven

van 21,5 megawatt per stuk tegenhouden. Hebt u geen snelle reddingsboten aan boord?'

'Helaas kunnen we bij dit soort zee onze twee snelle reddingsboten niet te water laten. En we kunnen hoe dan ook niet langszij komen om te enteren of te evacueren, want we kunnen u niet bijhouden.'

'Verder nog iets?'

Stilte. 'Dat is het enige wat we hebben kunnen verzinnen.'

'Dan moeten we ons aan mijn plan houden,' zei LeSeur.

'Laat horen.'

'U bent toch een ijsbreker?'

'Nou, de *Grenfell* is versterkt voor ijs, maar we zijn geen echte ijsbreker. Soms doen we het wel, bijvoorbeeld als de haven dichtzit.'

'Meer vraag ik niet. *Grenfell,* ik wil dat u een koers uitzet waarbij u dwars voor onze boeg komt, en wel zodanig dat u die wegslaat.'

Even bleef het stil voordat het antwoord klonk. 'Sorry, ik geloof niet dat ik u goed verstaan heb, *Britannia.*'

'U verstaat me prima. Kijk: wanneer u een aantal luiken openbreekt, kunnen we de voorste drie compartimenten laten vollopen. Dan komen we met de boeg zo laag in het water te liggen dat de schroeven bijna boven water komen. Dan ligt de *Britannia* dood in het water.'

'U wilt dat ik u rám? God, bent u uw verstand kwijt? Grote kans dat ik daarbij zelf zink!'

'Het is de enige manier. Als u een paar streken uit onze stuurboordzijde komt aanvaren, niet te snel, zeg vijf à acht knopen, en dan vlak voor de aanvaring één schroef met volle kracht achteruit laat staan terwijl u de boegschroeven aanzet, kunt u met uw versterkte voorsteven onze boeg wegslaan voordat u weer wegzwenkt. Dan kunnen we elkaar aan stuurboord passeren. Het is riskant, maar het kan werken. Althans, als uw roerganger zoiets aankan.'

'Ik moet eerst permissie vragen.'

'We hebben vijf minuten voor we op de rotsen lopen, *Grenfell.* U weet even goed als ik dat er geen tijd is om permissie te vragen. Hebt u de ballen om dit te doen, of niet. Daar gaat het om.'

Een lange stilte.

'Oké, *Britannia*. We gaan het proberen.'

68

Constances ogen vlogen open, en met een onderdrukte kreet schokte haar hele lichaam wakker. Het heelal kwam terugrazen: het schip, de hut, de spetterende regen, de beukende zee en het kreunen van de wind.

Ze staarde naar de dgongs. Die lag in een slordige hoop rond een oud stukje frommelige zijde. Hij was ontward, fysiek ontward.

Vol ontzetting keek ze naar Pendergast. Die hief zijn hoofd iets, en zijn ogen kwamen weer tot leven, zilveren irissen die glinsterden in het kaarslicht. Er streek een eigenaardige glimlach over zijn gezicht. 'Je hebt de meditatie doorbroken, Constance.'

'Je wilde me... het vuur in slépen,' hijgde ze.

'Natuurlijk.'

Er sloeg een golf van wanhoop over haar heen. Niet alleen had ze geen kans gezien hém de duisternis uit te trekken, maar ze was er zelf bijna in beland.

'Ik wilde je van je aardse ketenen bevrijden,' zei hij.

'Bevrijden,' herhaalde ze bitter.

'Ja. Om te worden wat je maar wilt: vrij van de boeien van sentiment, moraliteit, principes, eer, deugd, en al die kleinburgerlijke begrippen die ons vastgeketend houden in de menselijke slavengalei met alle anderen aan boord, terwijl we onszelf nergens heen roeien.'

'En dat heeft de Agozyen met jou gedaan,' zei ze. 'Al je morele en ethische remmingen weggenomen. Je donkerste, meest psychopathische verlangens de vrije teugel gegeven. Dat heeft hij mij ook geboden.'

Pendergast stond op en bood haar zijn hand. Ze nam hem niet aan.

'Je hebt de knoop ontward,' zei ze.

Hij sprak, zijn stem zacht en met een vreemde trilling van triomf. 'Ik ben er niet aangekomen. Geen moment.'

'Hoe...?'

'Ik heb hem met mijn geest ontward.'

Ze bleef ernaar kijken. 'Dat kan niet.'

'Niet alleen kán het, het is zelfs gebeurd, zoals je ziet.'

'De meditatie is mislukt. Je bent nog dezelfde.'

'De meditatie is juist gelukt, Constance. Ik ben veranderd, enorm veranderd. Dankzij jouw koppigheid hebben we dit gedaan, en daardoor besef ik nu ten volle de macht die de Agozyen me gegeven heeft. De macht van gedachten zonder meer, van geest over materie. Ik heb een bron van enorme macht aangeboord, en dat ga jij ook doen.' Zijn ogen glinsterden vol passie. 'Dit is een buitengewone demonstratie van de Agozyen-mandala en diens vermogen om de menselijke geest en menselijke gedachten om te vormen tot een stuk gereedschap met kolossale krachten.'

Constance bleef hem aankijken, en een gevoel van afgrijzen sloop haar hart binnen.

'Jij wilde me terughalen,' vervolgde hij. 'Je wilde me terugveranderen in mijn oude, dwaze zelf, vol innerlijke conflicten. Maar je hebt me juist verder geholpen. Je hebt de deur geopend. En nu, lieve Constance, ben jij dan aan de beurt om bevrijd te worden. Weet je nog van onze afspraak?'

Ze kon geen woord uitbrengen.

'Precies. Nu mag jij naar de Agozyen kijken.'

Ze bleef aarzelen.

'Enfin, je moet het zelf weten.' Hij stond op en greep de opening van de canvas zak. 'Ik heb er genoeg van om op jou te moeten letten.' Zonder haar nog aan te kijken liep hij naar de deur, terwijl hij de zak op zijn schouder hees.

Met een schok ontdekte ze dat hij niet meer respect had voor haar dan voor de rest van de mensheid.

'Wacht...' begon ze.

Ze werd onderbroken door een gil aan de andere kant van de deur. Die vloog open, en Marya kwam achterwaarts de kamer in wankelen. Achter haar ving Constance een glimp op van iets grijs, iets met een oneffen structuur, dat hun kant uit kwam.

Waar komt die rook vandaan? Staat het schip in brand?
Pendergast liet de zak vallen en deed met geschrokken blik een stap achteruit. Constance was verbaasd over de blik van geschoktheid, van angst zelfs, op zijn gezicht.

Hét versperde de deuropening. Marya slaakte nog een gil, en het geval omhulde haar, dempte haar kreten.

Toen het de deur door kwam, werd het even verlicht door een lamp in de gang. Met een stijgend gevoel van onwerkelijkheid zag Constance een vreemde, golvende aanwezigheid diep binnen in de rook, met twee bloeddoorlopen ogen en een derde op zijn voorhoofd, een demonisch schepsel dat zich met schokken bewoog en voortsleepte alsof het gehandicapt was... Of was het aan het dánsen?

Marya krijste een derde maal en viel met een luid gerinkel van brekend glas op de grond. Haar ogen rolden naar achteren en ze trok met haar ledematen. Het ding was haar nu voorbij en vulde de zitkamer met een klamme kilte en de stank van rotting en schimmel. Het drong Pendergast in een hoek, en plotseling viel het over hem heen, zat het ín hem, slokte het hem op. Hij slaakte een gedempte kreet van zulk afgrijzen, zo'n doodsnood, dat Constances bloed tot op het merg verkilde.

69

LeSeur stond midden op de bomvolle tweede brug te kijken naar de s-band-radar van het naderende schip. Steeds groter stond het op het scherm, een fosforescerende vorm die recht voor hen opdoemde op het radarscherm. De Doppler-readout gaf een gecombineerde naderingssnelheid van zevenendertig knopen.

'Vijfentwintighonderd meter, en aan het aftellen,' zei de tweede stuurman. LeSeur maakte snel een hoofdrekensommetje: nog twee minuten tot de aanvaring.

Hij keek naar de gevoeliger x-band, maar die stond vol ruis van zee en regen. Rustig en snel had hij de rest van de officieren ingelicht over zijn plan. Hij wist dat de kans bestond dat Mason alles had gehoord wat hij tegen de kapitein van de *Grenfell* had gezegd: er was geen betrouwbare manier om communicatie naar de hoofdbrug af te sluiten. Maar hoe dan ook, als de *Grenfell* zijn manoeuvre had uitgevoerd, kon de *Britannia* amper of niet reageren.

Hoofdwerktuigkundige Halsey kwam naast hem staan. 'Ik heb de schattingen waarom u gevraagd had.' Hij sprak zacht, zodat de anderen hem niet konden horen.

Het is dus niet best, dacht LeSeur. Hij nam Halsey apart.

'Deze cijfers,' zei Halsey, 'zijn gebaseerd op een directe aanvaring met het middelpunt van de rotsformatie; dat is de verwachting.'

'Vertel, snel.'

'Gezien de kracht van de aanvaring wordt het sterftecijfer op dertig à vijftig procent geschat, met alle anderen zwaargewond: botbreuken, hersenschuddingen, kneuzingen.'

'Begrepen.'

'Met onze elf meter onder de waterlijn zal de *Britannia* op enige afstand van het hoofdgedeelte van het rif een eerste aanvaring hebben met de rotsformatie. Tegen de tijd dat het schip door de rotsen is gestopt, is ze al van boeg tot achtersteven opengescheurd. Alle waterdichte compartimenten en drukschotten gaan eraan. Naar schatting zullen we binnen drie minuten zinken.'

LeSeur slikte. 'Enige kans dat we op de rotsen blijven steken?'

'Nee, het loopt er steil af. De achtersteven scheurt een stuk van de klippen af, en snel ook.'

'Grote goedheid.'

'Gezien de aantallen doden en gewonden en de snelheid waarmee de *Britannia* zal zinken is er geen tijd om procedures op te stellen voor het verlaten van het schip. Dat betekent dat niemand die op het moment van de aanvaring aan boord is, enige kans op overleven heeft. En dat geldt ook,' – hij keek om zich heen en aarzelde even – 'voor het personeel op de tweede brug.'

'Vijftienhonderd meter, en aan het aftellen,' zei de tweede stuurman, zijn blik op de radar gevestigd. Het zweet gutste langs zijn gezicht. Het was stil geworden op de tweede brug. Iedereen keek naar de onheilspellende groene stip op het radarscherm, die steeds dichterbij kwam.

LeSeur had overwogen of hij een algemene order zou doen uitgaan om passagiers en bemanning te waarschuwen dat ze zich schrap moesten zetten, maar hij besloot het niet te doen. Ten eerste zou de oproep Mason laten weten waar ze mee bezig waren. Maar belangrijker was: als de *Grenfell* haar werk goed deed, zou de zijdelingse kracht op de boeg voornamelijk worden opgevangen door de enorme massa van de *Britannia*. De passagiers zouden schrikken, of in het ergste geval zou een stel mensen tegen de vlakte slaan. Maar dat risico moest hij nemen.

'Twaalfhonderd meter.'

70

Roger Mayles hoorde rennende voetstappen en perste zich in een doodlopend stuk van dek 9. Schreeuwend en met de armen zwaaiend holde een stel passagiers voorbij, op god weet wat voor zinloze, hysterische missie. In een zweterige hand klemde hij een magneetkaart die hij onophoudelijk kneedde en om- en omdraaide, als een sluitsteen van een rozenkrans. Met de andere hand pakte hij een heupflacon uit zijn zak en nam een grote slok single malt whisky – 18 jaar oude Macallan – waarna hij de fles weer terugstak. Zijn oog begon al te zwellen van de klap die hij had gekregen tijdens een schermutseling met een hysterische passagier in restaurant Oscar: het leek wel of iemand het aan het opblazen was, het voelde steeds strakker aan. Zijn witte overhemd en smokingjasje zaten onder het bloed omdat zijn bloedneus nog steeds niet gestelpt was. Hij moest er vreselijk uitzien.

Hij keek op zijn horloge. Nog dertig minuten tot de klap, als zijn informatie klopte, en hij had alle reden om aan te nemen dat die inderdaad correct was. Hij keek nog eens of de gang echt verlaten was, en wankelde toen het doodlopende uiteinde uit. Wat er ook gebeurde, hij mocht geen passagiers tegen het lijf lopen. Het was geen tijd meer voor ridderlijkheid aan boord van de *Britannia*, het was nu elk voor zich, en niemand zonk sneller weg in bot gedrag dan een stel rijke idioten.

Voorzichtig begaf hij zich door de gang van dek 9. Hoewel er niemand te bekennen viel, hoorde hij overal geschreeuw in de verte, gegil, smeekbeden, en hartverscheurend gesnik. Niet te geloven dat de officieren en veiligheidsmensen aan boord zo goed als verdwenen waren, zodat de gastheren en -vrouwen als hijzelf waren overgeleverd aan de genade van die ronddolende passagiers. Hij had niets gehoord, geen instructies ontvangen. Het was wel duidelijk dat er geen plan was voor een ramp van een dergelijke omvang. Er heerste volslagen chaos aan boord, er was geen enkele informatie voorhanden, en de wildste geruchten verspreidden zich als evenzovele lopende vuurtjes.

Met de sleutel in zijn hand geklemd glipte Mayles de gang door. Die sleutel was zijn vrijkaartje, en dat ging hij nú gebruiken. Hij was niet van plan om zich met drieënveertighonderd anderen tot gehakt te laten vermalen wanneer het schip zijn buik openscheurde op de ergste rotsformaties van de Grand Banks. Wie het geluk had de klap te overleven, kon het nog twintig minuten uithouden in het ijskoude water, om vervolgens alsnog door onderkoeling het loodje te leggen.

Voor die eer bedankte hij.

Hij nam nog een ferme slok whisky en glipte door een deur met het opschrift UITGANG in rode letters. Met roffelende korte beentjes rende hij een metalen trap af, en twee overlopen lager bleef hij staan kijken naar de gang die naar het halfdek leidde. Daar hingen de reddingsboten van bakboord. De gang was weer verlaten, maar op dit dek klonken de kreten van de razende passagiers nog luider. Hij kon zich niet indenken waarom ze de boten niet te water hadden gelaten. Hij had deelgenomen aan de oefeningen en had een paar maal zo'n vrije val meegemaakt. Die boten waren vrijwel onverwoestbaar en vielen in het water terwijl je zelf veilig in een zachte stoel zat vastgebonden. Het was niet erger dan een achtbaan in Disneyland.

Toen hij de hoek bij het halfdek om kwam, nam het lawaai van de menigte toe. Dat zou je net zien: er stond een stel passagiers bij de afgesloten deuren naar de reddingsboten. Ze beukten op de wand en brulden dat ze naar de boten wilden.

Er was maar één uitweg naar de reddingsboten, en dat was door de menigte heen. Ongetwijfeld stond er aan stuurboord ook een massa hysterische passagiers. Hij liep verder, de sleutel in zijn hand geklemd. Misschien zouden ze hem niet herkennen.

'Hé! De cruisedirecteur!'

'De directeur! Hé, jij daar! Mayles!'

De menigte deinde op hem af. Een dronken man met een vuurrood gezicht greep Mayles bij zijn mouw. 'Wat is er in godsnaam gaande? Waarom worden de reddingsboten niet te water gelaten?' Hij gaf een ruk aan zijn arm. 'Nou? Waarom niet?'

'Ik weet niets meer dan jullie!' riep Mayles, zijn stem hoog en gespannen, en hij probeerde zijn arm terug te trekken. 'Ze hebben mij ook niets verteld!'

'Gelul! Hij is op weg naar de reddingsboten, net als die anderen daarnet!'

Hij werd door een andere graaiende hand opzij getrokken. Hij hoorde de stof van zijn uniform scheuren. 'Laat me erdoor!' krijste Mayles, en hij vocht zich een weg naar voren. 'Ik zeg toch, ik weet ook niets!'

'Dat geloof ik niet.'

'We willen naar de reddingsboten! Deze keer sluit je ons niet buiten!'

De menigte drong in paniek om hem heen, trok aan hem als kinderen die om een pop aan het vechten waren. Met een luid gescheur liet zijn mouw los.

'Laat me los!' riep hij.

'Stelletje eikels, jullie laten ons niet hier achter om te zinken!'

'Ze hebben de reddingsboten al laten gaan, daarom zien we helemaal geen bemanning meer!'

'Is dat waar, klootzak?'

'Ik laat jullie erdoor,' zei Mayles, doodsbang, en hij hield de sleutel omhoog. 'Als jullie me dan maar met rust laten.'

Daar moesten ze even over nadenken. Daarna: 'Hij zei dat hij ons erdoor zou laten.'

'Je hoort het! Laat ons erdoor!'

De menigte stuwde hem op, plotseling vol verwachting en wat kalmer. Met trillende hand stak Mayles de sleutel in het slot, smeet de deur open, sprong erdoorheen, draaide zich om en probeerde hem snel weer dicht te gooien. Maar tevergeefs. De massa stroomde naar buiten en smeet hem tegen de vlakte.

Hij krabbelde overeind. Het brullen van de zee en de beukende wind troffen hem vol in het gezicht. Er schoven grote flarden mist over de golven heen, maar in de openingen daartussen zag Mayles de zwarte, boze, schuimende oceaan. Over het binnendek sloegen de uitlopers van torenhoge golven, en binnen enkele seconden was hij tot op de draad doorweekt. Hij zag Liu en Crowley bij het bedieningspaneel staan, samen met een man die hij herkende als een hoge ome bij de bank. Ongelovig staarden ze naar de menigte. Emily Dahlberg, de erfgename van de vleesverpakker, stond naast hen. Het kluitje passagiers draafde op de eerste de beste reddingsboot af, en Liu en Crowley probeerden hen samen met de bankier tegen te houden. Er klonken kreten en geschreeuw, en het afgrijselijke geluid van vuistslagen op vlees. Crowleys radio buitelde over het dek, uit het zicht.

Mayles hield zich op de achtergrond. Hij wist hoe het moest. Hij wist hoe je die reddingsboten moest gebruiken, hoe je ze te water liet, en ze konden lang wachten eer hij zo'n boot zou delen met een stel dolgedraaide passagiers. Het gevecht tussen de menigte en Liu's groepje nam in hevigheid toe, en de passagiers leken hem vergeten te zijn in hun verlangen om als eerste in de eerste boot te komen. Hij kon maken dat hij wegkwam voordat zij ook maar in de gaten kregen wat hij aan het doen was.

Liu's gezicht bloedde uit wel een handvol sneden. 'Meld het aan de tweede brug!' riep hij naar Dahlberg voordat hij door de razende menigte werd overmand.

Hij liep de gewelddadigheden voorbij, naar de laatste boten. En onderweg drukte hij onopvallend op een stel knoppen van het bedieningspaneel. Hij zou in zo'n boot stappen, die te water laten, en maken dat hij veilig wegkwam. De GPIRB zou meteen afgaan, en tegen het vallen van de avond zou iemand hem oppikken.

Hij kwam bij de laatste boot aan, toetste met een bevende hand de benodigde commando's in, en begon de instellingen te activeren. Hij keek naar de menigte een eind verderop, in gevecht met de bankier en de nu roerloze gestalten van Liu en Crowley vertrappend. Iemand keek zijn kant uit. En nog iemand.

'Hé! Hij gaat er een te water laten. Die vuilak!'

'Ho!'

Hij zag een stel passagiers zijn kant uit komen.

Mayles drukte met razende vaart de resterende knoppen in, en het luik in de achtersteven van de reddingsboot klapte op hydraulische scharnieren open. Hij holde erheen, maar de menigte was er vóór hem. Hij werd bij de kladden gevat en naar achteren gesleurd.

'Smeerlap!'

'Er is genoeg ruimte, we kunnen er allemaal in!' krijste hij wanhopig. 'Laat los, stelletje idioten! Eén tegelijk!'

'Jij het laatste!' Een oude, tanige kerel met bovenmenselijke krachten beukte hem opzij en verdween de boot in, gevolgd door een opdringende, brullende, bloeddorstige massa. Mayles probeerde achter hen aan te kruipen, maar werd opnieuw weggetrokken.'

'Klootzak!'

Hij gleed uit op het natte dek en werd tegen de reling getrapt. Hij greep zich vast en hees zich overeind. Hem zouden ze niet buitensluiten. Ze zouden hem zijn boot niet afpakken. Hij greep een man die voor hem stond te dringen, mepte hem tegen het dek en gleed opnieuw uit. De man kwam overeind en vloog hem aan, en een tijdje vochten ze, innig omstrengeld, half tegen de reling gezakt. Mayles zette zich schrap tegen de reling om kracht te kunnen zetten, terwijl achter hem de menigte nog steeds aan het vechten was om door het smalle luik de boot in te komen.

'Jullie kunnen niet zonder mij!' riep Mayles, tussen de klappen door. 'Ik weet hoe hij werkt!'

Hij drong zijn aanvaller achteruit en probeerde nogmaals bij het luik te komen, maar degenen die al binnenzaten, probeerden intussen de deur te sluiten.

'Ik weet hoe hij werkt!' brulde Mayles, en hij klauwde over de ruggen heen van degenen die probeerden het luik open te houden.

En toen gebeurde het, met de rukkerige, abominabele versnelling van een nachtmerrie. Tot zijn afgrijzen zag hij het wiel draaien, zodat het luik dichtging. Hij greep ernaar, probeerde het terug te draaien; er klonk een dreun toen de klemmen opengingen, en toen schoot de reddingsboot omlaag, zodat Mayles en een handvol anderen naar voren werden meegerukt. Samen tuimelden ze langs de geoliede metalen rails, niet in staat zich in veiligheid te brengen, en binnen de kortste keren bevonden ze zich in een vrije val op weg naar de ziedende, zwarte golven, in een vertraagde salto.

Het laatste wat hij zag voordat hij het water raakte, was een tweede schip, dat vlak voor de *Britannia* uit de zeemist opdoemde en op een ramkoers leek te liggen.

71

LeSeur staarde door de voorramen van de tweede brug. De wind was aangewakkerd, maar de regen was afgenomen en nu was de mist aan het wegtrekken, zodat hij af en toe een glimp opving van de roerige golven. Hij keek zo gespannen de verte in dat hij zich afvroeg of hij dingen zag die er niet waren.

Maar plotseling was het er: het enorme silhouet van de *Grenfell*, opduikend uit een mistbank, de bolle vorm van de boeg beukend op de golven. Het vaartuig kwam recht op hen af.

Toen het schip zichtbaar werd, hielden de mannen op de tweede brug collectief hun adem in.

'Achthonderd meter.'

De *Grenfell* voerde haar manoeuvre uit. Een plotseling kolken van schuim langs de achtersteven aan stuurboord gaf aan dat de schroef aan die zijde omgekeerd draaide; tegelijkertijd verscheen er een straal schuim bij de boeg aan bakboord als teken dat de voortstuwing aan die zijde was ingeschakeld. De rode snuit van de *Grenfell* begon naar stuurboord te zwenken en de twee schepen naderden elkaar steeds dichter, de gigantische *Britannia* en het veel tragere Canadese schip.

'Zet je schrap!' riep LeSeur, en hij greep de rand van de navigatietafel.

De manoeuvre van de *Grenfell* werd bijna meteen gevolgd door een gebrul diep in de onderbuik van de *Britannia*. Mason had het schip van de automatische piloot gehaald en reageerde... angstwekkend snel. Het hele schip begon te trillen, met het gerommel van een aardbeving, en het dek zakte schuin weg.

'Ze haalt de stabilisatoren binnen!' riep LeSeur met een ongelovige blik op het instrumentenpaneel. 'En... jezus... ze heeft de
achterschroeven negentig graden naar stuurboord gedraaid!'

'Dat kan helemaal niet!' gilde de hoofdwerktuigkundige. 'Dan
rukt ze de schroeven van de romp af!'

LeSeur bestudeerde de motorgegevens in een wanhopige poging
om te begrijpen wat Mason aan het doen was. 'Ze draait de *Britannia* opzettelijk met de flank naar de *Grenfell*... zodat die ons
midscheeps ramt,' zei hij. Heel even vormde zich een afgrijselijk,
levendig beeld in zijn gedachten: de *Britannia* die langzaam de
steven wendde, haar kwetsbare flank blootgaf aan de versterkte
boeg van de *Grenfell*. Maar die zou haar niet midscheeps rammen: de *Britannia* hoefde niet zo ver bij te draaien. Het was nog
veel erger. De *Grenfell* zou haar onder een hoek van vijfenveertig graden rammen, diagonaal in het schip hakken, dwars door
het merendeel van de suites en openbare ruimtes heen. Het zou
een slagveld worden, een ware slachtpartij.

Meteen was hem duidelijk dat Mason deze tegenzet uiterst zorgvuldig had uitgedacht. Het was even doelmatig als wanneer ze het
schip op de Carrion Rocks had gejaagd. De stafkapitein, oppor-
tunist die ze was, had haar kans gegrepen toen ze hem zag.

'*Grenfell!*' riep LeSeur, de radiostilte verbrekend. 'Draai uw
tweede schroef! Zet de boegschroeven achteruit! Ze draait naar
u toe!'

'Begrepen,' klonk de buitengewoon kalme stem van de kapitein.

Meteen reageerde de *Grenfell*, het water ziedend rond haar
romp. Het schip leek te aarzelen toen de boegen hun zware zwen-
king vertraagden en de voorwaartse verplaatsing afnam.

Onder hen nam de krijsende, knersende huivering toe terwijl
Mason de draaiende achterschroeven op volle kracht vooruit zette: drieënveertigduizend kilowatt vermogen onder een hoek van
negentig graden met de voorwaartse verplaatsing van het schip.
Een krankzinnige manoeuvre. Zonder stabilisatoren en geholpen
door de golven gierde de *Britannia* en helde nog verder over: vijf
graden, tien, vijftien graden uit het lood, veel meer dan alles wat
de ontwerpers zich in hun ergste nachtmerries hadden kunnen
voorstellen. De navigatie-instrumenten, koffiemokken en andere

losse voorwerpen op de tweede brug gleden weg en vielen op de grond, en de mannen grepen zich vast waar ze maar konden om te voorkomen dat ze zelf tegen de vloer zouden slaan.

'Die teef zet het dek onder water!' riep Halsey, terwijl hij zijn evenwicht verloor.

De trillingen namen toe tot een gebrul en de bakboordzijde van het schip zakte dieper de zee in, het onderste hoofddek al beneden de waterlijn. De enorme golven rezen op en beukten tegen de opbouw, rezen tot de laagste patrijspoorten en balkons aan bakboord. Vaag hoorde LeSeur het geluid van knappend glas en het gerommel van water dat over de passagiersdekken stroomde, de doffe klappen van dingen die her en der vielen en braken. Hij kon zich de angst en de paniek onder de passagiers alleen maar voorstellen, terwijl zij en de inhoud van hun hutten en alle andere spullen aan boord opzij zakten.

De hele brug schudde van de hevige druk op de motoren. De ruiten rinkelden, de complete romp van het schip kreunde in protest. Aan de andere kant van de opbouw doemde de *Grenfell* op. Het schip naderde met grote snelheid; ze bleef zwaar naar bakboord gieren, maar LeSeur zag dat het te laat was. De *Britannia* had zich, dankzij haar grote wendbaarheid, naar het Canadese schip toe kunnen wenden en de patrouilleboot zou hen midscheeps rammen. Tweeënhalfduizend ton op tweehonderdduizend ton bij een gecombineerde snelheid van zeventig kilometer per uur. Ze zou de *Britannia* diagonaal doorklieven, als een mes door de boter.

Hij vouwde zijn handen in gebed.

72

Emily Dahlberg bleef staan in de gang die wegleidde van het dek met de reddingsboten. Even op adem komen. Achter zich hoorde ze de kreten en het gekrijs van de meute – want een meute was het, en wel van het primitiefste, bloeddorstigste soort – vermengd met het brullen van de wind en het water door de open deuren.

Een groot aantal anderen was op het idee gekomen om naar de reddingsboten te vluchten, en er holde een gestage stroom passagiers voorbij, in paniek, zonder op haar te letten. Dahlberg had genoeg gezien om te weten dat een poging om bij deze snelheid de reddingsboten te gebruiken pure zelfmoord was. Dat had ze met eigen ogen waargenomen. Nu had ze de opdracht gekregen om deze kritieke informatie naar de tweede brug te brengen. Gavin Bruce en Niles Welch hadden hun leven gegeven om die informatie te vergaren – samen met een boot vol passagiers – en zij was vastberaden om het nieuws over te brengen.

Ze zette zich weer in beweging en probeerde zich te oriënteren toen er plotseling een gezette man door de gang kwam aanzetten, met een rood gezicht en uitpuilende ogen. 'Naar de reddingsboten!' brulde hij. Ze probeerde hem te ontwijken maar was niet snel genoeg: hij gaf haar een dreun zodat ze op de vloerbedekking viel. Tegen de tijd dat ze weer overeind stond, was hij uit het zicht verdwenen.

Ze leunde tegen de muur en hapte naar lucht, zorgvuldig uit de weg van de stroom mensen in paniek op weg naar de reddingsboten. Het schokte haar te zien hoezeer mensen bereid waren tot de meest groteske vertoningen van zelfzuchtigheid, zelfs, of misschien júíst, de rijken. Ze had de bemanning en het personeel niet zo tekeer zien gaan, krijsend en jammerend rondhollend. Tegen wil en dank dacht ze aan het contrast met de waardige en ingetogen manier waarop de passagiers van de *Titanic* ten onder waren gegaan. Er was heel wat veranderd.

Toen ze wat bekomen was, liep ze verder de gang in, vlak langs de wand. De tweede brug lag aan de voorzijde van het schip, vlak onder de hoofdbrug; dek 13 of 14, herinnerde ze zich. Momenteel bevond ze zich op halfdek 7. En dat betekende dat ze de trap op moest.

Ze liep verder, langs verlaten cafés en winkels, en volgde de borden naar het Atrium, want daar kon ze zich beter oriënteren, wist ze. Enkele minuten later was ze door een poort gelopen en stond ze bij een halfronde reling met uitzicht op de enorme, zeshoekige ruimte. Zelfs in deze extreme situatie moest ze de constructie wel bewonderen: acht verdiepingen hoog, met glazen liften langs twee zijden en talrijke balkonnetjes en relingen waar passiebloemen tegenop groeiden.

Ze greep de reling beet en keek uit over het Atrium. Het was een schokkende aanblik. De King's Arms, het fraaie restaurant vijf verdiepingen lager, was bijna onherkenbaar. De vloer lag er bezaaid met bestek, half opgegeten eten, vertrapte bloemen en scherven. Overal lagen omgegooide tafels, met alles wat erop gestaan had, her en der verspreid. Het zag eruit alsof er een tornado was langsgekomen, vond ze. Overal waren mensen; sommigen holden door het Atrium, anderen liepen doelloos rond, weer anderen hielpen zichzelf aan flessen wijn en sterkedrank. Er stegen kreten en geschreeuw naar haar op.

De glazen liften werkten nog, en ze liep naar de dichtstbijzijnde. Maar nog voordat ze daar was aangekomen, werd de ruimte vervuld van een enorm gebrul, een gegrom vanuit de ingewanden van het schip zelf.

En toen begon het Atrium scheef te zakken.

Eerst dacht ze nog dat het inbeelding was. Maar nee: toen ze opkeek naar de enorme kroonluchter, zag ze dat die naar één kant zakte. Toen het diepe grommen in sterkte toenam, begon de luchter al rinkelend te trillen en te schudden. Snel begaf Dahlberg zich in de beschutting van een overdekte galerij: er begonnen stukken geslepen kristal omlaag te regenen, die als hagel tussen de tafels, de stoelen en de relingen stuiterden.

Mijn god, dacht ze. *Wat is er aan de hand?*

De hellingshoek werd scherper, en ze greep de messing reling vast die aan de pilaar terzijde van de galerij was bevestigd. Met een schrapend, krakend geluid begonnen de stoelen en tafels in het restaurant in de diepte opzij te glijden, eerst langzaam, maar allengs sneller. Even later hoorde ze het kraken en breken van glas toen de flessenwand van de elegante bar in het restaurant omlaag kwam zetten.

Ze klampte zich aan de reling vast, niet in staat haar blik af te wenden van de ravage die beneden aan het ontstaan was. Nu kwam ook de grote Steinway in het midden van het Atrium in beweging. Op zijn wielen gleed hij opzij tot hij de enorme maquette van de *Britannia* raakte, die daarop in stukken brak en in brokken neerviel.

Het leek of het schip in de ijzeren vuist van een reus was geklemd, en ondanks de kreunende, protesterende motoren opzij werd gedwongen. Dahlberg greep de reling nog steviger vast toen de hoek steiler werd en er allerlei zaken – stoelen, vazen, tafels, linnengoed, glazen, camera's, schoenen, handtassen – langs haar heen kwamen vallen van de balkons boven haar hoofd. Met staccato klappen en dreunen vielen de dingen op de vloer van het Atrium. Boven het gekrijs en de kreten uit hoorde ze boven zich een uitzonderlijk scherpe kreet: even later kwam er vanaf een van de bovenste balkons een korte, gezette vrouw met blond pluishaar en een supervisorsuniform langszeilen, die gillend en wel met een afgrijselijke klap op de piano sloeg. De ivoren toetsen sprongen in het rond, de snaren barstten in een bizarre symfonie van hoge en lage plonkgeluiden. Met een metalig krijsen huiverde de lift het dichtst bij haar in zijn verticale behuizing, en even later werd de hele schacht in één klap verbrijzeld, met een knappend geluid van brekend glas. De splinters vielen als een glinsterend glazen gordijn in slow motion het Atrium in. Het wrak van de lift, niets meer nu dan een stalen frame, werd uit zijn schacht gelicht en bungelde los aan de stalen kabel. Ze zag twee mensen in de cabine, die zich gillend vastklemden aan de messing stangen in de lift. Terwijl ze vol afgrijzen toekeek zwaaide de cabine tollend boven de enorme leegte van het Atrium voordat hij tegen een rij balkons aan de overkant sloeg. De mensen in de cabine werden de lucht in gesmeten, vielen tuimelend eindeloos omlaag tot ze uiteindelijk ondergingen in de puinhopen van meubilair en voorzieningen die nu tegen de onderste muur van de King's Arms aan lagen.

Dahlberg greep zich uit alle macht aan de reling vast. De vloer kwam steeds schuiner te liggen. Plotseling ontstond er van beneden een nieuw geluid, vergezeld van een stoot koude, zilte lucht, zo sterk dat ze bijna van haar plek geblazen werd; even later stroomde er witschuimend water door het laagste niveau van het Atrium, dat algauw opborrelde, een genadeloze stroming vol kapot meubilair, leidingen, en verbrijzelde lichamen. Tegelijkertijd brak de enorme luchter boven haar hoofd eindelijk los, met een gescheur van pleisterwerk en ijzer; het reusachtige, glinsterende gevaarte viel onder een hoek, sloeg te pletter tegen het balkonnetje vlak tegenover haar en schraapte toen om zijn as tollend langs de zijwand van het Atrium, onderweg een fontein van flonkerend kristal als ijsscherven afwerpend.

De koude, dode geur van de zee vulde haar neusgaten. Langzaam, als van grote afstand, begon ze te beseffen dat het schip, ondanks de afgrijselijke vernieling rondom, niet leek te zinken. Althans: nog niet. Het helde, het maakte water, maar de motoren brulden nog en het schip voer verder.

Dahlberg zette haar gedachten op een rijtje en probeerde het geluid van brekend glas, brullend water en gegil uit te bannen. Hoezeer ze het ook wilde, ze kon hier niets doen om wie dan ook te helpen. Maar wat ze wel kon doen, wat ze móést doen, was de brug inlichten dat de reddingsboten geen optie waren zolang het schip in beweging was. Zich vastklemmend aan de reling kroop ze langzaam en voorzichtig naar het trappenhuis, dat onder een vreemde hoek hing. Daar hees ze zich uit alle macht aan de trapleuning en tree voor tree omhoog, op weg naar de tweede brug.

73

Special agent Pendergast staarde naar de bizarre combinatie van nevel en duisternis die hem omhulde. Op datzelfde moment voelde hij de hut huiveren en scheefzakken; van onder de vloer was een diepe, krachtige trilling voelbaar. Er gebeurde iets bijzonder gewelddadigs met het schip. Hij viel achterover, struikelde over een stoel en sloeg tegen een boekenkast. Toen het schip nog verder scheef kwam te hangen, hoorde hij een klinkende fuga van vernietiging en wanhoop door het hele schip gaan: gegil, kreten, krakende en brekende geluiden, het diepe gedreun van water langs de romp. Rondom hem kwamen boeken omlaagzeilen terwijl de hut onder een onmogelijke hoek kwam te liggen.

Hij bande dit alles uit zijn geest, en concentreerde zich op het ding, het volslagen bizarre ding, dat hem opnieuw naderde. Binnen de bezielde rookvorm was vaag een verschijning zichtbaar: rollende rode ogen, een grijns met slagtanden, geklauwde handen uitgestrekt en het stapte... nee, het dánste... op hem af, met een blik van behoefte en intense honger.

Er flitsten meerdere dingen tegelijk door zijn hoofd. Hij wist wat dit was, en hij wist wie de maker was, en waarom die het gemaakt had. Hij wist dat hij nu voor een gevecht stond dat niet alleen een strijd op leven en dood was, maar waarbij zijn ziel op het spel stond. Mentaal zette hij zich schrap terwijl het ding hem in een klamme omhelzing klemde en zijn zintuigen overspoelde met de walgelijke geur van een vochtige, rottende kelder, met glibberige insecten en halfvergane lijken.

Plotseling voelde hij een grote kalmte, de onverschillige, bevrijdende kalmte die hij nog maar zo kortgeleden had ontdekt. Hij was overrompeld, hij had weinig tijd gehad om zich voor te bereiden, maar hij kon gebruikmaken van de buitengewone mentale krachten die de Agozyen bevrijd had in zijn geest. En daarmee kon hij als overwinnaar uit de strijd komen. Dit werd een strijd om die krachten, een vuurdoop.

Het ding probeerde zijn geest binnen te dringen, tastte met nattige slierten wil, pure begeerte. Hij maakte zijn geest leeg. Hij zou het geen houvast bieden, niets om zich aan vast te hechten. Met adembenemende snelheid bracht hij zijn geest eerst in de fase van th'an shin gha, de drempel van perfecte leegheid, en daarna in stong pa nyid, de staat van pure leegheid. Het ding zou binnendringen en de vertrekken leeg aantreffen. Nee, er zou niet eens een vertrek zijn om in binnen te dringen.

Vagelijk was hij zich bewust van het wezen dat op zoek was in de leegte, dat boosaardig ronddreef met ogen als gloeiende sigarettenpunten. Het sloeg om zich heen op zoek naar een anker, als een kat die wegzinkt in een bodemloze oceaan. Het was al verslagen.

Het hield op met slaan, en plotseling, bliksemsnel, wikkelde het zijn vettige lianen om hem heen en liet zijn slagtanden rechtstreeks in Pendergasts geest zinken.

Er schoot een steek van vreselijke pijn door hem heen. Meteen riposteerde hij met de tegenovergestelde zet. Hij zou vuur met vuur bestrijden, een onmogelijke mentale barrière opwerpen. Hij zou zich barricaderen met pure intellectuele ruis, oorverdovend en ondoordringbaar.

In de donkere leegte riep hij een honderdtal van de belangrijkste filosofen ter wereld op en zette die allemaal aan het praten: Parmenides en Descartes, Heraklites en Kant, Socrates en Nietzsche. Meteen ontstonden er tientallen argumenten: over aard en bewustzijn, over vrijheid en zuivere rede, waarheid en de heiligheid van getallen. Het werd een storm van intellectuele ruis die zich over de hele horizon uitstrekte. Amper ademend hield Pendergast het construct door pure wilskracht in stand.

Er voer een rimpeling door het geroezemoes van dialogen, als een druppel water op het oppervlak van een zwarte vijver. Naarmate die zich verder naar buiten uitbreidde, vielen de dichtstbijzijnde gesprekken van de filosofen stil. Nu ontstond er een zwijgend gat in het midden, als het oog van een storm. Onverzettelijk dreef de rookgeest door het gat, steeds dichterbij.

Meteen loste Pendergast de talloze debatten op en verdreef de mannen en vrouwen uit zijn geest. Met enorme inspanning zuiverde hij zich nogmaals van bewuste gedachten. Als zo'n zuiver rationele benadering niet werkte, moest hij misschien iets abstracters proberen.

Snel zette hij in gedachten de duizend belangrijkste schilderijen van de westerse traditie op een rij. De een na de ander, op chronologische volgorde, liet hij hen het hele raamwerk van zijn bewustzijn vullen, tot aan de randen; met zijn wil bracht hij hun kleuren, penseelstreken, symbolen, verborgen betekenissen, en subtiele en voor de hand liggende allegorieën tot stand. Duccio's *Maestà*, Botticelli's *Geboorte van Venus*, Masaccio's *Drie-eenheid*, Fabriano's *Aanbidding*, Van Eycks *Verloving van Arnolfini* barstten keer op keer tevoorschijn in zijn mentale landschap en verdrongen alle andere gedachten met hun complexiteit en hun ontstellende schoonheid. Hij ging verder, steeds sneller en sneller, tot hij het heden naderde, Rousseau en Kandinsky en Marin. Toen ging hij terug en begon weer opnieuw, nu nog sneller, tot alles een vage streep van kleur en vorm was, ieder beeld tegelijk in overweldigende complexiteit in zijn gedachten, zodat de demon geen houvast kreeg.

De streep van kleuren wankelde, begon te smelten. De lage, ruwe vorm van de tulpa beukte zich een weg door de caleidoscoop van beelden heen, een zinkput van duisternis die alles opzoog naarmate hij dichterbij kwam.

Pendergast zag hem aankomen, verstard als een muis onder de blik van een cobra. Met enorme wilsinspanning trok hij zijn gedachten los. Hij was er zich van bewust dat zijn hart nu veel sneller sloeg. Hij voelde de brandende begeerte van het monster naar zijn wezen, zijn ziel. Begeerte sloeg van de rookgeest af als warmte. Dat besef stuurde een prikkeling van paniek door hem heen, als geknap en blaarvorming aan de randen van zijn bewustzijn.

Het was veel sterker dan hij zich ooit voorgesteld had. Wie geen beschikking had over de unieke mentale wapenuitrusting die hij tegenwoordig bezat, zou meteen en zonder verzet voor de tulpa bezweken zijn.

Het ding kwam nog dichterbij. Met iets als wanhoop viel Pendergast terug op het rijk van de absolute logica: hij liet een stroom zuivere wiskunde los over het steeds fragmentarischer landschap van zijn geest. De tulpa gleed sneller dan tevoren door deze verdedigingslinie heen.

Hij ondervond geen hinder van al Pendergasts verzinsels. Misschien was hij inderdaad onoverwinnelijk.

En nu lag plotseling de volledige extremiteit van het gevaar bloot. Want het ding viel niet alleen zijn geest aan, maar ook zijn lichaam. Hij voelde zijn spieren onbeheersbaar schokken, hij voelde zijn hart zwoegen en hij voelde hoe zijn vuisten zich balden en ontspanden. Het was vreselijk, angstaanjagend; een dubbele inbezitneming van geest en fysieke verschijning. Het werd steeds moeilijker om los te blijven van zijn lichaam, wat van zulk vitaal belang was voor de staat van stong pa nyid. Steeds meer kwamen zijn ledematen onder controle van de tulpa, en het kostte steeds meer moeite om zijn fysieke vorm te blijven negeren.

En toen kwam het moment waarop dat onmogelijk werd. Al zijn zorgvuldig opgebouwde verdedigingen, zijn schijnbewegingen en strategieën en plannen, vielen weg. Het enige waaraan Pendergast nog kon denken was overleven.

Nu rees het oude familiehuis aan Dauphine Street voor hem op, het geheugenpaleis dat in het verleden altijd zijn toevluchtsoord was geweest. Met wanhopige snelheid rende hij eropaf. Binnen een hartslag was hij het tuinpad over gerend, met één sprong was hij de treden naar de voordeur op. En toen stond hij, hijgend van de inspanning, binnen, waar hij meteen met de sloten en de kettingen begon te schuiven.

Hij draaide zich om, zijn rug tegen het deurkozijn gedrukt, en keek wild om zich heen. Het Maison de la Rochenoire lag er stil en waakzaam bij. Voor hem, aan het eind van een lange, over-schaduwde gang, zag hij de kromming van de grote foyer, met zijn ongeëvenaarde collecties curiosa en kunstvoorwerpen, en de dub-bele bochten van de trap naar de eerste verdieping. Nog verder, in duisternis gehuld, lag de bibliotheek met duizenden in leer ge-bonden boeken te sluimeren onder een dunne laag stof. Normaal gesproken vervulde deze gedachte hem met een rustige vreugde.

Maar nu voelde hij alleen de primitieve angst van de opgejaagde prooi.

Hij rende de eetzaal door, op weg naar de foyer, en dwong zich niet over zijn schouder te kijken. Daar aangekomen draaide hij zich op zijn hakken om en speurde de ruimte af op zoek naar een schuilplaats.

Achter zich voelde hij een huivering van kille, klamme lucht.

Zijn blik viel op een halfronde deuropening, weinig meer dan een spoor van zwart tegen zwart in het gewreven houtwerk van een muur een stuk verderop. Daarachter lag, wist hij, de trap naar de kelder en, nog verder, naar de doolhof van vertrekken en ca-tacomben onder de kelders van de villa. Hij wist van letterlijk honderden nissen, cryptes en verborgen gangen daar beneden waarin hij zich kon verstoppen.

Snel liep hij naar de gesloten deur, maar plotseling bleef hij staan. Het was een ondraaglijke gedachte dat hij daar bang weg-gedoken zou zitten, in een donkere, vochtige doodlopende gang, en dat hij als een opgedreven rat zou zitten wachten tot het ding hem vond.

Met stijgende wanhoop rende hij de achterste gang door, door een stel deuren de keukens in. Hier lag een labyrint van stoffige bijkeukens en meidenkamers, en op zoek naar een veilige plek stoof hij daardoorheen. Maar tevergeefs. Weer wervelde hij hij-gend om zijn as. Het ding was er, hij voelde het, en het kwam steeds dichterbij.

Zonder nog een moment te verdoen rende hij terug naar de foy-er. Hij aarzelde maar even, keek verwilderd om zich heen naar de blinkend gepoetste houten kasten, de glinsterende luchter, het trompe-l'oeuilplafond. Er was maar één mogelijke schuilplaats, één plek waar hij misschien veilig was.

Hij stormde de buiging van de trap op naar de eerste verdieping en rende zo snel mogelijk de weergalmende gaanderij af. Bij een open deur halverwege links sprong hij naar binnen en ramde de deur achter zich dicht. Met onbeheerste gebaren draaide hij de sleutel in het slot en smeet de grendel ervoor.

Zijn kamer, zijn eigen kamer. Hoewel het huis zelf al tijden geleden afgebrand was, had hij hier altijd veilig gezeten. Het was de enige plek in zijn geheugenconstruct die zo'n bolwerk vormde dat niemand, zelfs zijn eigen broer Diogenes niet, er ooit kon binnendringen.

Het vuur knapperde in de haard, en op de tafeltjes stonden kaarsen te sputteren. Het rook naar brandend hout. Hij wachtte, en geleidelijk werd zijn ademhaling rustiger. Alleen al het feit dat hij terug was in dit warme, indirecte licht, had een kalmerend effect op hem. Zijn hartslag kwam tot rust. En dan te denken dat hij niet lang geleden in deze zelfde kamer had zitten mediteren met Constance, waarbij hij nieuwe en onvermoede mentale krachten had gekregen. Ironisch, en zelfs lichtelijk vernederend. Maar goed. Binnenkort, heel binnenkort, was het gevaar geweken en kon hij weer naar buiten. Hij was geschrokken, heel erg geschrokken, en terecht: het ding dat hem al in de fysieke wereld had omwikkeld, had hem nu bijna ook nog eens in de psychische wereld omhuld. Als dit nog enkele minuten langer geduurd had, zouden zijn leven, zijn herinneringen, zijn ziel, alles wat hem als mens definieerde, aan flarden gescheurd zijn. Maar hier kon het niet binnendringen. Het kon niet, nooit ofte nimmer...

Plotseling kreeg hij dat gevoel weer, dicht op zijn nek: een vochtige, kille ademtocht, zwaar van de stank van vochtige aarde en ritselende, wegschietende insecten.

Met een kreet sprong hij overeind. Het was er al, in zijn eigen kamer, het krulde op hem af, zijn rood met zwarte gezicht vertrokken tot een grijns, vage grijze armen naar hem uitgestrekt met een gebaar dat teder geweest zou zijn als die klauwen niet...

Hij viel op zijn rug, en meteen zat het boven op hem, schond hem op de meest afgrijselijke wijze, verbreidde zich in en door hem, van top tot teen, zuigend en nog harder zuigend tot hij voelde dat iets diep binnen in hem, iets wat zo essentieel was dat hij zich er nooit van bewust geweest was, begon te zwellen, los te raken, te vervormen. En met een huivering van puur afgrijzen merkte hij dat er geen hoop meer voor hem was, geen enkele hoop.

Constance greep zich aan de boekenplanken vast, aan de grond genageld van angst, terwijl Pendergast op de vloer van de zitkamer lag, dodelijk stil en omgeven door een halo van mist. Het schip lag gevaarlijk scheef, en rondom haar sloeg het een na het ander dreunend tegen de vloer, hoorde ze het water brullen terwijl het schip steeds meer slagzij maakte. Meer dan eens had ze geprobeerd haar hand naar hem uit te strekken, maar ze had zich niet kunnen vasthouden, vanwege de vreselijk schuine hoek waaronder de hut lag, en de vallende boeken en voorwerpen om haar heen.

Terwijl ze toekeek zag ze het bizarre, griezelige ding dat Pendergast als moerasdamp had omspoeld, langzaam dunner worden en uiteenvallen. De hoop, die tijdens de korte, vreselijke wake was vervlogen, keerde plotseling terug: Pendergast had gewonnen. De tulpa was verslagen.

Maar toen zag ze, met een nieuwe huivering van afgrijzen, dat de tulpa niet aan het oplossen was: hij verdween juist ín Pendergasts lichaam.

Plotseling begonnen zijn kleren te trekken en te kronkelen, alsof er een eindeloze stoet kakkerlakken onder aan het heen en weer rennen was. Zijn armen en benen trokken, zijn lichaam bewoog als door een wezensvreemde aanwezigheid. Zijn gezichtsspieren schokten spasmodisch, zijn ogen gingen even open en staarden naar het niets, en in dat korte, zilverige moment zag ze dieptes van doodsangst en wanhoop, diep als het universum zelf.

Een wezensvreemde aanwezigheid...

Plotseling wist Constance wat haar te doen stond. Ze aarzelde niet langer.

Ze stond op, baande zich een weg door de kamer en de bizar scheef hangende trap op, en liep Pendergasts slaapkamer in. Ze negeerde de slagzij van het schip, en doorzocht de ene la na de andere tot haar hand zich over zijn Les Baer .45 sloot. Ze pakte het wapen uit de lade, trok de slede opzij om te kijken of er een kogel in het magazijn zat, en klikte de veiligheidspal om.

Ze wist hoe Pendergast zou willen leven, en hoe hij zou willen sterven. Als ze hem niet op een andere manier kon helpen, dan kon ze hem ten minste hiermee helpen.

Met het wapen in de hand liep ze de slaapkamer uit en, zich vastgrijpend aan de leuning, liep ze de scheef hangende trap af naar de zitkamer.

74

LeSeur staarde naar de versterkte, rode boeg van de *Grenfell* terwijl het Canadese schip wanhopig met zijn schroeven naar achteren maalde in een poging om zich in veiligheid te stellen. De *Britannia* bleef echter met volle kracht vooruit op het veel kleinere schip aanstormen.

Het dek van de tweede brug schudde toen de schroeven met uiterste inspanning de extreme manoeuvre uitvoerden. LeSeur hoefde niet eens naar de instrumenten te kijken om te weten dat het voorbij was: hij kon de trajecten van beide schepen extrapoleren door gewoon vanaf de brug naar buiten te kijken. Hij wist dat beide schepen op een koers lagen die hen op de ergst mogelijke wijze zou samenbrengen. Hoewel de snelheid van de *Grenfell* drie of vier knopen was afgenomen tijdens de manoeuvreerpogingen, stoomde de *Britannia* nog steeds met volle snelheid voorwaarts met haar twee vaste schroeven, terwijl de achterschroeven, negentig graden gedraaid, een zijdelingse aandrijving gaven waardoor de achtersteven als een baseballslaghout op de *Grenfell* af draaide.

'Mijn god, mijn god, mijn god...' hoorde LeSeur de hoofdwerktuigkundige in zichzelf herhalen, een doorlopend gepreveld gebed, terwijl hij verwezen door het raam stond te kijken.

De tweede brug trilde en zakte nog erger scheef. De waarschuwingssystemen voor het dek waren gaan branden zodra de laagste dekken water maakten. LeSeur hoorde een koor van nieuwe geluiden: het krijsen en scheuren van plaatstaal, het mitrailleurvuur van knappende moeren, het diepe kreunen van de immense, stalen romp van het schip.

'Mijn god,' fluisterde de hoofdwerktuigkundige opnieuw.

Van onderen klonk een diepe dreun, gevolgd door een heftige trilling, alsof de romp van het schip was aangeslagen als een kerkklok. Door het geweld viel LeSeur op de grond, en net toen hij op zijn knieën overeind aan het komen was, werd de brug geraakt door een tweede slag, waardoor hij opzij viel tegen de hoek van de navigatietafel en zijn voorhoofd openhaalde. Een ingelijste foto van de tewaterlating van de *Britannia*, met koningin Elizabeth die de honneurs waarnam, viel uit zijn wandklemmen en kantelde over de vloer, regende onderweg glasscherven en kwam voor LeSeurs gezicht tot stilstand. Met een gevoel van onwerkelijkheid keek hij naar het serene, glimlachende gezicht van de koningin, die één witgehandschoende hand naar de jubelende menigte hief, en even voelde hij zich overspoeld door een gevoel van falen, *zíjn* falen. Hij was tekortgeschoten tegenover zijn koningin, zijn land, alles waarvoor hij stond en waarin hij geloofde. Hij had het schip laten overnemen door een monster. Het was zijn schuld.

Hij greep de rand van de tafel en hees zich overeind. Hij voelde een stroompje warm bloed zijn oog in lopen en veegde het met een woest handgebaar weg. Hij probeerde bij zinnen te komen.

Meteen drong tot hem door dat er zojuist iets belangrijks was gebeurd met het schip. Steeds sneller was het dek aan het rechttrekken, en de *Britannia* dook naar voren, niet langer gierend maar in een rechte lijn voorwaarts. Er klonken alarmsignalen, en de motorpanelen waren verlicht als een kerstboom.

'Wat is er in vredesnaam...?' begon LeSeur. 'Halsey, wat is er aan de hand?'

Halsey was overeind gekrabbeld en ook hij stond naar het motorpaneel te kijken, zijn gezicht leeg van afgrijzen.

Maar ook zonder Halsey zag LeSeur al wat er aan de hand was: de *Britannia* had beide schroeven losgescheurd, en was in feite stuurloos. De *Grenfell* lag nu bijna recht voor hen, een paar tientallen seconden van de aanvaring af. De *Britannia* slingerde niet meer op haar toe, maar stevende in een rechte lijn op haar af.

LeSeur griste de radio beet. *'Grenfell!'* riep hij. 'Stop met achteruitslaan, recht vooruit! Wij zijn ons roer kwijt!'

Maar het was een overbodige oproep: LeSeur zag al een enorme watervloed opspatten rond de achtersteven van de *Grenfell*, want de kapitein had impliciet aangevoeld wat hem te doen stond. De *Grenfell* kwam parallel langs de *Britannia* te liggen op het moment dat de twee schepen elkaar genaderd waren tot het punt van aanvaring.

Er klonk een enorm geraas toen de boeg van de *Grenfell* langs die van de *Britannia* streek, de schepen zo dicht bij elkaar dat LeSeur het brullen van het water hoorde dat in een windtunnel was gedrongen, gevormd door de nauwe ruimte tussen de twee rompen. Er klonk een luide reeks dreunen en kreten van metaal toen de linkerbrug van de *Grenfell* contact maakte met een van de lagere dekken van de *Britannia*, en er spoten hoge geisers van vonken op, en toen, plotseling, was het voorbij. De twee schepen waren elkaar gepasseerd.

Boven het krijsen van het alarm op de tweede brug uit ging er een schor gejuich op, en via de vhf hoorde LeSeur een vergelijkbare vreugdekreet aan boord van de *Grenfell*.

Met een gezicht dat droop van het zweet keek de hoofdwerktuigkundige hem aan. 'Meneer LeSeur, we zijn beide achterschroeven kwijt, gewoon weggescheurd...'

'Weet ik,' antwoordde LeSeur. 'En we maken water.' Hij voelde de trots in zich opwellen. 'Meneer Halsey, laat de achterste ruimen en de compartimenten zes en vijf vollopen. Verzegel de drukschotten van de ruimen midscheeps.'

Maar Halsey bleef als aan de grond genageld staan.

'Vooruit!' blafte LeSeur.

'Kan niet.'

'Waarom niet?'

Halsey hief zijn handen. 'Het kan niet. De drukschotten worden automatisch verzegeld.' Hij wees naar een paneel met noodsignalen.

'Maak dat dan ongedaan! Ga er met een ploeg heen om die luiken handmatig te openen!'

'Gaat niet,' herhaalde Halsey hulpeloos. 'Niet wanneer ze onder water staan. Dat kan niet opgeheven worden.'

'Die verdómde automatisering ook! Wat is de status van de twee andere schroeven?'

'Operationeel. Beide leveren vol vermogen. Maar de snelheid is nog maar twintig knopen.'

'En nu de achterste schroeven weg zijn, stuurt ze natuurlijk op de motor.' LeSeur keek naar de officier van de wacht. 'Hoe laat komen we bij de Carrion Rocks?'

'Bij deze snelheid en op deze koers, over vijfendertig minuten, sir.'

LeSeur keek uit de brugramen naar de boeg van de *Britannia*, die nog genadeloos door de zee kliefde. Zelfs met twintig knopen waren ze er geweest. Wat waren de opties? Er viel hem niets te binnen.

'Ik geef orders om van boord te gaan,' zei hij.

Het werd stil op de brug.

'Pardon, sir, maar... waarmee?' vroeg de hoofdwerktuigkundige.

'Met de reddingsboten natuurlijk.'

'Dat gaat niet!' riep een nieuwe stem, een vrouwenstem.

LeSeur keek op, en zag dat het vrouwelijke lid van Gavin Bruces team, Emily Dahlberg, de tweede brug was binnengekomen. Haar kleren waren doorweekt en gescheurd. Hij keek haar verbaasd en geschokt aan.

'De reddingsboten zijn niet te gebruiken,' zei ze. 'Gavin en Niles Welch hebben het geprobeerd. En hun boot is vernield.'

'Vernield?' herhaalde LeSeur. 'Waar zijn Liu en Crowley? Waarom hebben die zich niet gemeld?'

'Er was een razende meute op het dek met de reddingsboten,' hijgde Dahlberg. 'Liu en Crowley werden aangevallen. Misschien zijn ze dood. De passagiers hebben een tweede reddingsboot te water gelaten. Ook die is opengebarsten zodra hij het water raakte.'

Op deze woorden volgde een geschokte stilte.

LeSeur wendde zich tot de radio-officier. 'Activeer een automatische melding dat we het schip verlaten.'

'Kapitein, u hoort haar!' kwam Kemper nu. 'Die boten zijn niets meer dan drijvende doodskisten. Bovendien duurt het onder ideale omstandigheden al drie kwartier voordat de boten geladen en te water gelaten zijn. Wij hebben een halfuur. Op het moment dat we op de rotsen lopen, staan alle passagiers samengedromd op de halfdekken, en die zijn open, een en al staal en kabels. Dat wordt een bloedbad. De helft valt overboord, de andere helft wordt aan gort geslagen.'

'We zetten zo veel mensen in de boten als we kunnen, we houden ze in de boten tot we vastlopen, en dan laten we ze te water.'

'Maar de boten kunnen van de rails lopen door de kracht van de botsing. Dan komen ze vast te zitten op het halfdek, en dan kunnen we ze niet meer te water laten. Dan gaan ze met het schip ten onder.'

LeSeur draaide zich om naar Halsey. 'Is dat zo?'

De man was wit weggetrokken. 'Dat lijkt me correct, sir.'

'Wat is het alternatief?'

'We sturen de passagiers naar hun hutten en zeggen dat ze zich schrap moeten zetten voor de klap.'

'En wat dan? We zinken binnen vijf minuten.'

'Dan zetten we de mensen in de reddingsboten en laten die te water.'

'Maar jullie zeggen net dat die door de klap van de rails kunnen lopen!' LeSeur merkte dat hij stond te hyperventileren. Hij dwong zich langzamer te ademen.

'Bij twintig knopen is er minder schade als we vastlopen. Een aantal reddingsboten zal op de rails blijven, klaar om het water in te gaan. En als de klap minder hard is, hebben we misschien meer tijd voor we... voor we zinken.'

'Misschien? Dat is onvoldoende.'

'Meer hebben we niet,' zei Halsey.

LeSeur veegde nog eens het bloed uit zijn oog en knipte dat met zijn vingers weg. Hij wendde zich tot de radio-officier. 'Stuur een bericht via de omroep. Alle passagiers onmiddellijk terug naar de hutten. Geen uitzonderingen. Ze moeten de zwemvesten omdoen die onder hun kooien liggen. Dan gaan ze in bed liggen, met de voeten naar voren, in foetushouding en met zoveel mogelijk kussens en dekens om zich heen. Als ze niet naar hun hut kunnen komen, gaan ze naar de eerste de beste stoel en gaan ze daar met het hoofd tussen de knieën en de handen in de nek geslagen voorover zitten.'

'Ja, sir.'

'En metéén na de klap melden ze zich bij de reddingsboten, net als bij de oefening. Ze mogen absoluut niets meenemen, behalve hun eigen zwemvest. Duidelijk?'

'Ja, sir.' Hij draaide zich weer naar zijn terminal. Even later klonk er een sirene en kwam zijn stem over het omroepsysteem, met de orders.

LeSeur wendde zich tot Emily Dahlberg. 'Dat geldt ook voor u. U kunt maar beter teruggaan naar uw hut.'

Ze keek hem aan. Even later knikte ze.

'En mevrouw Dahlberg? Dank u.'

Ze verliet de brug.

LeSeur keek haar na. De deur sloeg dicht, en hij richtte een wrokkige blik op het scherm van de bewakingscamera die een korrelig beeld van het roer gaf. Daar stond Mason nog, met een hand op het wiel en de andere lichtjes rustend op de twee voorste schroefhendels. Met heel lichte wijzigingen aan de snelheid van de schroeven hield ze het schip op koers.

LeSeur drukte de zendknop van de intercom tussen de eerste en de tweede brug in en leunde voorover. 'Mason? Ik weet dat u me horen kunt.'

Geen antwoord.

'Wilt u dit écht doen?'

Alsof ze hem antwoordde, bewoog haar witte hand van de hendel naar een klein, afgedekt paneeltje. Ze sloeg het deksel weg, trok aan twee hefbomen en keerde terug naar de hendels, die ze beide zo ver mogelijk indrukte.

Er klonk een schor gerommel toen de motoren reageerden.

'Jezus,' zei Halsey, zijn blik op het motorpaneel gericht. 'Ze geeft vol gas.'

Het schip sprong naar voren. Met een misselijk gevoel keek Le-Seur naar de snelheidsmeter, die omhoog begon te kruipen. Twee-entwintig knopen. Vierentwintig. Zesentwintig.

'Hoe kan dat nou?' vroeg hij verbijsterd. 'We zijn de helft van onze aandrijving kwijt!'

'Ze gaat veel harder dan de turbines volgens de specificaties aankunnen,' zei Halsey.

'Hoe hard kunnen ze?'

'Dat weet ik niet zeker. Ze heeft ze al op meer dan vijfduizend toeren...' Hij leunde opzij en raakte als ongelovig een van de meters aan. 'En nu zet ze alle vier de Wärtsilä-diesels vol open om het extra vermogen naar de twee resterende schroeven te sturen.'

'Branden ze dan niet door?'

'Ja, natuurlijk. Maar dat komt te laat.'

'Hoe lang hebben we nog?'

'Ze kan zo minstens... een halfuur, drie kwartier doorgaan.'

LeSeur keek naar de kaartplotter. De *Britannia* liep alweer bijna dertig knopen, en de Carrion Rocks lagen twaalf zeemijlen van hen vandaan. 'En ze heeft,' zei hij langzaam, 'maar vierentwintig minuten nodig.'

75

Pendergast lag op zijn rug in een krijsende nacht. Hij had nog één laatste, bijna bovenmenselijke poging gedaan om zich te verdedigen. Hij had alle pas gevonden intellectuele krachten die hij van de Agozyen had gekregen, om zich heen verzameld, en daarbij allemaal uitgeput. Maar tevergeefs. De tulpa had zich in het merg van zijn botten laten zinken, in de diepste kern van zijn geest. Hij voelde een vreselijke wezensvreemdheid in zichzelf, als de verontpersoonlijking tijdens de ergste soorten paniekaanvallen. Hij werd onverbiddelijk, genadeloos verslonden door een vijandig wezen, en net als in de verlamming van een nachtmerrie was hij machteloos, kon hij zich niet verzetten. Het was een psychische kwelling, erger dan de afgrijselijkste lichamelijke marteling.

Dit alles doorstond hij een eindeloos, onbeschrijflijk moment lang. En toen, plotseling, stroomde een gezegende duisternis door hem heen.

Hoe lang hij daar lag, niet in staat zich te bewegen, niet in staat tot denken, wist hij niet. Maar plotseling klonk er vanuit het duister een stem. Een stem die hij herkende.

'Lijkt het je geen tijd om te praten?' zei de stem.

Langzaam, aarzelend, opende Pendergast zijn ogen. Hij bevond zich in een kleine, schemerige ruimte met een laag, schuinlopend dak. Aan één kant was een gestucte muur, overdekt met kinderlijke schatkaarten en krasserige imitaties van beroemde schilderijen in kleurpotlood en krijt; aan de andere kant een opengewerkte deur. Door het latwerk van de deur filterde zwak middaglicht naar binnen, en daarbij waren stofdeeltjes te zien die loom door de lucht zweefden en de geheime kamer de onwerkelijke glans gaven van een onderzeese grot. In de hoeken lagen boeken van Howard Pyle, Arthur Ransome en Booth Tarkington. Het rook er lekker naar oud hout en vloerwas.

Tegenover hem zat zijn broer, Diogenes Pendergast. Zijn armen en benen waren diep in de schaduw, maar het licht dat door het latwerk viel, scheen op de scherpe contouren van zijn gezicht. Allebei zijn ogen waren nog bruin, zoals ze voor de gebeurtenis waren.

Dit was hun geheime hut geweest, het kamertje dat ze onder de trap in het oude huis hadden ingericht, en dat ze de Grot van Plato noemden. Dat was een van de laatste dingen geweest die ze samen hadden gedaan, voordat de slechte tijden aanbraken.

Pendergast keek naar zijn broer. 'Jij bent dood.'

'Dood.' Diogenes rolde het woord in het rond, alsof hij het wilde proeven. 'Misschien wel. Misschien niet. Maar in jouw geest zal ik altijd leven. En in dit huis.'

Dit was wel heel onverwacht. Pendergast nam even de tijd om zijn eigen gevoelens te onderzoeken. Hij besefte dat de vreselijke, rondtastende pijn van de tulpa verdwenen was, althans voor het moment. Hij voelde niets: niet eens verbazing, niet eens een gevoel van onwerkelijkheid. Hij verkeerde, nam hij aan, in een onvermoede, onpeilbaar diepe uithoek van zijn eigen onderbewuste.

'Je bent er niet best aan toe,' ging zijn broer verder. 'Misschien wel slechter dan ik je ooit gezien heb. Het spijt me te moeten toegeven dat het ditmaal niet door mij komt. En dus vraag ik je nogmaals: wordt het geen tijd dat wij eens praten?'

'Ik kan het niet verslaan,' zei Pendergast.

'Precies.'

'En het is niet te doden.'

'Inderdaad. Het gaat pas weg als zijn missie voltooid is. Maar dat wil niet zeggen dat je het niet de baas kunt.'

Pendergast aarzelde. 'Wat bedoel je?'

'Je hebt de literatuur bestudeerd. Je hebt het onderricht ervaren. Tulpa's zijn onbetrouwbaar.'

Pendergast gaf niet meteen antwoord.

'Misschien zijn ze met een bepaald doel opgeroepen. Maar als ze eenmaal opgeroepen zijn, willen ze nog wel eens afdwalen, een eigen wil ontwikkelen. Dat is een van de redenen waarom ze zo verschrikkelijk gevaarlijk zijn als ze... laten we zeggen... onverantwoord gebruikt worden. Dat is iets wat in jouw voordeel kan werken.'

'Ik weet niet of ik dat wel begrijp.'

'Moet ik het dan voor je uitspellen, *frater?* Ik heb het je al gezegd: je kunt een tulpa naar je wil laten luisteren. Dan moet je alleen zijn doel wijzigen.'

'Ik ben niet in staat om wat dan ook te wijzigen. Ik heb ermee gevochten, tot het eind van mijn krachten. En het heeft gewonnen.'

Diogenes meesmuilde. 'Net iets voor jou, Aloysius. Jij bent eraan gewend dat alles zo makkelijk is dat je bij de eerste tekenen van problemen je handen ten hemel heft als een mokkend kind.'

'Alles wat mij uniek maakt, is uit me gezogen als merg uit een bot. Er is niets over.'

'Niet waar. Alleen het buitenste omhulsel is weg: dat veronderstelde superwapen van intellect dat je je de afgelopen tijd eigen hebt gemaakt. De kern van je persoonlijkheid is er nog, althans, nóg wel. Als die weg was, echt verdwenen, dan zou je dat weten. En dan zaten we hier nu niet te praten.'

'Wat kan ik doen? Ik heb de kracht niet meer om te vechten.'

'Dat is precies het probleem. Je bekijkt het van de verkeerde kant: als een strijd. Heb je vergeten wat je geleerd hebt?'

Even zat Pendergast zijn broer niet-begrijpend aan te kijken. Toen was het hem plotseling duidelijk.

'De lama,' zei hij ademloos.

Diogenes glimlachte. 'Bravo.'

'Hoe...' Pendergast onderbrak zichzelf, begon toen opnieuw: 'Hoe weet jij dat allemaal?'

'Jij weet het ook. Maar je was even te zeer... overweldigd om het te zien. Welnu, ga heen en zondig niet weer.'

337

Pendergast wendde zijn blik van zijn broer af, naar de banen gouden zonlicht die schuin door het latwerk van de deur vielen. Met een vaag soort verbazing besefte hij dat hij bang was: dat het wel het laatste was wat hij wilde, die deur door stappen.

Hij haalde diep adem en dwong zich de deur open te duwen.

Weer nam een gapende, driftige duisternis bezit van hem. En weer dat uitgehongerde ding dat hem omhulde: weer voelde hij die afgrijselijke vreemdheid binnen in zich, iets wat zich door zijn gedachten en zijn ledematen heen werkte, zich in zijn meest primitieve emoties invrat, een schending die intiemer was en afgrijselijker en onverzadigbaarder dan hij zich ooit had kunnen voorstellen. Hij voelde zich volslagen, onmogelijk alleen, alle medeleven of hulp voorbij, en dat was op de een of andere manier erger dan alle pijn.

Hij haalde nog eenmaal diep adem en riep zijn laatste reserves aan fysieke en emotionele kracht te hulp. Hij wist dat hij maar één kans had: daarna was hij voorgoed verloren, volkomen opgeslokt.

Hij maakte zijn geest zo goed mogelijk leeg. Hij schoof het uitgehongerde wezen opzij en dacht terug aan de lessen van de lama zelf over de begeerte. Hij dacht zich in dat hij op een meer dreef, met een hoog zoutgehalte, precies op lichaamstemperatuur, van onbepaalde kleur. Daarop dreef hij, volslagen roerloos. Toen, en dat was het moeilijkste van alles, hield hij langzaam op met verzet bieden.

Ben je bang voor het einde? vroeg hij zichzelf.

Een stilte. *Nee.*

Vind je het erg om in de leegte op te gaan?

Weer een stilte. *Nee.*

Ben je bereid alles over te geven?

Ja.

Om je er helemaal aan over te geven?

Sneller nu: *Ja.*

Dan ben je zover.

Zijn ledematen huiverden een tijdlang en ontspanden zich. In zijn hele mentale en fysieke wezen, in iedere spier, in iedere synaps, voelde hij de tulpa aarzelen. Even was er een vreemd, onuitsprekelijk moment van stagnatie. Toen liet het ding langzaam los.

En daarbij liet Pendergast een nieuw beeld, één krachtig, on-ontkoombaar beeld, in zijn hoofd ontstaan.

Als van heel ver weg hoorde hij zijn broer weer zeggen: *Vale, frater*.

Even werd Diogenes weer zichtbaar. En toen begon hij, even snel als hij verschenen was, te vervagen.

'Wacht even,' zei Pendergast. 'Ga niet weg.'

'Ik kan niet anders.'

'Ik moet het weten. Ben je echt dood?'

Diogenes gaf geen antwoord.

'Waarom heb je dit gedaan? Waarom heb je me geholpen?'

'Dat heb ik niet voor jou gedaan,' antwoordde Diogenes. 'Dat heb ik voor mijn kind gedaan.' En terwijl hij in de omhelzing van de duisternis verdween, schonk hij hem een korte, mysterieuze glimlach.

Constance zat in de fauteuil aan Pendergasts voeten. Wel tienmaal had ze het pistool geheven en op zijn hart gericht. Wel tienmaal had ze geaarzeld. Ze had het amper gemerkt toen het schip weer recht kwam te liggen, toen het met volle kracht verder voer. Voor haar bestond het schip niet meer.

Ze kon niet langer wachten. Het was wreed om hem te laten lijden. Hij was aardig voor haar geweest; ze moest respecteren wat, naar ze wist, zijn wens geweest zou zijn. Ze klemde het wapen stevig vast en hief het met nieuwe vastberadenheid.

Er voer een hevige huivering door Pendergast heen. Even later knipperden zijn ogen open.

'Aloysius?' vroeg ze.

Even lag hij roerloos. Toen knikte hij, bijna onmerkbaar.

Plotseling werd ze zich bewust van de rookgeest. Die was bij de schouder van de agent gematerialiseerd. Even hing hij stil, toen dreef hij wat heen en weer als een hond op zoek naar een spoor. Kort daarna begon hij weg te drijven.

'Niets doen,' fluisterde Pendergast. En even was Constance bang dat de vreselijke verandering nog steeds deel van hem uit-maakte. Maar toen opende hij zijn ogen weer, en meteen kende ze de waarheid.

'Je bent terug,' zei ze.

Hij knikte.

'Hoe kan dat?' fluisterde ze.

Toen hij antwoord gaf, klonk zijn stem nog heel zwak: 'Wat ik meegekregen heb toen ik de Agozyen aanschouwde, is tijdens mijn strijd weggebrand. Zoiets als het proces van verloren was bij metaal gieten. Het enige wat nu nog over is, is het origineel.'

Zwakjes hief hij een hand. Zonder iets te zeggen knielde ze aan zijn zijde en greep zijn hand.

'Laat me even rusten,' fluisterde hij. 'Twee minuten, niet meer. Dan moeten we hier weg.'

Ze knikte en keek naar de klok op de schoorsteenmantel. Over haar schouder zag ze dat de tulpa weggleed. Toen ze hem nakeek, dreef hij langzaam maar onverbiddelijk over de nog roerloze gestalte van Marya heen, door de voordeur van de suite, en verder, een onbekende bestemming tegemoet.

76

LeSeur stond op de tweede brug door de voorramen te kijken. De boeg van het schip sneed met grote snelheid door de hoge golven, de romp klapte op het water en van tijd tot tijd sloegen er groene golven over de bak. De mist was aan het optrekken, de regen was bijna opgehouden, en het zicht was toegenomen tot bijna een mijl.

Niemand zei iets. LeSeur had zich de hersenen afgepijnigd op zoek naar een uitweg. Die was er niet. Het enige wat ze konden doen was de elektronische apparatuur in de gaten houden, en daarover hadden ze geen controle. De kaartplotter liet zien dat de Carrion Rocks nog twee zeemijlen recht vooruit lagen. LeSeur voelde het zweet en bloed langs zijn gezicht druppelen en in zijn ogen steken.

'Verwachte tijd van aankomst Carrion Rocks over vier minuten,' zei de derde stuurman.

De uitkijk stond bij het raam, verrekijker geheven in zijn witte knokkels. LeSeur vroeg zich af waarom hij het zo belangrijk vond om de rotsen te zien aankomen, ze konden er toch niets aan veranderen. Niets.

Kemper legde een hand op zijn schouder. 'Kapitein, volgens mij moet u instructies aan het brugpersoneel geven om een veilige houding aan te nemen voor... voor de ophanden zijnde aanvaring.'

Met een misselijk gevoel in zijn maag knikte LeSeur. Hij draaide zich om en vroeg met een gebaar om aandacht.

'Officieren en personeel op de brug,' zei hij. 'Ik wil iedereen op de grond, in foetushouding, voeten naar voren, hoofd in de handen gesteund. De aanvaring zal enige tijd duren. Kom niet overeind voordat het schip stil in het water ligt.'

'Ik ook, sir?' vroeg de uitkijk.

'U ook.'

Onwillig en met enige moeite gingen ze in foetushouding op de vloer liggen.

'Kapitein?' zei Kemper tegen LeSeur. 'We kunnen ons op het kritieke moment geen gewonde kapitein permitteren.'

'Nog heel even.'

LeSeur wierp nog één laatste blik op de bewakingscamera die op het roer gericht was. Daar stond Mason, kalm en onaangedaan alsof dit de normaalste tocht van de wereld was, één hand losjes over het roer gedrapeerd, de andere bezig een lok haar weg te strijken die onder haar pet uit verschenen was.

Vanuit zijn ooghoek zag hij buiten iets, en hij verplaatste zijn aandacht.

Recht voor hem, een mijl verderop zowat, zag LeSeur een lichtgekleurde veeg uit de mist opdoemen, die zich oploste tot een rafelige streep wit onder de onzekere horizon. Meteen wist hij dat dat de immense branding was die over de buitenste randen van de Carrion Rocks heen sloeg. Geboeid en vol afgrijzen bleef hij staan kijken terwijl de witte lijn veranderde in een wereld van hoge, omkrullende golven die over de buitenste randen van de rotsen heen kolkten en ziedden, over de rotsen heen explodeerden en geisers omhoogjoegen zo hoog als wolkenkrabbers. En achter dat kolkende schuim zag hij een reeks rotsformaties uit zee steken als zwarte, half vergane torens van een onderzeese kasteelruïne.

In al zijn jaren op zee was dit het meest angstaanjagende beeld dat hij ooit gezien had.

'Liggen, sir!' riep Kemper vanaf de vloer.

Maar LeSeur bracht het niet op om te gaan liggen. Hij zag geen kans zijn blik af te wenden van hun naderend einde. Slechts heel weinig mensen hadden met eigen ogen de hel aanschouwd, en voor hem was deze smeltkroes van opstuivend water en scherpe rotspunten de hel, de ware hel, vele malen erger dan zwavel en hellevuur. Een koude, zwarte waterhel.

Wie hielden ze nu eigenlijk voor de gek? Dit zou niemand overleven, niemand.

Ik smeek u, God, geef dat het snel voorbij is.

En toen ving hij een glimp op van een beweging op de bewakingscamera. Mason had de rotsen zelf gezien. Benieuwd leunde ze voorover, gespannen, alsof ze het schip wilde voortjagen door pure wilskracht, alsof ze het wilde opstuwen naar het watergraf. Maar plotseling gebeurde er iets eigenaardigs: ze veerde overeind en draaide zich om, keek geschrokken naar iets wat buiten de camera viel. Toen deinsde ze achteruit, weg van het roer, met een blik van pure doodsangst op haar gezicht. Door die verplaatsing was ze niet meer op de camera te zien, en even gebeurde er niets. Toen kwam er een vreemde uitbarsting van statische ruis op het scherm, bijna een soort rookwolk, die het gezichtsveld doorkruiste in de richting waarin Mason verdwenen was. LeSeur gaf een klap op het scherm: hij ging ervan uit dat het een storing in het signaal was. Maar toen hoorde hij door zijn hoofdtelefoon, die op de frequentie van de brug was afgestemd, een bloedstollende kreet: Mason. Ze verscheen weer in beeld, ze wankelde naar voren. De wolk – het leek wel rook – wervelde om haar heen en ze ademde hem in en uit, klauwde naar haar borst, haar keel. De kapiteinspet viel van haar hoofd en haar haar vloog wild in het rond, zwiepte heen en weer. Haar ledematen bewogen met vreemde, rukkerige bewegingen, bijna alsof ze met haar eigen lichaam in gevecht was. Vol afgrijzen dacht LeSeur onwillekeurig aan een marionet die zich verzet tegen de overheersing door de poppenspeler. Kronkelend door diezelfde spastische bewegingen liep Mason naar het bedieningspaneel toe. Haar in rook gehulde armen trokken schokkend samen in een nieuwe strijd. Toen zag Le-

Seur haar hand naar voren komen – onwillig, leek het wel – en op een knop drukken. De wolk leek dieper in haar weg te zinken, wurgde zich omlaag door haar hals, en zij klauwde in de lucht, haar armen en benen schokkend als in doodsnood. Ze viel op haar knieën, haar handen geheven in een karikatuur van gebed; en toen zakte ze krijsend op de grond, buiten het zicht van de camera.

Even stond LeSeur als aan de grond genageld, ongelovig, naar het scherm te kijken. Toen greep hij de radio en toetste de frequentie in voor de bewakers die buiten de brug op wacht stonden. 'LeSeur voor brugbewaking, wat is daar in godsnaam aan de hand?'

'Geen idee, sir,' kwam het antwoord. 'Maar code drie is opgeheven. De beveiligingssloten van de brugtoegang zijn losgekomen.'

'Waar wacht je dan nog op?' brulde hij. 'Ga naar binnen, grijp het roer en stuur naar bakboord, zo hard je kunt naar bakboord, klootzak, nu, nú, NÚ!'

77

Emily Dahlberg had de tweede brug verlaten en was volgens instructie op weg terug naar haar hut. Na twee explosies, zo te horen, was het schip weer rechtop komen te liggen, maar meteen daarop had het vaart geminderd en leek nu op volle kracht vooruit te koersen. Ze liep de trap af naar dek 9, een gang door, en kwam uit op een balkon op het hoogste niveau boven het Atrium.

Ze bleef staan, geschokt bij de aanblik van de ruimte. Het water was weggelopen naar de lagere dekken en had een verwarde puinhoop achtergelaten van doorweekt en verpulverd meubilair, kabels, zeewier, lambrizering, stukken vloerbedekking, scherven en, hier en daar, een roerloos lichaam. Het rook er naar rottend zeewater.

Ze wist dat ze naar haar hut moest om zich in veiligheid te

brengen voor de ophanden zijnde aanvaring. Ze had naar de gesprekken op de tweede brug geluisterd, ze had de bekendmaking via het omroepsysteem gehoord. Maar de gedachte kwam bij haar op dat haar hut, hier op dek 9, misschien geen echt veilige plek was. Het leek haar beter om naar een van de lagere weerdekken te gaan, in de buurt van de achtersteven, waar ze zo ver mogelijk van het punt van inslag zat, en waar ze misschien naderhand in zee kon springen. Het was natuurlijk bijna hopeloos, maar het leek haar beter dan vast te komen zitten in een hut veertig meter boven water.

Ze holde een reeks trappen af, nog eens acht verdiepingen lager, en liep onder een poortje door in de richting van de achtersteven. Ze moest zich een weg banen door de zompige chaos op de vloer van het Atrium. Het sierlijke behang van de King's Arms zat vol donkere vlekken, met een donkere lijn van zeewier die aangaf tot waar het water gestegen was. Ze liep langs de verbrijzelde piano en wendde haar blik af toen ze een menselijk been onder de dichtgeslagen klep uit zag komen.

Nu iedereen in de hutten zat, leek het eigenaardig stil aan boord, uitgestorven en spookachtig. Maar even later hoorde ze niet ver weg iemand snikken. Toen ze zich omdraaide, zag ze een verfomfaaid jongetje van een jaar of elf, zonder bloes aan, volkomen doorweekt, op zijn hurken tussen de puinhopen zitten. Haar hart zwol van medelijden.

Ze liep op hem af. 'Hallo, jongeman,' zei ze, op een toon die ze zo licht en ontspannen mogelijk probeerde te houden.

Hij keek haar aan, en ze stak haar hand uit. 'Kom maar. Ik haal je hier weg. Ik heet Emily.'

De jongen pakte haar hand en ze hielp hem overeind, trok haar jasje uit en legde het over zijn schouders. Hij beefde nog van angst. Ze sloeg een arm om hem heen. 'Waar is je familie?'

'Mijn papa en mama...' begon hij met een Brits accent. 'Ik kan ze niet vinden.'

'Leun maar op mij. Ik kom je helpen. Maar we moeten wel opschieten.'

Hij snikte nog eenmaal na, en ze nam hem haastig mee het Atrium uit, langs de verlaten winkels aan Regent Street, waar de luiken voor de etalages waren neergelaten, en vervolgens door de zijgang naar het weerdek. Bij een kast in de muur bleef ze staan om twee reddingsvesten te pakken, en die trokken ze aan. Daarna ging ze hem voor naar de deur.

'Waar gaan we naartoe?' vroeg de jongen.

'Naar buiten, aan dek. Daar is het veiliger.'

Ze opende de deur en hielp de jongen naar buiten. Binnen enkele ogenblikken was ze doorweekt van het opspattende zeewater. Hoog in de lucht zag ze vliegtuigjes nutteloos cirkelen. Ze hield de hand van de jongen stevig vast en liep naar de reling, zodat ze daarlangs naar achteren konden lopen. De motoren beukten en gilden, en hielden het schip in een greep alsof het een terriër was die een rat tussen zijn kaken had.

Ze draaide zich om en keek de jongen aan. 'Zullen we...' begon ze. Maar plotseling bestierven de woorden het nog voor ze haar mond uit waren. Over de schouder van de jongen, voorbij de boeg van de *Britannia*, zag ze een streep hoge, witte branding tegen de achtergrond van een diepzwarte lijn enorme, scherpe rotsen. Onwillekeurig ontsnapte haar een kreet. De jongen draaide zich om en keek. De muur des doods kwam met grote snelheid dichterbij. Ze hadden geen tijd meer om de achtersteven te bereiken, geen tijd om wat dan ook te doen behalve zich schrapzetten.

Het beuken van de branding op de rotsen drong in haar oren door, een zwaar ritme dat haar lichaam deed trillen als een snaar. Ze sloeg haar armen om de jongen heen. 'Weet je wat, we blijven gewoon hier staan,' zei ze ademloos. 'We gaan op onze hurken tegen de muur zitten.'

Ze zochten de beschutting van de opbouw op. Emily hield de jongen, die weer in tranen uitgebarsten was, in haar armen. Ergens boven haar klonk een gil, een verloren geluid als van een verdwaalde zeemeeuw.

Als ze dan toch dood moest, zou ze waardig heengaan, met een ander menselijk wezen in haar armen. Ze hield het hoofd van de jongen tegen haar borst geklemd, sloot haar ogen en begon te bidden.

En toen veranderde het geluid van de motor. Het schip vond een nieuw evenwicht. Haar ogen vlogen open, bijna bang om te hopen. Maar het was zo: het schip begon te keren. Ze stond op, liep samen met de jongen terug naar de reling, en durfde haar ogen haast niet te geloven toen de dreunende lijn branding weliswaar dichterbij kwam, maar niet meer zo snel als voorheen. Het schip gierde nog steeds, en de branding beukte tegen de romp en smeet huizenhoge golven op, maar daartussen zag ze de zwarte rotsen langs de boeg heen flitsen. Ze draaiden bij, draaiden, en voeren uiteindelijk parallel met de monsterachtige branding, voeren er aan stuurboord voorbij: de dichtstbijzijnde rotsen waren zo dichtbij dat ze ze bijna kon aanraken, en de romp van het schip zwoegde door de steile, hoge muren van water heen.

Plotseling waren ze de laatste, vervaarlijk scherpe rots voorbij. Het gebulder van de branding vervaagde en het schip voer verder, merkbaar langzamer nu. En boven het geluid van de motoren en het beuken van de branding uit hoorde ze iets anders: gejuich.

'Nou,' zei ze tegen de jongen. 'Zullen we dan maar op zoek gaan naar jouw papa en mama?' En terwijl ze met knikkende knieën terugliep naar de deur, permitteerde Emily Dahlberg zich een kort, opgelucht glimlachje.

78

Scott Blackburn zat in kleermakerszit in de ruïne van zijn Penshurst Suite. De salon was een volslagen puinhoop: zeldzaam porselein, kostbaar kristal, schitterende schilderijen, sculpturen van jade en marmer, nu allemaal scherven, her en der verspreid en in een zielige berg opgetast tegen een van de muren.

Maar Blackburn had er geen oog voor. Tijdens de hele crisis had hij zich schuilgehouden in een kast, met zijn meest geliefde, zijn énige bezit, in zijn armen gekoesterd en beschermd tegen alle gevaren. En nu het ergste voorbij was en ze op weg waren naar de veilige haven, zoals hij altijd wel geweten had, had hij het doek teruggehangen aan de gouden haak in zijn salon.

Zijn bezit, dat klopte niet. Want als er al sprake was van bezit, dan bezat het ding hém.

Hij trok de monnikspij dichter om zijn atletische gestalte en ging op de grond voor de Agozyen zitten, nam de lotushouding aan en liet zijn ogen niet eenmaal naar de mandala afdwalen. Hij was alleen, heerlijk alleen – zijn dienstmeisje was verdwenen, dood misschien, wie zou het zeggen – en niemand kon zijn eenwording met het oneindige en het eindeloze komen verstoren. Zijn lichaam huiverde van onwillekeurig genot, alleen al bij de gedachte aan wat er komen ging. Het leek wel een drug: de ideale, meest extatische, meest bevrijdende drug. Hij kreeg er geen genoeg van.

Binnenkort zou de rest van de wereld die behoefte delen.

Hij bleef rustig zitten; om beurten vertraagden zijn hartslag en zijn mentale processen. Uiteindelijk, met een trage weloverwogenheid die zowel verrukkelijk als gekmakend was, stond hij zich toe zijn hoofd te verheffen tot zijn blik rustte op het oneindige wonder en mysterie van de Agozyen.

Maar terwijl hij dat deed, drong er iets in zijn privéwereld binnen. Een onverklaarbare kilte deed zijn armen en benen trillen onder de lagen zijde. Hij merkte dat het begon te stinken in de hut, een stank van schimmel en van roerloos woud, die de milde geur van de boterkaarsjes geheel overstemde. Onrust verjoeg zijn gevoelens van verlangen en verwachting. Het leek wel of... maar nee, dat kon niet...

Plotseling angstig keek hij over zijn schouder. En tot zijn transcendente afgrijzen en ontsteltenis stond hét daar, niet bezig zijn vijand op te jagen, maar juist op hem af stormend, met een bijna tastbare honger en begeerte. Haastig krabbelde hij overeind, maar het was al over hem heen gevallen, doordrong hem, vulde zijn ledematen en zijn gedachten met de eigen brandende, alles verterende behoefte. Met een gorgelende kreet deinsde hij achteruit. Hij struikelde over een bijzettafeltje en viel met een dreun op de grond, maar hij voelde zijn levende wezen al weggezogen worden, genadeloos en volkomen meegetrokken naar een zwarte, roerige leegte waaruit geen terugkeer mogelijk was...

Even later keerde de rust weer in de Penshurst Suite. De schorre kreten en het geluid van een vechtpartij vervaagden in de rokerige, zilte lucht. Er verstreek een minuut, twee minuten. En toen ging de voordeur van de suite open met een loper. Special agent

Pendergast stapte naar binnen. Op de drempel bleef hij staan, en met zijn bleke blik nam hij het toneel van vernieling in zich op. Toen stapte hij met de nauwkeurigheid van een kat over de scherven en brokstukken heen en liep naar de salon. Op het tapijt lag Scott Blackburn, roerloos, zijn ledematen verschrompeld en verwrongen onder vreemde hoeken, alsof botten en zenuwen en ingewanden uit zijn lijf waren gezogen tot er niets over was dan een losse, lege zak van huid. Pendergast wierp hem niet meer dan een korte blik toe.

Hij stapte over het lichaam heen naar de Agozyen toe. Met zorgvuldig afgewende blik stak hij zijn hand uit zoals je een gifslang zou benaderen. Hij liet de zijden doek over de schildering vallen, tastte langs de randen om te controleren of echt alles was bedekt. Toen, en niet eerder, keek hij ernaar, tilde het van zijn gouden haak, rolde het voorzichtig op en stak het onder zijn arm. Daarna vertrok hij stil en snel uit de suite.

79

Patrick Kemper, hoofd Beveiliging aan boord van de *Britannia*, stond op de brug naar Cabot Tower te kijken, de vuurtoren op een rots bij de ingang van St. John's Harbour. Die gleed langzaam voorbij terwijl het matte dreunen van rotoren aangaf dat er een zoveelste helikopter opsteeg met een lading zwaargewonde passagiers aan boord. De helikopters waren af en aan gevlogen sinds de storm was gaan liggen en het schip binnen bereik van de kust was gekomen. Het geluid van de rotoren kreeg een nieuw timbre naarmate de heli hoger kwam, even door het zichtveld van de brug vloog, omzwenkte en verdween. Het leek wel een oorlogsgebied, en Kemper voelde zich als een soldaat die met shellshock terugkeert van het front.

Het grote schip voer door de haveningang en minderde steeds meer vaart, de twee schroeven malend en huiverend. LeSeur en de havenloods van St. John's moesten hun best doen om het nu moeilijk bestuurbare schip in bedwang te houden: zonder roterende aandrijving had de *Britannia* de wendbaarheid van een drijvend walvissenkarkas. De enige afmeerplek waar het schip terecht kon, was in de containerhaven. Twee assisterende sleepboten drukten het schip naar stuurboord, en er kwam een lang, roestig platform in zicht, omringd door een stel gigantische containerkranen. De steiger was overhaast verlaten door een mammoettanker, die nu in de haven voor anker lag.

Terwijl de *Britannia* langzaam naar de kade voer, zag Kemper dat die eruitzag als een scène uit een rampenfilm. Er stonden minstens twintig voertuigen: ambulances, brandweerwagens, lijkwagens en politieauto's, klaar om de doden en gewonden op te vangen, een zee van zwaailichten en sirenes in de verte.

Kemper was meer dan uitgeput. Zijn hoofd bonsde en zijn zicht was onscherp door slaapgebrek en onophoudelijke stress. Nu de beproeving voorbij was, begon hij te speculeren over de grimmige nasleep: de zittingen van de maritieme onderzoekscommissie, de getuigenissen, de rechtszaken, de genadeloze pers, de schande en de beschuldigingen. Want het eerste wat er zou gebeuren, was dat mensen met een beschuldigende vinger gingen staan wijzen. Hij wist dat hij, als hoofd Beveiliging, samen met LeSeur, een van de fatsoenlijkste mensen met wie Kemper ooit had samengewerkt, het meest voor hun kiezen zouden krijgen. Als het meezat, werden ze niet aangeklaagd, vooral LeSeur. Cutter had het allemaal overleefd en zou een onverzoenlijke vijand zijn.

Hij wierp een blik op LeSeur, die samen met de loods over de ECDIS gebogen stond, en vroeg zich af wat er door de eerste stuurman heen ging. Wist hij wat hem te wachten stond? Natuurlijk wist hij dat, hij was niet gek.

De *Britannia* werd nu alleen nog maar gesleept, ze gebruikte geen eigen aandrijving meer. In de verte, boven de vuurtoren en aan de overkant van de haven, zag hij de rondhangende nieuwshelikopters, buiten het luchtruim boven het schip gehouden maar toch in staat meer dan genoeg opnamen te maken. Ongetwijfeld werd het beschadigde, manke silhouet van de *Britannia* op ditzelfde moment live uitgezonden op miljoenen tv-schermen. Het was een van de ergste, of althans meest bizarre, zeerampen van de afgelopen tijden.

Hij slikte: hij kon er maar beter aan wennen. Dit zou van nu af aan zijn leven zijn: Patrick Kemper, hoofd Beveiliging tijdens de eerste zeereis van de *Britannia*. Zo zou hij voortaan bekendstaan, tot lang na zijn dood. Dit was zijn dubieuze aanspraak op roem.

Hij drong die gedachten naar de achtergrond en concentreerde zich op de beveiligingsschermen van het schip. Alle systemen waren tenminste stabiel, wat meer was dan hij voor het schip zelf kon zeggen. Hij kon zich alleen maar voorstellen hoe het er vanaf de kade uit moest zien: de lagere patrijspoorten en balkons aan stuurboord ingebeukt door de zee, de stuurboordzijde van dek 6 opengepeld als een sardineblikje door de aanvaring met de brug van de *Grenfell*. En binnen was het nog erger. Terwijl ze al strompelend naar St. John's onderweg waren geweest, had Kemper een veiligheidsinspectie van de onderste dekken uitgevoerd. De zee was door ieder stuk glas aan bakboord beneden dek 4 gedrongen: patrijspoorten, vensters en balkondeuren, en het water was als een stortvloed door de winkels, casino's, restaurants en gangen geslagen, alles op zijn weg verbrijzelend en in de hoeken smijtend. De chaos die was achtergebleven was een orkaan waardig. Op de onderste dekken stonk het naar zeewater, bedorven voedsel en lijken. Vol afgrijzen had hij gezien hoeveel mensen er op slag waren gedood, of verdronken, in de vloedgolf. Hun verminkte lichamen lagen overal verspreid of zaten hopeloos klem tussen bergen puin. Sommigen hingen zelfs aan de voorheen weggewerkte leidingen in het plafond. Al met al hadden meer dan honderdvijftig man passagiers en bemanning het leven gelaten, en waren er bijna duizend gewonden.

Langzaam brachten de sleepboten het grote schip in positie. Vaag hoorde hij door de brugvensters de sirenes en misthoorns krijsen terwijl noodhulp zich schrapzette om de honderden gewonde passagiers en bemanningsleden op te vangen die nog aan boord waren.

Hij veegde over zijn gezicht en liet zijn blik nog eens over de schermen van de bewakingssystemen dwalen. Hij moest zich concentreren op het wonder dat de meesten van hen het overleefd hadden, een wonder dat op de brug was gebeurd, vlak voor de Carrion Rocks. Het wonder dat hij niet kon, en nooit zou kúnnen, verklaren.

Het schip begon naar zijn plek langs de kade te kruipen. Er werden enorme kabels, gebruikt als trossen, op de kade gegooid, die door teams van havenarbeiders over de gigantische meerpalen werden gemanoeuvreerd. LeSeur maakte zich los van de vectorradar. 'Meneer Kemper,' zei hij, zijn stem een toonbeeld van uitputting, 'over tien minuten zijn we afgemeerd. Wilt u zo vriendelijk zijn de verklaring af te geven die we hebben besproken aangaande de evacuatieprocedures?'

Kemper knikte, zette het omroepsysteem aan en sprak in de microfoon: 'Attentie alle passagiers en bemanning: over tien minuten meren we af. Zwaargewonden worden als eersten van boord gehaald. Ik herhaal: zwaargewonden worden als eersten van boord gehaald. Alle anderen blijven in hun hut of in het Belgravia Theatre in afwachting van nadere instructies. Dank u.'

Kemper hoorde zijn eigen stem door het systeem op de brug echoën, en hij herkende het geluid amper. Hij klonk als een dode.

80

Uit de vroege ochtendhemel viel een lichte motregen. LeSeur leunde tegen de teakhouten reling van de boeg van de *Britannia* en keek naar de achtersteven van het enorme schip. Hij zag donkere menigtes passagiers naar voren dringen aan dek, en hij hoorde hun rumoerige stemmen terwijl ze probeerden de beste positie in te nemen vlak voor de loopplank; iedereen wilde zo snel mogelijk van boord. De meeste hulpverleningsauto's waren vertrokken, en nu konden de niet-gewonde passagiers van boord. Over zijn schouder zag hij rijen bussen op de kade staan, klaar om mensen weg te voeren naar lokale hotels en naar kamers die door de Newfoundlanders ter beschikking waren gesteld.

Terwijl de matrozen zich opmaakten om het touw voor de loopplank weg te halen, vermengden de stemmen van de bemanning aan boord zich met de schrille kreten van beklag en dreigementen van de passagiers. LeSeur vroeg zich af waar ze de energie vandaan haalden om nog zo woedend te zijn. Ze boften verdomme nog aan toe dat ze leefden!

Touwen, isolatietape en verkeerspaaltjes waren in een geïmproviseerde opstelling gebruikt om de passagiers op efficiënte wijze van boord te laten. Vooraan in de rij zag hij Kemper, die zo te zien zijn mensen de laatste instructies gaf: iedere passagier moest zijn naam geven en een foto laten maken – op last van de Canadese politie – en naar de aangewezen bus worden gedirigeerd. Zonder uitzondering.

Dat zouden ze niet prettig vinden, wist LeSeur. Maar de rederij moest op de een of andere manier een soort juridisch document maken van mensen die van boord waren gekomen, anders zouden ze nooit kans zien te achterhalen wie er vermist was, wie gewond, en wie ongedeerd. De rederij wilde foto's, had hij zich laten vertellen, omdat ze niet wilden dat gezonde passagiers hen later zouden aanklagen wegens verwondingen. Ook na alles wat er gebeurd was, draaide het nog steeds om geld, altijd alleen maar om geld.

De afsluiting voor de loopplank werd weggehaald, en er sloeg een vloedgolf van passagiers naar buiten, als een haveloze rij vluchtelingen. En alsof de duvel ermee speelde: de eerste aan wal was een gezette man in een smerige smoking die zich langs de vrouwen en kinderen heen gedrongen had. Met daverende passen kwam hij de loopplank af zetten, en in de stille lucht droeg zijn stem helemaal tot aan de boeg. Hij gilde: 'Verdomme nog aan toe, wie heeft hier de leiding! Ik laat me niet fotograferen als de eerste de beste crimineel!'

Hij baande zich een weg door de menigte van bemanningsleden onder aan de loopplank, maar de stuwadoors en de Canadese bereden politie, die te hulp waren geroepen, waren voor geen kleintje vervaard. Ze versperden hem de weg en toen hij zich verzette, werd hij in de handboeien geslagen en afgevoerd.

'Blijf met je poten van me af!' brulde hij. 'Hoe durf je! Ik ben manager van een vijfentwintig miljard hedgefonds in New York! Wat is dat hier, communistisch Rusland?'

Meteen werd hij naar een gereedstaande arrestantenwagen gebracht en naar binnen geleid, onderweg onophoudelijk vloekend en brullend. Zijn lot leek een heilzame uitwerking te hebben op alle anderen die hadden staan denken aan een vergelijkbare scène.

Met inspanning schakelde LeSeur de boze en klagende stemmen uit. Hij begreep waarom ze overstuur waren en dat speet hem voor hen, maar waar het op neerkwam was dat dit de snelste manier was om de mensen van boord te krijgen. En er was nog steeds ergens een seriemoordenaar op vrije voeten.

Kemper kwam naast hem en leunde over de reling om beter uitzicht te hebben op de stroom mensen. Even voelden ze, uitgeput en zwijgend, met elkaar mee. Er viel niets te zeggen.

LeSeurs gedachten gingen naar de ondervragingen door de onderzoekscommissie die hem te wachten stonden. Hij vroeg zich af hoe hij het bizarre... díng moest verklaren dat Mason voor zijn ogen had aangevallen. Het had wel een duivelse bezetenheid geleken. Sinds het gebeurd was, had LeSeur de gebeurtenissen tientallen malen voor zijn geestesoog gezien. En toch begreep hij er nog steeds niets meer van dan de eerste keer dat hij het gezien had. Wat moest hij zeggen? Ik zag een boze geest bezit nemen van kapitein Mason? Hoe hij het ook bracht, ze zouden denken dat hij eromheen draaide, of dat hij gek was, of erger. Nee, hij kon onmogelijk de waarheid vertellen over wat hij gezien had. Nooit. Hij zou zeggen dat Mason een soort aanval had gekregen, een epileptische toeval misschien, en de rest weglaten. De lijkschouwers moesten maar uitmaken wat er gebeurd was met haar levenloze, slappe lichaam.

Met een zucht keek hij naar de eindeloze stoet mensen die door de regen schuifelden. Dat arrogante was nu volkomen uit hun houding verdwenen: ze liepen erbij als een stel vluchtelingen.

Dwangmatig keerden zijn gedachten keer op keer terug naar wat hij gezien had. Misschien hád hij het helemaal niet gezien: misschien was het een storing in de signaaloverdracht geweest. Misschien was het een stofdeeltje geweest dat in de camera was blijven zitten, honderdmaal vergroot, en losgetrild door de bevingen van de scheepsmotoren. Zijn stress en uitputting hadden hem ertoe aangezet om iets te zien wat er helemaal niet was.

Ja, dat was het. Dat moest het zijn.

Maar toen dacht hij weer aan wat hij op de brug had aangetroffen: het bizarre, spookachtige lijk van kapitein Mason, ineengezakt op de vloer, haar botten één grote, weke massa...

Hij werd uit die gedachten gewekt door de nadering van een bekende gestalte: een gezette man met een wandelstok en een witte anjer in zijn vlekkeloze revers. Meteen voelde LeSeur de zenuwen door zijn lijf gieren: dat was Ian Elliott, algemeen directeur van rederij North Star. Ongetwijfeld was hij hierheen gevlogen om persoonlijk toe te zien hoe hij publiekelijk werd gekielhaald. Aan zijn zijde maakte Kemper even een verstikt geluid. LeSeur slikte; dit werd nog akeliger dan hij zich had voorgesteld.

Elliott kwam naar hen toe. 'Kapitein LeSeur?'

LeSeur verstijfde. 'Meneer Elliott.'

'Mijn gelukwensen.'

Dat was zo onverwacht dat LeSeur even niet goed wist wat hij gehoord had. Misschien was het een hallucinatie; hij was zo moe dat dat best kon.

'Pardon?' vroeg hij op heel andere toon.

'Dankzij uw moed, vaardigheid en nuchtere houding heeft de *Britannia* het gered. Het hele verhaal ken ik nog niet, maar naar wat ik tot nu toe gehoord heb had het allemaal heel anders kunnen aflopen. Ik wilde u dan ook persoonlijk komen bedanken.' En hij stak zijn hand uit.

Met een onwezenlijk gevoel schudde LeSeur hem.

'Ik laat u verdergaan met de evacuatie. Maar zodra alle passagiers van boord zijn, wil ik de details graag van u vernemen.'

'Uiteraard.'

'En dan is er de kwestie van de *Britannia*.'

'Kwestie, meneer Elliott? Ik geloof niet dat ik u helemaal begrijp.'

'Wel, als ze eenmaal gerenoveerd en ingericht is, zal ze een nieuwe kapitein nodig hebben, nietwaar?' En met een glimlachje wendde Elliott zich af en liep weg.

Kemper verbrak de stilte. 'Niet te geloven,' mompelde hij.

Ook LeSeur kon zijn oren amper geloven. Misschien was dit de draai die de pr-mensen van North Star eraan wilden geven: hen bestempelen als helden die de levens van meer dan vijfentwintighonderd passagiers hadden gered. Misschien ook niet. Hoe dan ook, hij ging er niet moeilijk over doen. En hij zou Elliott met alle genoegen alles vertellen wat er gebeurd was, althans, bijna alles...

Zijn gedachten werden doorkruist door de nadering van een Canadese politieman.

'Wie van u is meneer Kemper?' vroeg de man.

'Ik,' antwoordde Kemper.

'Er is hier iemand van de FBI die u wil spreken.'

LeSeur zag een slanke man vanuit de schaduw van de toren stappen. Het was de FBI-man, Pendergast.

'Wat wilt u?' vroeg Kemper.

Pendergast liep naar voren, het licht in. Hij droeg een zwart pak en zijn gezicht was al even bleek en betrokken als iedereen die van boord kwam. Onder zijn arm had hij een lange, smalle, mahoniehouten kist. Naast hem, met haar arm door de zijne, stond een jonge vrouw met kort, donker haar en bloedserieuze ogen.

'Dank u voor een bijzonder interessante reis, meneer Kemper.' En met die woorden maakte Pendergast zijn arm los van die van de vrouw en stak een hand in de zak van zijn colbert.

Kemper keek hem verbaasd aan. 'Het hogere personeel hoeft u geen fooi te geven,' zei hij kortaf.

'Voor deze fooi hebt u denk ik wel belangstelling,' antwoordde Pendergast, en hij haalde een pakje in zeildoek uit zijn zak, dat hij aan Kemper overhandigde.

'Wat is dit?' vroeg Kemper, die het aannam.

De man zei niets meer. Hij draaide zich om, en even later hadden hij en de vrouw zich opgelost in de vroege ochtendschaduw, op weg naar de stroom mensen.

LeSeur keek terwijl Kemper het zeildoek openmaakte.

'Uw driehonderdduizend pond, zo te zien,' zei hij, terwijl Kemper in zwijgende verbijstering naar de doorweekte bundeltjes bankbiljetten keek.

'Eigenaardigste type dat ik ooit ben tegengekomen,' zei hij, bijna in zichzelf.

LeSeur hoorde hem niet. Hij stond weer te denken aan die demonachtige flard rook die kapitein Mason had opgeslokt.

EPILOOG

Eindelijk was het zomer geworden in de Llölungvallei. De Tsang-porivier brulde over zijn keienbedding, gevoed door de smelten-de sneeuw verderop in de bergen. In de spleten en holtes van de valleibodem groeiden talloze bloemen. Hoog boven de rotsen vlo-gen de zwarte adelaars, hun kreten weerkaatsend tegen de enor-me muur van graniet aan de ingang van de vallei, vermengd met het gedaver van de waterpluim die van de rand af tuimelde en neerstreek op de rotsen in de diepte. Daarachter rezen de drie massieve pieken op: de Dhaulagiri, de Annapurna en de Manaslu, gehuld in eeuwige gletsjers en sneeuw, als drie kille en afstande-lijke vorsten.

Zij aan zij reden Pendergast en Constance over het smalle pad, een pakpony meevoerend die op zijn rug een lange kist droeg, ge-wikkeld in een canvas lap.

'Volgens mij komen we vóór zonsondergang aan,' zei Pender-gast, en hij keek naar het vage spoor dat de rotswand op liep.

Een tijdje reden ze zwijgend verder.

'Eigenaardig,' zei Pendergast, 'dat het Westen, toch in vele op-zichten zo modern, nog in de middeleeuwen verkeert wat betreft de werking van de menselijke geest. De Agozyen is een perfect voorbeeld van hoezeer het Oosten in dat opzicht op ons voor ligt.'

'Heb jij enig idee hoe hij werkt?'

'Nou, toevallig heb ik een artikel in de *Times* gelezen dat mis-schien enig licht op de kwestie werpt. Het ging over een recent ontdekt wiskundig voorwerp, de zogeheten E8.'

'E8?'

'E8 is ontdekt door een stel wetenschappers van MIT. Een su-percomputer heeft er vier jaar over gedaan om tweehonderd mil-jard vergelijkingen uit te rekenen om er een afbeelding van te ma-ken, een heel imperfecte afbeelding, maar toch. Er stond een schetsmatige reproductie in de krant, en toen ik die zag, was ik verbaasd hoezeer hij op de Agozyen-mandala lijkt.'

'Hoe ziet die er dan uit?'

'Onbeschrijflijk, een onvoorstelbaar complex beeld van elkaar kruisende lijnen, punten en oppervlakken, bollen in bollen, die tweehonderdachtenveertig dimensies beslaan. Ze zeggen dat E_8 het meest symmetrische voorwerp op aarde is. En meer nog, sommige natuurkundigen denken dat E_8 wel eens de vertegenwoordiger kan zijn van de diepe, innerlijke structuur van het heelal zelf, de werkelijke geometrie van tijd en ruimte. Onvoorstelbaar dat boeddhistische monniken in India dit buitengewone beeld duizend jaar geleden al ontdekt en op een doek gezet hebben.'

'Maar toch begrijp ik het niet. Hoe kan je geest nou veranderen door simpelweg naar zo'n ding te kijken?'

'Dat weet ik niet. Op de een of andere manier lichten de neurale netwerken in de hersenen op wanneer je de geometrie bekijkt. Er wordt een resonantie in het leven geroepen, zou je kunnen zeggen. Misschien weerspiegelen onze hersenen op een diep niveau de fundamentele geometrie van het universum. De Agozyen is een zeldzame samenstelling van neurologie, wiskunde en mystiek.'

'Onvoorstelbaar.'

'Er zijn heel veel dingen die de afgestompte westerse geest nog moet leren over oosterse filosofie en mystiek. Maar we beginnen de achterstand weg te werken. Zo heeft een stel wetenschappers aan Harvard onderzoek gedaan naar de uitwerking van Tibetaanse meditatie op de geest, en tot hun verbijstering hebben ze ontdekt dat deze daadwerkelijk zorgt voor permanente fysieke veranderingen in hersenen en lichaam.'

Ze kwamen bij een oversteekplaats in de Tsangpo aan. De rivier was hier breed en ondiep, en stroomde vrolijk over een bedding van grote kiezels. Het ruisen van het water vulde de lucht. Voorzichtig stapten hun paarden de stroming in en liepen naar de andere oever. Daar gingen ze verder.

'En die rookgeest? Is daar ook een wetenschappelijke verklaring voor?'

'Overal is een wetenschappelijke verklaring voor, Constance. Wonderen of magie bestaan niet, alleen wetenschappelijke ontdekkingen die nog niet gedaan zijn. De rookgeest was uiteraard een tulpa, of "gedachtevorm" – een wezen dat was geschapen via een daad van intense, gerichte verbeeldingskracht.'

'Ik heb van de monniken een paar technieken geleerd voor het scheppen van een tulpa, maar zij zeiden dat dat heel gevaarlijk is.'

'Het is verschrikkelijk gevaarlijk. Het fenomeen is in het Westen voor het eerst beschreven door de Franse ontdekkingsreizigster Alexandra David-Néel. Zij heeft de geheimen van het maken van een tulpa niet ver hiervandaan geleerd, bij het Manosawarmeer. Voor de grap probeerde ze het uit, en begon een gezette, olijke monnik te visualiseren, die ze broeder Tuck noemde. Eerst bestond de monnik alleen in haar gedachten, maar na verloop van tijd begon hij een eigen leven te leiden en zag ze hem van tijd tot tijd door het kamp flitsen, waarbij hij haar reisgenoten de stuipen op het lijf jaagde. Het ging al snel bergafwaarts: ze raakte de controle over de monnik kwijt, en hij veranderde in iets groters, slankers en veel angstaanjagenders. Hij begon zelfstandig te functioneren, net als onze rookgeest. Ze probeerde hem te vernietigen door hem weer in haar gedachten op te nemen, maar de tulpa bood zoveel verzet dat het uiteindelijk tot een psychische strijd kwam die David-Néel bijna het leven kostte. De tulpa aan boord van de *Britannia* was de creatie van onze vriend Blackburn, en die is er inderdaad aan bezweken.'

'Hij moet dus heel goed geweest zijn.'

'Ja. Als jonge man heeft hij in Sikkim gereisd en gestudeerd. Hij besefte meteen wat de Agozyen was en wat hij daarmee kon, tot Jordans ongeluk. Het was geen vergissing dat het ding uiteindelijk bij Blackburn belandde; voor zover ik kan zien was er niets willekeurigs aan zijn verplaatsingen door de wereld. Je zou haast kunnen zeggen dat de Agozyen Blackburn heeft opgezocht, en dat hij Ambrose als middel tot het doel heeft gebruikt. Blackburn, met zijn miljarden en zijn internetkennis, verkeerde in een ideale positie om het beeld van de Agozyen over de wereld te verbreiden.'

Even reden ze zwijgend door. 'Maar weet je,' merkte Constance toen op, 'je hebt me nooit verteld hoe je de tulpa achter kapitein Mason aan hebt gestuurd.'

Pendergast gaf niet meteen antwoord. Kennelijk was de herinnering nog erg pijnlijk. Uiteindelijk antwoordde hij: 'Toen ik me uit zijn omhelzing had losgemaakt, liet ik één enkel beeld in mijn geest ontstaan: de Agozyen. In wezen heb ik dat beeld in de tulpa geplant. Ik heb hem een nieuw verlangen gegeven.'

'Je hebt zijn prooi veranderd.'

'Precies. Toen de tulpa bij ons wegging, ging hij op zoek naar andere levende wezens die de Agozyen hadden gezien. En in Masons geval: iemand die althans indirect bezig was die te vernietigen. En daarmee heeft de tulpa hen beiden vernietigd.'

'En toen?'

'Ik heb geen idee waar hij gebleven is. De cirkel is rond als het ware, en misschien is hij teruggekeerd naar waar hij vandaan kwam. Of misschien is hij verdwenen met de dood van zijn schepper. Het zou interessant zijn om de visie van de monniken daarover te horen.'

'Het was dus uiteindelijk toch een goede kracht.'

'Zo zou je het kunnen stellen, hoewel ik betwijfel of "goed" een begrip is waar hij om geeft of dat hij begrijpt.'

'Maar jij hebt hem gebruikt om de *Britannia* te redden.'

'Dat is zo. En daarom voel ik me dan ook iets minder bezwaard dat ik het bij het verkeerde eind had.'

'Verkeerde eind? Hoezo?'

'Omdat ik ervan uitging dat alle moorden het werk van een en dezelfde waren, een passagier. In feite heeft Blackburn maar één moord gepleegd, en dat was aan land.'

'En dat was een uitermate bizarre moord. Het lijkt wel of de Agozyen als het ware een deksel optilt waaronder iemands gewelddadigste en meest atavistische impulsen liggen opgeslagen.'

'Ja. En daardoor was ik ook in verwarring, die vergelijkbare manieren van doen. Ik nam aan dat alle moorden waren gepleegd door één persoon, maar ik had moeten begrijpen dat er twee verschillende moordenaars waren, beiden onder invloed van hetzelfde kwaadaardige effect, het effect van de Agozyen.'

Ze waren onder aan het bergpad gekomen. Pendergast steeg af en legde in een gebaar van gebed zijn hand op de gigantische mani-steen aan het begin van het pad. Constance volgde zijn voorbeeld en samen liepen ze het pad op, de paarden bij de teugel meevoerend. Eindelijk kwamen ze boven aan, liepen door de dorpsruïne, en rondden de schouder van de berg. Daar zagen ze de spitse daken, torens en kantelen van het Gsalrig Chongg liggen. Ze passeerden de puinhelling met de verweerde botten – de

gieren waren intussen verdwenen – en arriveerden bij het klooster.

De poort in de stenen buitenwand ging al bijna open voordat
ze er goed en wel waren. Ze werden opgewacht door twee monniken; een leidde de twee rijpaarden weg, terwijl Pendergast de
lading van de rug van de pony af nam. Hij stak de kist onder zijn
arm, en samen met Constance volgde hij de monnik door de ijzer-
beslagen deur naar het donkere interieur van het klooster, waar
de reuk van sandelhout en rook in de lucht hing. Er verscheen
een tweede monnik met een koperen blaker, en die ging hen voor
dieper het klooster in.

Ze kwamen bij de kamer met het gouden beeld van Padmasambhava, de tantristische boeddha. De monniken hadden zich al
op de stenen banken verzameld, voorgezeten door de oude abt.

Pendergast zette de kist op de vloer en ging zelf op een van de
banken zitten. Constance installeerde zich naast hem.

Tsering stond op. 'Vriend Pendergast, vriendin Greene,' zei hij.
'Welkom terug in het klooster Gsalrig Chongg. Drinkt u een kop
thee met ons.'

Er werden kopjes zoete boterthee gebracht, die zwijgend werden genuttigd. Toen sprak Tsering verder.

'Wat brengt u ons?'

'De Agozyen.'

'Dat is niet zijn eigen kist.'

'De oorspronkelijke kist heeft het niet overleefd.'

'En de Agozyen?'

'Zit erin, in de originele staat.'

Stilte. Toen sprak de oude abt, en Tsering vertaalde: 'De abt
wil graag weten: is er iemand die hem gezien heeft?'

'Ja.'

'Hoeveel mensen?'

'Vijf.'

'En waar zijn die nu?'

'Vier zijn er dood.'

'En de vijfde?'

'Dat ben ik.'

Toen dit vertaald was, stond de abt abrupt op en keek hem
strak aan. Daarna liep hij op Pendergast af, pakte hem met een

benige hand vast en trok hem met verbazingwekkende kracht overeind. Hij staarde in zijn ogen. Er verstreken minuten in de stille zaal, en toen sprak de abt eindelijk.

'De abt zegt: dit is heel ongewoon,' vertaalde Tsering. 'U hebt de demon weggebrand. Maar u bent blijvend beschadigd, want als u eenmaal de extase hebt gevoeld van de pure vrijheid van het kwaad, kunt u dat nooit meer vergeten. Wij zullen u helpen, maar we kunnen u nooit meer heel maken.'

'Daar ben ik me al van bewust.'

De abt maakte een buiging. Hij bukte zich, pakte de kist op en gaf die aan een andere monnik, die hem meenam.

'U hebt onze eeuwige dank, vriend Pendergast,' zei Tsering. 'U hebt iets groots gedaan, en daar hebt u een hoge prijs voor betaald.'

Pendergast bleef staan. 'Ik vrees dat het nog niet voorbij is,' antwoordde hij. 'U hebt een dief in uw midden. Het schijnt dat een van uw monniken vond dat de wereld rijp was voor zuivering, en dat hij de diefstal van de Agozyen heeft georganiseerd. Die monnik moeten we vinden, om te voorkomen dat hij het nogmaals doet. Anders zal de Agozyen nooit veilig zijn.'

Zodra dit was vertaald, draaide de abt zich naar hem om en keek hem met iets opgetrokken wenkbrauwen aan. Hij aarzelde even. Toen sprak hij, terwijl Tsering vertaalde: 'De abt zegt dat u gelijk hebt, het is niet voorbij. Dit is niet het einde, maar het begin. Hij vraagt mij u een paar belangrijke dingen te zeggen. Gaat u alstublieft zitten.'

Pendergast nam plaats, net als de abt.

'Na uw vertrek hebben we ontdekt wie de Agozyen in de wereld had losgelaten, en waarom.'

'Wie dan?'

'De heilige lama in de muur. De oude lama.'

'De muurheilige?'

'Ja. Jordan Ambrose was door deze man geboeid en heeft met hem gesproken. De lama heeft Ambrose in het binnenklooster gelaten en hem bepraat om de Agozyen te stelen. Maar niet om de wereld te zuiveren. De lama had een andere reden.'

'En dat was?'

'Dat valt moeilijk uit te leggen. Voordat u hier afgelopen voorjaar kwam, was zijne heiligheid Rinpoche Ralang gestorven. Dat was de achttiende incarnatie van de Rinpoche die dit klooster eeuwen geleden heeft gesticht. Wij kunnen niet als klooster blijven bestaan zonder incarnatie van onze leraar. En dus moeten we als er een Rinpoche doodgaat, de wereld in om zijn reïncarnatie te zoeken. Als we die vinden, brengen we het kind terug naar het klooster en voeden het op als de volgende Rinpoche. Zo hebben we het altijd gedaan. Toen de zeventiende Rinpoche stierf, in 1919, was Tibet een vrij land en konden de monniken eropuit om zijn reïncarnatie te zoeken. Maar nu de achttiende dood is, is Tibet bezet. Vrij reizen is moeilijk en gevaarlijk voor Tibetaanse monniken. Op dit soort missies worden Tibetaanse monniken door de Chinezen gearresteerd, geslagen, soms zelfs vermoord. De heilige man in de muur weet vele, diepe dingen. Hij wist van de profetie waarin stond dat als wij niet naar buiten kunnen om de nieuwe Rinpoche te zoeken, de nieuwe Rinpoche naar Gsalrig Chongg zal komen. We zullen weten dat het de Rinpoche is omdat hij de profetie zal vervullen die in de oprichtingstekst van ons klooster staat. Namelijk:

Als de Agozyen de Westelijke Zee bewandelt,
En duisternis op duisternis volgt,
Dan zullen de wateren razend rijzen,
En het paleis in de diepte geselen,
En dan zult gij de Rinpoche kennen aan zijn voogd,
Die terug zal keren met de Groene Tara,
Dansend over de wateren van de Westelijke Zee,
Vanuit de paleisruïnes der diepte.

'Dus om de profetie te testen, heeft de heilige man de Agozyen in de wereld gezet om te zien wie hem terugbrengt. Want degene die hem terugbrengt, is de voogd van de negentiende Rinpoche.'

Pendergast voelde een emotie die hem vreemd was: verbazing.

'Ja, vriend Pendergast, u brengt ons de negentiende Rinpoche.' Tsering keek Pendergast met een licht geamuseerde blik aan. En toen vestigde hij zijn blik op Constance.

Die stond op. 'Voogd van de... pardon, maar wilt u daarmee

zeggen dat ík de reïncarnatie ben van de Rinpoche? Maar dat is absurd... ik ben geboren lang voordat hij doodging.'

De glimlach van de monnik verbreedde zich. 'Ik heb het niet over u. Ik heb het over het kind dat u draagt.'

Pendergasts verbazing verdubbelde. Hij keek naar Constance, die met een ondoorgrondelijke uitdrukking op haar gezicht naar de monnik stond te kijken.

'Kind?' vroeg Pendergast. 'Maar je bent naar de Feversham-kliniek geweest. Ik dacht... ik was ervan uitgegaan...'

'Ja,' antwoordde Constance. 'Ik ben naar de kliniek gegaan. Maar toen ik daar was, merkte ik dat ik het niet kon opbrengen. Zelfs niet in de wetenschap dat het van hém was.'

Tsering verbrak de stilte die nu intrad. 'Er is een oud gebed, dat luidt: "Leid mij in alle ongeluk. Want alleen via dat pad kan ik het negatieve omzetten in het positieve."'

Constance knikte, en onwillekeurig streek haar hand even over de lichte zwelling onder haar taille. Ze glimlachte: half verstolen, half verlegen.

DE PRESTON EN CHILD-BOEKEN

Een woord van de schrijvers

Vaak krijgen wij de vraag of onze boeken in een bepaalde volgorde gelezen moeten worden, en zo ja in welke.

Die vraag is het meest van toepassing op de boeken waarin special agent Pendergast optreedt. Hoewel de meeste van onze boeken zijn geschreven als op zichzelf staande verhalen, zijn er maar heel weinig die in echt verschillende werelden spelen. Integendeel: hoe meer boeken we samen schrijven, des te meer 'overlap' vindt er plaats tussen personen en gebeurtenissen waarin ze allemaal voorkomen. Personen uit het ene boek kunnen bijvoorbeeld opduiken in een later verhaal, of gebeurtenissen in het ene boek kunnen doorlopen in een volgend. Kortom: we hebben langzaam maar zeker een universum opgebouwd waarin alle personen uit onze boeken naast elkaar leven en waarin alles wat ze meemaken, ergens een overlap heeft.

Het is echter zelden nodig om de boeken in een bepaalde volgorde te lezen. We hebben ons best gedaan om bijna al onze boeken zo te schrijven dat ze gelezen kunnen worden zonder eerst de voorgaande boeken te lezen. Maar er zijn een paar uitzonderingen.

Daarom volgt hieronder een lijst van onze boeken.

Boeken met Pendergast

Onze eerste roman was *De vloek van het oerwoud (Relic)*, en dat was ook het eerste boek waarin special agent Pendergast optrad. Hier gaat dus niets aan vooraf.

De onderwereld was de opvolger.

De gruwelkamer is onze derde Pendergast-roman, en dit verhaal staat helemaal op zichzelf.

Kraaienvoer komt daarna. Ook dat is een op zichzelf staand verhaal (hoewel mensen die benieuwd zijn naar Constance Greene hier enige informatie over haar zullen vinden, net als in *De gruwelkamer*).

Daarna komt *Hellevuur*, en dit is het eerste boek in wat wij informeel de Diogenes-trilogie noemen. Hoewel ook dit boek zelfstandig gelezen kan worden, gaat het door op enkele zaken die we in *De gruwelkamer* al genoemd hadden.

Dans des doods is het tweede boek van de Diogenes-trilogie. Het kan zelfstandig gelezen worden, maar het verdient aanbeveling om eerst *Hellevuur* en dan *Dans des doods* te lezen.

Het *Dodenboek* is de laatste roman van de Diogenes-trilogie. Voor optimaal leesplezier is het raadzaam eerst minimaal *Dans des doods* te lezen.

Het helse rad, dat u momenteel in handen hebt, is een zelfstandig boek waarin Pendergast verder wordt gevolgd. Het verhaal vindt plaats ná de gebeurtenissen in het *Dodenboek*.

Boeken zonder Pendergast

We hebben ook een aantal op zichzelf staande avonturenverhalen geschreven waarin special agent Pendergast niet voorkomt. Dit zijn, in volgorde van publicatie, *Virus, Dodelijk tij, De verloren stad* en *IJsgrens*.

In *De verloren stad* verschijnt Nora Kelly voor het eerst ten tonele; zij komt ook voor in de meeste latere Pendergast-romans. *IJsgrens* introduceert Eli Glinn, die ook weer optreedt in *Dans des doods* en *Dodenboek*.

Tot slot willen we onze lezers op het hart drukken dat deze aantekening niet bedoeld is als een wet van Meden en Perzen. Het is gewoon het antwoord op de vraag: In welke volgorde kan ik jullie boeken het best lezen? We voelen ons uitermate bevoorrecht dat er mensen als jullie zijn die onze boeken met evenveel plezier lezen als wij ze schrijven.

Hartelijke groeten,

WOORD VAN DANK

Douglas Preston en Lincoln Child willen uiting geven aan hun bij-
zondere waardering voor de volgende mensen, wier hulp van on-
schatbare waarde was: Jaime Levine, Jamie Raab, Eric Simonoff,
Eadie Klemm, Evan Boorstyn, Jennifer Romanello, Kurt Rauscher,
Claudia Rülke en Laura Goeller. Verder danken we Captain Richard Halluska van ISM Solutions en Videotel Marine Interna-
tional, UK.

Dit is een fictief verhaal. Alle personen, bedrijven, locaties, gebeurtenissen, schepen en religieuze praktijken, rituelen en icono-
grafie die op deze pagina's worden beschreven zijn door de au-
teurs verzonnen of op fictieve wijze gebruikt. Eventuele
gelijkenissen met werkelijke gebeurtenissen, schepen, personen,
overheidsinstanties of bedrijven zijn onbedoeld en berusten op
toeval. Met name North Star Lines, de *Britannia* en allen die aan
boord van dit vaartuig werken en varen, zijn voortbrengselen van
onze fantasie.